ro
ro
ro

Stephan Serin wurde 1978 in Ostberlin geboren. Nach seinem Abitur studierte er Französisch und Politische Bildung auf Lehramt in Potsdam – und auch für ein Jahr als Erasmus-Austauschstudent in Pau, Frankreich. Heute ist er Lehrer an einer Brandenburger Schule und lebt mit seiner Familie in Berlin.

Seit 2000 gehört Serin der Berliner Lesebühne «Chaussee der Enthusiasten» an, wo er jede Woche mit seinen Texten auftritt. Sein erstes Buch «Föhn mich nicht zu» war ein großer Erfolg und eroberte Platz eins der Bestsellerliste. Nun folgt sein erster Roman.

STEPHAN SERIN

# ZIEMLICH SCHLECHTESTE FREUNDE

## DER EINE HAT'S, DER ANDERE NICHT

Roman

Rowohlt
Taschenbuch Verlag

Originalausgabe
Veröffentlicht im Rowohlt Taschenbuch Verlag,
Reinbek bei Hamburg, Juni 2014

Umschlaggestaltung ZERO Werbeagentur, München
(Abbildung: Thorsten Wulff)
Satz Arno Pro PostScript, InDesign
Gesamtherstellung CPI books GmbH, Leck
Printed in Germany
ISBN 978 3 499 26781 9

«Für Florian, Roger, Guillaume und Marijo.»

# PROLOG

Seit dem Ende meines Studiums hatte ich nichts mehr von Sebastian gehört. Sieben geschlagene Jahre. Oder war es noch länger gewesen? So genau erinnerte ich mich nicht mehr. Erst nimmt man sich vor, den Kontakt zu halten. Aber bald holt einen der Alltag wieder ein. Eine Weile bleibt noch das Vorhaben: *Man müsste sich doch mal wieder melden.* Aber die Gegenwart ist stärker. Irgendwann bleibt nur noch eine ferne Vergangenheit. Doch dann plötzlich diese Mail:

Lieber Markus,

ich hoffe, du nutzt diese Adresse noch. Unter deiner Telefonnummer habe ich dich nicht erreicht. Und bei Facebook auch nicht gefunden. Wohnst du noch in Berlin? Ich schreibe dir, weil ich dieses Jahr (am 1. Juli) heiraten werde und zwar, du wirst es nicht glauben, in Pau. Und natürlich habe ich dabei sofort an dich gedacht, auch wenn wir uns ja aus den Augen verloren haben. Ist sicherlich für dich nicht um die Ecke, aber vielleicht kannst du es ja einrichten und kommen. Ich hab Céline, die von hier ist, schon viel von dir erzählt. Natürlich nur die guten Sachen, nicht unser nächtliches Abenteuer im Parc Beaumont :-).
Meld dich doch mal, ob du dir vorstellen kannst, zu unserer Hochzeit zu kommen. Das wäre fein.

Liebe Grüße
Sebastian

PS: Auf der Hochzeit wartet übrigens eine Überraschung auf dich!

Ich rechnete in meinem Leben grundsätzlich nicht mehr mit positiven Überraschungen, sondern nur noch mit schlimmen Krankheiten. Und dass Sebastian mir nach so langer Zeit schrieb, war noch nicht mal das Verwunderlichste. Sondern dass er in der kleinen Stadt im Südwesten Frankreichs heiratete, in der wir gemeinsam 2001/2002 zehn Monate verbracht hatten. Und dann sogar eine Paloiserin, eine von dort. Wie hatte er das fertiggebracht? Hatte er mir damals etwas verschwiegen? War er aus Pau nicht als Single abgereist?

Sofort hatte ich sie wieder vor Augen: die Orte, die Erfahrungen und die Menschen, die für ein knappes Jahr der Mittelpunkt meines Lebens gewesen waren und an die ich schon seit einer Ewigkeit nicht mehr gedacht hatte: das heruntergekommene, baufällige Studentenwohnheim Cité Corisande d'Andoins, in denen es vor Kakerlaken nur so wimmelte; das Computerkabinett der Uni, Asyl der ausländischen Studenten, die sich nach der Heimat sehnten; mein gespanntes Verhältnis zu den anderen Erasmus-Studenten; mein Engagement in der kommunistischen Studentengewerkschaft; mein Gastspiel als Sänger in der Black-Islamic-Metal-Band von Roger, dem libertär-revolutionären Anarchisten; die für Allah missionierenden Marokkaner; meine Bemühungen, mit einer Französin auszugehen; Claire aus dem Zimmer nebenan; Marijo aus der dritten Etage; der manisch-depressive Guillaume; und natürlich: Eva aus Hamburg. Weshalb hatte ich die Erinnerungen über so viele Jahre verdrängt? Wieso befanden wir uns schon im Jahr 2012? Warum spielte all das, was mir damals so bedeutsam erschienen war, in meinem heutigen Leben keine Rolle mehr? Und warum wühlte mich die Einladung meines ehemaligen Kommilitonen trotzdem so auf? Wo doch mit ihm alles so anders, so wenig verheißungsvoll begonnen hatte. Gerade Sebastian! Wenn ich an unsere erste Begegnung dachte. Es war plötzlich wieder wie gestern.

# SEPTEMBER 2001

Das erste Mal begegnete ich Sebastian am 24. September 2001 in der Schlange vorm Check-in-Schalter 21A am Flughafen Tegel. Ich wusste natürlich damals noch nicht, wie er hieß. Ich hatte ihn nie vorher gesehen. Er studierte nicht an der Humboldt-Uni. Aber er sprang mir sofort ins Auge, denn er stand mit seiner Freundin eng umschlungen ein paar Leute vor mir in der Abfertigungsreihe. Die Innigkeit ihrer Umarmung ließ eine sehr lange Trennungszeit erahnen. Die beiden ließen mich an ein schiffbrüchiges Pärchen denken, das sich in der todbringenden Strömung des kalten Atlantiks verzweifelt aneinanderklammert, um, wenn schon zu ertrinken, wenigstens, anders als Romeo und Julia, synchron das Zeitliche zu segnen. Sebastian überragte seine Freundin um anderthalb Köpfe. Ihre symbiotische Vermählung gestattete ihnen nur ein sehr ungelenkes Vorwärtsrücken. Er musste seine beiden Outdoor-Rucksäcke mit den Füßen in Richtung Gepäckannahme schieben, denn er hatte sich offenbar geschworen, die Frau in seinen Armen bis zur endgültigen Trennung keine Sekunde loszulassen.

Solcher Gefühlsexhibitionismus jagte mir einen kalten Schauer über den Rücken. Wie konnte man sich bloß von seiner Freundin zum Flughafen bringen lassen und dann auch noch eine derartige Show abziehen? So etwas Intimes wie Verabschiedungen erledigte ich prinzipiell in den eigenen vier Wänden. Umstehende sollten sich kein Bild davon machen können, wie es um meine Beziehung bestellt war. Und niemand sollte zugegen sein, wenn mir eine Frau eine Szene machte, weil ich sie allein in Berlin zurückließ. Im Herbst 2001 war diese Prinzipienfestigkeit für mich natürlich blanke Theorie, denn ich stürzte mich als Junggeselle in das Abenteuer Frankreich. Ich konnte keine Frau in Deutschland gebrauchen, die mir als Über-Ich vor jedem Abenteuer mit einer Französin Treue und sexuelle Enthaltsamkeit predigte.

Selbst im Moment des Check-in hatte Sebastians Begleitung von hinten ihre Arme um ihn geschlungen. Es war, als wollte sie ihn daran hindern, in sein Verderben zu rennen. Fürchtete sie, ihn ein letztes Mal zu sehen, weil soeben auch zwei Araber hatten einchecken dürfen, obgleich aus den Trümmern des World Trade Centers noch Rauchwolken aufstiegen? Nun konnte ich endlich ihr Gesicht erkennen. Die beiden spielten nicht in derselben Attraktivitätsliga. Während er sportlich und groß gewachsen war und ein ebenmäßiges Gesicht hatte, dem man sofort ansah, dass er viel Zeit an der frischen Luft verbrachte und in einem Milieu aufgewachsen sein musste, das die Widrigkeiten des Lebens erfolgreich von ihm abgeschirmt hatte, fiel sie bestenfalls nicht negativ auf. Weshalb hatte er keine hübschere Freundin? Achtete er nur auf innere Werte? Hatten die Eltern die Beziehung arrangiert? Waren sie schon in der Kita ein Paar gewesen, und er traute sich nicht, sich nach so vielen Jahren von ihr zu trennen? Möglicherweise war einfach gerade keine Bessere zur Stelle gewesen.

Viele Menschen taten sich ja mit dem Alleinsein schwer. Um nicht einsam zu sein, gaben sie sich mit Überbrückungspartnern zufrieden. Wenn die leckeren Äpfel am Baum zu hoch hingen, musste man sich eben mit ihren matschigen Artgenossen am Boden begnügen. Und ehe man sich versah, wurde aus einem Überbrückungspartner der Begleiter fürs Leben. Ich hielt nichts von solchen Kompromissen. Entweder eine Frau war die Richtige oder nicht. Darum war ich seit Melanie auch allein geblieben. Es hatte mich an jedem Mädchen irgendetwas gestört. Keines hatte Melanie das Wasser reichen können. Mit keinem hatte ich mehr Zeit verbringen wollen. Aber jetzt würde sich das ändern. Während meines Erasmus-Jahres würde es leichter für mich sein, mich auf Frauen einzulassen. Da ich in Frankreich vor allen Dingen an sexuellen Abenteuern und der Verbesserung meiner Sprachkenntnisse interessiert war, konnte ich in den nächsten zehn Monaten darauf verzichten, zu hohe Anforderungen an den Charakter und die Persönlichkeit der Frauen zu stellen. Wenn man ohnehin nur kurz blieb, brauchte man nicht nach der Liebe fürs Leben zu suchen. Es genügte, wenn eine Frau gut aussah und Französin war. Zudem war es leichter, gegenüber einer Französin tolerant zu sein, da man Meinungsverschiedenheiten immer auf sprachliche Missverständnisse schieben konnte.

Sebastian und seine Freundin küssten einander nun. Nie wäre es mir in den Sinn gekommen, mit einer Überbrückungsfreundin in der Öffentlichkeit Zärtlichkeiten auszutauschen. Angefasst hätte ich sie nur zu Hause, wo uns keiner sah. Umso unbegreiflicher war mir das Verhalten von Sebastian. Ich an seiner Stelle hätte mich von ihr bestenfalls mit einem kameradschaftlichen Klaps auf die Schulter verabschiedet oder mit einem *Hau rein*!

Nicht nur ich wunderte mich.

«Schau mal! Jetzt knutscht der die sogar», lästerte der Mann hinter mir in der Schlange zu seiner Frau.

«Wieso? Die ist doch süß.»

«Wie bitte? Süß? Hast du mal ihr Gesicht gesehen?»

«Was denn? Die ist doch hübsch. Außerdem kann man doch auch auf den Charakter achten.»

«Das sollte aber nicht das Entscheidungskriterium sein. Die strengt sich doch charakterlich sowieso nur an, weil sie weiß, dass sie über ihr Aussehen nichts reißen kann. Für dieses falsche Spiel sollte man sie nicht noch belohnen.»

«Sei doch nicht so fies! Soll das heißen, dass dir mein Charakter egal ist? Dass du nur wegen meines Aussehens mit mir zusammen bist?»

«Ich will's mal so sagen: Dein Aussehen lässt mich über Defizite in anderen Bereichen hinwegsehen. Man kann nicht alles haben.»

Mir war der Mann sofort sympathisch. Er erhielt von seiner Frau einen vorwurfsvollen Ellenbogenstoß in die Rippen.

«Au! Du willst mir doch nicht ernsthaft erzählen, dass du möchtest, dass ein Typ mit dir wegen deines Charakters zusammen ist!», verteidigte sich der großgewachsene, sportliche Mann.

«Natürlich! Ich möchte als Persönlichkeit geliebt werden. Und nicht auf mein Aussehen reduziert.»

«Aber für den Charakter hat man doch Freunde.»

«Haha.»

«War nur ein Scherz. Natürlich ist mir dein Charakter wichtiger.»

«Wie jetzt? Findest du mich hässlich?»

«Hässlich nicht.»

«Okay. Bin ich hübscher oder hässlicher als die da?» Sie deutete auf Sebastians Freundin.

«Ihr nehmt euch nicht viel.» Das war gelogen. Sie sah besser aus, stellte ich fest, als ich mich unauffällig umdrehte und sie musterte.

«Was? Du findest mich also hässlich? Das ist so gemein!»

«Wieso denn? Du hast doch selber gesagt, dass sie eigentlich hübsch ist.»

«Ja, aber nicht für dich. Du findest sie doch hässlich.»

So erfrischend der Streit der beiden war, ich konnte mich nicht länger auf die Fortsetzung konzentrieren. Die Vorführung der Liebenden vom Flughafen Tegel war zu packend.

Nachdem Sebastians Rucksäcke aufgegeben waren, setzten er und seine Freundin ihre Abschiedszeremonie fort. Sämtliche Rituale ungebrochener gegenseitiger Hingabe wurden von ihnen in aller Öffentlichkeit ungeniert durchexerziert: tiefer, lang anhaltender, schmachtender Blick in die Augen des anderen; Haare aus dem Gesicht streichen; laute Schmatzer auf den Mund; innige Zungenküsse; Reiben der Körper aneinander; festes Aneinanderklammern; mit den Händen spielen; Arme parallel immer vom Körper weg- und wieder zu diesem hinführen, wobei sich die Handflächen beider berührten; verliebte Worte ins Ohr flüstern, sodass es alle Umstehenden im Umkreis von acht Metern verstanden.

Ich rechnete jeden Moment damit, dass ihre Choreographie in einen Lambada oder erotischen Booty Dance münden würde. Auch andere Schaulustige spekulierten offensichtlich darauf. Einige in der Schlange unterbrachen ihre Zeitungslektüre. Mehrere Frauen hörten auf, ihre die Reise antretenden männlichen Partner zu küssen, weil sie die Verabschiedung von Sebastian und seiner Freundin mehr fesselte. Leute, die gerade zu einem anderen Abfertigungsschalter rannten, blieben gebannt stehen und verpassten ihr Flugzeug. Die Ersten zückten ihre Fotoapparate. Aufgrund der Größendifferenz zwischen den beiden hatte man bisweilen den Eindruck, ein Vater liebkose seine minderjährige, sich schutzsuchend an seinen Bauch kuschelnde Tochter. Selbst das Check-in geriet zeitweilig ins Stocken, weil das Air-France-Personal immer wieder abgelenkt wurde.

Nachdem Sebastian überraschenderweise doch in den Warte-Bereich gewechselt war und sich die Automatiktür zwischen beiden geschlossen hatte, war die Abschiedsliturgie noch längst nicht beendet. Umgehend nach dem Passieren des Sicherheitschecks raffte er seine Sachen zusammen – dabei fiel sein Portemonnaie zu Boden – und eilte durch die Bänke, vorbei an den Fluggästen und der Snackbar, im 180-Grad-Bogen zur Scheibe, die die Reisenden von den Zurückbleibenden trennte, um seine rechte Hand gegen das Glas zu drücken. Von draußen presste bereits seine Liebste. Und dann führten sie ihre Lippen ans Glas, um sich ewige Treue zu schwören. Nun unterbrachen auch die letzten Umstehenden ihre Gespräche, um an dieser peinlichen Aufführung ihre Fremdschämtoleranz einem extremen Belastungstest zu unterziehen. An diesem Tag wurden die ersten YouTube-Videos gedreht. Trat ich jetzt an Sebastian heran, um ihm sein Portemonnaie zurückzugeben, das ich aufgehoben hatte, würde ich alles kaputt machen und wäre für die Zuschauer der Buhmann. Ich entschied mich, zunächst noch abzuwarten. Während sich die beiden durch die Scheibe küssten, rief jemand: «Das macht ihr aber wieder sauber!»

Sebastian überhörte die Bemerkung.

Selbst die beiden Moslems stellten nun ihr Gebet ein. Falls sie bisher noch gezögert hatten, ob sie das Flugzeug wirklich entführen und in ein Hochhaus fliegen lassen sollten – die Anwesenheit von Sebastian an Bord würde ihnen die letzten Skrupel rauben.

Aber vielleicht würde sich dieser auch gleich gegen die Scheibe werfen und sie zum Bersten bringen, um mit seiner Angebeteten, die er nun seit mindestens zwei Minuten nicht mehr in seinen Armen hielt, wieder vereint zu sein und Hand in Hand Richtung Sonnenuntergang zu schreiten. Bedauerlicherweise ließ er es an dieser Konsequenz missen. Er fügte sich schließlich in die Trennung. Brav stellte er sich mit gesenktem Haupt zum Boarding an, die Pfiffe, das Klatschen und die Zugabe-Rufe mehrerer Fluggäste überhörend. Der Ausgang war für alle Zuschauer ziemlich enttäuschend.

«'tschuldigung. Ich glaub, das ist dein Portemonnaie», tippte ich ihm von hinten auf die Schulter.

«Ah. Danke! Oh Gott. Das ist fein von dir. Ich bin so aufgeregt. Danke! Wirklich!»

«Kein Problem. Ich stand direkt daneben. Ist noch alles drin. Ich hab nichts rausgenommen. Bis auf das Geld.»

Er guckte irritiert.

«War ein Scherz.»

Seine mimische Anspannung löste sich.

«Möchtest du, dass ich dich vorlasse?», bot er mir an.

«Nein. Ich muss noch mal auf Toilette», log ich, denn ich wollte nicht, dass er sich aus Dankbarkeit mit mir unterhielt. Ich entfernte mich. Trotzdem. Von da an hatte er mich auf dem Kieker. Ich sollte meine gute Tat im Laufe des Tages noch bereuen.

Mehrere Stunden war ich ihm aus dem Weg gegangen. Und nun, gegen 21 Uhr, saß ich mit ihm im Taxi. Sebastian hatte ein Zimmer im selben Wohnheim. Ich hatte den Fehler gemacht, nicht neben dem Taxifahrer, sondern auf der Rückbank Platz zu nehmen. Übertrieben neugierig starrte ich aus dem Fenster, obwohl es draußen schon dämmerte und man nicht mehr weit sehen konnte. Aber die Dämmerung war mir trotzdem lieber als eine Unterhaltung mit meinem Kommilitonen. Ich wollte mich nicht gleich zu Beginn mit einem Deutschen anfreunden. Ich hatte schon den Fehler gemacht, meinen Namen preiszugeben.

Und mein linkes Ohr war bereits unter verbalem Dauerbeschuss:

«Ich find das ja toll, dass ich gleich jemanden kennengelernt habe.» Im Halbdunkel erahnte ich einen Gewerbepark und hier und dort ein Restaurant zwischen viel Wiese.

«Findest du das nicht auch besser, wenn man nicht allein ist?»

«Weiß nicht.»

«Ich war noch nie ein Jahr weg.»

«Mhm.»

«Warst du schon mal ein Jahr weg?» Der zweite Kreisverkehr.

«Nein.»

«Meine Eltern wollten mal, dass ich ein Jahr während der elften Klasse in die USA gehe. Aber das habe ich dann doch nicht gemacht.»

«Mhm.» Noch ein Kreisverkehr. Und ein Wald.

«War auch wegen meiner Freundin. Damit die nicht traurig ist.»

«Mhm.» Ein eingeschossiges Einfamilienhaus hinter einer Hecke.

«Bin eigentlich immer nur mit Josepha verreist.»

«Mhm.» Und ganz viel Bäume.

«Aber jetzt musste ich einfach mal. Weil das Reisebüro von meinem Papa jetzt auch Reisen nach Frankreich anbieten möchte.» Und ein Feld.

«Und weil ich das Geschäftsfeld mit aufbauen soll und mein Französisch noch verbessern will. Ich war ein bisschen spät dran. Paris war schon weg. Und Toulouse auch und Lyon. Da war nur noch Pau übrig.»

«Mhm.»

«Aber ist ja auch gut. Mir ist das lieber, wenn das kleiner ist. Da verliert man nicht so schnell die Orientierung.» Noch ein Kreisverkehr. Auf Sebastians Seite Gewerbehallen.

«Deswegen fahr ich auch nicht gerne nach Berlin rein. Mir ist das immer viel zu laut.»

Wir würden uns blendend verstehen.

«Warum bist du eigentlich nach Pau gegangen?», wollte er wissen.

Weil ich darauf spekulierte, mit meiner Herkunft aus Ostberlin bei Frauen in einer südfranzösischen Kleinstadt leichter punkten zu können als in einer Metropole. Und weil die Tour de France fast jedes Jahr in Pau Station machte, auf dem Weg in die Pyrenäen oder nach deren Durchquerung. Als Jan-Ullrich-Fan wollte ich mir das nicht entgehen lassen. «Wegen Sex!»

Sebastian verstummte.

«War nur ein Scherz.»

«Ah. Ich hab echt gedacht, du meinst das ernst.» Meinte ich auch.

«Ich hab immer in einer Großstadt gelebt, jetzt möchte ich mal etwas anderes sehen», erklärte ich.

«Das ist fein.» Schon seine Ausdrucksweise verursachte bei mir Gänsehaut. Rechts von uns ein Intermarché mit vorgelagertem Parkplatz. Weitere Shopping-Einrichtungen. Zunehmend Einfamilienhäuser.

«Und was studierst du?»

«Französisch und Politische Bildung.»

«Ah, schön.»

Wir nahmen aus einem weiteren Kreisverkehr die Abfahrt nach Süden. Im Radio liefen französische Chansons.

«Willst du mal meine Freundin sehen?»

«Was?»

«Ob du mal meine Freundin sehen willst? Ich habe Fotos in meinem Portemonnaie.» Ich wollte nicht. Schließlich hatte ich seine Freundin schon heute Morgen ausgiebig begutachten können.

«Vielleicht später.» Ich blickte wieder aus dem Fenster.

«Hier, guck mal!» Sebastian hatte seine Brieftasche geöffnet. Eine ausklappbare Fotoreihe fiel heraus. Offenbar für jedes Jahr ihrer Beziehung ein Porträt. Rechts ging es nach Bayonne. Links nach Toulouse und seltsamerweise ebenfalls nach Bayonne. Geradeaus ins Zentrum. Eingeschossige Häuser mit weißen Mauern. Dann wieder graue, unverputzte Gebäude aus Kieselsteinen.

«Guck mal, das ist Josepha!»

Was, bitte schön, sollte ich dazu sagen? Bei einem Neugeborenen wäre ein *Ach, wie niedlich!* erwartet worden. Aber Josepha war kein Neugeborenes. Wie kommentierte man das Foto einer erwachsenen Frau? *Geht doch.* Oder: *Die würde ich ja gerne mal vernaschen.* Wir erreichten Pau. Links von uns eine Pferderennbahn.

«Aha. Das ist also deine Freundin.»

Erneut eine Total-Tankstelle. Genau. Elf Aquitaine hatte in der Region seinen Firmensitz. «Wir sind schon seit sechs Jahren zusammen.» Einfamilienhäuser hinter mannshohen Mauern. Autohäuser.

«Na, da wird ja dieses Jahr euer letztes sein.»

«Was? Wieso?» Sebastian stutzte. Auf meiner Seite sah ich die ersten HLM – Sozialbauten mit sechs Etagen. Wir bogen rechts in den Boulevard de Paix ab.

«Wieso wird das unser letztes Jahr sein?»

«Ich sag das nur so. Weil Erasmus-Aufenthalte Beziehungskiller sind. Aber dafür wirst du am Ende mit einer anderen Frau zusammen sein.» Die meisten Häuser auf meiner Seite hatten jetzt zwei Etagen.

«Aber ich möchte nicht mit einer anderen Frau zusammen sein. Wir lieben uns. Wir haben uns geschworen, wenn ich zurückkomme, dann heiraten wir. Und sie kommt mich auch mehrmals besuchen.»

«Meinetwegen. War nur ein bisschen zugespitzt formuliert. Jedes Paar ist natürlich anders.»

Ich vertiefte mich wieder in den Anblick der abendlichen Stadt. Wir kamen an ein paar Palmen vorbei. Häuser mit Garten. Das erste Gebäude mit elf Geschossen.

«Hast du denn so was schon erlebt?»

«Was?»

«Eine Trennung.»

Darüber wollte ich jetzt nicht sprechen. Melanie ging ihn nichts an.

«Weiß ich nicht.»

«Wie, du weißt es nicht?» Wieder Elfgeschosser. Und dazwischen flachere Bauten.

«Was weiß ich nicht?»

«Na, ob du schon mal eine Trennung hattest?»

«Das weiß ich schon, aber ich möchte jetzt nicht darüber reden.»

Sebastian schwieg. An einem mit Palmen bestandenen Kreisverkehr bogen wir nach rechts ab: Allée Cathérine de Bourbon. Laternen warfen Licht. Auf dem grünen Mittelstreifen Bäume. Die Gebäude am Straßenrand wichen auf beiden Seiten zurück. Sebastian schwieg weiter.

«Ich will einfach nur aufpassen, dass uns der Taxifahrer nicht bescheißt.»

«Meinst du, der würde so etwas machen?»

«Ja.»

Ich konnte natürlich gar nicht aufpassen, denn ich kannte den Weg nicht. Rechts von uns ein Parkplatz. Dahinter eine Ansammlung von Bauten. War das die Uni? Nach dem nächsten Kreisverkehr rückten die Häuser wieder näher. Die Bäume auf dem Mittelstreifen wuchsen.

«Noch wenige Meter», erklärte uns der Chauffeur, der die ganze Fahrt über kein Wort von sich gegeben hatte. Wir bogen links ab. Auf beiden Seiten immer mehr Sozialbauten. Lag unser Wohnheim etwa in einer gefährlichen Banlieue? Nach fünfhundert Metern durch – zumindest im Dunkeln – wenig anheimelnde Plattenbauästhetik fuhr der Wagen rechts auf einen Parkplatz, obwohl ein rotes Schild verkündete: *Zufahrt nur für Feuerwehr und Krankenwagen.*

Auf rissigem, buckligem Asphalt kam unser Fahrzeug

schließlich zum Stehen. Auf meiner Seite führten fünf Stufen zum Eingang eines fünfgeschossigen, länglichen Plattenbaus, der sich am offensichtlichen Wohnheim-Parkplatz entlang bis zur Straße zog. Gegenüber von diesem Eingang lag der Zugang zum anderen Gebäudeflügel, der parallel zum ersten verlief, aber nach hinten verschoben war. Beide Teile waren durch einen flachen Arm verbunden, vor dem ein verwaister Fahrradständer auf Aufgaben wartete. Ungepflegte Grünflächen mit dichten Sträuchern säumten die Gebäude. Wild wuchernde Bäume zwischen den Wagen auf dem Parkplatz verliehen der Anlage – zumindest bei diesen Lichtverhältnissen – etwas von einem Urwald. Im rechten Trakt neben der Tür befand sich die Rezeption. Auf dem Mauervorsprung neben der Treppe lümmelten zwei Araber. Clichy-sous-Bois in Miniaturformat.

Vielleicht stammten sie aus einer französischen Vorstadt mit hoher Kriminalitätsrate. Der Größere von beiden trug eine weiße Jogginghose, der kleinere ein Basecap. Außerdem kifften sie. Aber ich wollte mich nicht von meinen Vorurteilen leiten lassen. Mein Rucksack und mein brauner Lederkoffer blieben als Zeugnis meiner Ressentimentfreiheit unten, während Sebastian seine zwei Rucksäcke mit hoch zum Empfang nahm. Oben angekommen, öffnete sich die Automatiktür nicht.

«47256», rief der Typ in der weißen Jogginghose auf Französisch.

Weil wir nicht reagierten, ergänzte er: «Das ist der Code.»

Vielleicht waren sie doch nicht aus der Banlieue.

«Merci», bedankten wir uns.

«Vous êtes d'où?», erkundigte sich der Basecap-Träger nach unserer Herkunft. «Doitschland?» Er hatte ein breites Lächeln.

«Ja», antwortete Sebastian.

«Nein!», antwortete ich, denn es ärgerte mich, dass unsere Nationalität so offensichtlich war.

«Ah. Doitschlaaaand. Iiiisch biiin kaputt!», brüllte er begeistert, und sein Kumpel, der ein längliches Gesicht hatte, fügte freudig hinzu: «Wiiiillst du meeinen Puuuller luuutschän?»

Sebastian war mit dieser Frage sprachlich überfordert. Oder vielleicht einfach nur nicht schlagfertig genug. Darum ergriff ich das Wort und erklärte auf Französisch: «Das mache ich gerne. Am Puller lutschen. Aber erst mal muss ich noch zur Rezeption, meinen Schlüssel holen und auspacken. Danach melde ich mich noch mal bei euch. Ich bringe auch gerne meinen Kumpel mit, damit nicht einer von euch warten muss.»

Sie mussten lachen. Wir verstanden uns prima.

Der Basecap-Träger stellte sich uns als Mehdi vor. Sein Kumpel mit dem länglichen Gesicht hieß Rachid. Er hatte ziemlich schlechte Zähne, vermutlich vom Kiffen. So schnell fand man also Freunde. Obwohl es natürlich eigentlich nur meine Freunde waren, denn ich hatte die richtige Antwort parat gehabt. Aber da es sich um Männer handelte, würde ich sie notfalls auch mit Sebastian teilen.

Am Empfang begrüßte uns eine Frau mit starkem Akzent. Vielleicht kam sie aus Spanien.

«Je vous mets au même étage», entschied sie, ohne mich zu fragen, ob ich wirklich mit Sebastian auf einem Flur untergebracht sein wollte. «Comme ça, ce sera plus facile.» Sebastian freute sich. Mir wäre mehr Abstand lieber gewesen, ich traute mich aber nicht, sie zu bitten, Sebastian ein Zimmer am anderen Ende vom Wohnheim zu geben. Wir erhielten den Code fürs Gebäude, einen Zettel, auf dem *état des lieux* stand, und unsere Schlüssel: Bâtiment B, Erdgeschoss, Zimmer 5 für mich und Zimmer 9 für meinen neuen Freund.

Luxus fühlte sich anders an. Zimmer 5 war etwa viereinhalb Meter lang und gut zwei Meter breit. Gegenüber der Tür war das Fenster. Links neben der Tür ein offener Schrank mit altersmüden Einlegeböden für die Kleidung. Lange würden die nicht mehr durchhalten. Rechts vom Eingang eine abgetrennte Waschecke. Dort ein verkalktes Becken mit zwei Wasserhähnen, blau für kalt und rot auch für kalt. Darüber ein paar blassgelbe Fliesen, eine weiße Keramikkonsole und ein an den Rändern splittriger Spiegel. Hinterm Waschbereich, auf der rechten Seite des Zimmers, stand das Bett. Schwarze Füße, eichenfarbener Bettkasten. Neben dem Kopfende ein zehn mal zehn Zentimeter großes Brett als Ablage. Dort fand allenfalls ein Handy Platz. Über dem Kopfende eine kleine Leselampe. Der ebenfalls eichenfarbene Schreibtisch vor dem Fenster nahm die ganze Breite des Raumes ein und enthielt auf seiner rechten Seite drei Regalböden. Es gab zwei Stühle, einen aus Plaste, einen gepolsterten. Von der Decke blickte eine dritte Lampe, die Hauptlichtquelle, auf mich herab. Sehr viel Mühe mit Leuchten gab sie sich nicht. Vielleicht steckte sie mit dem Raum unter einer Decke, und beide hatten etwas zu verbergen. Ich sah auch so genug. Hier war schon lange nicht mehr renoviert worden. Die gelbe, fleckige Tapete löste sich bereits an mehreren Stellen von den Wänden. Die Gardinen am Fenster waren löchrig und grau. Der Linoleumfußboden fügte sich mit seinem Grau perfekt ins deprimierende Ambiente. Wie sollte das Zimmer auf mich erst morgen früh wirken, wenn es richtig hell war? War es vielleicht doch ein Fehler gewesen, sich für ein Wohnheim statt für eine Wohnung zu entscheiden? Konnte ich überhaupt eine Französin mit in diesen 9-Quadratmeter-Verschlag nehmen? Litt ich bereits an Heimweh?

Draußen, auf dem Gang, knallte eine Tür, ein Schlüssel drehte sich im Schloss. Jemand schlurfte über den Flur. Dann kehrte wieder Stille ein. Mein Blick fiel auf das Blatt, das ich soeben von der Frau am Empfang erhalten hatte. Ich hielt es immer noch in der Hand. Es schien so etwas wie ein Übernahmeprotokoll zu sein. Ich begann zu lesen. Bereits beim vierten Wort musste ich mein Wörterbuch aus dem Rucksack holen. Aha, *chêne clair vernis* hieß *lackiertes, helles Eichenholz, alèze* Unterlaken. Ich inspizierte dieses. Neu war es nicht. Ich wollte gar nicht wissen, woher die Flecken stammten. *Waschbecken mit heißem und kaltem Wasser.* Das konnte ich doch eigentlich nicht unterschreiben. Wenn ich am Ende des Jahres das Zimmer wieder abgab und aus dem roten Wasserhahn nur kaltes Wasser floss, würde man das mir anlasten. Und wie konnte ich die Tapete unbeschädigt hinterlassen, wenn diese bereits jetzt total verschmutzt war und von der Wand kam? Sollte ich sie selbst wieder ankleben? Mir war es doch gar nicht möglich, den Raum, wie im Protokoll gefordert, in gutem Zustand zurückzugeben. Am Ende musste ich noch für Schäden aufkommen, die gar nicht von mir verursacht worden waren. Sah es bei Sebastian genauso aus, oder hatte man mir das schlechtere Zimmer angedreht? Sollte ich mich morgen früh an der Rezeption weigern, das Übernahmeprotokoll zu unterschreiben, bevor nicht alle Mängel behoben oder wenigstens vermerkt waren? Das wirkte sicherlich typisch deutsch. Ich war doch eigentlich nicht typisch deutsch.

Ich musste mal. Auf dem Gang brannte Licht. Hinter den Schwingtüren im Treppenhaus telefonierte jemand:

«Ja, ein paar Zimmer weiter. ... Selbe Etage. ...» Es war Sebastian. Selbst auf der Toilette konnte ich hören, wie er telefonierte.

«Wir haben uns wirklich richtig gut unterhalten im Auto. Er ist wirklich nett.» Da täuschte er sich.

«... Ich glaub, wir verstehen uns. ... Ist echt besser so, wenn man noch jemanden kennt. Ich könnte mir vorstellen, dass wir uns anfreunden.» Auch das noch.

«Und wir haben auch schon zwei Franzosen kennengelernt. Wenn die auch ein bisschen komisch sind.»

Nachdem ich fertig war, huschte ich zurück auf mein Zimmer und schloss leise die Tür. Ich machte mich ans Auspacken. Ich brauchte unbedingt ein Radio, damit hier ein bisschen Leben einzog. Ein paar Poster wären auch nicht schlecht, aber die durfte man wegen der Tapete nicht anbringen, wie im Protokoll stand. Dann putzte ich Zähne. Und legte mich hin, um noch ein bisschen in *Le monde* zu lesen. Kurz danach klopfte es. Mehdi oder Rachid? Durch den Türspion erkannte ich Sebastian. Ich öffnete trotzdem.

«Hallo, Markus. Hast du schon dieses Blatt ausgefüllt? Ich hab mal versucht, das zu übersetzen. Aber das meiste verstehe ich überhaupt nicht. Ich hab auch vieles in meinem Wörterbuch nicht gefunden.»

«Es geht darum, ob im Zimmer alles vorhanden und alles in Ordnung ist.»

«Also, ich finde, das ist ganz schön runtergekommen. Ist das bei dir auch so?»

Ich ließ ihn rein.

«Sieht genauso aus wie bei mir. Bei mir kommt aus dem roten Hahn nicht mal warmes Wasser.»

«Bei mir auch nicht.»

«Und die Tapete geht bei dir auch schon ab. Wollen wir da nicht noch mal hingehen und mit der Dame von der Rezeption reden? Nicht, dass wir dann am Ende für Schäden bezahlen müssen, die wir gar nicht verursacht haben.»

«Quatsch!», widersprach ich. «Das ist doch nur pro forma. Meinst du, die schauen da wirklich am Ende drauf? Solche Ängste sind doch typisch deutsch.»

«Meinst du?» Er wackelte mit dem Kopf und murmelte gedankenversunken etwas, das ich nicht verstand. «Wollen wir nicht mal sicherheitshalber doch fragen gehen?»

«Also, ich nicht. Ich will jetzt erst mal schlafen.»

«Na gut.» Er verabschiedete sich. Ich legte mich wieder hin. Ein Schlüssel drehte sich in einem Schloss, eine Tür ging auf und zu, und ein Schlüssel drehte sich wieder im Schloss. Sollte ich besser auch abschließen? Wie war das hier mit Einbrüchen? Vielleicht sollte ich mir doch lieber eine WG suchen.

Am nächsten Morgen weckten mich die Sonnenstrahlen gegen viertel acht. Das Fenster ging also nach Osten raus. Ich öffnete. Spätsommerliche Luft erfüllte den Raum. Nicht zu warm, nicht zu kalt. Vielleicht war alles halb so schlimm. Das Zimmer sah zwar immer noch wenig einladend aus, aber wenn ich es mir etwas einrichtete, ließ es sich vielleicht aushalten. Heute war *journée d'accueil*, an dem die Erasmus-Studenten von Einheimischen über den Campus geführt und bei den ersten organisatorischen Schritten unterstützt wurden. Ich würde mir auf dem Weg zur Uni ein Croissant und etwas zu trinken kaufen, statt im Wohnheim zu frühstücken. So konnte ich eher los und Sebastian aus dem Weg gehen. Doch der war ein Frühaufsteher.

Als ich gegen acht aus dem Gebäude trat, erblickte ich meinen Kommilitonen bereits diskutierend an der Rezeption. Mein Versuch, mich unbemerkt vorbeizustehlen, misslang.

«Markus, warte! Ich komme mit.»

Wegrennen ging nicht. Dazu war ich nicht schnell genug. Und es war auch albern.

«Und, hast du gut geschlafen?»

«Ja.»

«Du, ich hab übrigens noch mal gefragt, wie das ist mit dem Protokoll. Die meinte, wir sollen uns keine Sorgen machen. Wenn wir das Zimmer nicht total beschädigen, dann bekommen wir auch keine Probleme.» Das klang fast so, als habe er sich in unser beider Namen erkundigt. Dann hatte er bei der Rezeptionistin gleich mal meinen Ruf ruiniert.

«Was aber doof ist, dass man für seine Freundin extra bezahlen muss, wenn die einen besuchen kommt. Man muss Besuch auch immer vorher anmelden.» Das konnte ich nicht glauben.

«Die hat dich verarscht. Wir leben doch nicht mehr in den Sechzigern.»

An der ersten Kreuzung bogen wir rechts in die Avenue du Loup ein.

«Doch! Warum sollte die das tun?» Da hatte er recht. Warum sollte die das tun?

Die Hochhäuser rückten in die zweite Reihe. Eine Apotheke, eine Fleischerei und dazwischen war ja auch schon eine Bäckerei. Das war natürlich scheiße, wenn man Besuch anmelden musste. Konnte ich gar nicht einfach so eine Frau mit auf mein Zimmer nehmen.

Ein Baguette kostete vier Franc. Ich nahm ein Croissant und ein Schokocroissant. Sebastian tat es mir nach. Nach der nächsten Biegung kam ein kleiner Casino-Supermarkt. Dort kaufte ich mir eine Flasche Wasser. Sebastian auch.

«Ich hatte sowieso vor, mir ein Zimmer in einer WG zu suchen. Also, die ganze Zeit wollte ich nicht im Wohnheim bleiben. Und wenn ich Josepha jetzt noch anmelden muss und extra bezahlen, dann mache ich das auf jeden Fall. Was hältst du von der Idee?»

«Die Idee finde ich gut.»

An der Ecke Avenue du Loup/Boulevard Tourasse war eine Lidl-Filiale. Die hätten wir auch in Berlin haben können.

«Dann können wir uns ja vielleicht auch zusammen eine Wohnung nehmen!» Auf keinen Fall.

«Ich bleib lieber im Wohnheim. Das ist billiger.»

Am liebsten hätte ich mir die Strecke vorher eingeprägt, aber mein Gedächtnis war in solchen Dingen bedauerlicherweise unzuverlässig, weshalb ich den Plan aus meinem Rucksack holen musste. Zum Glück war gerade niemand in der Nähe, dem so auffallen würde, dass ich neu in der Stadt war.

«Wir müssen da lang», deutete Sebastian nach links.

«Bist du sicher?»

«Ich kann mir sehr gut Karten merken.» Schnell verstaute ich den Plan wieder in meiner Tasche.

«Ich kann auch den größeren Teil der Miete übernehmen.»

«Nee. Da hätte ich immer ein schlechtes Gewissen und würde mich mies fühlen.» Das war natürlich nur vorgeschoben. Aber ich konnte Sebastian wohl kaum erklären, dass ich nicht mit ihm zusammenwohnen wollte.

Als wir um dreiviertel neun die Présidence der Universität erreichten, einen zweigeschossigen Rundbau mit weißer Fassade und langen Fensterzeilen, warteten bereits an die zwanzig Erasmus-Studenten in Grüppchen darauf, von den Franzosen unter die Fittiche genommen zu werden. Soweit ich es beobachten konnte, hatten sie sich brav nach Herkunft sortiert: am Eingang fünf Engländer, Schotten bzw. Iren; einer von ihnen, groß und schlaksig, hatte rot gefärbte Haare, trug eine Cordhose und erinnerte mich ein bisschen an Dirk von Lowtzow. Ein anderer, ein ziemlich kleiner mit rotem Basecap, schien südeuropäische Vorfahren zu haben. Zur selben Clique gehörten noch ein händchenhaltendes Pärchen, sie klein und etwas pummelig, er groß und schlank, beide sehr blasse Haut. Und eine Rothaarige mit Sommersprossen, großen Lippen, tiefem Ausschnitt, der ihren Vorbau betonte, und extrem kurzen Hosen. Unsere Landsleute bestanden nur aus Studentinnen: einer dunkelhaarigen, zierlichen Person; einer Übergewichtigen mit lockigen Haaren und Brille; einer Rothaarigen, recht großen; sowie fünf Blondinen. Wir waren die einzigen Jungen aus Deutschland. Zudem gab es zwei braunhaarige Mädchen, deren Herkunft ich nicht identifizieren konnte. Spanierinnen waren sie nicht. Und auch nicht aus Italien. Trotzdem eher Südeuropa. Vielleicht Portugal. Schließlich standen noch vier Studenten beisammen, die sich anschwiegen. Das konnten eigentlich nur Skandinavier sein.

Sebastian steuerte zielstrebig auf Kriemhild, Isolde, Ingeborg, Ute, Sieglinde, Heike, Gudrun – oder wie auch immer sie hießen – zu. Ich hielt ihn zurück.

«Lass uns mal hier bleiben!»

«Wieso denn?»

«Ich will mich nicht mit Deutschen anfreunden.»

Er schaute mich verwundert an.

«Dann entstehen soziale Verpflichtungen, die ich nur schwer wieder loswerde. Ich möchte hier Franzosen kennenlernen», erklärte ich etwas vage, denn eigentlich wollte ich vor allen Dingen Französinnen kennenlernen. «Um die Sprache zu verbessern. Jeder Kontakt zur Heimat ist da nur hinderlich.»

Mein Kommilitone nickte: «Das stimmt. Da hast du recht», und blieb bei mir stehen, obwohl er, wenn er den Gedanken zu Ende gedacht hätte, auf Abstand zu mir hätte gehen müssen.

Die Empfangsdelegation bestand aus Madame Lescaud, Marine, Cécile, Aurélie und Marc. Madame Lescaud, eine Frau Anfang vierzig mit kinnlangen, blonden Haaren und weiß gerahmter Brille, hieß uns auf Französisch herzlich willkommen und erklärte, dass wir von unseren Tutoren zunächst über den Campus geführt und diese uns anschließend die schönsten Ecken der Stadt zeigen würden. Die Zuteilung zu den Tutoren erfolgte über Abzählen, damit wir neu gemischt und mit Studenten aus verschiedenen Ländern unseren Rundgang beschreiten konnten. Sebastian durfte zu Marine. Mit ihrem Pony und ihrer blassblauen Bluse sah sie zwar ein bisschen brav aus, war aber alles in allem die Hübscheste aus der Runde. Sie hatte schöne Augen. Ich sollte zu Marc. Da wollte ich aber nicht hin. Denn der unsicher wirkende Kerl, der die ganze Zeit auf den Boden schaute, war unattraktiver als Marine und obendrein ein Junge.

«Je peux changer de groupe? – Kann ich die Gruppe wechseln?», wandte ich mich an Madame Lescaud. Ich war nicht der Einzige, der mit der Zuteilung nicht zufrieden war. Der mediterrane Engländer, der auch bei Marc gelandet war, hatte offenbar ebenfalls bereits ein Auge auf Marine geworfen.

«Pourquoi?», erkundigte sich Madame Lescaud nach dem Grund meines Ansinnens.

«Je veux être avec mon ami Sebastian. Je fais tout avec lui», erhob ich meinen Berliner Kommilitonen kurzerhand zu meinem engsten Freund. Diese Bemerkung kostete mich sehr viel Überwindung. Wahrscheinlich würde ich sie noch bereuen. Er klopfte mir freundschaftlich auf die Schulter. Madame Lescaud verdrehte die Augen. Mein Nebenbuhler kopierte mich einfach.

«Je veux aussi être avec ma petite-copine. C'est celle-là», gab er die pummelige Engländerin aus Marines Gruppe, die soeben noch die Hand ihres schlaksigen Typen gehalten hatte, als seine Freundin aus. Diese schien nicht zu verstehen.

«Die Gruppen sollen aber ungefähr gleich groß sein. Ein paar Stunden werden Sie sich von Ihrer Freundin und Sie von Ihrem Freund doch wohl trennen können!» Galten Sebastian und ich mittlerweile als schwules Pärchen?

Mein Konkurrent und ich schüttelten den Kopf. Der Mezzogiorno-Brite schlug der Engländerin in Marines Gruppe, zu der er eigentlich hatte wechseln wollen, vor, mit ihm zu tauschen, damit sie wieder mit ihrem Freund zusammen war. Sie willigte ein. Eine absurde Aktion. Nun hätte ich gleich noch Sebastian bitten können, mir ebenfalls seinen Platz zu überlassen. Doch Madame Lescaud schüttelte nur entnervt den Kopf. «Meinetwegen!» Sebastian freute sich.

Marine führte uns zunächst zu den verschiedenen Fakultäten. Unsere würde die literatur- und sprachwissenschaftliche sein, ein dreigeschossiger Bau mit dunklen Gängen und einem Innenhof, durch den sich steinerne Sitzgelegenheiten zogen. Dort sollten wir uns in den nächsten Tagen immatrikulieren, um einen Studentenausweis zu erhalten, und zu Beginn der kommenden Woche mit Hilfe unserer pädagogischen Berater unseren Stundenplan zusammenstellen. Die zweite Station war die Bibliothek des Fachbereichs Recht und Literatur, ein flaches Gebäude, das wie meine Fakultät eine Renovierung bitter nötig hatte. Danach ging es zur naturwissenschaftlichen Bibliothek, um die es nicht besser bestellt war. An das Clous, das Studentenwerk am nördlichen Rand vom Campus, wandte man sich in Wohnangelegenheiten. Wir beschlossen unseren Rundgang mit einem Besuch der drei Mensen, die sich großzügig über das weitläufige, mit großen Wiesen durchsetzte Uni-Areal verteilten, der Caféteria Arlequin in der rechtswissenschaftlichen Fakultät, der Brasserie La Vague gegenüber der literatur- und sprachwissenschaftlichen Fakultät und dem riesigen Restaurant Universitaire am südlichen Ausläufer, gegenüber vom großen Parkplatz. Das Gespräch mit Marine suchte ich nicht. Sie sollte nicht annehmen, ich hätte die Gruppe ihretwegen gewechselt. Mein Gegenspieler – der tatsächlich eine italienische Mutter hatte – war plumper:

«Was kann man hier abends machen?»

«Es gibt das Hoegaarden. Da finden donnerstagabends immer gute Partys statt.»

«Was für Partys?»

«Karaoke-Partys.»

«Ah. Bist du da oft?» Er sprach wirklich ausgesprochen gut Französisch, fast ohne Akzent.

«Recht oft.»

«Und singst du auch?»

«Eigentlich nicht so.»

«Du singst bestimmt wunderschön.» Wie billig. Sie musste lachen. Sicherlich, weil ihr dieses plumpe Kompliment unangenehm war.

«Ich komm mir gerne mal anhören, wie du so singst.»

Sie musste wieder lachen. «Ich singe eigentlich nicht.»

«Aber was würdest du denn gerne singen? Liebeslieder? Romantische Lieder? Französische Lieder?»

«Meistens kommen Hits.»

«‹I can't get you out of my mind› von Kylie Minogue?»

«Nee. Eher französische Hits.» Sie schüttelte verlegen den Kopf.

«Ich liebe französische Hits.» Wann würde er seine Arme um sie legen? Am liebsten hätte ich sie aus ihrer misslichen Lage befreit. Aber ich blieb besser im Hintergrund.

«Und wo gehst du sonst so hin?»

«Boulevard des Pyrénées und ins Durango. Das ist eine Disco. Aber ich gehe auch nicht ständig weg.»

«Wohnst du auch im Wohnheim?»

«Nein. Ich habe eine Einzimmerwohnung.»

Wenn sie uns anderen nicht immer wieder auch etwas über die Uni und die Stadt erzählt hätte, dann hätte sie vermutlich die ganze Zeit mit ihm reden müssen.

«Also, ich führe euch jetzt ins Zentrum und zeige euch noch ein paar Ecken, wo man abends ausgehen kann.» Wir verließen die Uni in Richtung Süden.

«Hier ist das Hoegaarden. Da kann man feiern.» Das Café hatte den Charme einer Autobahnraststätte. Südöstlich vom Hoegaarden standen Plattenbauten, auf der anderen Straßenseite ummauerte oder von riesigen Hecken geschützte Villen. Weiter südlich, auf dem Weg zum Zentrum, überwogen dreistöckige Bauten. Kein Haus war wie das andere. Offenbar hatten die Stadtplaner für jedes Bauwerk einen anderen Architekten gewählt und jeden darüber im Unklaren gelassen, was die

Kollegen verzapft hatten. Die Bürgersteige waren schmaler als in Deutschland und oftmals zur Straße hin abfallend. Immer wieder sah man eine Pferdewettbar, einen Kiosk mit Kneipe, Restaurants, die tagsüber schlossen, kleine Supermärkte. Wir passierten eine Autowerkstatt, Waschcenter, Boulangerien. Dann ging es hinunter ins Quartier Hédas, dem in einer schmalen und länglichen Senke gelegenen Ausgehviertel für Studenten. Hier wurde Pau das erste Mal hübsch. Hier lag auch das Durango. Dann wieder bergan.

Der Halbitaliener wich nicht von Marines Seite.

«Was läuft im Durango für Musik?»

«Rock und Pop.»

«Cool. Ich mag Rock und Pop. Ich bin ein großer Rock- und Pop-Fan. Magst du auch Rock und Pop?»

«Ja.» Was hätte sie auch sonst antworten sollen? Sie war unsere Tutorin, sie musste nett zu uns sein.

Ich lief neben Sebastian, der unentwegt jeden Stein fotografierte, aber mich deswegen zumindest nicht zwang, mit ihm Gespräche zu führen. Im Centre Bosquet, einem Einkaufszentrum, gab es eine Fnac-Filiale. Hier in der Innenstadt häuften sich teurere Geschäfte, Versicherungen, Banken. Nach einem Abstecher zum burgähnlichen Schloss Heinrich IV. mündete unsere Tour bei einem Café crème im Café Russe auf dem Boulevard des Pyrénées. Vor uns lag das Gebirge, das Frankreich von Spanien trennte. Natürlich nahm mein Konkurrent neben Marine Platz. Ich erwischte den Platz auf ihrer anderen Seite.

«Es ist wirklich ein toller Blick hier. Wirklich toll.» Im Grunde hatte er recht. Aber musste man über so etwas mit einer Frau reden? Wie einfallslos!

«Find ich auch», stimmte ihm Marine pflichtschuldig zu.

«Da hast du wirklich was Tolles ausgesucht.» Man konnte auch übertreiben. Den Boulevard steuerte doch jeder Tourist gleich am ersten Tag an.

«Mich erinnert das ein bisschen an Neapel, wo meine Mutter herkommt. Kennst du Neapel?» Er fing an, ihr von Italien vorzuschwärmen. Ich kam gar nicht zu Wort. Dafür interessierte sich Sebastian nun wieder für mich:

«Findest du das nicht auch herrlich? Da kann man das Wohnheim gleich vergessen. Das ist Frankreich. C'est la vie.»

Der italobritische Flirtkönig wurde immer zudringlicher:

«Hast du italienische Vorfahren?»

«Nein, wieso?»

«Du siehst ein bisschen italienisch aus.»

«Wirklich? Echt?»

«So der Hauttyp. Und wegen deiner braunen Augen.»

«Meine Augen sind aber grün.» Sie schaute verwundert.

«Aber sie sehen ziemlich braun aus.» Sie hatte wirklich hübsche Augen. Und er ein hässliches T-Shirt: *Cicieta Sportiva Calvio Napoli*. Ich kam ja auch nicht mit einem Shirt von Hertha BSC.

Erst bei der Verabschiedung gelang es mir, mich bei Marine nach ihrer Handynummer zu erkundigen. «Falls ich noch Fragen zur Uni hab. Ich hab nämlich nicht alles verstanden vorhin», log ich. Ich würde mich natürlich nicht sofort bei ihr melden, sondern ein paar Tage verstreichen lassen. Diese Zurückhaltung würde sich wohltuend abheben von der aufdringlichen Art meines Rivalen, der sich die Nummer ebenfalls notierte. Ich konnte mir wirklich nicht vorstellen, dass er bei ihr Chancen hatte.

Zwei Tage später hatte ich Marine noch nicht angerufen, dafür aber mein Zimmer halbwegs eingerichtet. Ich besaß nun einen Teller, eine Tasse, Besteck, einen Topf, ein paar Lebensmittel und Toilettenpapier. Und ich hatte mir bei E. Leclerc, einem riesigen Supermarkt gegenüber vom Campus, einen CD-Player mit Radio besorgt, um so lange, wie ich noch keine Französin datete, zumindest mein passives Französisch zu trainieren. Dazu kam noch die Ausgabe für die tägliche Lektüre der *L'équipe* und von *Le monde*. Frankreich war teuer. Ich musste Geld abheben. Natürlich nicht allein. Sebastian war mir seit unserer Ankunft kaum von der Seite gewichen, abgesehen von den Momenten, in denen er mit Josepha telefonierte. Nun begleitete er mich auch zur Caisse-d'Epargne-Filiale ins Zentrum. Mir war keine Erklärung eingefallen, wieso er nicht hätte mitdürfen sollen. Außerdem mangelte es momentan an Alternativen. Die fette Schwarze im Zimmer 6 war keine Französin. Sie kam aus einem englischsprachigen Land. Der stille und freundlich grüßende Brillenträger mit der Carlos-Brille und der Gebetsmütze schräg gegenüber von Sebastian musste aus dem Maghreb sein. Die Gespräche mit Mehdi und Rachid, die oft vor der Treppe vom Bâtiment A abhingen, waren bisher nicht über die Fragen hinausgekommen, ob alle Deutschen schwul seien und ob ich ihren Puller lutschen wollte.

Bevor wir unsere Karten in den Automaten der Bank-Filiale gegenüber vom Centre Bosquet schoben, schlug ich vor: «Lass uns mal erst erkundigen, wie teuer hier die Gebühren sind!»

Eigentlich war es mir egal, welche Gebühren verlangt wurden. Ich wollte vor allem Französisch sprechen. Und hoffte, dass die Bankangestellten mich nicht sofort als Deutschen identifizierten. Durch zahlreiche kürzere Frankreichbesuche, sieben Jahre Gymnasium und zwei Jahre Romanistikstudium beherrschte ich die Sprache ganz passabel, zumal ich mich immer darum bemüht hatte, jede Gelegenheit zum Sprechen zu nutzen. Schon oft hatte man mir in Frankreich bescheinigt, praktisch akzentfrei zu sprechen. Mal sehen, wie lange ich meinem Gegenüber am Schalter vormachen konnte, ich sei sein Landsmann. Mein Anliegen war zwar thematisch dafür ungeeignet, denn warum sollte ich Kunde einer deutschen Bank sein, wenn ich Franzose war. Aber ich hatte die richtigen Impulse im Wohnheimzimmer einstudiert, um mich als Einheimischer zu verkaufen:

1) Guten Tag. Ich bin zwar kein Kunde Ihrer Bank, würde aber gerne mit meiner Karte Geld abheben. Wie hoch sind denn die Gebühren?

   …

2) Aha. Die Höhe der Gebühren richtet sich nach meiner Hausbank. Ich bin bei der Sparda-Bank Berlin. Können Sie mir darüber Auskunft erteilen, wie teuer das ist?

   …

3) Das ist eine deutsche Bank. Das haben Sie bestimmt in Ihrem Computer.

   …

4) Ich bin bei der Bank, weil ich gerade ein Erasmus-Jahr in Berlin gemacht habe.

   …

5) Pauschal oder in Abhängigkeit von dem Betrag, den ich abhebe?

   …

6) Vielen Dank.

Die Wortbeiträge Nummer zwei, drei und vier würde ich nicht benötigen, sofern die Gebühr von Caisse d'Epargne erhoben wurde. Ich musste nur sicherstellen, dass mich Sebastian nicht verriet. «Lass mich reden. Ich hab solche Gespräche schon geführt.»

Wir betraten die kundenfreie Filiale. Zwei Bankangestellte blickten auf und lächelten. Der Jüngere von beiden, ein Mann Anfang zwanzig mit kurzen gegelten Haaren, eilte auf uns zu.

«Je peux vous aider? – Kann ich Ihnen helfen?»

«Bonjour!», legte ich los und wurde sogleich unterbrochen.

«Oh, Germany. Your French really good.»

Diese Beleidigung war ein Schlag ins Gesicht. Warum hatte er nicht gleich gesagt: «Oh, you are from Berlin-Friedrichshain»?

Ich setzte an: «Nein, ich bin nicht aus Deutschland. Ich bin aus Afghanistan und auf der Suche nach einem Objekt für meinen Dschihad.»

Doch Sebastian kam mir zuvor: «Yes, we are from Berlin. Germany.» Na toll. Meine Identität war aufgeflogen. Ich riss das Wort wieder an mich.

«Je ne suis pas un client de votre établissement. Mais j'aimerais retirer de l'argent avec ma carte bancaire. Pourriez-vous m'indiquer les frais?»

«Yes, I can. He money, on the money from the machine. The costs. The bank, that you have. This is he money.» Offenbar hatte er Englisch nach dem ersten Halbjahr der siebten Klasse abgewählt. Ich verstand gar nichts.

«Vous pouvez parler français! – Sie können Französisch sprechen!», schlug ich vor.

«No. You talk English!», weigerte er sich und schüttelte dabei lächelnd seinen Kopf. Offenbar waren wir in dieser Filiale die ersten Ausländer seit Menschengedenken, und er erhoffte sich vom Gespräch mit mir eine Auffrischung seiner nicht vorhandenen Fremdsprachenkenntnisse. So setzten wir unser Gespräch bilingual fort:

«Pardonnez-moi, Monsieur. Mais je n'ai rien pigé de ce que vous avez essayé de me dire.» Ich wurde lauter.

Er blieb unbeeindruckt: «Okay. The bank machine ... costs moneys. Görman Mark. Not the machine. But the bank you have. Your bank.»

«Si je vous ai bien compris c'est ma banque en Allemagne qui prélève des frais sur les retraits de ses clients à l'étranger.»

Sebastian stand ratlos daneben. Er schien unsicher, ob er sich, wie von mir gewünscht, nicht einbringen durfte oder mir nun doch unter die Arme greifen sollte. Abwechselnd schaute er von mir zu meinem Tandempartner.

«Was meint er?»

«Ist mir egal. Er soll Französisch reden.»

«Yes.»

«Quel est le montant?»

«Äh, the bank ... äh the bank Germany has a name. What?»

Ich schüttelte nur gereizt den Kopf.

«German Bank? Banque de commerce?», bot er mir ungerührt an, so als habe er von unseren kommunikativen Schwierigkeiten noch nichts mitbekommen.

«Sparda-Bank Berlin.»

Ich buchstabierte, und er tippte den Namen in seinen Computer ein, allerdings erst, nachdem er jeden einzelnen Buchstaben wiederholt hatte.

Er blickte eine Weile auf seinen Bildschirm, spielte mit seiner Unterlippe und fing dann an zu stammeln: «Äh, the money ... your banque ... äh, äh, a problème ... ordinaetör here ...»

Ich verstand weiterhin nur Bahnhof und versuchte erneut, ihn dazu zu bewegen, doch einfach Französisch zu reden, unter anderem, indem ich mehrere französische Zungenbrecher fehlerfrei rezitierte.

Doch er blieb bei Englisch. Ich schaute zu Sebastian und rollte mit den Augen.

«Soll ich es mal mit Spanisch versuchen?», bot er an.

«Mach mal!», verzog ich verächtlich den Mund und nickte ironisch. Was sollte das bringen? Warum sollte ein französischer Bankangestellter einen Deutschen, der Spanisch sprach, besser verstehen als einen Deutschen, der Französisch sprach?

«Okay. Äh .... Querer ... saber ... banco ... los costos.» Sebastian machte doch tatsächlich Ernst. Er beugte sich dabei über den Schalter, als sei alles ein Problem der Akustik. Sein Spanisch hörte sich kaum besser an als das Englisch des Caisse-d'Epargne-Mitarbeiters. War das hier das französische Pendant zu «Verstehen Sie Spaß?»? Wo war die Kamera?

Ich wandte mich genervt an den älteren Kollegen:

«Excusez-moi, Monsieur. Pourriez-vous m'indiquer le montant des frais prélévés par ma banque allemande pour le retrait d'argent?»

«Si ... moneta ... no sapere ... cui computer ... di questo bancuo.»

Das sollte wohl Italienisch sein. Ich gab auf. Eine weitere misshandelte Sprache hatte mir gerade noch gefehlt. Ich verabschiedete mich auf Russisch und trat den Rückzug an. Sebastian, der so in sein Gespräch vertieft war, folgte mir erst eine halbe Minute später.

«Ich hab nichts rausbekommen. Wollen wir es noch woanders versuchen?»

«Nein. Scheißegal! Lass uns was abheben! ... Wie kommt es eigentlich, dass du so gut Spanisch kannst?»

«Ich bin mal nach Santiago de Compostela gewandert. Mit Josepha.»

«Bist du gläubig?»

«Nein. Aber ich wandere gerne.»

Er wurde mir immer seltsamer. Ein Glück, dass er bald in eine WG ziehen würde.

Das englische Pärchen war auch erschienen. Die beiden hielten wie an der *journée d'accueil* Händchen. Und dann noch ein paar von den Deutschen, die ich vor vier Tagen ebenfalls vor der Présidence gesehen hatte. Und die beiden Frauen mediterranen Typs, die ich geographisch in Portugal verortet hatte. Die anderen, die im Kreis auf dem Boden in der Mitte des Raumes saßen, sah ich zum ersten Mal. Auch die, die an den Seiten standen. Aus allen Richtungen spanische Wortfetzen. Wo waren die Franzosen? Waren überhaupt welche hier? Warum war ich eigentlich hier? Um nicht wieder mit Sebastian ins Kino gehen zu müssen. Im Hintergrund lief Manu Chao. Eigentlich hätte ich mir denken können, dass bei einer Erasmus-Party zu Beginn des Jahres Franzosen Mangelware waren. Andererseits war es auch nicht ausgeschlossen, dass jemand Marine eingeladen hatte. Schließlich hatte sie mehrere von uns über den Campus und durch Pau geführt. Ich schaute mich vergeblich nach ihr um.

«Ich muss mal kurz telefonieren», entschuldigte sich Sebastian. «Bin gleich wieder da.»

Ich machte mich auf die Suche nach dem Buffet. In der verwaisten Küche wurde ich fündig. Desperados-Bier, Orangensaft, Cola, Wasser und Chips. Ich goss mir eine Cola in einen weißen Plastebecher und nahm auf einem schwarzen Klappstuhl Platz. Die Luft war zigarettenrauchgeschwängert.

Eine Blondine in türkisfarbenem Oberteil und blauem Jeansrock betrat den Raum und machte sich an der Cola-Flasche zu schaffen. Sie war hübsch, vermutlich keine Spanierin. Ich versuchte mein Glück:

«Je peux te recommander les chips. Ils sont excellents.» Waren Chips im Französischen eigentlich männlich?

«Merci.» Sie lächelte.

«Tu viens d'où?»

«D'Allemagne.»

«Ah!» Mein Interesse erlosch augenblicklich.

«Und woher?», wechselte ich ins Deutsche.

«Aus Hamburg.»

«Ich bin aus Berlin.»

Ich hatte keine weiteren Fragen parat, was vielleicht auch an meiner fehlenden Motivation lag. Zum Glück bekamen wir Gesellschaft. Eine etwas mollige Frau mit braun gelockten, schulterlangen offenen Haaren erschien im Türrahmen. Genau. Ich kannte sie von der *journée d'accueil.*

«Bringst du noch für Joaquim ein Bier mit?»

«Okay.»

Die Blonde griff sich eine Flasche, und sie verschwanden wieder aus der Küche. Im Wohnzimmer wurde die Musik lauter. Irgendwas Spanisches. Ich erhob mich von meinem Stuhl und erhielt erneut Besuch. Ein bisschen zu dünn für meinen Geschmack, aber ein ausgesprochen hübsches Gesicht, große Augen, lange Wimpern und eine kleine Nase.

«Tu fuis la musique?»

«Como?»

«Est-ce que tu fuis la musique?», wiederholte ich laut und deutlich.

«He ne comprenn pas.»

«Tu es d'où?»

«Qu'est-ce quä çä?»

Das war ja wie in der Bankfiliale. Ich wechselte zu Spanisch. Zum Glück hatte ich das vor Jahren mal ein halbes Jahr an der Volkshochschule gelernt.

«¿Donde estas?»

«Zaragoza.»

«Ah, Zaragoza!», tat ich begeistert.

«¿Conoces Zaragoza?»

Ich kannte Zaragoza nicht, erklärte aber, dass ich mal gelesen hätte, wie schön die Stadt sei. Sie erfuhr, dass ich aus Berlin kam. Sie war ebenfalls begeistert und bot mir an, ich könne sie mal besuchen kommen. Sie stand sehr dicht und streichelte mir über den Arm. Eigentlich wollte ich Französisch lernen. Mit ihr würde das nichts werden. Andererseits, eine kleine Affäre zu Beginn mit einer Spanierin, solange ich noch keine Französin kannte? Was sprach dagegen? Auf Marine konnte ich mich vielleicht nicht verlassen.

Sie griff sich ein Bier. «¿Quieres bailar?» Bailar hieß tanzen. Ich folgte ihr. Der Sitzkreis im Wohnzimmer hatte sich an die Wände verzogen. In der Mitte hatten die Ersten angefangen, ihren Körper zur Musik zu bewegen. Haschischrauch hüllte mich ein. Vielleicht konnte man auch so bekifft werden.

«¿Como te llamas?», wollte sie wissen.

«Markus. ¿Como te llamas?»

«Jana.»

Sie streichelte mir erneut über den Arm, dann über den Kopf und gesellte sich zu den Tanzenden in der Mitte. Die Musik kannte ich nicht. Aber wen aus Spanien kannte ich schon außer Héroes del Silencio? Offenbar gab es auf der iberischen Halbinsel auch noch andere Bands. Jana konnte sich eigentlich ganz gut bewegen. Sie forderte mich mit der Hand auf, zu ihnen zu kommen. Eigentlich tanzte ich nicht so gerne. Vor allen Dingen nicht, wenn mich jemand dabei beobachtete, von dem ich vielleicht etwas wollte. Aber vielleicht sollte ich mal über meinen Schatten springen und interkulturelle Kompetenz zeigen. Ich bewegte mich wippend auf den Menschenhaufen in der Mitte zu. Zum Glück war das Lied schnell zu Ende.

Wieder streichelte mir Jana über den Arm.

«Markus, esto es Manuel. Mi amigo», deutete sie auf ihren Tanzpartner, einen Typen mit Hawaiihut und behaarten Armen. Auch wenn mein Spanisch schlecht war, den Schlüsselbegriff hatte ich verstanden: *mi amigo.*

«Manuel, esto es Markus. Es de Berlin.»

Manuel klapste mir anerkennend auf die Schulter. Waren sie auf einen Dreier aus? Sicher nicht. Was für eine Demütigung. Sollte ich Jana erklären, dass ich sowieso nichts von ihr wollte? Dass ich mich nur für Französinnen interessierte? Der nächste Song begann. Ich tanzte mich vorsichtig wieder aus dem Zentrum des Geschehens und landete am Fenstersims, auf dem eine dunkelblonde, schlanke Studentin in weißem Oberteil eine SMS in ihr Handy tippte.

«Salut!», sprach ich sie an.

«¿Hola?»

«Tu viens aussi de l'Espagne?»

«He ne comprenne pas.»

«¿Donde estas?»

«De Zaragoza.»

Hier schien heute eine ganze Reisegruppe aus Saragossa versammelt zu sein. Ich rief erneut meine gespielte Begeisterung ab, sie schwärmte für Berlin. Wir luden uns gegenseitig ein. Sie kam mir immer näher, streichelte mir über den Arm, berührte mehrmals meine Hand. Ich war schon fast erregt, dann kam ihr Freund zurück.

«Markus. Es Jorge. Mi amigo.»

Ich wollte weg. «¿Donde esta el toilette?»

«¿El toilette?» Toilette war wohl doch kein international gebräuchlicher Begriff.

«Busca mi amiga», log ich. Wo war eigentlich Sebastian? Telefonierte er immer noch? Wenn man ihn mal brauchte, war er nicht zur Stelle. Auch nicht, als ich von der Toilette wieder zurück war. Wen kannte ich eigentlich noch? Nur noch das englische Pärchen. Ich ließ mich neben beiden auf der Matratze nieder.

«Ça va?»

«Oui, ça va. Et toi?» Wenigstens verstanden sie Französisch.

«Alors, qu'est-ce que vous avez fait ces derniers jours?» Sie schauten mich fragend an. Okay. Sie verstanden also doch kein Französisch. Immer mehr tanzten. Einige barfuß.

«Do you always hold hands?», fragte ich scherzend. Sie konnten über meine Bemerkung nicht lachen.

«Not always.»

«Were is the other English boy? The one with the Italian mother?» Sie wussten es nicht. Wahrscheinlich traf er sich bereits mit Marine. Er hatte es richtig gemacht. Hier waren nur

Pärchen und Deutsche. Und nicht eine einzige Französin. Ich hätte nicht herkommen, sondern lieber auf meinem Zimmer Radio hören sollen. Ich stand auf, um Sebastian zu suchen. Im Flur drängelte ich mich an den beiden Deutschen von vorhin aus der Küche vorbei, die sich gerade mit Joaquim und einem anderen Spanier auf Englisch zu einem Ausflug ins Baskenland verabredeten. In der Küche war Sebastian auch nicht. Auch nicht im anderen Zimmer, wo Engländer und Studenten mir unbekannter Nationalität ebenfalls Pläne für gemeinsame Aktivitäten schmiedeten. Dann würde ich eben alleine gehen. Ich konnte ja nicht ewig warten. Ich griff meine Jacke, meinen Rucksack und stieg die Treppe hinab. Draußen war es noch angenehm warm. Gegenüber sah ich Sebastian in einer Telefonzelle. Er bemerkte mich nicht. Ich machte mich auf den Heimweg. Um die Erasmus-Studenten musste ich zukünftig unbedingt einen Bogen machen. Wenn ich mich mit denen anfreundete, würde ich nie eine Französin kennenlernen und meine Sprachkenntnisse verbessern, weil ich mit ihnen ständig nach Bilbao und Saragossa fahren und Partys würde feiern müssen. Wahrscheinlich würde sich mein Französisch sogar verschlechtern. Ich musste es alleine schaffen. Wie konnte man überhaupt auf die Idee kommen, als Paar nach Frankreich zu gehen oder mit einem Landsmann in eine WG zu ziehen?

Bis zum Wohnheim waren es bestimmt 45 Minuten. Vor dem Méliès, Paus einzigem Programmkino, einem grauen Gebäude, optisch eine Mischung aus Anglikaner-Kirche und Parkhaus, wartete etwa ein Dutzend Leute. Die Spätvorstellungen hatten noch nicht begonnen. «No man's land» von Danis Tanović in Kino 1 und in Kino 2 «Le pornographe» von Bertrand Bonello. Den bosnischen Streifen hatte ich vor zwei

Tagen bereits mit Sebastian gesehen. Es war erst dreiviertel elf. Ich wollte eigentlich nach dieser frustrierenden Party nicht schon zurück ins Wohnheim. Andererseits, wie verzweifelt war das denn, wenn ich in einen Film ging, der «Der Pornograph» hieß? Die meisten Besucher waren sicherlich wegen «No man's land» hier. Mit wem würde ich mir den Saal teilen müssen? Mit einer Handvoll alleinstehender Männer, die ihre besten Jahre schon hinter sich hatten und gar nicht mehr wussten, wie man Sex überhaupt schrieb? Andererseits bewiesen die Fotos im Schaukasten: Es gab in «Le pornographe» tatsächlich Nacktszenen. Wann hatte ich das letzte Mal eine weibliche Person unbekleidet gesehen? Ich stellte mich erst mal an. Vorsorglich. Einen Rückzieher konnte ich immer noch machen. Am Ticketschalter saß eine Frau. Bei ihr hätte ich meinen Ruf als Perverser mit Sicherheit weg. Gerade eine Woche in der Stadt und schon das erste Mal in einem Pornofilm. Warum zeigte man den eigentlich in einem Programmkino? Vor mir stand ein mittelalter Herr. Der wollte bestimmt auch da hin. Er entsprach dem Bild, das ich mir von Besuchern eines Puffs machte: klein, bebrillt und glatzköpfig, also ich in zwanzig Jahren. Seit meiner Ankunft vor einigen Tagen fielen mir die Haare aus. Roch er nicht auch seltsam? Wahrscheinlich würde er während der Vorführung heimlich onanieren. Sicher war ich gleich umringt von sexuell frustrierten, bemitleidenswerten Kerlen aus dem unteren Attraktivitätssegment, die alle, sobald auf der Leinwand die erste Brustwarze zu sehen war, synchron ihr Glied hervorholten.

Wenigstens stand ich hinter dem Typen. Am Schalter konnte ich sagen: *Ich nehme das Gleiche.* So würde das Pärchen nach mir nicht erfahren, was ich mir ansah. Es reichte, wenn ich bei der Ticketverkäuferin auf die schwarze Liste kam. Sollte ich mir noch schnell eine Erklärung für sie zurechtlegen, falls sie mich zur Rede stellte und wissen wollte, wieso ich einen so schweinischen Film schaute? *‹No man's land› habe ich schon gesehen, darum gehe ich heute in einen Erotikfilm.* Oder: *Mich interessiert nur die Handlung. Bei den Sexszenen gucke ich nicht hin.*

Mist! Gleich war ich an der Reihe. Selbst wenn sie sich nichts anmerken lassen würde, ihren Teil denken würde sie sich in jedem Fall. Jetzt bestellte der Typ vor mir: «Deux fois ‹No man's land›.» Damit hatte ich nicht gerechnet. Nicht nur, dass er eine Begleitung hatte, er wählte auch noch den anderen Film! Jetzt konnte ich nicht mal das Gleiche nehmen. Ich trat zur Seite und ließ das Pärchen vor. Sie wollten ebenfalls zu Tanović. Ich ließ noch einen Besucher vor. Auch der wollte in «No man's land», obwohl er ebenfalls gut zum anderen Film gepasst hätte. Ich gab mir einen Ruck.

«Un billet pour l'autre film. – Eine Karte für den anderen Film», murmelte ich.

«Den anderen Film?», wunderte sich die Frau an der Kasse.

«Kino 2», flüsterte ich.

«Also einmal ‹Le pornographe›?», vergewisserte sie sich für alle vernehmbar. Ich wäre am liebsten vor Scham im Erdboden versunken. Sie musterte mich spöttisch. Erwartete sie, dass ich ihr versprach, nicht zu onanieren?

«Da sind aber Nacktszenen drin», warnte sie.

«Ach so ...», stammelte ich. «Äh, ja ... wieso? Wieso sagen Sie mir das?»

«Bist du denn schon achtzehn?», musterte sie mich streng.

«Äh, ja. Dreiundzwanzig.»

«Kannst du mir deinen Schülerausweis zeigen?»

«Meinen Schülerausweis? Wieso?»

«War nur ein Spaß.» Sie lachte. «Der Film braucht dir nicht peinlich zu sein. Ich wollte dich nur ein bisschen ärgern.»

«Das ist mir nicht peinlich», stritt ich alles ab.

Ich erhielt meine Karte und trat zur Seite. Die Frau hinter mir erklärte: «Ich möchte auch in den Film, in den der junge Mann vor mir möchte. Ich bin aber schon über 18. Hier mein Seniorenticket.»

Ich flüchtete in den Kinosaal, in dem das Publikum deutlich weniger homogen war, als ich befürchtet hatte. Ich befand mich nicht ausschließlich in Gesellschaft solo erschienener männlicher Besucher zwischen 40 und 50 im Singlestatus, sondern eines gemischten Publikums. Es gab Männer um die 30, es gab Frauen und sogar Pärchen. Und «Le pornographe» war entgegen meiner Erwartung auch kein Sexfilm, sondern die Geschichte eines alternden Pornoregisseurs in einer Sinn- und Schaffenskrise. Einerseits war ich erleichtert, andererseits auch irgendwie enttäuscht, denn die wenigen Nacktszenen waren nicht wirklich erotisch. Sie zeigten den Protagonisten dabei, wie er daran scheiterte, eine gute Sexszene zu drehen. Bevor man als Zuschauer in Stimmung kam, kleideten sich die Darsteller wieder an. Die meiste Zeit lief der Regisseur mit in den Hosentaschen vergrabenen Händen und tiefen Furchen auf der Stirn über die Leinwand und gab banale, sinnfreie Sprüche von sich, die seiner Midlife-Crisis sprachlich Ausdruck verleihen sollten. Selbst wenn ich vorgehabt hätte zu onanieren, hätte ich es nicht geschafft. Es war so langweilig und künstlich. Ich verließ den Film schon kurz vor dem Ende. Wenige Minuten nach eins erreichte ich das Wohnheim.

«Ah, Markùs. Iiieesch bin kaputt. Wiiellst du meinen Puller lutschen?» Rachid saß kiffend auf seinem Fensterbrett im zweiten Stock vom Bâtiment A. Aus seinem Zimmer schallte französischer Hip-Hop ins Freie. Ob er sich irgendwann merken würde, dass man meinen Namen nicht Markΰs aussprach? Ich hatte es ihm bestimmt schon fünfmal gesagt.

«Wo warst du?», fragte er.

«In einem Pornofilm.»

Er musste lachen. Er hielt alles, was ich sagte, für einen Witz. Dabei war mein Abend gar nicht lustig gewesen, sondern total ernüchternd. Ich winkte noch einmal, dann tippte ich meinen Code ein. Als ich die Tür geöffnet hatte, platzte mir fast das Trommelfell. Jemand telefonierte.

*Afo bu mgbe onye ha na kpo huru ebe hé liri Tutankhamun ...* Es war nicht Sebastian, sondern meine schwarzafrikanische Nachbarin im blauen Jogginganzug. Sie feuerte ihre Syntaxkaskaden nicht nur in einer Lautstärke ab, die die dünnen Gemäuer des Wohnheims erzittern ließ, sondern auch in einer Geschwindigkeit, die es mir unmöglich machte zu erkennen, ob sie Französisch, Englisch oder irgendeinen afrikanischen Dialekt sprach. Wahrscheinlich Letzteres. Warum telefonierte sie um diese Zeit? Gab es eine Zeitverschiebung? Und warum schrie sie so? War die Verbindung so schlecht? Oder stritt sie sich mit ihrem Freund daheim? Ich ging auf Toilette, dann auf mein Zimmer. Der Abend war ein totaler Reinfall. Vielleicht sollte ich doch langsam mal Marine anrufen. Vielleicht hatte der Italoengländer sich heute mit ihr getroffen. Vielleicht war er deswegen nicht erschienen.

Marine hatte tatsächlich zugesagt, als ich mich heute Morgen unter dem Vorwand bei ihr gemeldet hatte, ich hätte noch nicht verstanden, wie die administrative und die pädagogische Einschreibung abliefen und welche Kurse für mich in Frage kämen. Ihren Versuch, mir dies am Telefon zu erklären, und ihren Vorschlag, sich dazu am Montagmittag in der Brasserie La Vague zu treffen, hatte ich erfolgreich abgeblockt. Stattdessen hatte ich sie dazu überreden können, sich mit mir heute Abend zu verabreden. Sie sollte mich um 21 Uhr mit ihrem Auto vom Wohnheim abholen. Wir wollten auf den Boulevard des Pyrénées. Bevor ich mich an die Avenue du Saragosse stellte, suchte ich noch mal die Toilette auf. Ich wollte nicht gleich nach unserer Ankunft gehen müssen. Vier Kabinen gab es im Erdgeschoss. Die ersten waren vollgeschissen. Vielleicht von den Indern, von denen es in jeder Etage mindestens einen gab und die ihren Müll über das ganze Wohnheim verteilten. Bei der dritten überwand ich mich. Ich musste ja nur pinkeln. Sonst hätte ich mir weiter oben etwas gesucht. Auf dem Weg nach draußen kam ich am Telefon vorbei, das mal wieder von Sebastian belegt war. Ich versuchte, ihn zu überhören. Ohne Erfolg:

«Ich liebe dich. …

….

Ich dich auch.

…

Mausichen.

…

Du fehlst mir.

…

Ich vermisse dich auch.

…

Nein. Ich vermisse dich am meisten.»

Ich atmete durch, als die Tür zum Bâtiment B hinter mir ins

Schloss fiel. Das Gesülze hörte ich nun den fünften Abend in Folge.

Vor den Treppen zum Bâtiment A hingen Mehdi und Rachid in ihren Trainingsanzügen ab und freuten sich, mich zu sehen:

«Allo, Markūs. Wiellst du meinen Puller luuutschen?»

«Euer Deutsch wird immer besser», lobte ich sie auf Französisch.

Mehdi erkundigte sich erneut, ob es stimme, dass alle Deutschen schwul seien. Wir führten auch immer das gleiche Gespräch.

«Ja.»

«Willst du nachher mit uns und unserem Kumpel auf eine Party?»

«Kann nicht. Ich hab ein Date.»

«Ey, Markūs! Du gehst richtig ran.» Ich hatte nun endgültig ihren Respekt erworben. Ich machte ein ironisches Victory-Zeichen und postierte mich an der Straße. Wer hätte gedacht, dass ich schon so früh zwischen zwei Optionen wählen durfte? Vielleicht gelang mir die Integration doch schneller als gedacht.

Gegenüber, auf der anderen Seite, stand der vierzehnstöckige Turm. Der beherbergte das Gros der US-amerikanischen Studenten. War das nach dem elften September politisch eigentlich noch korrekt? Vielleicht hatten die Franzosen das extra so eingerichtet, weil sie Amerikaner nicht leiden konnten.

Es war jetzt genau neun Uhr. Wo blieb Marine? Vielleicht sollte ich mir besser noch ein paar konkrete Fragen zur Uni überlegen, damit nicht sofort aufflog, dass ich mich eigentlich einfach nur so mit ihr treffen wollte. Sie sollte nicht glauben, ich wollte etwas von ihr. Wollte ich im Prinzip natürlich schon. Aber eine Weile beabsichtigte ich das noch vor ihr geheim zu halten, um nicht zu plump zu wirken. Natürlich würde ich die Chance ergreifen, sollte sich heute eine bieten. Allerdings mussten wir dann zu ihr gehen. Gestern Abend war eine Kakerlake durch mein Zimmer gehuscht. Wenig romantisch für die erste Nacht. Ein Golf näherte sich von links dem Wohnheim. Nein. Er fuhr weiter.

Welche Fragen wollte ich ihr noch mal stellen? Genau: administrative und pädagogische Einschreibung und Kurse. Das ergab: *Muss ich mich zuerst administrativ immatrikulieren oder pädagogisch? Wo erfolgt die administrative und wo die pädagogische Immatrikulation? Würdest du mich begleiten?* Nein, das kam zu hilflos rüber. *Ich studiere Französisch und Politische Bildung: Welche Kurse würdest du mir empfehlen? Ich brauche insgesamt 60 Credits im Jahr? Wie viel sind die Kurse wert? Kann ich mir alle anerkennen lassen?* Das reichte natürlich nicht. Zu trocken und zu unpersönlich. Der Peugeot hielt auch nicht, sondern bog in die Avenue du Loup ab. So würde der Übergang zu interessanteren Themen nicht gelingen. Entscheidend war der Transfer in die Bereiche Interessen und Geschmack. *Wann wurde die Uni eigentlich erbaut?* Und: *Welche Gerichte gibt es in der Mensa? Isst du dort oft?* Verdammt! Was hieß noch mal Gericht auf Französisch? Manchmal waren es gerade die einfachen Begriffe, die einem nicht einfielen. Ich hatte mein Wörterbuch vergessen. Das ging natürlich nicht. Ein Date ohne Wörterbuch war äußerst unklug, schließlich kam es auf die richtige Wortwahl an. Schnell rannte ich zurück. Code eingetippt. Falsch. Noch mal. Wieder falsch.

«47 256», rief Mehdi vom Bâtiment A rüber.

«Merci.»

Vorbei an Sebastian, der Josepha übers Telefon gerade Küsschen zukommen ließ, rein in mein Zimmer, Wörterbuch gegriffen, wieder raus, Tür abgeschlossen, an meinem Kommilitonen vorbei, der erneut einen Schmatzer durch die Leitung schickte – er kroch fast in den Hörer rein –, raus aus dem Gebäude, wieder zur Straße gesprintet. Eine Minute hatte mich die Aktion gekostet. Ob sie zwischenzeitlich gekommen war und schon wieder kehrtgemacht hatte, weil ich nicht vor dem Wohnheim gewartet hatte? Es war fünf nach neun. Zwanzig nach neun musste ich erneut auf Toilette. Verdammt. Das war die Aufregung. Ob ich meine arabischen Freunde bitten sollte, Marine zu benachrichtigen, dass ich nur mal kurz auf dem Klo sei? Besser nicht. Welchen Eindruck würde das hinterlassen, wenn die erste persönliche Information, die sie über mich erhielt, die war, dass ich noch auf dem Lokus weilte? Keinen besonders erotischen. Ich stürmte wieder los. Diesmal gab ich den Code sofort richtig ein. Ich eilte aufs WC. Von dort konnte ich Sebastian problemlos belauschen:

«Nein, du …

…

Nein, nicht ich, du …

…

Nein, leg du zuerst auf!»

Und wieder ging es zurück zum vereinbarten Treffpunkt. Meine Abwesenheit hatte nicht länger als 90 Sekunden gedauert. Hoffentlich war sie nicht gerade in dieser Zeit am Wohnheim vorbeigefahren. Eine halbe Stunde später wünschte ich mir, dass Marine gerade in dieser Zeit vorbeigefahren war, denn andernfalls hatte sie mich wohl versetzt. Soeben hatten Mehdi und Rachid das Gelände hupend verlassen. Ich hatte mich schnell hinter einem Gebüsch versteckt. Nun ging ich zurück ins Bâtiment B, um Marine anzurufen. Sebastian hatte das Telefon immer noch nicht geräumt.

«Pass auf, Josepha! Wir legen beide zur gleichen Zeit auf. … Ich zähl bis drei: eins, zwei, drei … Hallo?! … Du hast ja gar nicht aufgelegt.»

Das konnte noch dauern. Also ins Bâtiment A. Dort war das Telefon frei, aber es meldete sich nur Marines Mailbox. Darauf war ich nicht vorbereitet. Verdammt! Welche Nachricht sollte ich ihr hinterlassen? Überfordert legte ich wieder auf. Ihr ein schlechtes Gewissen machen? *Ey, Marine. Wo bist du? Ich will dich nur daran erinnern, dass wir verabredet sind. Das fängt ja gut an. Lässt du alle Erasmus-Studenten so hängen? Ich glaube, ich werde mich bei Madame Lescaud beschweren.* Nein, für Vorwürfe war es noch zu früh. Oder mich sorgen? *Marine, ich mach mir Sorgen. Ich hoffe, dir ist nichts passiert. Geht's dir gut?* Das würde heißen, ich müsste lügen. Denn eigentlich wäre es mir am liebsten, ihr wäre etwas zugestoßen. Dann hätte sie mich wenigstens nicht versetzt. Allerdings war das irgendwie auch zu melodramatisch. Vielleicht stattdessen die Nummer vom Wohnheimtelefon durchgeben und am Apparat auf einen Rückruf warten? Aber diese Möglichkeit zerschlug sich, denn der nächste Telefonierer war schon im Anmarsch. Ich beließ es bei: «Salut, Marine. Ich glaube, wir haben uns verpasst. Falls du noch kommst: Mein Zimmer ist im Bâtiment B, Nr. 5. Der Code lautet 47256.»

Ich flüsterte in den Hörer, denn ich wollte nicht, dass mein Nachfolger am Telefon erfuhr, dass meine Verabredung nicht erschienen war. Dann zurück auf mein Zimmer. Sebastian hatte sich mittlerweile erfolgreich von Josepha verabschiedet. Enttäuscht legte ich mich ins Bett und schaltete das Radio ein.

Gegen 23 Uhr klopfte es. Nanu? Damit hatte ich nun nicht mehr gerechnet. Zum Glück war ich zu deprimiert gewesen, um mich schon zu entkleiden. So musste ich mich nicht erst wieder anziehen. Ich öffnete und schaute in ein Gesicht, in das ich in den letzten Tagen viel zu oft hatte blicken müssen.

«Na, Markus. Ist das schon zu Ende mit Marine?» Sebastian trug einen karierten Flanell-Pyjama.

«Ich hab mich im Tag geirrt.»

«Das ist ja doof.»

«Mein Fehler. Ich hatte das ganz vergessen.»

«Was machst du denn morgen?»

«Weiß ich noch nicht. Wieso?»

«Ich wollte morgen mal wandern gehen, auf dem Chemin Henri IV. Willst du mitkommen?»

«Nee. Ich wandere nicht so gerne.»

«Na ja. Nur ein bisschen. Ist doch besser, als nichts zu machen.»

«Das heißt ja nicht, dass ich nichts mache.»

«Wir können auch was anderes machen. An was denkst du denn?»

«Weiß ich noch nicht. Vielleicht gehe ich morgen ins Waschcenter.»

«Und danach?»

«Weiß noch nicht. Vielleicht ruhe ich mich auch nur aus.»

«Na, lass uns morgen noch mal drüber reden. Ja?» Er lächelte sein naives Lächeln. Warum musste er immer lächeln? Konnte er nicht mal weinen?

«Ja.»

«Schlaf gut.»

Zuletzt hatte ich diesen Satz von meinen Eltern gehört.

# OKTOBER 2001

Als ich am 1. Oktober gegen Mittag das Restaurant Universitaire betrat, schmerzten meine Füße und mein Kopf qualmte. Den ganzen Morgen war ich mit Sebastian, der im Computerkabinett gerade einen Bericht an Josepha schrieb, durch die *faculté des lettres* von einem Büro zum anderen geeilt und hatte Vorlesungsverzeichnisse studiert. Dank Madame Speck, meiner pädagogischen Koordinatorin vom Bereich Angewandte Fremdsprachen, hatte ich nun zumindest ein erstes Gerüst meines Stundenplans, der meinem Wunsch Rechnung trug, möglichst viele Kurse nach meiner Rückkehr in Deutschland anerkennen lassen zu können: Dienstag von 9 bis 11 Uhr thème allemand, von 13 bis 14 Uhr connaissance du monde – presse allemande und von 14 bis 16 Uhr expression française, Mittwoch 13 Uhr 30 bis 15 Uhr 30 version allemande, Donnerstag traduction allemande von 17 bis 18 Uhr sowie Freitag von 10 Uhr 30 bis 12 Uhr expression française, alles zusammen mit französischen Studenten, die Englisch und Deutsch studierten. Dazu kamen noch ein Kurs für Erasmus-Studenten – expression française – am Freitag von 14 bis 16 Uhr und ein Sprachkurs für selbige am Mittwoch von 17 bis 19 Uhr, für den die Einteilung in unterschiedliche Niveaus aber erst nach einer Sprachprüfung Ende der Woche erfolgen würde. Die Lücken, so Madame Speck, solle ich frei füllen. Ein paar Sprach-, Literatur- und landeskundliche Kurse wollte ich mir noch suchen, denn mein Ziel war es, mit meinem Studium so weit wie möglich durch zu sein, wenn ich zurück nach Berlin kam.

Da mein Vokabular aus dem Wortfeld Speis und Trank dürftig war und ich die Gerichte nicht mühsam verbalisieren wollte, zeigte ich an der Essensausgabe auf ein Steak und Pommes. Soße und Gemüse waren nicht vorgesehen, stattdessen wandte man sich an einen Ketchup- oder Mayonnaise-Spender. Ich nahm mir außerdem eine Banane und einen Becher Apfelmus. Wasser erhielt man umsonst aus Automaten, an denen man sich mit überall herumstehenden Plastekaraffen bedienen konnte. Die Mensa war gerammelt voll. An einem Tisch erblickte ich noch einen freien Platz. Aber ich wollte mich nicht dorthin setzen, denn da aßen bereits alte Bekannte. Das englische Pärchen, der Italoengländer und die Rothaarige, deren Ausschnitt mir bereits bei der *journée d'accueil* ins Auge gesprungen war. Ich wandte mich demonstrativ ab, als ich an ihnen vorbeilief. Doch man machte mir einen Strich durch die Rechnung:

«Salut», ertönte eine verrauchte Stimme. «Ça va?» Es war das gut bestückte Dekolleté.

«Il y a une place ici», röhrte sie mit stark englischem Akzent.

Ich setzte mich widerstrebend.

«Ça va. Et toi?»

Sie hatte eine ziemlich kurze Hose an. Das waren bestenfalls Hot Pants.

«Oui, ça va.» Es war wie im Lehrbuch siebte Klasse. Ich wusste, was als Nächstes kommen würde.

«Comment tu t'appelles?»

«Markus. Et vous?», erkundigte ich mich in die Runde.

Der Halbitaliener stellte sich als Gianluca vor. Ich erinnerte mich. Er trug wieder sein rotes Basecap. Das Pärchen hieß Ricky und Ronny. Da beide beide Namen nannten, wusste ich aber nicht, wer wer war. Sie hielten wieder Händchen. Ob sie selber noch wussten, wer von ihnen Ronny und wer Ricky war?

«Aisling», sagte die Rothaarige.

«Pardon?»

«Pardon?»

«Tu t'appelles comment?»

«Aisling?»

«Assling?»

«Oui.»

«D'où vient ce nom?»

«Quoi?» Sie verstand nicht.

«Tu viens d'où?»

«Irlande!»

«Oh, Ü Deux.» Mehr fiel mir zu dem Land auf die Schnelle nicht ein.

«What?»

«U2.»

«Ireland is not just U2.»

«Sorry, you also have van Morrison.»

«He's from Northern Ireland.»

«That was just a joke. I'm from Berlin.» Jetzt sprach ich schon wieder nicht Französisch. Das war das Besondere an Engländern, Amerikanern und anderen Anglophonen. Wenn sie sich in der Sprache des Landes, in dem sie sich gerade aufhielten, nicht verständlich machen konnten, wechselten sie einfach in ihre Muttersprache. Das würde Deutschen nie in den

Sinn kommen. Nie würde ein Deutscher, wenn er beispielsweise in Serbien mit seinem Serbisch nicht weiterkäme, sein Anliegen auf Deutsch vorbringen.

«Oh, Berlin! It's great. I always wanted to visit Berlin. How is Berlin?»

«Berlin is normal», gab ich mich wortkarg, denn ich wollte jetzt eigentlich nicht über Berlin reden. Wenn ich schon mal an einem Tisch mit meinem Nebenbuhler saß, dann konnte ich auch gleich versuchen, in Erfahrung zu bringen, ob er bei Marine weitergekommen war.

«Qu'est-ce que vous avez fait le week-end?», wechselte ich das Thema. Auch wenn sich die Frage formal an alle richtete, interessierte mich eigentlich nur Gianlucas Antwort.

«Vendredi, j'étais à une fête et samedi au Pays Basque», erklärte er und übersetzte meine Frage für die anderen ins Englische. Vom Pärchen erfuhr ich, dass wir uns auf der Party getroffen hatten.

Aisling: «I was on the Boulevard des Pyrénées.» Mir war egal, wo Aisling ihr Wochenende verbracht hatte.

«Waren auf der Party am Freitag noch andere Menschen?», hakte ich bei meinem Kontrahenten nach.

«Ja.»

«Auch Franzosen?»

«Ja.»

Ich hatte auf ein *Nein* gehofft. Nach Marine konnte ich jetzt nicht direkt fragen, obwohl es mich brennend interessierte, ob sie zusammen auf der Party gewesen waren.

«What did you do last weekend, Markus, apart from the party?», drängte sich Aisling wieder ins Gespräch. Was hatte ich außer der Party mit Ricky und Ronny noch zu bieten?

Wochenendeinkauf, Lesen, Radio hören, Waschsalon, Kinobesuch und von Marine versetzt werden. Wandern mit Sebastian hatte ich erfolgreich abgeblockt.

«I was in the cinema.»

«Oh, great!», begeisterte sich Aisling künstlich. Ihre Mundwinkel schnellten auseinander. Vermutlich hatte sie amerikanische Vorfahren.

«Et au Pays Basque? Tu étais seul? – Warst du allein im Baskenland?», fühlte ich bei Gianluca nach.

«Avec un ami», antwortete er, scheinbar arglos. Langsam machte ich mich aber trotzdem verdächtig. Aber immerhin. Mit einem Freund, nicht mit einer Freundin.

«What did you see?», wollte Aisling wissen.

«Le pornographe!»

Sie guckte peinlich berührt.

«It's not a porn-movie. It's a film about a porn-movie director.» Mir fehlte das englische Wort für Sinnkrise.

«There are not many nude scenes», fügte ich hinzu.

«Why do you tell me that?», wunderte sich Aisling.

«You looked shocked.»

«What do you mean? That I'm a prim?» Ihre Augen verengten sich vorwurfsvoll. Über ihrer Nase bildete sich eine tiefe Furche. Sie hatte wirklich große Brüste.

«What is a prim?»

«Prüde», übersetzte Gianluca hilfsbereit ins Französische. Das Pärchen hielt tapfer Händchen und schwieg mimisch neutral.

Die war aber auch wirklich empfindlich.

«Sorry. I had the impression. And I know that Ireland is a catholic country. So, when I saw your face after telling you that

I watched ‹Le pornographe›, I thought you were shocked. You didn't say anything.»

«That's a cliché. You think all Irish live still in the 19th century and like U2.» Im 19. Jahrhundert gab es U2 noch gar nicht.

«Na ja. Das mag vielleicht ein Klischee sein. Aber an vielen Klischees ist auch was dran. Zum Beispiel, dass Engländer total viel saufen. Oder dass Spanier keine Fremdsprachen beherrschen. Oder dass Italiener noch mit 50 bei ihrer Mutter leben.» Dem Einfrieren der Gesichtszüge von Gianluca entnahm ich, dass ich mir mit meinen nicht ganz ernst gemeinten Zuspitzungen gerade die letzten Sympathien am Tisch verspielte. Der Halbitaliener unterbrach mich verärgert: «Wir könnten auch sagen, dass alle Deutschen Nazis sind.» Er war ganz aufgebracht. Ein bisschen rang er sogar nach Worten.

«Das ist richtig. Alle Deutschen sind Nazis, habt ihr das noch nicht bemerkt?» Eigentlich hatte ich ihrer Empörung mit dieser Bemerkung den Wind aus den Segeln nehmen wollen, aber Aisling erhob sich. Sie müsse jetzt gehen. Ricky und Ronny folgten ihr. Gianluca ebenfalls, obwohl ich ihn gerne noch dazu befragt hätte, weshalb in Italien dieses Jahr schon wieder Berlusconi zum Ministerpräsidenten gewählt worden war. Etwas Gutes hatte der Ausgang unserer Konversation immerhin. Sie würden mich fortan in Ruhe lassen. Ich würde mich nicht mit ihnen anfreunden müssen.

«C'est libre? – Ist hier noch frei?» Endlich jemand, der Französisch sprach.

Ich hatte eine Weile mit mir gerungen, aber es war eine Chance, Französinnen kennenzulernen. Zudem wollte ich nicht schon wieder ins Kino. Dreimal hatte ich das diese Woche schon getan, um bei der Frau an der Kasse den Eindruck zu verwischen, ich interessiere mich nur für Filme mit Nacktszenen. Und alle drei Mal hatte mich Sebastian begleitet. Er ließ sich einfach nicht abschütteln. Auch heute kam er mit. Madame Speck hatte uns für diesen Donnerstag zu einem deutsch-französischen Stammtisch in Paus Studentenkneipe La Tireuse eingeladen, damit wir für unser Land Werbung machten. Die französischen Studenten des Studienganges *Angewandte Fremdsprachen* mussten das sechste Semester im Ausland verbringen, und da sie auch Englisch studierten, kam Deutschland für praktisch niemanden von ihnen in Frage. Von den fünfzehn zu bekehrenden Französinnen des dritten Studienjahres waren gerade mal drei erschienen, wie ich ernüchtert feststellte, als ich mit meinem Kommilitonen gegen halb neun in der Kneipe eintraf. Vermutlich hätte selbst ein Aufenthalt in Afghanistan mehr Paloiser interessiert. Die Deutschen waren in der Überzahl. Ich zählte noch acht Studentinnen, darunter die beiden, die mir auf der Party bei den Spaniern in der Küche begegnet waren. Die anderen kannte ich von der *journée d'accueil*. Sebastian und ich nahmen in zwei schwarzen Ledersesseln Platz.

Madame Speck schien die Hoffnung noch nicht aufgegeben zu haben, dass sich der Wind noch vom Ärmelkanal in Richtung Rhein drehen ließ. Die hübsche Frau mit der Kurzhaarfrisur und den großen Ohrringen agitierte ihre Landsfrauen gerade mit leidenschaftlicher Verve.

«... davor, dass niemand nach Deutschland wollte. Alle Studenten vor Ihnen wollten immer zunächst nach England, doch wenn ich die gefragt habe, die zurückgekommen sind, dann waren die, die nach Deutschland gegangen sind, immer ausgesprochen positiv überrascht. Das Wetter ist besser. Die Leute sind lockerer. Die Kultur ist interessanter. Das Essen gesünder. Die Mieten sind billiger. Außerdem wirst du in England gleich verhaftet, wenn du mal von irgendeinem offiziellen Gebäude ein Foto machst oder auf der Wiese sitzt. Das ist in Deutschland nicht so.»

Die drei Französinnen verzogen keine Miene. Madame Speck fuhr fort:

«Und schaut euch nur mal die Engländer an, die hier zu uns kommen! Wie die aussehen. Einer hässlicher als der andere. Die deutschen Männer dagegen, die sehen doch deutlich attraktiver aus und sind viel sympathischer.» Sie zwinkerte mir und Sebastian zu. Ich sollte mir die Option Madame Speck merken. Wie alt mochte sie sein? Anfang vierzig? Sie war eine Französin in den besten Jahren.

«Und die riechen doch auch schlecht, weil die den ganzen Tag Bier trinken.»

In Pau war ich offenbar nicht der Einzige mit Vorurteilen. So eine Verbündete hatte mir Montagmittag in der Mensa gefehlt. Unsere französischen Kommilitoninnen ließen sich weiterhin nicht anmerken, ob sie die Worte ihrer Dozentin beeindruckten, die nun noch stärker auf die Pauke haute:

«Es kommt auch immer wieder vor, dass Französinnen in England belästigt werden, ja sogar vergewaltigt. In Deutschland gibt es das gar nicht.»

Ich tauschte mit Sebastian verwunderte Blicke. Was würde sie als Nächstes gegen das Inselreich ins Feld führen? Kopftuchzwang? Zwangsverheiratungen französischer Austauschstudentinnen? Steinigungen? Doch sie gab das Wort nun an uns weiter:

«So, Eva! Erzählen Sie doch mal! Sie studieren ja in Hamburg. Wie ist die Stadt so? Sie können doch sicherlich bestätigen, was ich gesagt habe.» Eva hieß sie also. Sie sah tatsächlich sehr hübsch aus. Lange blonde Haare und sehr weiblich, zumindest, soweit ich das erkennen konnte. Das war mir letztes Wochenende gar nicht aufgefallen. Wie sollte sie jetzt Madame Specks Erwartungen gerecht werden? *Ja, ich war schon mal in England und bin da von einem Alkoholiker vergewaltigt worden. Danach musste ich Kopftuch tragen. In Hamburg ist mir so was noch nie passiert.*

«Hamburg ist eigentlich eine schöne Stadt für Studenten. Kulturell gibt es wirklich ein großes Angebot, Kinos, Theater, zahlreiche Kneipen, eine interessante Musikszene.» Sie sprach mit einer klaren und leisen Stimme. «Die Menschen im Norden gelten ja immer als reserviert und wenig gastfreundlich, aber dadurch, dass Hamburg recht groß ist, ist es eben doch sehr bunt, tolerant und abwechslungsreich. Gleichzeitig ist Hamburg aber auch nicht zu groß. Also, ich fühle mich eigentlich sehr wohl dort. Sicherlich regnet es oft. Aber Regenschirme sind bei uns sehr billig.»

Madame Speck lachte und nickte zufrieden. «Das hätte ich nicht besser sagen können.» Die drei Französinnen zeigten weiterhin keine Regung. Mittlerweile fragte ich mich, ob sie überhaupt etwas verstanden. Bisher war nämlich zu meinem Bedauern nur Deutsch gesprochen worden.

«Lena! Was haben Sie zu berichten?»

«Hallöchen. Ich bin Lena und studiere in Bremen», fing diese mit fröhlicher Stimme an zu quietschen. «Die Stadt ist für Studenten wirklich optimal. Nicht zu groß. Ziemlich überschaubar. Man kommt überall gut hin. Es gibt viele süße Cafés, viele Studenten, das Leben spielt sich auf der Straße ab, obwohl es manchmal regnet. Man kommt total schnell mit anderen Menschen ins Gespräch. Auch die Uni hat eine angenehme Größe. Die ist total süß und familiär. Es ist eben eine richtig schöne Studentenstadt.» Sie lächelte unentwegt.

Auf Lena folgte Jana, eine Studentin mit Pferdeschwanz, beigefarbenem Tuch und bunt gestreiftem T-Shirt.

«Ja, also, in Hildesheim, da regnet's noch seltener als in Hamburg und in Bremen.»

Gelächter der anderen Deutschen und von Madame Speck. Pokerface der Französinnen. Die mit der braunen Hochsteckfrisur sah ganz okay aus, ich war mir aber nicht sicher, ob sie noch lebte.

«Ansonsten können wir uns», Jana deutete auf ihre zwei Nachbarinnen auf der Couch, Luise und Nadine, die ebenfalls in Hildesheim studierten, «Lena und Eva natürlich nur anschließen. Also, in Hildesheim, da sind wirklich alle total nett, und es gibt total viele liebe Studenten. Das ist ein total schönes Gemeinschaftsgefühl. Abends trifft man sich in Cafés, quatscht, trifft hier und dort in den niedlichen Gässchen liebe andere nette Studenten, feiert Partys. Die Uni ist auch total süß und sehr menschlich. Es ist vielleicht eine der schönsten Studentenstädte Deutschlands. Und man hat natürlich auch viel Spaß!»

Nun war Mareike an der Reihe, Evas mollige Freundin. Sie kam aus Göttingen: «Also, Göttingen ist die ultimative Studentenstadt schlechthin. Da gibt's praktisch sonst nichts. Überall tobt das Leben in den kleinen niedlichen, hübschen, süßen Gassen. Man versteht sich, bleibt auf der Straße stehen, quatscht nett, geht weiter, setzt sich in Cafés, quatscht, steht wieder auf, quatscht. Obwohl die Uni groß ist, sind dort viele liebe Menschen. Man wird sofort lieb aufgenommen und findet schnell liebe Freunde. Und die Gegend darum ist auch schön. Der Harz, was für Naturliebhaber. Da kann man Ski fahren und wandern.» Sebastian würde sich mit Mareike verstehen. Das Freundschaftsband hatte ich auf der Party gar nicht bemerkt.

Auch Sandra aus Marburg – offenbar ging es von Norden nach Süden – lobte die familiäre Atmosphäre, die lieblichen Gassen, das tolle Studentenleben und die schöne Landschaft ihrer Uni-Stadt. Der Westen war offensichtlich viel schöner, als ich ihn mir vorgestellt hatte. In den alten Bundesländern waren alle Menschen glücklich und miteinander befreundet. Wie langweilig! War denn dort niemand traurig? Hasste sich denn dort niemand? Ich hatte richtig daran getan, den Westen seit der Maueröffnung gemieden zu haben.

Annelie aus Regensburg sprach als Erste auf Französisch, wenn auch mit starkem bayerischem Akzent. Die Französinnen lächelten erfreut und begleiteten ihre Ausführungen durch interessiertes Nicken. Inhaltlich hatte sie nichts revolutionär Neues beizusteuern. Sie wies jedoch darauf hin, dass Bayern die wirtschaftlich prosperierendste Region sei, man deshalb im Straßenbild wenig mit Armut konfrontiert sei und man kaum durch Kriminalität und Drogen belästigt werde. Außerdem lobte sie die Kirchen der Stadt. Bestimmt war sie in der Jungen Union. Ihr Kleid sah auch ein bisschen danach aus. Überraschenderweise wies sie nicht darauf hin, dass in Regensburg alle Studenten durch den Geist christlicher Nächstenliebe verbunden seien und gemeinsam jeden Sonntag zum Gottesdienst gingen. Aber sie versicherte den Französinnen, wie gut sich alle Kommilitonen dort verstünden und wie selten es, trotz des Namens, dort regne.

Nun sollten Sebastian und ich uns äußern. Madame Speck hatte sich Berlin für den Schluss aufgehoben, offenbar als krönenden Abschluss. Wo war eigentlich mein Kommilitone? Schon wieder telefonieren? Erwartungsvoll schaute mich die Dozentin mit ihren großen Augen an. Sie rechnete wohl fest damit, dass ich in den Tenor einstimmte. Dabei widerte mich diese Lobhudelei an. Warum musste denn in Deutschland alles toll sein? So was wie Regensburg war doch schrecklich. Da musste ich nicht mal extra hin für. Die ganze Veranstaltung erinnerte mich an einen billigen Werbeclip eines Fremdenverkehrsamtes aus der Provinz.

Ich setzte an, natürlich auch auf Französisch, denn was Annelie konnte, konnte ich schon lange. «Ich studiere in Bitterfeld.» Madame Speck sah mich entsetzt an. «In Bitterfeld regnet es genauso wenig wie in Regensburg», fuhr ich fort. «Dafür ist unser Regen aber sauer. Man kann herrlich durch Fabriken schlendern, denn die meisten Fabriken sind geschlossen. Die Arbeitslosenquote liegt bei 25 Prozent. Die Mieten sind unschlagbar billig, denn viele Häuser stehen leer und verfallen. Die Zahl der Studenten ist sehr überschaubar. Dafür gibt es umso mehr Nazis.» Die Kinnlade von Madame Speck näherte sich ihrem Dekolleté.

«War nur ein Scherz», beruhigte ich sie. «Ich studiere in Berlin. Was soll ich sagen? In Berlin sind nicht alle Leute total nett. Viele sind eher unfreundlich. Manche kiffen sogar. Wahrscheinlich, weil sie nicht wie in Regensburg an Gott glauben, zumindest nicht an den aus Bayern.»

Annelie warf mir böse Blicke zu. Jana und Lena tuschelten. Eva flüsterte Mareike etwas ins Ohr. «Die größte Bevölkerungsgruppe stellen in Berlin die Künstler dar, man nennt sie auch Arbeitslose. Außerdem gibt es viele Türken. In manchen Bezirken auch viele ...» Ich wandte mich an Madame Speck. Aber sie weigerte sich, mir die französische Bezeichnung für Kampfhundebesitzer zu verraten.

«Na ja», nahm ich den Faden wieder auf. «Vor zehn Jahren war Berlin viel aufregender als heute. Trotzdem würden eigentlich die meisten aus Deutschland gerne in Berlin studieren, auch wenn es für viele nur für andere Städte reicht.»

«Quel rigolo!», bemühte sich Madame Speck, meine Wutrede als Spaß zu verkaufen. So sehr daneben lag sie damit gar nicht. Mareike fand meine Ausführungen gar nicht witzig:

«Es wollen gar nicht alle in Berlin studieren. Ich fühle mich in Göttingen sehr wohl.»

«Und ich in Regensburg», pflichtete ihr Annelie bei. Da hatte ich ja Glück. So würden sie wenigstens nicht in meine Nähe ziehen.

Um sicherzugehen, dass ein positiver Eindruck von Deutschland haften blieb, unterbrach Madame Speck unseren Streit und resümierte für die Französinnen unsere Beiträge noch einmal in den leuchtendsten Tönen, indem sie meine Darstellung aussparte.

Danach zerfiel die Runde in Zweier- oder Dreiergespräche, wobei ich an den Unterhaltungen nicht teilnehmen durfte. Die Französinnen plauderten lieber mit Eva, Lena, Jana, Mareike, Luise, Nadine, Sandra und Annelie. Dass ich als Einziger meine Rede nicht einem Werbeprospekt entnommen hatte, wollte keine der drei honorieren. Ich nippte an meiner Cola und schaute mich um. Auf den Sofas an den anderen Tischen saßen allem Anschein nach ebenfalls vor allem Studenten. Vielleicht sollte ich den Platz wechseln. An den Wänden hing Bierreklame aus den Fünfzigern. Sebastian kam vom Telefonieren zurück. Endlich. Mit ihm zu reden, war mir jetzt doch lieber, als ignoriert zwischen den ganzen Frauen zu sitzen, die mich vermutlich ausnahmslos hassten.

«Wie war das Telefonat mit Josepha?»

«Ich soll sie nachher noch mal anrufen. Sie wollte gerade unter die Dusche.»

«Dann lass uns gehen! Kannst du vom Wohnheim aus tun.»

«Wieso? Wollen wir nicht noch bleiben?»

«Ich finde das voll anstrengend hier.»

«Wieso? Die sind doch eigentlich nett.»

«Bei all diesem Geschwafel darüber, wie toll ihre Uni-Städte sind, kriege ich das Kotzen.»

«Aber vielleicht sind die ja wirklich toll.»

«Nichts ist nur toll.»

«Aber es geht doch darum, dass man etwas Gutes über seine Stadt sagt.»

«Dann könnten sie sich wenigstens etwas mehr Mühe geben. Außerdem verstehen sie keinen Spaß. Los, komm!» Ich erhob mich. Sebastian zögerte, stand dann aber ebenfalls auf. Wir verabschiedeten uns. Man nahm keine Notiz von uns. Madame Speck sprach gerade mit Eva. Vermutlich war ich nun nicht mehr einer von den attraktiven und sympathischen deutschen Männern, von denen sie vorhin noch geschwärmt hatte.

Thème allemand hatte ich hinter mir. Zufrieden war ich nicht. Nicht nur, dass im Übersetzungskurs neben Sebastian auch noch mehrere deutsche Studentinnen saßen, mit denen ich es mir am letzten Donnerstag verscherzt hatte. Die französischen Kommilitonen waren im Schnitt vermutlich noch nicht mal 20.

Zwei der vier Jungs trugen Basecaps, und die Mädchen hatten auf mich eher wie unauffällige Gymnasiastinnen gewirkt, die ihren Stil noch nicht gefunden zu haben schienen beziehungsweise noch nicht mal auf der Suche nach ihm waren. Keine von ihnen hatte in den zwei Stunden, in denen Monsieur Lévy, ein schnurrbarttragender Herr Anfang sechzig, einen Text zu den Ernährungsgewohnheiten der Europäer mit uns Satz für Satz ins Deutsche übersetzt hatte, auch nur einen Mucks von sich gegeben. Stattdessen hatten sie sich darauf beschränkt, jedes Wort unseres Dozenten brav mitzuschreiben. Nur die Deutschen hatten sich überhaupt am Gespräch mit dem Prof beteiligt, der über unsere Anwesenheit sehr erfreut schien, während er seinen Landsleuten kaum Beachtung schenkte. Nach den zwei Stunden hatte ich darauf verzichtet, mich einem der französischen Grüppchen aufzudrängen. Bis 13 Uhr hatte ich nun frei, bevor es mit connaissance du monde – presse allemande bei Monsieur Tarin weiterging. Fürs Mittagessen war es noch zu früh. Also begleitete ich Sebastian ins Computerkabinett. Zwar hatte ich das Internet schon am Tag zuvor ausgelesen, aber vielleicht waren in den letzten 24 Stunden ein paar Texte dazugekommen. 2001 hatte man die interessanten Seiten im Netz in anderthalb Stunden durch. Es gab nur Spiegel Online, Yahoo und Radsport-News. Die Studenten meiner Generation mussten sich die Zeit ohne Myspace, Facebook und YouPorn vertreiben.

Sebastian fand einen Rechner gleich neben dem Eingang. Ich musste bis in den Nebenraum weiter. Denn alle anderen Computer waren mit Erasmus-Studenten besetzt. In der Ecke am Fenster hing Gianluca. Der Schirm seines Basecaps berührte fast den Bildschirm. Es lief irgendein italienischer Cartoon.

Er gluckste. Ich setzte mich auf die andere Seite des Raums und ging auf radsport-news.de. Nächstes Wochenende war das WM-Straßenrennen der Männer und Jan Ullrich in bestechender Form. Eine Studentin betrat den Raum. Gianluca kicherte wie ein kleiner Junge: *Magnificamente.* Er meinte aber nicht sie. Sie hatte große braune Augen mit langen Wimpern, eine zarte Stupsnase, blasse, sommersprossige Haut, umrahmt von kurzen, schwarzen, lockigen Haaren, und eine hinreißende weibliche Figur. Und sie war Französin. Das hatte ich dem kurzen Wortwechsel entnommen, den sie soeben mit dem IT-Administrator geführt hatte. Normalerweise hatten wir Erasmus-Studenten die PCs für uns. Sie nahm hinter mir Platz, an der gegenüberliegenden Wand. Der Computer rechts von ihr war noch frei. Ich brauchte einen glaubwürdigen Vorwand, um dorthin zu wechseln. Bevor Gianluca auf die gleiche Idee kam. Was konnte das sein? Zum Beispiel, wenn mein Rechner nicht funktionierte. Also fluchte ich leise: «Fuck! ... Oh, Mann! Was ist denn das für ein scheiß Rechner?» Ich wiederholte die Beschimpfungen einige Male, dann stand ich auf und ließ mich auf dem Stuhl neben ihr nieder. Gianluca kicherte wieder.

Sie hatte ein französisch-englisches Wörterbuch aufgeschlagen und war dabei, einen englischen Text ins Französische zu übersetzen.

«Du bist doch Engländerin», sprach ich sie an, nachdem ich eine fünfminütige Karenzzeit abgewartet hatte.

«Nein. Ich bin von hier.»

Gianluca kicherte erneut.

Was wollte ich noch mal sagen? Ach so: «Ach so. Ich dachte, ich hätte dich bei der *journée d'accueil* für die Erasmus-Studenten gesehen.» Wieder ließ ich mehrere Minuten verstreichen, während deren ich so tat, als würde ich auf www.lemonde.fr lesen. Währenddessen amüsierte sich Gianluca weiterhin über seinen Kinderfilm. Er schien meine Nachbarin noch nicht bemerkt zu haben. Sie sollte sich nicht bedrängt fühlen. Außerdem hoffte ich, sie würde von selbst anfangen, Fragen zu stellen. Doch sie stellte keine. Irgendwie musste ich ihre Aufmerksamkeit gewinnen. Aber wie? Vielleicht indem ich etwas Interessantes schrieb. Ich öffnete an meinem Rechner Word.

«Heißt das eigentlich ‹un coca› oder ‹une coca›?» Die Antwort kannte ich, aber es ging schließlich um Konversation.

«Un coca!», erklärte sie, ohne aufzublicken. Ich tippte ‹un coca – eine Cola› in die Tastatur. Und wieder ließ ich sie minutenlang schmoren, bevor ich den nächsten Impuls setzte. Es waren die längsten zwei Minuten meines Lebens, in denen ich geschätzt ein Dutzend Mal auf die Uhr schaute.

«Verwendet man im Französischen eigentlich nur für das ‹téléphone portable› die Abkürzung ‹portable› oder auch für den ‹ordinateur portable›?»

«Eigentlich nur für das téléphone portable. Aber manche nehmen das auch für Laptop.» Ich gab die Informationen ein. Aus den Augenwinkeln nahm ich wahr, wie sie flüchtig auf meinen Bildschirm linste. Ich durfte ob ihres erwachenden Interesses an meiner Person nicht in Euphorie verfallen. Ich blieb weiterhin äußerlich völlig cool, um nach einer weiteren Minute erneut ihre Expertise in Anspruch zu nehmen. Gianluca erhob sich und verließ laut telefonierend den Raum. Er sprach Italienisch. Wahrscheinlich mit seiner Mama in Neapel oder wo immer sie gerade wohnte. Ich war erleichtert. So würde er sich auf jeden Fall nicht ins Gespräch drängen. Was wollte ich noch mal fragen?

«Was bedeutet eigentlich ‹putain›?»

Sie musste lächeln. «Das ist ein Schimpfwort und heißt eigentlich ‹Hure›, kann aber auch ‹verdammte Scheiße› bedeuten.»

Ich notierte. Wieder schielte sie kurz auf meinen Monitor. Ich legte sofort nach. «Und ‹fils de pute›?»

«Sohn einer Hure.» Ich schrieb.

«Und ‹tapette›?» Die letzten drei Begriffe hatte ich von Mehdi und Rachid.

«Das ist eine Beleidigung für einen homosexuellen Mann. Du fragst ja nach seltsamen Begriffen!» Ihre Augen waren wunderschön. Kein Vergleich zu Marine. Die hatte so hässliche Glubschaugen. Ich musste unbedingt cool bleiben.

«Im Rahmen meines Erasmus-Aufenthaltes schreibe ich für den sprachwissenschaftlichen Lehrstuhl meiner Fakultät eine Art Internettagebuch über die Begriffe, mit denen ich hier in Pau tagtäglich konfrontiert werde.»

«Du musst dich ja in einem ausgesprochen schwierigen Umfeld bewegen.»

«Ja, mein Studentenwohnheim liegt in einem sozialen Brennpunkt.»

Sie lachte und wollte wissen, wo ich wohne.

«Avenue du Loup, Ecke Avenue de Saragosse.»

«Das ist ja wirklich eine sehr gefährliche Ecke. Das habe ich auch schon gehört.» Auf jeden Fall hatte sie Humor. Und so eine geschwungene Oberlippe. Wenn sie nicht lachte, hätte man eine kleine Murmel in die zarte Mulde darüber legen können.

«Ich bin aber auch ein ziemlich harter Typ.» Wieder ein Lachen von ihr. Bisher lief es wunderbar. Ich durfte nur nicht übermütig werden.

«Na, ich hoffe, du kommst auch noch mit ein paar anderen Facetten der französischen Sprache in Kontakt.»

Das war meine Chance.

«Hoffe ich auch. Aber dazu müsste ich natürlich auch erst mal ein paar ernstzunehmende soziale Kontakt haben.»

«Hast du keine?»

«Nee. Bisher leider noch überhaupt nicht. Meine einzige Bezugsperson ist mein deutscher Kommilitone, der gerne wandert. Am Wochenende musste ich mit. Da hat er die ganze Zeit gesagt: ‹Herrlich ist das hier! Wunderbar!› Und dann hat er noch gesungen: ‹Schön ist es, auf der Welt zu sein›.» Ich hatte mich vorgestern von Sebastian schließlich doch überreden lassen, mit ihm den Chemin Henri IV zu gehen, nachdem ich dieses Ansinnen in der Woche zuvor noch erfolgreich abgewehrt hatte. Seine Bemerkungen und sein Gesang waren mir ausgesprochen peinlich. Ich hatte ihm sogar gedroht, ich würde nie wieder mit ihm wandern, wenn er nicht ruhig wäre. Zum Glück waren wir allein gewesen.

«Ich hatte die ganze Zeit Angst, uns würde gleich ein Bär anfallen.» Wieder reagierte sie amüsiert. Ich schaute mich um: «Ich darf nicht so laut reden. Er sitzt im Nachbarraum.»

«Hast du denn im Wohnheim oder in den Kursen niemanden kennengelernt?»

«Im Wohnheim bisher nur zwei Araber, die mich die ganze Zeit fragen, ob ich ihren Puller lutschen möchte. In den Kursen sind die Franzosen alle noch so jung. Die wollen mit so einem alten Mann wie mir gar nichts zu tun haben.»

«Wie alt bist du denn?»

«Dreiundzwanzig.»

«Geht doch noch.»

«Na ja. Aber als Ausländer ist es schon schwer, mit Einheimischen in Kontakt zu kommen.»

«Kann ich mir gut vorstellen.» Sie bekundete Mitgefühl. Nur der letzte Schritt fehlte noch, das Angebot, sich mit mir zu treffen. Offensichtlich musste ich noch deutlicher werden.

«Mhm … Gerade frage ich mich, ob das überhaupt mal was wird …» Dann wartete ich und wartete und wartete. Doch nach einer gefühlten Minute und tatsächlich gewarteten fünf Sekunden hatte sie meine ausgestreckte Hand immer noch nicht ergriffen. Ich hielt es nicht mehr aus.

«Hast du vielleicht Lust, mal was mit mir trinken zu gehen?»

Noch im selben Moment verfluchte ich mich. Wieso war ich so unvorsichtig, so unprofessionell? Jetzt würde sie doch annehmen, ich sei an ihr interessiert und baggere sie an. Bevor sie antworten konnte, fügte ich stakkatohaft hinzu:

«Ist wirklich nur zum Reden, rein platonisch. Du kannst gerne deinen Freund mitbringen. Ich bin ausschließlich aus Recherchegründen für mein Internettagebuch an einem Treffen interessiert. Ich will nicht, dass es sich auf ein Schimpfwörterbuch reduziert. Wir können gerne auch einfach nur hin und wieder telefonieren und Vokabeln austauschen.»

Mir war klar, dass meine Worte es vermutlich nur noch verschlimmerten. Zu meiner großen Verwunderung willigte sie ein und verabredete sich mit mir für Donnerstag um 21 Uhr in La Tireuse. Mir gelang es sogar, Mailadressen zu tauschen und in Erfahrung zu bringen, dass sie Florence hieß, ohne dass sie es sich noch mal anders überlegte. Danach verabschiedete ich mich schnell unter dem Vorwand, zu meinem Seminar zu müssen. Ich wollte es nicht riskieren, durch eine unbedachte

Äußerung oder eine uncoole Bewegung plötzlich langweilig zu wirken. Außerdem musste ich mir mögliche Gesprächsthemen für übermorgen aufheben.

Wie auf Wolken verließ ich den Informatikraum, ohne Sebastian, der noch Josepha schrieb. Ich schwebte durch die dunklen Gänge mit den braun getünchten Wänden und den niedrigen Decken, dann die Treppe hinunter auf den Hof, wo zahlreiche Studenten, nur mit T-Shirt bekleidet, in der warmen Oktober-Sonne auf den Betonbänken chillten. Es waren fast dreißig Grad. Ich fühlte mich großartig. Am Kaffee-Automaten neben dem Eingang suchte Gianluca gerade ein Getränk aus. Der war mir jetzt so was von egal. Im Rückblick war es gut, von Marine versetzt worden zu sein. Sollte er doch um sie buhlen. Florence war eine ganz andere Liga. Sie war genau mein Typ. Sie wäre die perfekte Freundin für das Jahr hier.

*Je n'ai pas peur de la route*
*Faudrait voir, faut qu'on y goûte*
*Des méandres au creux des reins*
*Et tout ira bien*

Ich war natürlich zu früh. Obwohl ich den Weg eigentlich aus dem Effeff kannte, schließlich kam ich an La Tireuse jedes Mal vorbei, wenn ich ins Méliès ging. Es war zehn vor neun. Wo war der beste Platz, um auf Florence zu warten? Da, wo wir uns letzte Woche mit Madame Speck zum deutsch-französischen Stammtisch versammelt hatten? Auf dem Mezzanin, wo man die Eingangstür im Auge hatte? Oder in der Sitzecke gegenüber der im Untergeschoss gelegenen Bar? Von dort könnte ich Florence beobachten, wie sie die Treppe hinabstieg, und mich noch mal richtig hinsetzen. Leider war da bereits alles belegt. Also bestellte ich an der Bar eine große Cola und stieg die Stufen wieder hinauf. Ich wollte nicht nach Bier riechen. Oben sah es besser aus. Der Tisch vom letzten Donnerstag war noch frei. Ich ließ mich in das Polster eines schwarzen Sessels fallen.

*Le vent l'emportera*
*Tout disparaîtra mais*
*Le vent nous portera*

Wie oft war Noir Désir eigentlich in den letzten zweieinhalb Wochen im Radio gelaufen?

Am besten fing ich mit dem Studium an. Das war ein unverfängliches Thema. Sie studierte Englisch. Das eröffnete schon mal die Möglichkeit, über Musik zu sprechen. Ob sie The Strokes mochte? Ob sie Pavement kannte?

Hoffentlich hörte sie nicht irgendwelchen Schrott. Mit Melanie hatte ich mir den Geschmack gemeinsam erarbeitet. Trip Hop, Hamburger Schule, LoFi, dann Ende der Beziehung. Hoffentlich stand sie nicht auf Tori Amos oder Björk. Aber eigentlich hatte sie nicht so ausgesehen. Und Filme. Wenn ich ihr berichtete, wie oft ich seit meiner Ankunft schon alleine im Kino gewesen war, würde mich das als Filmliebhaber ausweisen. Aber auch nicht zu viel von mir erzählen. Erst mal Fragen stellen. Frauen mochten es, wenn ein Mann eher etwas über sie erfahren wollte, statt immer nur über sich selbst zu sprechen. Vielleicht würde sie sich auch gleich nach Baudelaire erkundigen. Ich holte «Les Fleurs du Mal» aus meinem Rucksack. Hatte ich mir vorhin noch gekauft. Eigentlich las ich keine Gedichte. Aber bei Frauen kam das ja angeblich gut an. Außerdem war Poesie eine ganz gute Ergänzung zu den vulgärsprachlichen Begriffen, für die ich mich Dienstag im Computerkabinett interessiert hatte. Stunden später war ich an den Rechner zurückgekehrt und hatte eine Domain erworben, um eine Seite einzurichten, auf der ich mein Erasmus-Wörterbuch führen konnte, falls sie irgendwann mal Nachforschungen anstellte. Ich begann, Baudelaire zu knautschen, auf dem Tisch zu reiben und ihm ein paar Eselsohren zuzufügen, damit er benutzt aussah. Außerdem versah ich einzelne Gedichte mit Anstreichungen. Wer anstrich, las nicht nur so, sondern versuchte zu verstehen.

Ob sie aus Pau kam? Oder von woanders her? Möglicherweise wollte sie wissen, wie es mir hier gefiel. Dafür hatte ich mir die Antwort bereits überlegt. Ich würde nicht von der Stadt schwärmen. Das war einfallslos und konnte leicht als Anbiedern ausgelegt werden. Aber ich durfte Pau auch nicht zu stark kritisieren. *Ich kenne Pau noch nicht gut genug. Aber am Anfang, wenn man noch niemanden kennt, überwiegt die Einsamkeit. Es ist auf jeden Fall anders als Berlin.* Berlin hörte sich besser an als Deutschland. Einem Berliner waren die Gesprächspartner eigentlich in der Regel immer zugewandt, besonders einem aus dem Osten der Stadt. Diese Erfahrung hatte ich schon oft gemacht. Genau, am besten nicht Berlin, sondern gleich Ostberlin sagen. Das war exotischer und bot mehr thematische Anknüpfungspunkte.

Und was, wenn sie Baudelaire-Kennerin war? Dann stellte sie sicher gezielte Fragen zum Inhalt. Ich sollte besser noch einen Blick in den Gedichtband werfen. Irgendwo in der Mitte. *Le mort joyeux. – Der vergnügte Tote, S. 102.* Ich war total überfordert. Was hatte der Dichter sagen wollen? Hoffentlich wollte sie es nicht so genau wissen. Vielleicht lag es an der Musik im Hintergrund. Oder an meiner Anspannung. Bestimmt. In der Abiturprüfung hatte ich schließlich auch ein Gedicht von Gottfried Benn erfolgreich interpretiert. Aber da war es lediglich um meinen Schulabschluss gegangen.

Die Zeiger standen auf fünf nach neun. Ich verstaute Baudelaire wieder in meinem Rucksack. Irgendwie war das doch zu übertrieben. Nachher mochte sie gar keine Männer, die Gedichte lasen. Zu aufgesetzt. Lieber das Programm vom Méliès studieren.

Am Nachbartisch nahm Marine Platz. Auch das noch! Pau war wirklich ein Dorf. Sollte ich mich besser wegsetzen? Nein. Wie seltsam musste das anmuten? Wie eine Flucht. Ich ließ mich doch nicht vertreiben. Nicht von ihr. Sie sollte ruhig erfahren, dass ich über sie hinweg war, dass ich eine Frau datete, die attraktiver war als sie. Hoffentlich ließ mich Florence nicht im Stich. Quatsch! Sie hatte mir doch selbst diesen Tag vorgeschlagen. Wenn sie nicht gewollt hätte, hätte sie doch versucht, unser Rendezvous aufzuschieben.

Marine tat so, als nehme sie mich nicht wahr. Die blöde Kuh. Sie trug ein dunkelgestreiftes, langärmliges Shirt und graue Jeans. Sie war wirklich sehr schlank. Ein Glück, dass es nicht geklappt hatte. Sie würde schon noch zu mir gucken, wenn Florence endlich neben mir säße, die immer noch auf sich warten ließ. Ich musste nur aufpassen, dass ich nicht irgendeinen subtilen Witz erzählte. Viele verstanden meinen Humor nicht. Obwohl, eigentlich war sie vorgestern gut damit zurechtgekommen.

«Ist hier noch frei?», wurde ich von einem studentischen Pärchen aus meinen Überlegungen gerissen. Natürlich nicht. Bei meiner ersten Verabredung brauchte ich niemanden, der unser Gespräch belauschte. Andererseits konnte ich kaum den ganzen Tisch für uns blockieren. Wenigstens waren die beiden keine Franzosen, sondern Spanier, wie ich schnell feststellte. Sie würden uns mit ziemlicher Wahrscheinlichkeit sowieso nicht verstehen. Ich spürte ein Drücken im Bauch. Etwas drängte nach draußen. Musste das jetzt sein? Seit meiner Ankunft in Pau hatte ich nur Croissant und Baguette gegessen. Mein Verdauungstrakt dankte es mir mit Verstopfung. Ich hatte seit knapp zwei Wochen kaum gekonnt. Nun setzten auch noch Blähungen ein. Bestimmt war das die Aufregung. Aber was, wenn ich jetzt auf Toilette ging und sie gerade in diesem Moment auftauchte?

Marine tat weiterhin so, als würde sie mich nicht bemerken. Sie tippte eine SMS. Vielleicht sollte ich kurz rausgehen und sie von der Telefonzelle vor der Kneipe aus anrufen, um sie zu fragen, warum sie nicht zur Verabredung erschienen war. Erneut setzte sich ein Pärchen an meinen Tisch, ohne sich zu erkundigen, ob die Plätze besetzt waren. Diesmal handelte es sich um Engländer. Blieben noch drei Sessel. Das Kinoprogramm hatte ich mittlerweile durch. Zum dritten Mal. Ich steckte es wieder in meinen Rucksack und kramte *La République des Pyrénées* hervor.

Komplimente würde ich Florence heute besser noch nicht machen. Sie sollte nicht annehmen, ich hätte mich unter Vorspiegelung falscher Tatsachen mit ihr verabredet. Ich würde rechtzeitig gehen, bevor alles besprochen war. Es war besser, noch ein paar Themen offenzulassen, noch nicht gleich alles zu erzählen. Da musste ich aufpassen. Ich hatte die Angewohnheit, gegenüber Frauen zu schnell mein Herz auszuschütten. Sie durfte nicht nach dem ersten Abend das Gefühl haben, bereits alles über mich zu wissen. Wichtig waren Andeutungen, die eine tiefer liegende Verletzung erahnen ließen, aber noch nicht verrieten, um was für eine Verletzung es sich handelte. *Oft finden mich Menschen arrogant. Dabei ist das nur Selbstschutz. Ich habe einfach schlechte Erfahrungen gemacht, aber darüber kann ich jetzt gerade nicht reden.* Mehr als das war auch gar nicht möglich, denn mir war noch keine verletzende Erfahrung eingefallen, die interessant genug war. Natürlich würde ich mich einem Kuss nicht verweigern, wenn er sich ergab.

Allerdings konnte sie wirklich endlich auftauchen. Es war bereits zehn nach. Die Magenkrämpfe machten es mir schwer, noch halbwegs natürlich dazusitzen. Marine hatte nun doch zu mir geschaut. Und nicht gegrüßt. Sie war nun wieder mit ihrem Handy beschäftigt. Bestimmt spekulierte sie schon, was ich hier alleine tat. Mit *La République des Pyrénées* in der Hand. War das vorstellbar, dass man Donnerstagabend in die Kneipe ging, um eine regionale Tageszeitung zu lesen? In eine Studentenkneipe? Hätte ich wenigstens *Le monde* oder *Libération* eingesteckt. Vielleicht war Baudelaire doch passender. In Prenzlauer Berg sah man das häufiger, dass Menschen mit einem Gedichtband Cafés bevölkerten. Allerdings hasste ich solche Menschen. Nun gut, aber nicht alle teilten diese Abneigung. Ich öffnete erneut meinen Rucksack. Einen Block hatte ich auch dabei, wegen meines Erasmus-Wörterbuchs. Wenn ich parallel zur Lektüre Notizen machte, wirkte das auf Marine eventuell so, als bereite ich etwas für die Uni vor. Aber suchte man dafür eine Kneipe auf?

«C'est occupé ici?» Ich blickte in die Gesichter von Jana und Mareike. Es wurde immer besser. Wollten sie sich ernsthaft zu mir setzen?

«Guck, da hinten ist noch frei!», deutete Jana auf den Tisch von Marine, bevor ich etwas entgegnen konnte. Die schienen auch die ganze Zeit aufeinanderzuhocken. So würden sie keine Franzosen kennenlernen. Jetzt setzte sich ein weiteres Pärchen zu mir. Nun war nur noch ein Platz frei.

Was nur sollte ich notieren? Vielleicht einfach Baudelaires Gedichte abschreiben? Oder die Vokabeln übersetzen? Dazu müsste ich meinen PONS hervorholen. Dann würde jeder hier im Raum bemerken, dass ich kein Franzose war. Die Schmerzen im Bauch wurden immer schlimmer. Ich saß schon ganz gekrümmt da. Eigentlich war ein Besuch der Toilette dringend geboten. Nur waren die Kabinen akustisch und belüftungstechnisch ziemlich schlecht isoliert. Ich musste an einen spanischen Film denken, in dem der Mann die Frau zum ersten Date mit dem Auto abholte, aber wegen der Aufregung so starke Blähungen bekam, dass er schon auf dem Weg dorthin ständig furzen musste. Als seine Verabredung ins Fahrzeug steigen wollte, verriegelte er die Tür von innen und fuhr panisch davon, da er ihr den Geruch nicht zumuten wollte. Aber diese Situation würde mir wohl doch erspart bleiben. Vielleicht kam sie gar nicht mehr. Warum hatte ich nicht einfach nach ihrer Nummer gefragt, statt mir ihre Mailadresse geben zu lassen? So wie bei Marine. Wie sollte ich Florence so erreichen? Ein Internetcafé suchen, das um halb zehn noch geöffnet hatte, und ihr eine Mail schreiben: *Hallo, Florence, wo bleibst du?*

Jana und Mareike unterhielten sich mittlerweile mit Marine. Vielleicht täuschte ich mich, aber mir war so, als beobachteten sie mich aus den Augenwinkeln. Offensichtlich schmiedeten sie gerade ein Bündnis gegen mich. Ich quälte mich aus dem Sessel. Nicht mal aufrecht laufen konnte ich noch. Wie ein alter

Mann schleppte ich mich aufs Klo. Es war zwanzig nach neun. Als ich nach ein paar Minuten zurückkehrte, hatte sich jemand auf den Sessel neben meinem gesetzt. Er plauderte mit den beiden Spaniern am Tisch.

«Hier ist besetzt. Ich erwarte noch jemanden», wollte ich gerade anheben, doch rechtzeitig fiel mein Blick auf Marine. Ich traute meinen Augen kaum: Gianluca hatte sich zu der Runde gesellt und hielt ihre Hand. Also hatte ich mit meiner Befürchtung richtiggelegen. Er trug wieder sein kindisches Basecap. Konnte es eine demütigendere Erfahrung geben? Vielleicht war das die Verletzung, die mir bisher noch gefehlt hatte. Nur würde Florence mit Sicherheit nicht mehr kommen, damit ich ihr davon berichten konnte. Sollte ich trotzdem Platz nehmen und so tun, als jucke mich das alles nicht? Weiterlesen? Dem französischen Pärchen an meinem Tisch beim Knutschen zuschauen? Oder vortäuschen, ich sei mit ihnen befreundet? Vielleicht sollte ich mitknutschen. Oder den Spaniern aufmerksam zuhören, gelegentlich nicken, den Kopf schütteln, hin und wieder lachen und die Lippen bewegen, damit es für Marine, Gianluca, Mareike und Jana so aussah, als unterhielte ich mich mit ihnen. Diese gestikulierten ausladend und waren dermaßen in ihr Gespräch vertieft, dass es ihnen vermutlich nicht mal auffallen würde, wenn ich mich daran beteiligte. Quatsch! War doch egal, was Marine, ihr Neuer und meine deutschen Kommilitonen dachten. Ich packte meine Sachen zusammen und verließ die Bar. Kurz vor zehn erreichte ich Corisande.

«Ja, natürlich liebe ich dich noch genauso wie vor meiner Abreise. …» Sebastian säuselte wieder ins Telefon. Ich wollte mich vorbeistehlen.

«Warte mal, Josepha! ... Markus! Wie war es denn?»

Ich hätte ihm nichts von Florence erzählen sollen. Wieso hatte ich das getan? Wahrscheinlich, weil ich sonst niemanden zum Reden hatte.

«Super!»

«Das ist fein. Freut mich für dich. Schlaf gut.»

«Schlaf doch selber!», zischte ich, ohne dass er es hörte.

«Markus hatte heute eine Verabredung mit einer Französin», berichtete er Josepha. Ich hätte ihn schlagen können.

«Nein, ich habe noch keine Verabredung mit einer Französin gehabt. Ich würde das natürlich vorher mit dir besprechen», waren seine letzten Worte, die an meine Ohren drangen, bevor ich die Tür schloss und mich aufs Bett warf. Ich stellte das Radio an. Green Day: *It's something unpredictably but in the end it's right, I hope you had the time of your life.*

«So, hier erhalten Sie ein Blatt! Da das unsere erste gemeinsame Stunde ist, möchte ich Sie zunächst ein bisschen kennenlernen. Schreiben Sie bitte erstens Ihre Stärken und Schwächen auf, zweitens das Buch, das Sie zuletzt gelesen haben, und drittens, welchen Film Sie zuletzt im Kino gesehen haben!»

In Madame Boyers Kurs expression française war deutlich mehr Leben in der Bude als bei Monsieur Lévy. Die kleine, hagere Frau mit der Drahtbrille, der spitzen Nase und den wilden, grauen Locken hatte drei Minuten vergeblich mit in die Hüften gestemmten Händen von den Studenten Ruhe eingefordert. Dann hatte sie mit ihrem Programm begonnen, obwohl mehrere französische Kommilitonen ungerührt mit ihren Gesprächen fortfuhren. Die am Dienstag so stillen und schüchternen Kursteilnehmer waren wie ausgewechselt. Mehrere Französinnen tippten unter dem Tisch Textnachrichten. Andere tauschten Zettel aus.

«Was haben Sie geschrieben?», deutete sie auf einen der beiden Typen mit Basecap. Er hatte es nicht mal abgesetzt.

«Bin noch nicht fertig», murmelte der.

«Und Sie?»

«Auch noch nicht», nuschelte ein anderer.

«Wer ist denn schon fertig?»

Niemand meldete sich. Ich hob meine Hand.

«Ja?», wandte sich mir die knochige Frau erleichtert zu. Ich war ihre Rettung. «Monsieur?»

«Bei erstens sollen wir doch unsere Stärken und Schwächen auf Französisch aufschreiben, ist das richtig?»

«Ja.»

«Und was ist, wenn man keine Stärken hat? Ich bin ja nicht Franzose.»

«Irgendwelche Stärken werden doch selbst Sie haben.» Sie lächelte ermutigend. «Schreiben Sie mal was! Auch als Ausländer werden Ihnen ja bestimmte Aspekte unserer Sprache besser liegen als andere.»

In der letzten Reihe hatte einer der französischen Studenten seinen Kopf auf seinem Rucksack abgelegt. Zwei Reihen vor mir tuschelten drei Mädchen unentwegt. Ich notierte zunächst meine sprachlichen Defizite: Phonetik, Lexik, Syntax, Morphologie, Konjugation, Semantik. Für die Stärken blieb nun eigentlich nichts mehr übrig.

Ich war einfach überfordert. Man verlangte doch von einem beidseitig Blinden auch nicht, dass er erklärte, welches Auge sein starkes und welches sein schwaches war. Oder von jemandem, der beim Hundert-Meter-Sprint bereits im ersten Vorlauf ausgeschieden war, in welchem Abschnitt er am besten gelaufen war. Was hatte denn Sebastian unter Stärken zu Papier gebracht? Ich schielte auf sein Blatt und las: «Der bestimmte Artikel.» Von denen gab es nur drei: le, la, les. Da ließ sich schon statistisch nicht viel falsch machen. Als zweiten Punkt hatte er noch «Substantive» vermerkt. Damit hatte er seine sprachlichen Fähigkeiten in Französisch umfassend und erstaunlich realistisch umschrieben. Mit den bestimmten Artikeln und Substantiven konnte man ausgesprochen anregende Gespräche führen.

«Schreib noch, dass du auch die Wörter ‹ja› und ‹nein› gut beherrschst!», zog ich ihn auf.

«Meinst du wirklich?» Er zog die Augenbrauen hoch.

«Ja.»

«Ich weiß nicht.»

Die drei Mädchen aus der ersten Reihe drehten sich abwechselnd zu uns um und kicherten.

«Was haben Sie denn als Schwächen und Stärken aufgeschrieben?» Madame Boyer deutete auf Mareike. Ich musste an gestern denken. Gerne hätte ich mir ihre Gegenwart erspart. Wenigstens hatte sie Marine und Gianluca nicht mitgebracht. Sie verhielt sich mir gegenüber so, als sei die Szene in der Bar nicht passiert, sie ignorierte mich.

«Also, unter Schwächen stehen bei mir ‹subjonctif› und ‹conjonctions de subordinations›.» Die wenigen Franzosen, die dem Unterricht Beachtung schenkten, schauten so, als hörten sie «conjonctions de subordination» – unterordnende Konjunktionen – zum ersten Mal.

«Und unter Stärken ‹Zeitformen›.»

«Schön.»

Die drei Mädchen kicherten wieder.

«Und Sie?» Jetzt war Lena an der Reihe.

«Unter Schwächen habe ich ‹Stellung der Objektpronomen›. Und unter Stärken ebenfalls ‹Zeitformen›.»

Ein Papierflieger segelte durch den Raum. Ich fühlte mich zurückversetzt in die achte Klasse.

Warum tuschelten die drei da vorne immer, nachdem sie sich zu uns umgedreht hatten? Hatte jemand von uns beiden etwas im Gesicht? Hing einem von uns ein Popel aus der Nase? Ich musterte Sebastian. An ihm war nichts Auffälliges.

«Sebastian, hab ich irgendwas im Gesicht? Einen Popel oder so?», flüsterte ich.

Er prüfte mich. Leider hatte er ein anderes Verständnis von natürlicher Nähe, weshalb er sich ganz nah zu mir beugte, so als wollte er mir einen Kuss geben. «Ob du einen Popel im Gesicht hast?», wiederholte er gut hörbar.

Die deutschen Kursteilnehmerinnen im Raum – außer Mareike und Lena noch Sandra und eine Studentin, deren Namen ich nicht wusste – drehten sich zu uns um.

«Geht's noch lauter?», zischte ich.

«Ich seh nichts. Aber warte mal, hier. Was ist das?»

«Wo denn?»

«Na hier.» Leider gehörte Sebastian zu der Sorte Menschen, die einem die Lage eines Makels im Gesicht nicht diskret beschrieben, sondern stattdessen mit dem Finger ohne Vorwarnung auf diesen ditschten.

«Wenn du jetzt noch anfängst, an meinem Pickel zu rubbeln, dann knall ich dir eine.»

«'tschuldigung.»

«Was haben Sie denn geschrieben?», unterbrach Madame Boyer unsere Konversation.

«Ich?»

«Ja, Sie!» Sie fixierte meinen Kommilitonen erwartungsvoll mit ihren braunen Augen.

«Ich hab bei Schwächen ‹subjonctif› und ‹längere Sätze› geschrieben und bei Stärken ‹Artikel› und ‹Substantive›», radebrechte Sebastian auf Französisch.

«Schön.»

«Und ‹ja› und ‹nein›», ergänzte er. Er hatte tatsächlich meinen nicht ernst gemeinten Vorschlag aufgenommen. Der Kurs lachte. Die Mädchen vorne gluckten. Jetzt wurde ihm das als Witz gutgeschrieben, dabei war das meine Idee gewesen.

«Schön. Sehr schön. Und Ihr Nachbar?» Sie meinte mich. Die französischen Studenten, von denen in den hinteren Reihen einige weiterquatschten, bezog sie offenbar gar nicht mehr in den Unterricht mit ein.

«Ich hab noch mal über die Frage nachgedacht, und mir ist aufgefallen, dass ich sprachlich gesehen keine Schwächen habe.»

Madame Boyer blickte mich verdutzt an.

«Nee! War nur ein Scherz», erklärte ich. «Ich habe nur Schwächen. Nicht nur sprachlich, sondern auch charakterlich.»

«Ich hab das Gefühl, Ihnen fällt es schwer zuzugeben, dass Sie etwas gut beherrschen. Haben Sie den Mut, sich dazu zu bekennen.» Sie war nicht nur Dozentin, sondern offenbar auch Psychotherapeutin. Mir fiel einfach nichts ein. Sie wollte sicherlich nicht wissen, dass ich dank meiner arabischen Wohnheimbekanntschaften Rachid und Mehdi, die in der Banlieue von Marseille aufgewachsen waren, schon drei rassistische und vier homophobe Beleidigungen kannte.

«Na gut!», meinte ich. «Zahlen. Ich kann auf Französisch

schon bis zwanzig zählen, sogar auswendig.» Eine beeindruckende Leistung für jemanden, der seit der siebten Klasse Französisch in der Schule gelernt hatte und es seit zwei Jahren an der Uni studierte.

«Na sehen Sie! Toll! Auch Sie haben Stärken», sagte sie ermutigend. Gelächter im Kurs. Die Dozentin schien nicht zu scherzen. Offenbar war Madame Boyer froh über jeden, der sich überhaupt beteiligte, denn die französischen Studenten mussten von ihr weiterhin ständig ermahnt werden, wenigstens nicht zu stören.

Als es um die Bücher ging, die wir zuletzt gelesen hatten, war die Situation unverändert. Madame Boyer stützte sich weiterhin in erster Linie auf uns deutsche Gaststudenten.

Mareike nannte «Der Alchimist». Das passte zu ihrer gemütlichen Göttinger Art: philosophische Weisheiten auf Kalenderblattniveau, die den Leser in das Gefühl entließen, dass die Welt zu einer guten Welt wurde, indem man an das Gute in der Welt glaubte. Bei Lena war es Henning Mankell, bei Sandra irgendwas von Maupassant und bei der mir namentlich nicht Bekannten «Der kleine Prinz». Das war alles wieder so positive Literatur. Sebastian gab zu, als Letztes «Bridget Jones – Schokolade zum Frühstück» gelesen zu haben. Es war ihm nicht mal peinlich. Warum nicht gleich «Karate Kid 3 – Das Buch zum Film»?

Ich hatte mich für Philip Roths «Ein amerikanisches Idyll» entschieden. Das war zwar eigentlich meine vorvorletzte Lektüre gewesen, aber zu «Der perfekte Liebhaber: Sextechniken, die sie verrückt machen» und «Die perfekte Liebhaberin: Sextechniken, die ihn verrückt machen» von Lou Paget, die ich vor meiner Abreise aus Berlin noch durchgearbeitet hatte, um mein Erasmus-Jahr mit dem richtigen Rüstzeug anzutreten, wollte ich mich vor versammelter Runde nicht bekennen. Die würden das nicht einordnen können. Mit meinem Geschmack war ich aber selbst mit Philip Roth völlig isoliert. Das Deprimierende war: Die deutschen Kommilitonen hatten wenigstens irgendetwas genannt. Abgesehen von zwei stillen Französinnen aus der ersten Reihe, deren Titel mir nichts sagten, war ich mir bei den Franzosen nicht sicher, wann sie das letzte Mal freiwillig ein Buch in die Hand genommen hatten. Die übrigen 20 einheimischen Studenten im Kurs beschäftigten sich nämlich weiterhin mit anderen Dingen. Einer schlief, andere schrieben sich Zettel, die drei Hühner vor uns gackerten, zwei weitere lasen Illustrierte. Konnte man sich mit denen überhaupt unterhalten? Ich hatte meine Zweifel. Hier würde ich keine Freundin finden. Nach der Veranstaltung, auf dem Weg zur Brasserie La Vague, hielt ich gegenüber Sebastian mit meiner Enttäuschung nicht hinterm Berg.

«Oh Mann! Was für Kinder!»

«Wen meinst du?»

«Die Französinnen im Kurs. Ich kam mir vor wie in der Schule.»

«Echt, wieso denn?»

«Und die Bücher, die die Deutschen genannt haben, ey!»

«Was war denn mit den Büchern?»

«Lass gut sein! Lass uns über was anderes reden!»

Immerhin eine Party, wenn auch nur eine von Rachid. Aber ich musste nehmen, was ich kriegen konnte, erst recht am Freitagabend. Mit den Erasmus-Studenten hatte ich es mir bereits verspielt, und die Französinnen aus meinen Kursen hatten sich auch in dieser Woche nicht reifer präsentiert als in der letzten. Wenigstens war Sebastian nicht eingeladen worden. Ich war seit Montag mit ihm schon wieder zweimal im Kino gewesen. Zudem hatten wir gemeinsam die Caf aufgesucht, um Wohngeld zu beantragen. Und ins Waschcenter an der Place du Foirail hatte er mich auch begleitet. Wir hätten unsere Wäsche auch im Wohnheim waschen können, statt 20 Minuten in die Stadt zu laufen. Aber ich hing so einer romantischen Vorstellung nach, im Waschsalon lerne man attraktive Frauen kennen. Das hatte ich ihm zwar nicht verraten, er war trotzdem mitgekommen.

Sebastian hätte aber heute sowieso nicht zur Party gekonnt, da er noch mit Josepha telefonierte. Diesmal hatte er dazu allerdings das Wohnheim verlassen müssen, denn als ich mich zu Rachid aufmachte, wurde das Telefon gerade von der fetten Nigerianerin blockiert. Schimpfend schickte meine übergewichtige und großgewachsene Zimmernachbarin mit der Kurzhaarfrisur aggressive Wortkaskaden in die Sprechmuschel.

Beim Betreten von Zimmer 108 im Bâtiment A lief ich in eine Haschischwand. Für Drogen war schon mal gesorgt. Immerhin. Aber wo waren die Frauen? Bis auf ein Nacktmodel auf einem Poster an der Wand gab es keine. Außer Rachid und Mehdi erblickte ich nur noch einen Typen in einem Algerien-Trikot. Ich hatte ihn schon mal mit den beiden vor dem Wohnheim abhängen sehen.

«Markŭs. Isch bin kaputt», begrüßte mich Mehdi.

«Isch auch. Où sont les filles?», kam ich sofort zu Sache.

«Claire ne peut pas.» Die offenbar einzige eingeladene weibliche Person war also indisponiert. Die drei waren zu bekifft, um mir die Enttäuschung anzusehen.

In so kleiner Runde zu feiern, hatte auch etwas Gutes, redete ich mir ein. Ich musste meine Tüte Lays-Chips nur mit drei weiteren Personen teilen. Und mehr als vier Leute hätten in die 9 Quadratmeter auch kaum reingepasst. Rachid und Mehdi lagen quer auf Rachids Bett, und ihr Freund kauerte müde auf dem Tisch. Ich nahm auf dem Plastestuhl Platz.

«Tu veux une bière?», murmelte Rachid.

Die drei tranken Desperados. Ich entschied mich für die Flasche Cola. Aus der Anlage dröhnte Hip-Hop.

«Wer ist das?»

«IAM», murmelte Rachid kraftlos.

«Woher sind die?»

«Aus Marseille.»

«Ah! Wie ihr.»

Meine beiden Freunde kicherten.

«Was studiert ihr eigentlich?»

«Informatik.»

«Und du?»

«Ich studiere nicht», erklärte der Typ auf dem Tisch.

Sollte ich ihm versichern, dass es nicht schlimm sei, wenn man nicht studiere?

«Maurice macht nichts», klärte mich Rachid auf. «Schaut den ganzen Tag Pornos.» Die drei kicherten.

«Und Mehdi macht Pornos», nuschelte Maurice.

«Rachid auch. Du kannst mitspielen. Wir machen viel über schwule Deutsche.»

Wieder Kichern. In den Charts meiner besten Partys würde diese hier einen der ganz vorderen Ränge einnehmen.

«Gerne spiele ich im Porno mit, wenn die Bezahlung stimmt.»

Wieder Kichern.

«Markūs, du bist echt der Coolste. Wir müssen mal was machen», lobte mich Mehdi.

Maurice sackte immer mehr in sich zusammen. Das konnte doch an Konversation noch nicht alles gewesen sein. Ich versuchte erneut, wieder ein normales Gespräch zu beginnen: «Und in welchem Studienjahr seid ihr?»

«Im zweiten.»

«Ich auch.»

«Ich aber erst zum zweiten Mal.»

Rachid fielen die Augen zu.

«Ist Informatik so schwer?»

«Ja. Schwer.» Das Kichern nahm gar kein Ende mehr. Mehdi kicherte mit geschlossenen Augen.

«Markūs, willst du meinen Puller lutschen?», wollte Rachid wissen, der wieder erwacht war.

Er und Mehdi prusteten los. Rachid nahm einen Schluck aus seiner Pulle. Maurice schlief. Ich erkundigte mich: «Rachid, wie kommt es, dass du so gut Deutsch kannst?»

«Deutsche Austauschschülerin.»

«Wie lange denn?»

«Eine Nacht.»

«Alle Achtung!», zollte ich ihm gespielt Anerkennung. Schüleraustausche waren doch immer noch das beste Mittel, um einem die Sprache eines anderen Landes schmackhaft zu machen.

«Deutsche Frauen sind die besten im Bett.»

Maurice schnarchte auf dem Zimmertisch.

Mehdi vollführte mit seinen Händen Tai-Chi-Bewegungen vor seinem Gesicht. Rachid schien kontinuierlich an der Schwelle zu einer anderen Bewusstseinssphäre zu sein.

«Wollen wir nicht in eine Disco gehen?», schlug ich wahnsinnigerweise vor, den Umstand ignorierend, dass ich der einzige Nüchterne von uns war.

«Auto kaputt», säuselte Rachid.

«Hat zu doll Sex gehabt», murmelte Mehdi.

«Die Hupe hat gehupt.» Die beiden prusteten los. Sie lagen sich fast in den Armen. Ob die Doppeldeutigkeit beabsichtigt war? Ich hatte meine Zweifel.

«Hast du auch schon mal Sex gehabt, Marküs?»

«Nein.»

«Musst du mal machen. Sex ist echt gut. Musst du echt mal machen. Können wir dir mal zeigen.»

«Willst du meinen Puller lutschen?»

Niveauvoller würde der Abend wohl nicht mehr werden. Ich würde das hier nur halbwegs ertragen, wenn ich am Joint zog. Ich nahm dem schlafenden Maurice den noch glimmenden Marihuana-Stängel aus der Hand. Ein paar Minuten später setzte die Wirkung ein.

«Qu'est-ce qu'on dit pour penis?», erkundigte ich mich bei meinen Kumpels nach Synonymen für das männliche Geschlechtsteil. «So richtig schweinische Sachen.»

Mehdi konnte nicht mehr antworten. Aber das war nicht schlimm. Wenn er so müde war, dann sollte er sich ruhig ausruhen, denn er war mein Freund.

«La bite», murmelte Rachid. «Et le zboub et le zig et le zgèg et, attends, la chibre …»

La chibre? Das war aber wirklich komisch. Man musste sich das mal vorstellen: la chibre. Das klang ja auf Französisch wie Chypre – Zypern. Wenn man jetzt ins Reisebüro ging und sagte, man wolle nach Zypern, dann dachte der Angestellte: Äh, will der denn einen Puller? Ob ich Rachid mal darauf hinweisen sollte?

«Et le braquemart et la bistouquette et la queue.»

Worauf wollte ich ihn noch mal hinweisen?

«Et le paf et le dard et la teub et la quiche et le zozio et le zizi et la quequette.»

Rachid war echt so was von klug. Was der alles wusste! Obwohl der arabische Eltern hatte. Die hatten ihm echt viel beigebracht.

«Du bist echt klug, Rachid. Du weißt so viel. Wenn ich das nächste Mal eine Französin anbaggere, dann zähle ich die ganzen Namen für Puller auf. Die wird staunen.» Ich hob die Hand in seine Richtung.

«Das ist echt 'ne super Idee, Markϋs», pflichtete mir Rachid bei und winkte zurück. «Stimmt's, Mehdi?»

Dieser hatte die Augen wieder geöffnet, war aber gerade dabei, mit seinen Fingern Schattenfiguren an die Wand zu werfen. Er konnte deshalb nicht antworten.

« Was ist Puller eigentlich auf Deutsch?», wollte Rachid wissen.

«Puller und Pimmel.»

Pimmel reimte sich ja auf Schimmel. Warum eigentlich?

«Und was noch?»

«Was noch?»

«Noch außer Puller und Pimmel?»

Das reimte sich wirklich auf Schimmel.

«Was noch?»

«Was noch? Was gibt es noch für Wörter?»

«Wofür?»

«Für Pimmel.» Er sprach mit echt sanfter Stimme.

«Es gibt keine mehr», nuschelte ich. «In Deutsch gibt es nur Puller und Pimmel.»

«Das ist ja traurig.»

«Find ich auch», pflichtete ich ihm bei.

«Sei nicht traurig, Markiis!»

Mein Kumpel versuchte, sich zu erheben, fiel aber wieder aufs Bett. Wahrscheinlich wollte er mich trösten.

«Ist okay, Rachid. Ist echt nett von dir, dass du so lieb bist. Ich komm zu dir. Ich drück dich.» Als ich das Bett erreichte, schlief Rachid bereits. Ich streichelte ihm über die rechte Wange, dann tastete ich mich aus dem Raum. «Ihr seid echt korrekt!», rief ich noch, bevor ich die Tür schloss.

Bevor ich rüber zum Bâtiment B ging, schlurfte ich noch in den Fernsehraum gegenüber der Rezeption. Ich ließ mich in einen der tiefen schwarzen Sessel plumpsen. Vor mir saßen ein paar Araber. Unter anderem der aus meiner Etage, der mit der Carlos-Brille und dem Käppi, Mohammed. Wie friedlich die guckten! Das konnten doch keine Terroristen sein, wie alle immer behaupteten. So lieb.

Im Fernsehen lief irgendein arabischer Sender, und Osama bin Laden hielt eine Ansprache. Eigentlich sah der richtig nett aus, so mit seinem Bart. So richtig knuddelig. Man musste nur mal richtig hinschauen. Der konnte doch nicht wirklich was mit dem 21. September zu tun gehabt haben. Oder war das gar nicht am 21. September gewesen?

«Der sieht ja nett aus», brummte ich zu meinem arabischen Vordermann. Der lächelte. Vielleicht sollte ich mich mehr mit denen treffen. Vielleicht zusammen mit Mehdi, Rachid und den Arabern mal eine Party feiern und in die Disco fahren. Und auf jeden Fall mit Sebastian. Warum ich nicht früher darauf gekommen war? Heute Abend hatte ich wirklich mit so vielen netten Menschen zu tun gehabt. Oder vielleicht heute noch in die Disco? Ich stapfte rüber ins Bâtiment B und dort zum Zimmer meines Kommilitonen. Ich klopfte. Sebastian öffnete im Schlafanzug:

«Komm, wir gehen in die Disco!»

«Jetzt?» Er zog den Kopf zurück.

«Ja, komm!»

«Wo ist denn die Disco?»

«Weiß ich nicht. Wir fragen uns durch.»

«Lass uns morgen gehen! Dann können wir vorher noch mal gucken, wo die Disco ist.»

Das war echt eine richtig gute Idee. Sebastian war so klug. Ein Glück, dass ich ihn hatte. Ich umarmte ihn, dann schlich ich auf mein Zimmer.

Während es in den Mittwochskursen für die Erasmus-Studenten vor allem um den schriftlichen Ausdruck ging, stand bei Madame Amblards expression française am Freitag das Sprechen im Vordergrund. In Kurzreferaten berichteten wir in jeder Veranstaltung über typisch Französisches, das uns seit unserer Ankunft aufgefallen war. Anschließend sollten wir uns im Plenum darüber austauschen, inwiefern sich unsere Herkunftsländer in diesen Punkten von Frankreich und untereinander unterschieden. Es war Ende Oktober. Der mit Nussbaumholz getäfelte Hörsaal war gut gefüllt. Fast alle Erasmus-Studenten nahmen teil. Eva, Lena und die anderen Deutschen, die sich weit von mir weggesetzt hatten, die Skandinavier, die Spanier von der Party, Aisling und natürlich Gianluca, dessen Kopf sein Basecap bedeckte. Es war seltsam, dass er nicht den gleichen Mittwochskurs besuchte, den für die Erasmus-Studenten mit den besten Französischkenntnissen. In dem saßen außer mir noch Sebastian – weil er beim Einstufungstest, in dem ich das erste Mal gemerkt hatte, dass mir die Haare ausfielen, von mir abgeschrieben hatte –, ein paar Schweden, eine Norwegerin und zwei Portugiesinnen mit französischen Vorfahren. Vielleicht hatten ihn Ricky und Ronny gebeten, in ihren Anfängerkurs zu kommen, weil sie Unterstützung brauchten. Besser konnten sie auf keinen Fall eingestuft sein, denn nicht nur ich hatte Mühe, ihr Referat zu verstehen, sondern auch Madame Amblard, eine elegante, schlanke Frau Anfang 50, die mit ihren braunen, welligen Haaren und der schwarzen Brille, die auf ihrer Nasenspitze saß, Strenge und natürliche Autorität ausstrahlte.

«Hällo. Ist unserm Vortrag uba Expäriance in Frankreik sprecken. In Frankreik sprecken nick Inglisch, sprecken nur Französick. Franzosn iies nick open when Inglisch sprecken Inglindar», eierte Ronny oder Ricky, der männliche Teil des Pärchens, durch den französisch intendierten Vortrag. Die beiden standen vor dem breiten Lehrertisch, der die braunen Bankreihen von der grünen Schiefertafel trennte. Im Licht der hereinfallenden Oktobersonne waren ihre Gesichter noch bleicher. Auf meinem Tisch hatte jemand «Muse» ins Holz geritzt. Die Band schien hier deutlich beliebter zu sein als in Deutschland.

«Könnten Sie das bitte wiederholen?», bat Madame Amblard die beiden Studenten. Die Spanier in den hinteren Reihen waren mit anderen Dingen beschäftigt. Die Skandinavier amüsierten sich über die Schwierigkeiten der Referenten.

«Hallo. Ist unserm Vortrag uba Expäriance in Frankreik sprecken. In Frankreik sprecken nick Inglisch, sprecken nur

Französick. Franzosn iies nick open when Inglisch sprecken Inglindar.»

Hilfesuchend drehte sich unsere Dozentin, die in der ersten Reihe Platz genommen hatte, zu uns um. Ich wäre ihr gerne beigesprungen, hatte aber selbst nicht kapiert, was da vorne referiert wurde.

Gianluca meldete sich: «Er meinte, dass die Franzosen kein Englisch sprechen und gegenüber englischsprechenden Engländern nicht besonders offen sind.»

Madame Amblard nickte, dann wandte sie sich dem Pärchen zu: «Das ist aber doch sehr pauschal. Haben Sie denn Beispiele, mit denen Sie Ihren Eindruck untermauern können?»

Die beiden schauten unsere gestrenge Dozentin fragend an.

Gianluca übersetzte für sie. Die männliche Hälfte des Pärchens stotterte wieder los:

«Wir in Coffee beställt Coffee. Aba Källnäerin nick verstähn. Källnärin nick verstähn. Kellnärin. Mocker ans. Inglisch Akzent. Mocken ans. Wir kriegn Cola zwei Minutes. Spätär.»

Gianluca übersetzte: «Er erzählt, dass sie in einem Café waren und die Kellnerin sie nachgeäfft hat. Statt der bestellten Kaffees hätten sie eine Cola bekommen.»

Er wusste, was nachäffen auf Französisch hieß. Mist! Das hätte ich nicht sofort parat gehabt. Und er saß neben einer Schwedin. Neben mir saß nur Sebastian.

Madame Amblard murmelte: «Wenn Sie so bei mir bestellt hätten, hätten Sie auch eine Cola statt Kaffee bekommen.» Sie machte eine Geste mit ihrer rechten Hand, mit der sie den beiden bedeutete fortzufahren.

Nun war das Mädchen an der Reihe:

«Wir hab Appartement gesuckt. Schwär finden. Appartement. Appartement teuör.» Gianluca übersetzte. Die Schwedin schaute ihn ganz verliebt an.

Frau Amblard schüttelte gereizt den Kopf und zischte: «Als wenn Wohnungen in England billiger wären.»

«Wir hab Agency gesuckt. Eingeträtn. Gant teuör. Es war Frau nett. Aba Frau ans hat uba cleeners taken.»

«Mein Gott!», meinte ich zu Sebastian. «Das ist ja schlimmer als in der Bank vor ein paar Wochen.»

«Na, wenigstens versuchen sie es. Ist ja auch noch ganz am Anfang.»

«Das kann ich dir jetzt schon sagen: Wenn die weiterhin die ganze Zeit Händchen halten, wird das Referat am Ende des Jahres genauso sein», zischte ich gereizt. Gianluca kannte die Vokabel arnaquer – über den Tisch ziehen. In meinem Passivwortschatz gab es die zwar auch, aber aktiv hätte ich das nicht gebracht. Madame Amblard schüttelte wieder verärgert den Kopf.

«Wir habn ganz viel Kaution zu zahln. Mit Frau. Mehr als normäl.» Nachdem mein dolmetschender Dorn im Auge übersetzt hatte, dass sie die vierfache Monatsmiete als Kaution hatten zahlen müssen, konnte Madame Amblard nicht mehr an sich halten. Sie stand auf, stützte sich mit der rechten Hand auf den Tisch und fuchtelte mit der linken in der Luft.

«Das ist nicht französische Abzocke, dass ist einfach Ihre Naivität und Ihre sprachliche Inkompetenz. Vielleicht hätten Sie einfach mal gründlich den Vertrag lesen sollen. Wenn Sie dazu alleine nicht in der Lage sind, dann müssen Sie sich eben Hilfe holen.» Sie deutete auf Gianluca, der für sie ins Englische übertrug, währenddessen mein deutscher Kommilitone zu mir meinte: «Die tun mir aber schon ein bisschen leid.»

«Mir nicht.»

«Ja, aber die waren ja fast die Ersten mit dem Vortrag.»

Ich schaltete auf Durchzug.

Ronny und Ricky rückten näher zusammen. Beide versuchten, sich auf Französisch zu verteidigen:

«Abör. In Agency Frau mit uns Inglish gespäckn. Kein Probläm. Gesagt. Alles klar.» Gianluca übersetzte.

«Ach. Eben haben Sie doch noch behauptet, Franzosen würden kein Englisch sprechen. Und nun behaupten Sie das Gegenteil.» Gianluca übersetzte.

Tuscheln im Plenum. Ronny und Ricky griffen sich bei der Hand und versuchten erneut, auf Französisch etwas zu erklären. Diesmal verstand aber nicht mal ihr Landsmann, was sie meinten.

Madame Amblard hörte sowieso nicht mehr hin. «Sie sind hierhergekommen, um eine andere Kultur, andere Menschen kennenzulernen, ein anderes Land. Um sich zu öffnen und toleranter zu werden. Mit dieser Einstellung, das kann ich Ihnen versichern, werden Sie Ihren Aufenthalt nicht genießen. Und ich sage Ihnen auch, wenn Sie das ganze Jahr über Händchen halten, werden Sie auch keine Franzosen kennenlernen. Sie können sich setzen. Wir machen weiter mit dem nächsten Referat.» Die Diskussion über die Unfreundlichkeit der Franzosen würde also nicht stattfinden. Niemand auf den Rängen protestierte. Aus Angst, der Auseinandersetzung mit Madame Amblard nicht gewachsen zu sein. Oder weil es schwer war, für Ricky und Ronny Partei zu ergreifen.

Die im bekifften Zustand ausgesprochene Einladung, gemeinsam in die Disco zu gehen, hatte ich am Morgen darauf wieder vergessen. Sebastian leider nicht, woran er mich in den folgenden Tagen regelmäßig erinnerte. Eine gute Woche später, am 27. Oktober, war das Auto von Rachid und Mehdi funktionstüchtig. Mein Kommilitone würde uns begleiten. Er war ziemlich aufgeregt. Er hätte noch nie zuvor eine richtige Disco besucht, wie er beteuerte. Ich hatte Mühe, mir das vorzustellen. Bereits um 22 Uhr klopfte er an meiner Tür, obwohl wir mit unseren beiden Kumpels erst in einer Stunde verabredet waren.

«Was denn?»

«Kann ich so gehen?»

Er trug dieselben Klamotten, die er den Tag über angehabt hatte: grün-beige Jeans, weißes T-Shirt, das er in die Hose gesteckt hatte, über diesem ein kariertes, offen getragenes Holzfällerhemd. Die Krönung waren die Sandalen. Es war unglaublich. Fehlten nur noch die Hosenträger.

«Ich würd mal sagen: sieht auf jeden Fall bequem aus.»

«Soll es denn nicht bequem sein?» Er spielte mit seinen Fingern am Mund und wackelte mit dem Oberkörper.

«Na ja. Eigentlich soll es dich attraktiv erscheinen lassen. Andererseits: Du hast ja bereits eine Freundin. Da kommst du wenigstens nicht in Versuchung, weil alle Frauen einen weiten Bogen um dich machen.»

Ich hoffte nur, dass die Frauen im Club nicht auch einen weiten Bogen um mich machten, weil sie mich für Sebastians Freund hielten. Meine Bemerkung schien ihn zu verletzen. Er senkte den Blick.

«So war das nicht gemeint. Ich finde, dir stehen Sandalen. Du bist eigentlich ein richtiger Sandalentyp. Du siehst darin viel besser aus als ich. Aber für Discos gelten nun mal bestimmte Dresscodes. Mach dein T-Shirt aus der Hose und zieh dir deine Nike an!»

Er gehorchte. Kaum fünf Minuten später stand er erneut vor meiner Tür.

«Markus, mir ist die Frage ja ein bisschen peinlich. Aber wie tanzt man denn in einer Disco?» Eine seltsame Frage aus dem Mund eines erwachsenen, eigentlich attraktiven Mannes. Konnte das sein? Vielleicht nahm er mich in Wirklichkeit nur auf den Arm. Andererseits, das passte nun gar nicht zu ihm.

«Also: Du legst die Hände auf die Knie.»

«Und dann?»

«Dann drehst du Knie und Füße abwechselnd nach innen und außen, machst also O- und X-Beine.»

«So tanzt man? Echt?» Sebastian schaute mich ungläubig an. Dann legte er die Hände auf seine Knie.

«War nur ein Scherz. Natürlich nicht. Tanz einfach, wie du willst. Aber möglichst irgendwie cool.»

«Und wie? Kannst du mir das nicht zeigen?»

«Zeigen?»

«Ja. Vorführen.»

«Ich führ doch hier keinen Tanz vor! Das ist doch peinlich.»

«Wieso denn peinlich?» Er blickte mich verständnislos an.

«Wenn das jemand sieht.»

«Sieht doch keiner», wandte er ein.

«Woher willst du das wissen? Was ist, wenn mich jemand besuchen kommt?»

«Wer soll dich denn besuchen kommen? Ich bin doch schon da. Außer mir kommt doch keiner zu dir.» Er meinte es noch nicht mal spöttisch. Natürlich hatte er recht.

«Du kannst das doch gar nicht einschätzen. Ich erzähle dir vielleicht auch nicht alles.»

«Wir können ja abschließen.»

«Ich schließe mich doch nicht mit einem Mann auf meinem Zimmer ein.»

Sebastian seufzte: «Bitte!» Er schob seinen Kopf erwartungsvoll nach vorne.

Ich ließ mich breitschlagen und stellte das Radio an, damit es wenigstens ein bisschen authentisch war. Allerdings verzichtete ich darauf, das Licht zu löschen.

«Wichtig ist», erklärte ich, «dass du möglichst wenig Leidenschaft zeigst. Versuche, deine Motorik sehr sparsam einzusetzen und deine Mimik zu kontrollieren. Nicht ausgelassen mit den Armen und Beinen zappeln. Und auf keinen Fall lautstark mitsingen oder dabei noch die Augen schließen.»

«Und wieso nicht?»

«Das ist peinlich.»

«Warum denn?» Schon wieder diese Ahnungslosigkeit in seinen Augen.

«Weil das auf die anderen so wirkt, als gefalle dir die Veranstaltung, als ließest du dich gehen.»

«Und warum ist das schlimm? Darf mir die Veranstaltung nicht gefallen?»

«Doch. Aber du darfst es nicht so zeigen.»

«Wieso denn nicht?»

«Kontrollverlust. Das macht dich angreifbar.»

Sebastian schüttelte verständnislos den Kopf: «Ich dachte, es geht in der Disco darum, dass man Spaß hat.»

«Egal. Glaub mir einfach! Ich war schon oft in Clubs. Also, schau her!» Ich fing an, mich zu bewegen. Auf Europe 2 lief von Zazi «Rue de la paix». Ein Lied, das ich hasste. Aber trotzdem besser, als ohne Musik zu tanzen. Ich wippte mit meinem rechten Knie und meinem Kopf. Dazu schob ich abwechselnd in Schlangenbewegung den rechten und den linken Arm nach vorne. Aber nicht bis zur vollen Streckung. Das wäre zu expressiv gewesen. Sebastian baute sich vor mir auf und tat es mir nach. Und unvermittelt griff er nach meinen Händen.

«Lass mich los!» Ich machte erschrocken einen Satz nach hinten. «Was soll denn das? Bist du verrückt?»

«Fasst man sich beim Tanzen nicht an?» Die Ahnungslosigkeit in seiner Stimme reizte mich. Seit langem hatte mir eine Beziehung zu einem Mann nicht mehr solches Unbehagen bereitet. Ich musste an die drei Stunden im Musikunterricht in der 9. Klasse denken. Wir übten Tango. Ich bekam in den ersten beiden Stunden selbstverständlich das unattraktivste Mädchen der Klasse zugewiesen: Nicole. Meine Erleichterung darüber, dass Nicole in der dritten Stunde fehlte, währte nicht lange:

«Dann tanzt du mit mir», erklärte mir Herr Voigt, unser Lehrer. Und schon lag seine rechte Hand auf meinem Rücken, während seine linke Hand meine Linke im Würgegriff hielt. Zwischen seinen und meinen Schritt passte nicht mal mehr ein Blatt Papier. Ich sah die Toilettenschmierereien schon vor mir: *Markus + Herr Voigt = love, Markus + Herr Voigt = Kind.* Noch nie hatte ich mich so nach Nicole gesehnt. Den absoluten Höhepunkt erreichte meine Demütigung, als Herr Voigt mich zwischen seinen Beinen durchziehen wollte, ein Element, das er selbst in den Tanz integriert hatte, wie er stolz berichtete. Es kam, wie es kommen musste: Ich blieb zwischen seinen Beinen, mit dem Gesicht nach oben, hängen. Mein Kinn bettete sich auf sein Gemächt. Die Klasse grölte. Noch bei der Abi-Rede wurde diese Anekdote wieder aufgetischt. Herr Voigt hatte entschieden dazu beigetragen, dass ich später nur in

Indie-Discos gegangen war, eine Form von Veranstaltung, bei der das Vermeiden körperlicher Nähe oberstes Gebot war. Gewonnen hatte am Ende des Abends derjenige mit den wenigsten Blickkontakten. Viele Menschen aus dem Indie-Disco-Milieu berührten ihren Partner das erste Mal beim Sex.

«Sebastian, du meinst nicht ernsthaft, dass man sich in Discos anfasst?»

«Ich dachte.» Die Naivität war kaum auszuhalten.

«Also, entweder, du warst wirklich noch nie tanzen. Oder du spielst den Ahnungslosen sehr überzeugend.»

«Ich spiele nicht. Wirklich. Du musst mir glauben.» Er wiederholte das wirklich mehrmals und nickte zur Verstärkung.

«Na gut. Jeder tanzt für sich. Männer, die auf der Tanzfläche den Körperkontakt zu Frauen suchen, gelten als pervers. Das machen nur Prolls. Oder Besoffene.»

Wir übten zwei Lieder lang. Sebastian beherzte meine Hinweise. Dann machten wir uns auf zum Parkplatz. Dort warteten Rachid und Mehdi biertrinkend und kiffend schon in ihrem verbeulten roten Peugeot. Aus der Karre drang lautstark französischer Hip-Hop.

«Iiesch dachte, Dötsche sind immer pünktliesch.»

«Wir haben bei Markus auf dem Zimmer noch Tanzen geübt.» Warum erzählte Sebastian das? Hatte er vergessen, dass Rachid und Mehdi sowieso schon ständig irgendwelche homophoben Bemerkungen machten? Wollte er, dass sie uns doch noch ausluden? Ich entschied mich zur Vorwärtsverteidigung. «Ja, aber nur eng.» Sie mussten lachen. Noch mal Glück gehabt. Ich kroch hinten auf die Rückbank. Sebastian zögerte. «Markus, die trinken Bier. Da können wir nicht mitfahren.»

Die Bässe wummerten. Yeah, yeah. Shake it shake it. Gimme some butt.

Reggae, billiger Hip-Hop, irgendwelche Afrobeats und immer wieder Disconebel. Ich vermisste Berlins Karrera-Klub schon jetzt. Bisher hätte ich, selbst wenn ich gewollt hätte, bei noch keinem Song mitsingen können. Noch schlimmer. Ich wartete weiterhin auf das erste Lied, das ich wenigstens kannte. Dabei waren wir bereits vor einer Stunde im La Noche aufgeschlagen. Schon der Eintrittspreis hatte mir den Besuch dieser Disco verleidet. 100 Francs. In Berlin zahlte ich normalerweise 5 DM.

Meine vorhin an Sebastian ausgesprochenen Hinweise zum Verhaltenskodex auf der Tanzfläche wurden von den Anwesenden, darunter viele Schwarzafrikaner, ad absurdum geführt. Die ganze Tanzfläche war ein einziges Vorspiel. Körper rieben sich an Körpern. Es wurde nicht getanzt, hier vollzog sich eine kollektive Masturbation zu Dancehall-Rhythmen.

«Hattest du nicht gesagt, dass man sich beim Tanzen nicht anfasst?», hatte mich Sebastian, der leider doch ins Auto gestiegen war, nachdem er Rachid und Mehdi überredet hatte, ihn ans Steuer zu lassen, gleich bei unserer Ankunft gefragt. In den letzten sechzig Minuten waren Erasmus-Studentinnen diverser Nationalitäten bereits von Schwarzafrikanern und Arabern auf dem Dancefloor ins Sandwich genommen worden.

*La nuit tombée*
*C'est le bon moment pour danser*
*Collé serré doudou an mwen je t'invite à zouker*

Mehdi hatte ich schon mit zwei verschiedenen Frauen knutschen sehen. Rachid machte sich auf der Tanzfläche im Moment an Jana aus Hildesheim ran. Obwohl er sie erst kurz zuvor ins Visier genommen hatte, lagen seine Hände bereits auf ihrem schmalen Hintern. Gerade flüsterte er ihr etwas ins Ohr. Sie lachte geschmeichelt. Was wollte er von dieser langweiligen Blondine? Die studierte doch mit Sicherheit Sozialpädagogik im Nebenfach. Erkundigte er sich, ob sie seinen Puller lutsche? Wenn ich mich nicht beeilte, wäre ich mit Sebastian bald der einzige Erasmus-Student ohne sexuelle Erfahrungen vor Ort.

«Markus, warum tanzt du eigentlich nicht?», erkundigte sich Sebastian.

«Keine Lust.»

«Aber vielleicht lernst du dann eine Frau kennen.» Er schrie mir fast ins Ohr.

«Wieso sollte ich eine Frau kennenlernen wollen?»

«Das hast du doch selbst gesagt.»

«Habe ich gar nicht», stritt ich vehement ab. Von meiner protestierenden Körpersprache bekam er nur nichts mit, da auch ich ihm wegen der lauten Musik ins Ohr brüllen musste.

«Aber du hast dich doch mit Marine und Florence verabredet.»

«Ja, aber nicht, weil ich auf irgendwas aus war. Das war reiner Zufall, dass das Frauen waren. Es hätten auch Männer sein können, solange es sich um Franzosen gehandelt hätte.»

«Aber du hast doch selber gesagt, dass dir Florence gefällt.» Mit unserem Ins-Ohr-Schreien wirkte es bestimmt so, als würden wir flirten.

«Ich meinte, ich würde sie nicht abweisen, wenn sie was von mir wollen würde.»

«Aber du warst doch auch enttäuscht.»

«Natürlich. Aber nicht, weil ich was von ihr wollte. Sondern weil ich mich darüber geärgert habe, dass ich mich überhaupt mit dem Gedanken an eine Affäre beschäftigt habe. Und das alles nur, weil sie so eindeutige Signale ausgesandt hat.»

«Ach so.» So richtig überzeugt schien mein Kommilitone nicht, denn er murmelte irgendwas und schüttelte ungläubig den Kopf.

«Und außerdem ist nicht gesagt, dass dieses Anbaggern unbedingt erfolgreicher ist. Ich glaube, viele Frauen hier im Raum empfänden mehr Zurückhaltung der Männer als sehr wohltuend.»

«Meinst du ? Aber die machen doch mit.»

«Ja, weil das von ihnen gesellschaftlich erwartet wird. Der Verhaltenskodex wird ja hier von Männern vorgegeben. Natürlich mag es einige geben, die auf dieses Gepimpe wirklich abfahren. Aber solche würde ich auch nicht nehmen.» Das war natürlich gelogen. «Ich bin mir sicher, hier gibt es einige, die sehr wohl registrieren, dass wir uns mit unserem Rumstehen wohltuend von unseren primitiven Geschlechtsgenossen abheben.»

Was redete ich nur für einen Stuss? Wenigstens hielt mir Sebastian weiterhin die Stange. So musste ich nicht ganz alleine in der Ecke stehen.

Mehdi tauchte aus dem Gedränge auf. Sein jungenhaftes Gesicht glänzte.

«Markűs. Il faut bouger. Il faut foncer. Allez-y!»

Ich beabsichtigte nicht, meine Selbstbeherrschung aufzugeben, und winkte ab.

«Sébastien, viens! On s'éclate.» Mein Kommilitone schaute mich fragend an.

«Du also auch!», stöhnte ich.

«Ich kann auch bei dir bleiben.»

«Geh schon!»

«Wirklich, macht es dir nichts aus?»

«Nein. Mach dir um mich keine Sorgen!»

Er klopfte mir dankend auf die Schulter: «Du bist ein feiner Kerl.» Und schob sich hinter Mehdi ins Gemenge. Das fand ich ziemlich daneben von ihm. Wenn er ein bisschen sensibel gewesen wäre, hätte er verstanden, dass ich ihn gerade brauchte. Zumal es ziemlich ungelenk aussah, wie er zwischen den Reggae-erfahrenen Mädels seinen deutschen Körper den Dancemusic-Vibes anzupassen versuchte. Das schien ihn nicht zu stören. Dabei hatte er noch nicht mal Alkohol getrunken. Er tanzte staksig ohne den leisesten Anflug von Scham. Wenn man kein gutes Körpergefühl hatte, sollte man besser gar nicht tanzen. Auch darum war ich am Rand stehen geblieben. Nicht nur wegen der Musik und der mir fremden Direktheit, mit der die Männer hier auf die Frauen losgingen. Ich hatte nie die richtigen Moves gelernt. In meiner Shoegazer-Indie-Ausbildung auf den Karrera-Club-Veranstaltungen war für exaltierte und erotische Motorik kein Modul vorgesehen. Da galt man schon als aufdringlich und pervers, wenn man seinen Blick länger als fünf Sekunden auf einem weiblichen Wesen ruhen ließ.

Sebastians Unvermögen wurde nicht mal bestraft. Im Gegenteil, eine sexy gekleidete Schwarze stieß, nur wenige Zentimeter von ihm entfernt, bald ihre Hüften in Richtung seines Gemächts. Kurz darauf zog sie ihn mit den Armen zu sich heran. Es war nicht zum Aushalten. Waren die denn überhaupt nicht wählerisch? Vermutlich hätte selbst ich eine Chance gehabt. Aber ich konnte das einfach nicht, mich gehenlassen.

Und wollte es auch nicht. Ich wollte auch nicht schon wieder, wie vor einer Woche bei Rachids und Mehdis Party, auf Drogen zurückgreifen. Das war doch keine Lösung. Ich nippte weiter an meiner Cola. Nur nicht zu schnell hinunterkippen. Mit einem leeren Glas stand man noch einsamer da. Solange man trank, hatte man wenigstens eine Beschäftigung.

«Bonsoir, beau-gosse. Tu veux danser le zoug?» Eine kleine Schwarzafrikanerin – vielleicht kam sie auch aus der Karibik oder einem anderen Überseegebiet, ich hatte keine Ahnung – riss mich aus meinen selbstmitleidigen Reflexionen. Ich kannte sie. Sie war aus unserem Wohnheim und mir aufgefallen, als ich einmal in einer oberen Etage auf Toilette gewesen war, weil sie so viel gequatscht und so laut gelacht hatte, dass es durch den ganzen Flur schallte.

«Non, merci. Je sais pas faire.»

«Je te montre. Viens!» Sie griff nach meiner Hand.

«Nein. Mir geht es nicht so gut.»

Sie zuckte mit den Schultern und tanzte davon.

Wie sollte ich in solch einem Schuppen punkten?

Die Arme von Sebastians Tanzpartnerin waren nun um seinen Hals geschwungen. Ihre Hüften kreisten praktisch synchron, wenngleich mein Kommilitone immer ein bisschen hinterherhinkte und er seine Bewegung deutlich weniger geschmeidig ausführte. Ihre Gesichter waren nur noch wenige Zentimeter voneinander entfernt. Jetzt wurde er auch noch von einer anderen Frau von hinten angegraben. Ich hasste Sebastian. Wieso fiel ihm primitives Partying so leicht? Wieso mir nicht? Wieso hatte er auf Anhieb bei Frauen hier Erfolg? Und was war eigentlich mit Josepha? War das nicht seine große Liebe? Und wer kümmerte sich um mich? In jedem halbwegs vernünftigen Film gäbe es wenigstens eine Frau im Club, die sich genauso verloren fühlte wie ich. Eine verwandte Seele. Aber die suchte ich hier vergeblich. Ich musste raus. Frische Luft schnappen. Ich wollte auf keinen Fall dabei sein, wenn sich die beiden Frauen die Kleider vom Leib rissen und Sebastian seinen ersten Sex in Frankreich hatte. Der Anblick dieses Dreiers würde mein Selbstwertgefühl komplett vernichten.

Auf dem Weg zur Garderobe kam ich an Eva aus Hamburg vorbei. Wen würde ich noch alles treffen? Sie wurde gerade von einem großen Typen mit maghrebinischer Physiognomie bearbeitet:

«Wenn ich dein Freund wäre, würde ich dich nicht alleine ins Ausland gehen lassen.»

Sie schaute gelangweilt. Vielleicht sollte ich ihr aus der Patsche helfen. Aber wie? Physisch hatte ich ihrem zudringlichen Verehrer wenig entgegenzusetzen. Hinzu kam, dass ich als Indie-Disco-Besucher nicht geübt darin war, Auseinandersetzungen mit den Mitteln von Dominanz und Einschüchterung zu führen. Das Hauptargument meiner sonstigen Konkurrenten waren Schwermut und Empfindsamkeit. Vielleicht sollte ich mich zu Eva und dem Araber stellen und anfangen zu weinen. Das Härteste, was ich mir mackermäßig zutraute, war: «Verpiss dich! Ich höre Tocotronic.» Aber warum dachte ich überhaupt darüber nach? Eva mochte hübsch sein, sie kam dennoch aus Deutschland. Und wer garantierte mir, dass mein Beistand überhaupt erwünscht war nach dem Abend im La Tireuse?

Ich schob mich an den beiden vorbei und stand noch ein paar Minuten an der Garderobe, bevor ich meine Jacke erhielt. Ins La Noche drängten weiterhin Leute. Der Parkplatz vorm Club war voll. Die Nacht noch warm. Ende Oktober und tagsüber immer noch 30 Grad. Sollte ich nach Hause laufen? Aber es waren bestimmt 15 Kilometer bis zum Wohnheim. Andererseits: Wenn Rachid und Mehdi Girls abschleppten, dann war in ihrem Wagen für mich ohnehin kein Platz mehr. Dafür hatte ich nun 100 Francs Eintritt bezahlt. Sollte ich mir ein Auto klauen? Vielleicht ließ sich eins öffnen. Während ich diese Option gedanklich noch hin und her wälzte, hörte ich plötzlich Schritte hinter mir.

«Mensch, Markus! Warum gehst du denn raus? Alles in Ordnung?» Es war Sebastian. Er schaute ganz besorgt.

«Ja, ich wollte nur mal frische Luft schnappen.»

«Aber du sahst so niedergeschlagen aus, als du rausgegangen bist. Ist wirklich alles fein?» Nichts war fein. Alles war Mist. Anderen liefen Frauen hinterher, mir folgte mein Kommilitone.

«Ich bin nicht traurig. Sei unbesorgt! Tanz ruhig weiter!»

Er zögerte. Irgendwas schien er auf dem Herzen zu haben.

«Was ist denn?»

«Äh, du hast doch gesehen, dass ich mit jemandem getanzt hab, oder?»

«Nee, hab ich nicht. Ich hab nicht drauf geachtet», log ich. «Hast du mit jemandem getanzt? Mit einem Mann oder mit einer Frau?»

«Mit zwei Frauen.»

«Das ist ganz normal. Wenn man tanzt, dann kommen die Frauen automatisch. Erst recht bei dem Gedränge.»

«Aber was ist mit Josepha?»

«Du brauchst dir keine Sorgen zu machen. Den Frauen konntest du ja im Grunde gar nicht ausweichen. Wäre mir auch passiert.» Wie gerne wäre ich an seiner Stelle gewesen.

«Meinst du?»

«Ja. Was hättest du denn tun sollen? Die Mädchen wegschieben?»

Er schien erleichtert.

«Da bin ich ja beruhigt. Willst du nicht wieder mit reinkommen?»

«Ich komme gleich. Ich will einfach nur noch mal ein bisschen Luft schnappen. Geh schon mal vor.»

Als Sebastian wieder im La Noche verschwunden war, geriet ich ins Zweifeln. Sollte ich jetzt hier wirklich abhauen? War das nicht kindisch? Vielleicht sollte ich doch bleiben. Da sah ich Gianluca. Er stand vor dem Eingang zum Club. Mit Basecap, weißen Jeans und T-Shirt, auf dem ein Skorpion abgedruckt war. Er sah bescheuert aus. Trotzdem hatte er ein Mädchen an seiner Seite. Und es war nicht Marine. Ich begann meine Suche nach einem unverriegelten Auto. Doch ich fand keins. Als ich das Ende des Parkplatzes erreichte, erblickte ich das Schild: Pau – Centre. Egal! Was waren schon 15 Kilometer?

Sonntags um halb drei klopfte es an meine Tür. Wer sollte das wohl sein? Rachid und Mehdi schliefen mit Sicherheit noch ihren nächtlichen Rausch aus. Ich öffnete und blickte in ein mir vertrautes Gesicht. Sebastian grinste. Es musste eine tolle Nacht für ihn gewesen sein. Vermutlich hatte er seinen ersten Dreier gehabt. Ich hätte die Tür am liebsten sofort wieder zugeschlagen.

«Was ist?»

«Warum bist du denn gestern so plötzlich weg gewesen? Du wolltest doch wiederkommen.»

«Ich war dann auf einmal so müde. Und da mir jemand

spontan angeboten hat, mich mit zurückzunehmen, habe ich mich umentschieden.»

«Ach so! Ich hatte mir schon Sorgen gemacht.» Er klopfte mir auf die Schulter. Konnte er das endlich mal lassen?

«War alles okay mit mir! ... War's das?» Ich hatte keinen Bock darauf, mir seine Frauengeschichten anzuhören.

«Wollen wir joggen?»

«Nee.»

«Kann ich reinkommen?»

Sebastian war heute wieder sehr hartnäckig.

Ich schüttelte den Kopf: «Geht nicht! Ich hab keine Zeit.»

«Was machst du denn?» Konnte er nicht endlich Ruhe geben?

«Weiß ich noch nicht. ... Wahrscheinlich Radio hören.»

«Können wir das nicht auch zusammen machen?»

«Warum hörst du denn nicht mit den beiden Frauen Radio, mit denen du gestern getanzt hast?»

«Mit denen?»

«Genau. Sind die nicht noch auf deinem Zimmer? Die solltest du nicht so lange allein lassen.»

Sebastians Gesicht nahm plötzlich einen geknickten Ausdruck an. Hatte er ein schlechtes Gewissen gegenüber seiner Freundin? Nervös rieb er seine Hände aneinander.

«Mach dir keine Sorgen. Ich hab Josepha gestern noch angerufen und ihr gesagt, dass es nicht mehr als Küssen war», scherzte ich. «Sie war ziemlich sauer, aber ich denke, sie wird sich beruhigen.»

Er zuckte zusammen. «Was?» Entsetzen lag in seinen Augen.

«Mensch, Sebastian! Ich hab doch gar nicht ihre Nummer.»

Er atmete auf.

«Versprochen, ich sag ihr nichts.»

«Aber es war doch gar nichts.»

«Erzähl mir nicht, dass du nicht mal geküsst hast!»

«Nein. Ich wollte doch nur tanzen und mich unterhalten. Was denkst du denn? Aber dann waren die auf einmal weg.»

«Okay. Kannst reinkommen.» Jetzt wollte ich doch wissen, wie seine gestrige Nacht verlaufen war. Sebastian nahm auf meinem Plastestuhl Platz, während ich mich aufs Bett legte.

«Ich verstehe das auch nicht. Die wollten mich ja sogar mit nach Pau zurücknehmen.»

«Dann musstest du also den ganzen Weg laufen?»

«Ja.» Ich konnte mir nur mit Mühe ein Lächeln verkneifen. Geteiltes Leid war halbes Leid.

«Ich versteh das wirklich nicht. Das Gespräch war eigentlich ganz gut.» Er schaute gedankenverloren auf meine Tapete.

«Worüber habt ihr denn gesprochen? Vielleicht kann ich dir ja sagen, woran es gelegen hat.»

«Ich hab sie halt gefragt, wie sie heißen. Ich hab das nicht richtig verstanden. Aber sie hießen irgendwas wie Hadi und Scharfi oder so. Und dann habe ich meinen Namen genannt und erklärt, was der bedeutet. Also versucht. Aber die haben das, glaube ich, nicht richtig verstanden. Weißt du eigentlich, woher der Name Sebastian kommt?»

«Nein.» Ich wollte es auch nicht wissen.

«Der geht auf den Namen der griechischen Stadt Sebaste zurück, die heute Sivas heißt, der Name leitet sich vom griechischen …»

«Also, was war noch mal mit Hadi und Scharfi?»

«Genau! Dann habe ich nach der Bedeutung ihrer Namen

gefragt. Ich hab das aber nicht so richtig verstanden. Oder sie haben mich nicht so richtig verstanden. Darum habe ich sie dann gefragt, wo sie herkommen. Aus La Mayotte. Da ich ja Geographie studiere, weiß ich natürlich ein bisschen was über die Insel. Weißt du zum Beispiel, dass die neben Madagaskar liegt und zu den Komoren gehört?»

«Nein, bisher nicht.»

«Und die Hauptstadt Mamoudzou heißt?»

«Mamadzou!», korrigierte ich ihn.

«Mamadzou?» Sebastian kratzte sich am Kopf.

«War nur ein Spaß. Ich kenne die Hauptstadt nicht.»

«Und jedenfalls ist ja ein Teil der Einwohner …»

«Vielleicht könntest du ein bisschen raffen.»

«Okay. Es war gar nicht so einfach, weil es so laut war, aber sie haben mich gefragt, woher ich das alles wüsste. Und dann hab ich gesagt, ich studiere Geographie. Und das sei noch nicht alles. Dass ich beispielsweise alle 101 französischen Departements kenne.»

«Echt?»

«Ja. Willst du mal hören?»

Ich schüttelte den Kopf.

«Du hast ihnen die 101 Departements aber nicht aufgezählt.»

«Nicht alle.»

«Wie weit denn?»

«Bis zum Jura. Dann sind sie auf Toilette gegangen.» Das wunderte mich nicht.

Sebastian schüttelte den Kopf: «Dabei haben die mehrmals gesagt: ‹intéressant› und ‹énorme›. Das ist doch was Positives.»

«Ja.»

«Meinst du, die haben nur so getan, als fänden sie das interessant?»

«Das kann ich mir nicht vorstellen», log ich.

«Vielleicht habe ich zu lange dafür gebraucht. Mehrmals habe ich gestockt und musste überlegen, weil mir das nächstfolgende Departement im Alphabet nicht einfiel.»

«Das wird es gewesen sein. Ich denke, du solltest die Reihenfolge noch mal üben.»

«Wahrscheinlich war es das. Aber was ist, wenn ich ein Blackout habe?»

«Dann erzähle einen Witz. Humor kommt bei Frauen immer gut an.»

«Aber ich kenne keine Witze.»

«Dann kauf dir ein Witzbuch oder schreibe dir welche aus dem Internet ab.»

«Vielleicht sollte ich das machen.» Er setzte wieder seinen nachdenklichen Blick auf.

«Vielleicht sollte ich auch mehr über mich erzählen. Was ich so gerne mache, was meine Interessen sind und so.»

«Das ist eine gute Idee», stimmte ich ihm zu. Es war *keine* gute Idee. Je weniger die Frauen über seine Interessen und Hobbys wussten, desto besser für ihn.

«Vielleicht sollte ich beim nächsten Mal eher erzählen, dass ich Eisbaden mache. Was denkst du?» Er beugte sich im Stuhl vor zu mir. Ich musste wirklich mittlerweile sein wichtigster Berater sein.

«Eisbaden beeindruckt die Frauen sicherlich, besonders wenn sie aus so einer warmen Ecke wie La Mayotte kommen.»

Sebastian nickte zufrieden.

«Was heißt eigentlich Eisbaden auf Französisch?»

Ich zuckte mit den Schultern.

«Wusstest du, dass ich bereits als Schüler bei einem Eisbadewettbewerb mitgemacht habe? Das erste Mal mit acht, glaube ich. Also, das war praktisch noch Oktober, glaube ich ... Da bin ich mit meinem Vater ...»

«Sag mal», unterbrach ich ihn. «Musst du heute nicht Josepha anrufen?»

«Erst nachher. Also, pass auf! Wichtig beim Eisbaden ist, dass du dich rechtzeitig abhärtest. Das geht ...»

«Ich muss noch was für morgen übersetzen. Erzähl mir das ein andermal.»

«Okay.» Er verabschiedete sich. Und schlug mir erneut freundschaftlich auf die Schulter. «Ich komm nachher vielleicht noch mal vorbei. Danke für die Ratschläge.»

Ich war ziemlich gemein, ihn so auf den Arm zu nehmen. Aber war es meine Aufgabe, ihm Tipps zu geben, wie er bei den Frauen landen konnte? Wohl kaum. Er hatte schließlich seine Freundin in Deutschland. Ich war der Single. Da musste ich nicht noch meinen Konkurrenten ausbilden. Ich hatte es schon schwer genug. Auf Europe 2 lief Kylie Minogues «Can't get you out of my mind». Ich hatte noch keine Idee, wie ich diesen Sonntagnachmittag verbringen sollte.

# NOVEMBER 2001

Am Wochenende nach dem Discobesuch meldete ich mich in der Médiathèque Arbizon an, einer kleinen, kaum besuchten Stadtteilbibliothek hinter unserem Wohnheim. Zwar hatte ich die Hoffnung auf eine Freundin noch nicht aufgegeben, aber die ersten ernüchternden Erfahrungen hatten in mir die Befürchtung genährt, dass ich möglicherweise noch eine Weile recht viel Zeit zum Lesen haben würde. Sebastian hatte sich mir selbstverständlich angeschlossen. Er war weiterhin der einzige Mensch, der mir treu Gesellschaft leistete. Mein Kommilitone lieh sich «Der kleine Nick» und irgendwelche Comics aus, ich entschied mich für richtige Erwachsenenliteratur: Stendhal, Flaubert und Balzac, wofür er mir seine Bewunderung aussprach.

Mit «Le rouge et le noir» fing ich an, nachdem ich wieder auf mein Zimmer zurückgekehrt war. Der erste Satz las sich noch verständlich. Danach wurde es schwierig: *Ses maisons blanches avec leurs toits pointus de tuiles rouges s'étendent sur la pente d'une colline, dont des touffes de vigoureux châtaigniers marquent les moindres sinuosités.* Gleich sechs Vokabeln, die ich im Wörterbuch nachschlagen musste. Nach einer kürzeren, leichteren Passage ging es auf dem Anspruchsniveau weiter. Selbst als Single würde ich bis zum Ende meines Erasmus-Aufenthaltes nicht mit Stendhal durch sein, sollte ich jeden fünften Begriff nachschlagen müssen. Vielleicht war «Madame Bovary» nicht ganz so schwer. Doch, war es. *Quoiqu'il ne fût pas large des épaules, son* ***habit-veste*** *de* ***drap*** *vert à boutons noirs devait le gêner aux* ***entournures*** *et laissait voir, par la* ***fente*** *des* ***parements****, des poignets rouges.*

Blieb noch Balzac: *Le* ***char*** *de le civilisation, semblable à celui de l'idole de* ***Jaggernaut****, à peine* ***retardé*** *par un cœur moins facile à* ***broyer*** *que les autres et qui* ***enraye*** *sa roue …* Puhh. Syntaktisch und lexikalisch stellte mich das doch vor eine andere Herausforderung als *Le monde* und *La République des Pyrénées.*

Vielleicht hätte ich lieber wie der alte Herr vor mir an der Ausleihe für einen Erotik-Comic optieren sollen. Dem schien das überhaupt nicht unangenehm gewesen zu sein. Ich hatte mich das allerdings nicht getraut. Nun war es bereits sechzehn Uhr. Zu spät, um noch mal in die Bibliothek zu gehen. Ob ich bei Sebastian vorbeischauen sollte? Vielleicht hatte er aus Versehen etwas, was ich mir borgen konnte. Ich hatte allerdings meine Zweifel und ihn außerdem vorhin wegen seiner Medien aufgezogen: «Comics und ‹Le Petit Nicolas›? Ich wusste gar nicht, dass du Kinderbücher liest.» Wenn ich jetzt ankäme, wäre das ziemlich peinlich. Ich legte eine CD aus der Mediathek ein: «Dans l'ombre», Bands aus der Region. Waren ein paar gute Sachen drauf. Aber kurz vor fünf war ich mit der Musik durch. Nun gut. Versuchen konnte ich es ja mal bei ihm.

Sebastian war nicht auf seinem Zimmer. Also konnte er nur telefonieren. Aber ich hatte mich getäuscht: *Egbughị egbu mọọbụ na-egosipụta ahụghị ihe ogbugbu, iyi egwu …* Unsere adipöse nigerianische Nachbarin machte ihren Gesprächspartner am anderen Ende der Leitung wieder mal zur Schnecke. Eigentlich war sie auch sehr männlich. Vielleicht war sie gar keine Frau. Die Rundungen konnten auch dem Übergewicht geschuldet sein. Sebastian stand wenige Stufen weiter oben und trat ungeduldig von einem Fuß auf den anderen.

«Ich habe eigentlich mit Josepha ausgemacht, dass ich sie um sechs anrufe.»

«Was ist denn mit dem anderen Apparat?»

«Der ist auch besetzt.» Er wirkte richtig verzweifelt.

«Kann ich mal deinen Schlüssel haben? Ich will mal schauen, was du außer ‹Der kleine Nick› noch ausgeliehen hast.»

«Gefallen dir deine Bücher nicht?»

«Doch. Aber die habe ich schon durch.»

Er war wegen des verspäteten Anrufs bei seiner Freundin zu angespannt, um über meinen Witz zu lachen. Möglicherweise verstand er ihn auch einfach nicht. Ich erhielt seinen Schlüssel.

Unter Sebastians Comics war einer schlimmer als der andere. Der erste hieß «Aldebaran» und war eine langweilige Science-Fiction-Geschichte. «Boul et Bill» handelte von einem kleinen Jungen und seinem Hund. Ein weiterer von einem Autor namens Gelueck von einer Katze. Und dann hatte Sebastian noch zwei Bände einer Science-Fiction-Serie ausgeliehen. Wie konnte man denn so was lesen? Auf «Tim und Struppi» war ich auch nicht scharf.

Mangels besserer Alternative griff ich mir «Le Petit Nicolas». Ich ging zurück auf mein Zimmer. Mein Kommilitone telefonierte mittlerweile.

«Ich hab doch versucht, rechtzeitig anzurufen …

…

Das gegenüber war auch besetzt.

…

Ja, was kann ich dafür, dass …

…

Wenn ich es außerhalb vom Wohnheim versucht hätte, hätte ich doch erst mal hinlaufen müssen.

…

Sie hatte mir ja gesagt, dass es nicht lange dauert.

…

Aber Mausi, wirklich …»

«Le Petit Nicolas» erwies sich als überraschend unterhaltsam. Und pro Seite musste ich nur durchschnittlich zwei Vokabeln nachschlagen. Ich hatte das Buch schon zu einem Drittel durch, als es klopfte. Sicherlich würde es Sebastian nicht dabei bewenden lassen, sich seinen Schlüssel wiederzuholen. Ich würde mir auch anhören müssen, wie schwierig Josepha zurzeit war. In der letzten Woche hatten sich die beiden wiederholt am Telefon gestritten.

«Bonjour!» Es war nicht Sebastian, sondern Mohammed, der hagere Marokkaner mit der Siebziger-Jahre-Brille, der im Zimmer gegenüber von Sebastian wohnte und auf dem Flur oft «Wind of Change» pfiff. Er trug heute eine graue Leinenweste.

«Bonjour!»

«Je fais une petition contre les Indiens.» Mein arabischer Nachbar erklärte mir, dass er zusammen mit seinen marokkanischen Landsleuten eine Unterschriftensammlung gegen die Inder im Wohnheim durchführte, weil diese regelmäßig die Küchen und Toiletten verschmutzten, ihren Müll in den Flur stellten und die anderen Studenten durch lautes Rufen von Fenster zu Fenster über den Hof nachts belästigten. Ziel der Aktion sei es, die Inder aus dem Wohnheim schmeißen zu lassen, sofern sie ihr rücksichtsloses Verhalten nicht abstellten. Ich unterschrieb, aber nur unleserlich, weil ich nicht wusste, ob das Anliegen politisch korrekt war, und ich sichergehen wollte, dass mein Name nicht mit einer fragwürdigen Forderung in Verbindung gebracht wurde. Wenn Ausländer sich gegen andere Ausländer engagierten, war das dann eigentlich auch Rassismus, oder nur, wenn das ein Deutscher tat?

Ich empfahl Mohammed einen Besuch bei meinem Kommilitonen, der sich weiterhin der Vorwürfe von Josepha erwehren musste:

«Aber, ich hab doch gar nicht gesagt, dass du empfindlich bist!

…

Hab ich nicht.»

Sebastian beklagte regelmäßig den Zustand von Küche und Toiletten. Wiederholt schon hatte er schimmliges Essen anderer Wohnheimbewohner aus dem Kühlschrank genommen und diesen gereinigt. Und als neulich jemand in die Dusche geschissen hatte, hatte er es sich nicht nehmen lassen, seinem Ärger öffentlich Luft zu machen. Sein Aushang: *Wem gehört dieser Haufen? Bitte wieder wegmachen. Das ist eklig,* war jedoch mit der Bemerkung kommentiert worden: *Das ist ein Geschenk Gottes.* Die Araber würden in ihm sicherlich einen dankbaren Verbündeten finden.

Das nächste Mal wurde ich am 16. November versetzt. Ich war mit Léa verabredet gewesen, die mir bei der Übersetzung eines Textes ins Baskische helfen sollte. Auf der Suche nach geeigneten französischen Freundinnen war ich dabei, verschiedene Studiengänge auszuprobieren, und im Kurs «Übersetzung Französisch-Baskisch» fündig geworden. Léa war nicht so hübsch wie Florence, hatte aber beeindruckend schöne Augen und eine sehr zarte Stimme. Dass ich ihre Hilfe bei der Übersetzung brauchte, war noch nicht mal gelogen. Ich konnte gar kein Baskisch. Das war immerhin nicht aufgefallen, da der Dozent die ganze Stunde über referierte und alle Studenten sich darauf beschränkt hatten, eifrig jedes Wort mitzuschreiben. Natürlich begab ich mich nicht direkt zum verabredeten Treffpunkt, der Cafeteria La Vague. Ich versteckte mich in einem nahe gelegenen Gebüsch, von wo aus ich den Eingang der Brasserie beobachten konnte. Ich wollte mich erst zeigen, wenn Léa auch wirklich erschien. Nach einer halben Stunde, um 18 Uhr 30, gab ich auf, auch weil es angefangen hatte zu regnen. Zudem blies ein unangenehmer Westwind. Ich trat aus meinem Busch. Eine junge Studentin beschleunigte ihren Schritt. Es war bereits dunkel. Vermutlich hielt sie mich für einen Sexualstraftäter. Einen Moment spielte ich mit dem Gedanken, ihr hechelnd nachzusetzen, um ihr richtig Angst einzujagen, doch ich konnte mich nicht überwinden. So groß würde der Spaß nicht sein. Ich schlug den Weg zum Wohnheim ein, über den Parkplatz der Uni, dann über die Allée Condorcet, die den Norden der Stadt mit dem Zentrum verband.

Aus dem Centre E. Leclerc kam mir – wie hätte es anders sein können – Sebastian mit zwei Tüten entgegen. Ich hätte jemanden zum Reden gebraucht, stattdessen musste ich mit ihm vorliebnehmen.

«Wie geht's?»

«Super», erklärte ich. Dass es Sebastian gutging, wusste ich bereits. Er war immer gut drauf.

«Und, heute schon Französisch gesprochen?», wollte ich von ihm wissen.

«Ein bisschen.»

«Bei mir waren es im Ganzen etwa fünf Minuten. Heute war wieder so ein Tag, an dem ich mich frage, was mir der Aufenthalt sprachlich bringen soll. Da habe ich in Deutschland ja mehr Französisch gesprochen.»

«Wenn du möchtest, können wir auch Französisch reden», bot er mir an. Warum nicht? Vielleicht ließen sich die Gespräche mit ihm dann besser ertragen. Nur worüber? Worüber sprach ich mit ihm eigentlich sonst? Er erzählte von Josepha, beschwerte sich übers Wohnheim und berichtete vom Wandern. Aber heute hatte er nicht gewandert und noch nicht mit Josepha gesprochen. Oft hatten wir uns auch einfach nichts zu sagen. So wie jetzt. Ich schaute auf seine Einkaufstüte.

«Was hast du denn gekauft?», erkundigte ich mich auf Französisch.

«Ich habe Tomaten gekauft», antwortete er in derselben Sprache.

«Und wie viele Tomaten?» Wir setzten das Gespräch auf Französisch fort.

«500 Gramm.»

«Ah. 500 Gramm. Das ist viel. Wie viel kosten denn die Tomaten?»

«Ich weiß nicht. Ich kann nachgucken», bot er an. «Wie heißt noch mal Kassenzettel auf Französisch?», wechselte er ins Deutsche.

«Egal», antwortete ich auf Französisch. «Denk dir was aus.»

«Das Kilo Tomaten kostet 2 Euro.»

«Oh! Nur 2 Euro. Das ist nicht teuer. Und hast du auch Paprika genommen?»

«Was war das noch mal?»

Ich übersetzte.

«Nein. Ich habe keine Paprika gekauft. Aber ich habe Äpfel gekauft.»

«Wie viel kostet denn ein Kilo Äpfel?

«Ein Kilo Äpfel kostet ... äh ... 2 Euro 95.»

«Oh, die Äpfel sind teurer als die Tomaten.» Unsere Konversation hatte den Charme der Texte im Französischlehrbuch der siebten Klasse. Am Boulevard Tourasse hatte sich das Thema Einkäufe erschöpft. Ein neues musste her.

«Welchen Radiosender hörst du eigentlich hier?»

Sebastian hörte France Bleu Béarn.

«Ich höre Europe 2.»

«Was bringt denn Europe 2 für Musik?»

«Independent Rock. Brit Pop und französischen Rock. Und was läuft auf France Bleu?»

«Chansons françaises.»

«Magst du chansons françaises?»

«Ja. Ich höre aber auch andere Dinge.»

«Was hörst du denn sonst noch?»

Sebastian wollte wissen, was «querbeet» heiße. Ich übersetzte.

«Ich höre querbeet.»

«Welche Sänger denn?»

«Sting zum Beispiel und Bryan Adams.»

Das wusste ich natürlich bereits, denn wir hatten das gleiche Gespräch vor ein paar Wochen schon auf Deutsch geführt. Wir erreichten Corisande d'Andoins, als wir uns gerade über die Sehenswürdigkeiten in Pau austauschten. Sebastian schlug vor, in den Fernsehraum zu gehen. Ich willigte ein. Fernsehen war mal etwas anderes als Radio. Während er seine Einkäufe aufs

Zimmer brachte, lief ich schon mal vor. Die Marokkaner schauten wieder Al Qaida oder Al Jazeera. Sicher war ich mir nicht. Ich brachte das immer durcheinander. Sie gaben die Fernbedienung, die man gegen Hinterlegung des Studienausweises an der Rezeption erhielt, nicht mehr aus der Hand. Gebannt starrten sie auf den Bildschirm, auf dem man Proteste gegen den Afghanistan-Krieg sah. Ich wollte wieder abdrehen, doch Mohammed winkte mich herbei.

«Tu veux regarder, mon frère?», erkundigte er sich.

Ich schüttelte den Kopf. «Non, je voulais juste voir ce qu'il y a.»

Er forderte mich auf zu bleiben. Sein Nachbar stand auf und bot mir seinen Platz in der ersten Reihe an.

«Was möchtest du schauen, mein Bruder?», wollte Mohammed wissen.

«Eigentlich nichts.»

Mohammed nickte dem Inhaber der Fernbedienung, einem kräftigen Typen mit schwarzen Locken und einem Hauch von Vollbart, zu. Der begann, durch die Kanäle zu zappen. Ich beteuerte erneut, meinetwegen müsse man sich keine Umstände machen, da war er auch schon beim ZDF gelandet.

«Deutsches Fernsehen. Hier.»

«Nein, das ist nicht nötig.» Doch die Muslimbrüder bestanden darauf. Sie hatten offenbar keine Vorstellung davon, was Freitagabend vor 20 Uhr im Zweiten Deutschen Fernsehen für ein Programm gesendet wurde. Und warum sollte ich ins Ausland gehen, um mich vom Lerchenberg aus Mainz unterhalten zu lassen? Deutschlands Rentnersender Nummer eins machte seinem Ruf auch diesmal alle Ehre. Es lief eine Serie, deren Protagonisten Kerstin und Uwe hießen und die keine Perspektive mehr in ihrer Ehe sahen, obwohl der Wohnwagen von Antje und Kasperski abgebrannt war.

«C'est bon», nickt mir Mohammed zu. Verstand er etwa Deutsch? Ich erkundigte mich. Er schüttelte den Kopf. Ich hob an, meinem marokkanischen Gesprächspartner zu erklären, dass dort gerade totaler Mist lief. Doch ich wurde von Sebastian unterbrochen, der gerade zu uns stieß:

«Was läuft denn?»

«Genau weiß ich's nicht. Aber ich glaube, irgendwas mit 'nem Arzt. So was wie Arzt unter Palmen, aber ohne Palmen. Ich glaub, Doktor Stephan Frank. Der Arzt, der die Frauen versteht.»

«Nein. Das läuft in der ARD.» Meinem Kommilitonen wurde ebenfalls ein Sessel in der ersten Reihe angeboten. Er bedankte sich und nahm Platz.

«Ich glaub, das ist Der Landarzt. Genau! Das sind doch Uwe und Kerstin. Sind die immer noch zusammen?»

Sebastian gelang es, immer noch eins draufzusetzen.

«Warum guckst du das denn? Kommt nichts anderes?»

«Das haben unsere arabischen Freunde eingestellt. Ich konnte sie nicht davon abhalten.»

«On peut aussi regarder la télé française», schlug Sebastian vor. Doch unsere Freunde ließen nicht mit sich reden.

«Ihr seid unsere Gäste», erklärte ein Araber aus der zweiten Reihe und klopfte mir von hinten auf die Schulter. Mir war schleierhaft, wie eine deutsche Vorabendarztserie für jemanden interessant sein konnte, der aus Marokko kam und kein Wort von dem verstand, was sich auf dem Bildschirm abspielte. Vielleicht ließen sich die Dialoge der Schauspieler besser ertragen, wenn man den Inhalt nicht erfasste. Würde mir der Landarzt eventuell sogar gefallen, wenn ich mir einfach die Ohren zuhielt? In jedem Fall legten die Marokkaner hier eine übertriebene Form von Höflichkeit an den Tag. Ich traute mich nicht mehr, erneut darauf zu drängen, dass sie wieder umschalteten. Es schien ihnen sehr wichtig zu sein, ihrer Vorstellung von guter Gastgeberschaft gerecht zu werden. Ein Insistieren auf den Wechsel des Kanals würde von ihnen sicherlich als Affront aufgefasst werden. Ich wollte keinen Streit vom Zaun brechen. Verschwinden wäre auch taktlos. Aber wenn ich schon mal unter Leuten war, konnte ich mich wenigstens unterhalten. Ich wandte mich an meinen rechten Nebenmann:

«Wie heißt du?»

«Said. Und du?»

«Markus.»

«Guten Tag, mein Bruder.» Er nickte gütig.

Mehdi und Rachid hatten mich nie als Bruder bezeichnet.

«Woher bist du?»

«Aus Marokko.»

«Und woher genau?»

«Aus Errachidia.»

«Aha.» Der Ort sagte mir nichts. Hier würde ich nicht mit Wissen punkten können. Trotzdem tat ich so, als verbinde mich etwas mit ihm.

«Ich bin aus Berlin.»

«Ah. Berlin. Ich liebe Berlin.» Er nickte wieder.

«Warst du schon mal dort?»

«Nein. Aber ich habe einen Schwager in Berlin.»

«Wo in Berlin wohnt der denn?

«Weiß ich nicht.»

«Kreuzberg?»

«Ich weiß nicht.»

«Im Wedding?»

«Weiß nicht.»

«Neukölln?»

«Ich weiß nicht.»

So schnell konnte man sich nichts mehr zu sagen haben. Wir schwiegen. Dann nahm Said den Faden wieder auf:

«J'adore l'Allemagne!», machte er meinem Land eine Liebeserklärung. Er lächelte mich milde an. Ich hätte gerne relativiert. Aber er war schneller.

«Die Autos in Deutschland sind die besten. Die Technik. Die Industrie.» Seine Vorstellungen von Deutschland waren doch ziemlich idealisierend. Aber immerhin hatte er welche. Zu Marokko fiel mir nichts ein, außer dem Film Casablanca.

«Kennst du den Film Casablanca?»

«Nein, mein Bruder.»

«Der ist gut.»

Er nickte und lächelte gütig.

«Da spielen Humphrey Bogart und Ingrid Bergman mit», erklärte ich.

«Interessant.»

«Kennst du die?»

«Nein.»

«Welche marokkanischen Filme kannst du mir denn empfehlen?»

«Ich schaue nicht viele Filme.»

«Aha. Interessant», erwiderte ich.

Jetzt war ich mit meinem Latein wirklich am Ende. Ich gähnte demonstrativ: «Oh, bin ich müde. Ich glaube, ich werde ins Bett gehen. Es war schön, dich kennengelernt zu haben, Said.»

«Ja, mein Bruder.»

Ich erhob mich. «Was ist mit dir, Sebastian? Willst du nicht schlafen? Es ist fast acht.»

«Ich möchte die Folge noch zu Ende sehen.» Er schaute gebannt auf den Bildschirm, wo sich Uwe und Kerstin gerade weinend in den Armen lagen. Er überraschte mich immer wieder negativ. «Außerdem muss ich nachher noch Josepha anrufen.» Ich ließ ihn mit seinen neuen Freunden allein. Vielleicht sollte ich noch mal gucken, was Mehdi und Rachid gerade trieben. Ach nein, irgendwie hatte ich heute keine Lust auf die beiden. Wir kamen doch nicht über Pullerlutschen hinaus.

«Kann ich schon mal hier ran?» Pro Etagenküche gab es zwei Kochplatten. Auf der einen wärmte sich eine dunkelhäutige Studentin mit blonden Rasta-Zöpfen gerade eine gulaschähnliche Suppe auf. Sie nickte und trat einen Schritt zur Seite. Ich setzte Wasser für Reis auf und nahm am Tisch Platz.

«Qu'est-ce que tu fais?», wollte ich von ihr wissen.

Sie drehte sich um und erklärte: «Soupe de pied de beau – Rinderfuß-Suppe.» Sie trug sehr enge Jeans.

«Das hört sich gut an!», log ich. Normalerweise fing ich nicht extra ein Gespräch an, um mich übers Kochen zu unterhalten. Aber ich musste die Gelegenheiten zur Konversation ergreifen, die sich mir boten.

«Was ist denn drin in der Suppe?» Sie nannte mir etwa 15 Zutaten, von denen ich etwa die Hälfte nicht kannte. Mein Wortschatz im Bereich Nahrungsmittel war so begrenzt, dass ich in der Mensa weiterhin mein Essen bestellte, indem ich auf das Gericht meiner Wahl zeigte. Das Einzige, was ich auf Französisch kannte, war Hacksteak mit Pommes, aber nur, weil es das jeden Tag gab. Manchmal ergänzte ich noch: «Ich nehme das und das und das da.» Um vor ihr nicht ganz so dumm dazustehen, notierte ich mir aber nur drei der mir unbekannten Vokabeln, um sie später im Wörterbuch nachzuschlagen: giraumon, cives und girofle.

Sie setzte sich zu mir an den Tisch und erkundigte sich nach meiner Herkunft.

«Aus Deutschland!»

Ein kleiner, schmächtiger Schwarzafrikaner mit schlechten Zähnen und einem Oberlippenbart betrat die Küche, küsste die Studentin auf die Wange und begrüßte mich mit einem Kopfnicken. Er wechselte ein paar Worte mit ihr in einem Französisch und in einer Geschwindigkeit, dass ich sie nicht verstand, und warf einen Blick durchs Fenster in den Hof. Dann verließ er uns wieder.

«Kommst du aus Ost- oder Westdeutschland?», fuhr sie fort.

«Aus Ostberlin.» Sie stand wieder auf und rührte in ihrer Suppe. Der Küchenboden aus kleinen Mosaikkacheln war vom Kochen ganz beschlagen. Eigentlich war sie eher hell- als dunkelhäutig.

Sie drehte sich zu mir, während sie weiterrührte: «Gibt es noch große Unterschiede zwischen beiden Teilen Deutschlands?»

«Na ja. Die wirtschaftliche Situation ist im Osten schon noch deutlich schlechter. Die meiste Industrie im Osten gehört auch Unternehmen aus dem Westen. Die Menschen im Westen sind künstlicher, eher so wie Amerikaner. Die im Osten natürlicher und lustiger.»

«Echt. Wie kommt das?»

«Humor ist die einzige Waffe, die einem bleibt, wenn man vom Westen kolonialisiert ist und in Armut lebt.» Hoffentlich war das jetzt nicht wieder eine Bemerkung, die missverstanden wurde. Vermutlich kam sie aus einem Land, das tatsächlich mal vom Westen kolonialisiert worden war und in dem es den Menschen schlechter ging als den Bewohnern der neuen Bundesländer. Ich schob schnell eine Frage hinterher, damit meine Äußerung nicht so nachwirkte.

«Wo kommst du denn her?»

«Martinique.» Martinique? Wieder so eine geographische Ecke, auf die ich im Erdkunde-Unterricht nicht richtig vorbereitet worden war.

«Und was kochst du eigentlich?», lenkte sie das Gespräch zum Glück für mich wieder auf kulinarisches Terrain.

«Wiener mit Tomatensauce und Reis.»

«Ist das aus Deutschland?»

«Nein, das ist international. Die Wiener sind aus Deutschland, der Reis aus China und der Ketchup für die Tomatensauce aus den USA.» Sie lächelte. Ich fuhr fort: «Ich bin von meinen Eltern multikulturell aufgezogen worden. Ich durfte zum Beispiel nicht nur deutsche, sondern auch ausländische Musik hören. Kennst du eigentlich Musik aus Deutschland?»

«Die Toten Hosen.» Sie sprach den Namen etwas seltsam aus, aber ich verstand es.

«Woher kennst du die?»

«Wir hatten an unserer Schule mal einen deutschen Austauschschüler. Der hat die immer gehört.»

«Wie alt war der?»

«14.»

«Ja. In dem Alter fand ich die auch noch gut. Danach sollte man aber spätestens damit aufhören. Das ist die peinlichste deutsche Band. Ich hasse die. Das ist Musik für Menschen, die sich seit ihrer Pubertät nicht weiterentwickelt haben.»

Sie nickte: «Welche Bands sind denn gut? Rammstein?»

«Geht so. Aus Hamburg kommt die beste deutsche Band, obwohl die Stadt im Westen liegt. Tocotronic.»

Sie schüttelte den Kopf: «Wie heißen die?» Sie nahm ihre Suppe vom Herd.

«Tocotronic. Die haben wirklich tolle Texte.»

«Ich schau mal, ob ich was von denen finde. Ich bin übrigens Poemoana.»

«Po…?»

«Poemoana.»

«Poemona?»

«Poemoana.»

Ich hatte sie immer noch nicht richtig verstanden:

«Schöner Name! Ich heiße Markus.»

«Bis bald.» Sie verließ die Küche, die der kleine Schwarzafrikaner im selben Moment wieder betrat. Der lächelte mich an, öffnete den Kühlschrank und meinte: «Ouaih. T'as un ticket avec elle. Félicitation!» Dann holte er einen Topf hervor. Was hatte er gesagt? Irgendwas mit einem Ticket. Weil er so einen starken Akzent hatte, musste ich dreimal nachfragen, bis ich begriff, dass er der Überzeugung war, sie sei an mir interessiert.

«Quatsch! Wieso sollte sie was von mir wollen?»

«Oui! Oui! Absolument!»

Er kenne sich mit schwarzen Frauen aus, versicherte er mir. Alle schwarzen Frauen seien gleich. Wenn die sich mit einem Mann freiwillig länger unterhielten, dann wollten die was von ihm. «Vas-y! Fonce!», riet er mir und verließ lachend die Küche. Dann pfiff er irgendeine mir unbekannte Melodie

Was *Fonce!* bedeutete, konnte ich nur vermuten. Ich hatte es schon mal bei Mehdi im La Noche gehört. Das war sicherlich kein Synonym für Warte ab! Ich sollte mich wohl eher an sie ranschmeißen. Sollte ich seinem Rat folgen? Viel sprach dagegen. Auch Sebastian hatte sich im La Noche länger mit zwei schwarzen Frauen unterhalten, ohne dass sie sich für ihn interessiert hatten. Unser Gespräch war sogar kürzer gewesen als das meines Kommilitonen mit den beiden aus La Mayotte. Außerdem war Poemano gar nicht richtig schwarz, sondern vermutlich nur eine Mulattin. Galt diese Regel überhaupt für sie? Und schließlich mochte ich keine Rasta-Zöpfe. Bei deutschen Frauen hatte ich diese Frisur immer in Verbindung mit vielen Joints, wirren Vorstellungen von Toleranz und fehlender Körperpflege erlebt. Gut, Pomono war keine deutsche Frau. Aber würde ich meine negative Vorprägung bei ihr ausblenden können? Plötzlich tauchte sie wieder in der Küche auf.

«J'ai oublié ma clé!» Sie hatte ihren Schlüssel neben den Herdplatten liegen lassen. Sie lächelte und griff danach.

«Wenn du willst, kannst du dir Tocotronic gerne mal ausborgen.» Egal. Sie sprach immerhin hervorragend Französisch.

«Gerne.»

«Ich wohne Zimmer Nummer 5. Du kannst mir aber auch deine …»

«Ah, te voilà, Markus – Da bist du ja, Markus», wurde ich von Sebastian unterbrochen, der mit perfektem Timing plötzlich im Türrahmen stand. «J'ai te déjà cherché partout.» Er lächelte die Studentin an. Sie lächelte zurück. Hoffentlich stand sie nicht auf große Blonde.

«Bitte sprich deutsch!», ermahnte ich ihn.

«Ich dachte, wir reden französisch miteinander.» Er grüßte Polmono: «Bonsoir.»

«Aber nicht, wenn andere Menschen in der Nähe sind. Wolltest du nicht eigentlich mit Josepha telefonieren?»

«Die Nigerianerin lässt mich nicht. Ich versuche es nachher noch mal. Soll ich dir beim Kochen helfen?» Auf keinen Fall. Wenn Sebastian blieb, würde Polmnolo sicherlich sofort verschwinden.

«Nein! Du brauchst nicht zu bleiben. Ich hab genug Übung.» Wir aßen fast jeden Abend zusammen. Und da jeder von uns nur circa zwei Gerichte beherrschte, wechselte sich Wiener mit Tomatensauce und Reis mit Mirácoli-Spaghetti mit Tomatensauce mit Merguez mit Reis und Crème fraîche und mit Spiegelei ab.

Polmanie verabschiedete sich. «A bientôt.» Und schon war sie weg.

«Wer war das?»

«Das war Polemo.»

«Polemo? Ist das nicht irgendein Obst?»

«Ist doch egal. Gibt doch auch Frauen, die Clementine heißen.» Sie konnte sich nennen, wie sie wollte. Was mich gerade viel mehr beschäftigte, war, ob sie sich gemerkt hatte, dass sie sich von mir eine Tocotronic-CD ausleihen sollte. Wegen Sebastian war ich nicht mal mehr dazugekommen, mich nach ihrer Zimmernummer zu erkundigen.

Es klopfte. Mehrmals. Ich quälte mich aus dem Bett und öffnete.

«Markus! Hast du schon gesehen?» Sebastian sprang fast ins Zimmer. Ich hielt ihn davon ab.

«Weißt du, wie spät es ist?»

«Acht Uhr.»

«Genau. Und Sonntag.»

«Aber die haben schon wieder den Kühlschrank gestohlen. Das ärgert mich so.» Er schüttelte den Kopf.

«Mann, Sebastian! Hättest du mit dieser Neuigkeit nicht bis um neun warten können?»

«Entschuldigung, aber das macht mich so wütend. Da war etwas von mir drin.» Er nickte erbost.

Ich seufzte. «Was denn?»

«Ein halbes Stück Butter, mein Camembert, meine Milch, mein Orangensaft und meine Wiener.»

«Warum legst du denn dein Essen überhaupt noch hier unten in den Kühlschrank?» Der in unserer Etage war seit Ende September nun schon zum dritten Mal gestohlen worden.

«Wohin soll denn mein Essen sonst?» Da die Außentemperaturen mittlerweile bei knapp über null Grad lagen, hängten zahlreiche Wohnheimbewohner ihre Lebensmittel einfach aus dem Fenster. Bei uns im Erdgeschoss war das aber zu riskant. Weil die Heizung bei uns nicht funktionierte, konnte man die Lebensmittel allerdings auch auf dem Zimmer lassen.

«Lass sie doch bei dir. Kalt genug ist es ja. Oder bring deine Sachen wie ich in den zweiten oder dritten Stock.»

Schutz vor Diebstahl lag nur teilweise meiner Entscheidung zugrunde, meine Lebensmittel weiter oben zu deponieren. Ebenso wenig, dass es in manchen Stockwerken über uns sauberer war. Wichtiger war mir die Gelegenheit, die Bewohner, die in den höheren Etagen wohnten, so in Augenschein nehmen zu können. An denen im Parterre hatte ich kein Interesse. Ich wollte mich nicht mit der dicken Nigerianerin neben mir anfreunden. Wenn sie nicht ihren zu Hause gebliebenen Freund durchs Telefon anschrie, kochte sie stinkenden Fisch, den man roch, sobald man das Wohnheim betrat. Außerdem war unser Verhältnis angespannt, seitdem ich sie gebeten hatte, abends beim Verlassen und Betreten ihres Zimmers nicht immer die Tür zuzuknallen. Ich hatte zwar nur einen anonymen Zettel unter ihrer Tür durchgeschoben, denn sie war mit Sicherheit stärker als ich. Aber sie ahnte wohl etwas, denn seitdem grüßte sie mich nicht mehr. Weiter hinten auf dem Flur wohnte zwar eine Schwarzafrikanerin, die deutlich sympathischer und hübscher war. Sie lächelte mir immer ihr Ça va! entgegen und lief oft nur im Handtuch über den Gang, aber sie schien aus einem spanischsprachigen Land zu kommen. Ihr Französisch ließ zu wünschen übrig. Mohammed war uns zwar sehr zugewandt, aber wie sollte mir ein tiefgläubiger Moslem dabei helfen, an Frauen zu kommen? Gegenüber von Sebastian wohnte ein Franzose. Aber der war immer bekifft und verließ nur dann sein Zimmer, wenn er auf die Toilette musste. Ansonsten machten sich die Einheimischen auf unserer Etage rar. Die, die es noch gab, ließen sich nur von Dienstag bis Donnerstag blicken. Vermutlich verbrachten sie die Wochenenden von Donnerstagabend bis Montagabend bei ihren Eltern in den umliegenden Dörfern.

«Aber das ist doch keine Lösung», widersprach mein Kommilitone. «Das können wir uns doch nicht bieten lassen. Da muss man doch etwas machen.»

«Meinetwegen. Dann mach was. Du hast meine Unterstützung.» Ich wollte meine Tür wieder schließen.

«Kann ich reinkommen?»

«Ich bin aber nicht angezogen.»

«Ich hab dich doch schon oft so gesehen.»

«Warum willst du denn jetzt reinkommen?»

«Na, damit wir zusammen überlegen können, was mir machen.» Ich hatte keine Lust, irgendetwas zu unternehmen.

«Du wolltest doch sowieso in eine WG ziehen. Wann machst du das denn?» Schon mehrmals hatte ich Sebastian an sein Vorhaben erinnert, um ihn los zu sein. Aber er hatte wiederholt darüber geklagt, wie schwierig es sei, eine Wohnung zu finden.

«Ich kann dir auch beim Suchen helfen.»

Er schüttelte den Kopf. «Ich glaub, ich bleib doch hier.»

«Wieso denn das? WG ist doch gut. Mach das. Da lernst du am besten die Sprache.»

«Ich weiß nicht. Nachher verstehe ich mich nicht mit den Mitbewohnern. Und dann war der ganze Aufwand umsonst. Hier habe ich wenigstens dich.» Er lächelte mich an, nickte, schaute erwartungsvoll – offensichtlich erhoffte er, dass ich mich bedankte. Weil ich nichts sagte, fuhr er fort: «Das ist doch schön mit uns beiden. Komm, wir überlegen mal!» Er schob sich an mir vorbei in mein Zimmer und setzte sich auf den Plastestuhl.

«Hast du eine Idee, was man wegen des Kühlschranks machen kann?»

Ich seufzte. «Nachts auf die Lauer legen.» Die Zeit dafür hätte Sebastian allemal.

«Nein. Irgendwas anderes.»

«Keine Ahnung.»

«Vielleicht einen Aushang machen.»

«Einen Aushang?»

«Genau. Einen Aushang in der Küche, auf dem man erklärt, dass man das nicht in Ordnung findet.»

Das würde es bringen, zumal das ja schon mit der Scheiße in der Dusche nicht geklappt hatte.

Mir kamen auf Anhieb mehrere Botschaften an den oder die Delinquenten in den Sinn:

*Lieber Dieb/liebe Diebe. Diebstahl ist eine Straftat!*

Oder: *Lieber Dieb/liebe Diebe, das ist nun schon der dritte Kühlschrank seit Semesterbeginn. Nimm wenigstens vorher das Essen raus. Dafür habe ich Geld ausgegeben. Mir entstehen dadurch Verluste. So dicke habe ich es auch nicht, auch wenn ich aus Deutschland bin. Ich helfe dir auch beim Ausräumen.*

Oder: *Hallo Dieb/Hallo Diebe, ich finde es ziemlich feige, dass du den Kühlschrank immer nachts stiehlst, wenn dich keiner sieht. Man hat den Eindruck, du hast etwas zu verbergen.*

Oder als Ich-Botschaft: *Dass du immer den Kühlschrank stiehlst, macht mich echt wütend, denn an solchen Tagen muss ich noch mal los und mir neue Würstchen holen. Ich wünsche mir, dass du auch mal aus einer der oberen Etagen einen Kühlschrank stiehlst.*

Oder die Muskeln spielen lassen: *Wer Kühlschränke stiehlt, ist schwul.* Dann würde sich der Dieb sicherlich sagen: «Was? Dann bin ich schwul. Das möchte ich aber nicht. Da lass ich lieber meine Finger von dem Gerät.» Außer wenn es ein schwuler Dieb wäre. Also eigentlich: *Wer Kühlschränke stiehlt, hat die sexuelle Neigung, die er nicht haben möchte.* Sebastians Idee war einfach nur bekloppt.

«Aushang ist auf jeden Fall gut», ermutigte ich ihn, damit er mich in Ruhe ließ.

«Echt, findest du?», freute er sich. «Kannst du mir vielleicht beim Schreiben helfen? Ich weiß nicht, ob ich es auf Französisch hinkriege. Du kannst das ja besser.»

«Muss das sein? Mir fällt da sowieso nichts ein. Außerdem habe ich keine Zeit.» Das stimmte natürlich nicht.

«Bitte! Wir können das auch später machen. Ich mache auch die Übersetzung für Herrn Lévy für dich. Bitte!»

«Na gut», willigte ich ein. Immerhin böte mir das Verfassen des Briefes die Möglichkeit, ein bisschen Französisch zu praktizieren, wenn auch nur schriftlich. Nach einer halben Stunde hatte ich den Text verfasst:

*Sehr geehrter Dieb,*
*das ist nun bereits das dritte Mal, dass du den Kühlschrank aus unserer Etagenküche klaust. Wir haben mitgezählt, und unsere Geduld ist nun zu Ende. Drei Diebstähle sind definitiv einmal zu viel. Wir sind sauer, sehr sauer sogar. Wir wissen, wie du heißt und wo du wohnst. Und wir wissen, wie deine Mutter aussieht. Wir fordern dich auf, den Kühlschrank bis zum kommenden Freitag um 0 Uhr wieder an seinen rechtmäßigen Platz zurückzustellen. Die in ihm enthaltenen Lebensmittel sind uns ebenfalls in unversehrtem Zustand wieder auszuhändigen. Solltest du unserer Forderung bis zum Ablauf unseres Ultimatums nicht nachgekommen sein, so werden wir reagieren.*

Sebastian schlug vor, dass wir beide unterschrieben. Ich wollte aber nicht mit diesem Schriftstück, das ich nur als Scherz ansah, in Verbindung gebracht werden. Denn ich war mir nicht sicher, ob es jeder auch nur als Scherz verstehen würde. Sebastian hielt es ja auch für Ernst.

«Lass uns mit *Die wütende Mehrheit!* unterzeichnen.»

Mein Kommilitone klatschte sich begeistert auf die Schenkel: «Das ist toll! Daran merkt der Dieb, dass er sehr viele gegen sich hat.» Er strahlte, ergänzte den Satz und brachte den Brief sofort in die Küche, um ihn neben die Nachricht der Reinigungskräfte zu hängen, die bereits seit September erfolglos mahnte:

*Liebe Bewohner und Nachbarn von Corisande.*
*Ende des Jahres 2000 haben die Bewohner von Corisande d'Andoins sich versammelt und die Probleme und Unzufriedenheiten mit der Situation im Wohnheim notiert. Die Beschwerden und die Forderungen wurden schließlich an das Studentenwerk übermittelt.*
*Dennoch, als Bewohner habt ihr Rechte, aber auch Pflichten.*
*Es ist nötig, an einige Grundregeln des menschlichen Zusammenlebens zu erinnern:*
☐ *In der Dusche lässt man die leeren Duschgelpackungen und seinen Müll nicht liegen.*
☐ *Nach dem Toilettengang spült man und reinigt bei Bedarf. Dafür sind die Klobürsten vorgesehen und nicht für irgendwelche Schweinereien.*
☐ *In der Küche reinigt man die Herdplatten und nimmt am Ende seinen Müll und die Essensreste wieder mit.*
☐ *Man schmeißt nichts in den Gang.*
☐ *Die Mülleimer werden nicht im Gang entleert, sondern in den Mülltonnen auf dem Hof.*
*Tut das aus Respekt für euch selber, für die anderen Bewohner und für uns,*
*das Reinigungspersonal.*

«Das haben wir toll gemacht, Markus!», lobte uns Sebastian erneut, als er zurückkam.

«Wollen wir heute vielleicht wandern gehen?»

«Nein. Ich hab doch schon gesagt, dass mir das keinen Spaß macht. Frag doch unsere neuen marokkanischen Freunde.» Warum war mir die Idee, Sebastian an Mohammed und seine Religionsbrüder zu verweisen, nicht gekommen, bevor ich den Brief formuliert hatte?

«Die wandern nicht so gerne. Hab ich schon gefragt. Und alleine macht das keinen Spaß. War das denn so schlimm für dich beim letzten Mal?»

«Ja. Gibt es denn an der Uni keinen Wanderverein?»

«Stimmt. Vielleicht hast du recht. Ich erkundige mich nächste Woche mal. Na gut. Dann lass ich dich jetzt. Was machst du heute noch?»

«Na, Radio hören. Weißt du doch. Und ins Waschcenter gehen.»

«Da können wir ja zusammen gehen.»

«Wenn es sein muss.»

Seit ein paar Sonntagen war ich ohne Sebastian zur Laverie an der Place de Foirail gegangen, weil er jetzt im Wohnheim wusch. Dass er mich diesmal mal wieder begleitete, lag am Trockner im Bâtiment A, der nicht funktionierte. Letzten Sonntag hatte mein Kommilitone das zu spät gemerkt und nach dem Waschen die nasse Wäsche in seinem Zimmer auf Stühlen, Schränken, Fensterbrett und Trennwand für die Wasch-Nische verteilen müssen. Ich hatte mich überreden lassen, ihm etwas abzunehmen. «Aber nicht deine Schlüpfer.» Ich hatte mich für ein Handtuch und einige Socken entschieden. Wegen der kaputten Heizung hatte es bis Mittwoch gedauert, bevor Sebastian die Kleidung wieder anziehen konnte.

Wir hatten die Avenue Honoré Baradart mit ihren zwölfgeschossigen Sozialbauten auf der nördlichen Seite und ihren Einfamilienhäusern auf der südlichen noch nicht komplett passiert, als er zu stöhnen anfing.

«Das ist wirklich ganz schön weit.»

«Als fideler Wandersmann sollte diese Distanz für dich doch eigentlich kein Problem sein.»

«Mein Rucksack ist aber so schwer.»

«Meiner ist auch voll.»

«Meine Wäsche ist aber nass. Deswegen ist die schwer.»

«Wieso denn nass?» Am Nieselregen konnte es nicht liegen.

«Ich hab die schon gestern im Wohnheim gewaschen.»

«Warum denn das?»

«An der Rezeption hat man mir gesagt, der Trockner geht wieder. Aber als ich ihn dann anstellen wollte, ist er doch wieder ausgefallen.»

«Hast du dein Geld zurückverlangt? Am besten in einem Brief.»

«Nein», schüttelte er den Kopf, kniff die Augen zusammen und seufzte. «Die kann ja auch nichts dafür. Die wusste das auch nicht. Und außerdem unterstützt sie uns mit der Unterschriftenliste wegen der Inder.»

Wir überquerten den Boulevard d'Alsace Lorraine. Die Palmen auf dem Eckgrundstück zur schmalen Rue Cazaubon Norbert konnten einem angesichts des ungemütlichen Novemberwetters nur leidtun. Der nasse Wind blies von vorn. Zum Glück war der Bürgersteig so schmal, dass wir hintereinanderlaufen mussten. Sebastian gab mir Windschatten, weswegen ich nicht ständig Regentropfen abbekam. Und ich musste mich auch nicht die ganze Zeit unterhalten. Viele Fensterläden der Parterre-Fenster waren zugezogen. Auf der Place du Foirail hatten die meisten Restaurants geschlossen, wegen ihres freien Tags oder der nachmittäglichen Pause.

Wir erreichten den Waschsalon, der direkt neben dem ebenfalls geschlossenen La Tireuse lag.

«Voilà. Enfin arrivé!», kommentierte Sebastian unsere Ankunft in der für ihn typischen Schrulligkeit.

Nachdem wir die Laverie betreten hatten, musste ich erst mal die beschlagenen Gläser meiner Brille wischen.

«Regarde, Markus! Qui est là? – Schau, Markus, wer da ist?», deutete Sebastian in den Nebel des Waschsalons.

Ich hatte den Weg über mit ihm wieder Französisch gesprochen, aber der Hinweis, dass hier noch jemand war, den wir kannten, wenngleich ich die Person ohne Brille noch nicht identifiziert hatte, ließ mich vorsorglich ins Deutsche wechseln.

«Ich kann gerade nichts sehen. Aber lass mich raten, wer das sein könnte: Sophie Marceau?»

«Non, Markus!», amüsierte sich mein Kommilitone über meinen Tipp. «Ce n'est pas Sophie Marceau. C'est Eva.»

«Wer?»

«Eva, d'Hambourg.»

«Das heißt de Hambourg.» Ich setzte meine Brille wieder auf. Eva räumte gerade ihre Wäsche aus der Trommel in den Korb des Waschcenters. So sahen also ihre BH aus. Welche Größe hatten sie wohl? Außerdem erblickte ich noch den bärtigen Clochard mit der schwarzen Wollmütze und den beiden Supermarkt-Tüten, in denen er seine Kleidung transportierte. Eigentlich hatte mich die Hoffnung, Frauen kennenzulernen, jeden Sonntag hierhergeführt. Aber an solchen Begegnungen hatte es bisher gemangelt. Auf meinen Obdachlosen hingegen war Verlass. Heute hatte er nicht, wie so oft, seine leere Wasserflasche dabei. Aber er trug wieder seine fleckigen, braunen Jeans, seine schwarze Adidas-Sportjacke und darunter seinen Strickpullover. Ich fragte mich schon lange, wieso er die restliche Wäsche wusch, wenn er sie nie anzog. Allerdings hatte ich ihn auch noch nie waschen sehen, wenn ich es mir recht überlegte. Er kam, setzte sich, nach einer Weile stand er auf, ging zu einer Trommel, die in Betrieb war, versuchte, diese zu öffnen, murmelte etwas und setzte sich wieder auf seinen Platz. Einige Male wiederholte er dies, bevor er mit seinen Tüten den Waschsalon schließlich verließ.

Eva grüßte. Sie trug ein grünes Kapuzenshirt und braune Cordhosen.

«Tu prends quelle machine?», erkundigte sich Sebastian bei mir nach meiner Wunschmaschine. «6 Kilos ou 10 Kilos?» Warum wollte er das wissen? Er musste doch ohnehin nur an den Trockner.

«Kannst du bitte deutsch reden?»

«Warum redet ihr denn französisch miteinander?», wunderte sich Eva.

«Das ist unsere Geheimsprache. Wie wollen nicht, dass uns jemand versteht», erklärte ich, bevor Sebastian etwas versauen konnte.

Sie lächelte. Doch der ließ sich nicht beirren.

«Ja, weil es so schwer ist, sich hier mit Franzosen anzufreunden.»

«Stimmt. Die sind nicht so verlässlich», gab ihm Eva recht.

«Hast du auch schon solche Erfahrungen gemacht?», wollte er von ihr wissen.

«Teilweise. Vor allem sind sie immer unpünktlich.»

«Ja, und bei Markus zum Beispiel, der hat sich schon mehrmals mit Französinnen verabredet. Und die sind gar nicht gekommen.» Hatte er das gerade wirklich gesagt? Sie lächelte. Oder war das ein schadenfrohes Grinsen? Sie öffnete den rechten Trockner.

«Ich wollte sowieso nicht», schob ich nach. Aber mein Einwand fand kein Gehör.

«Für die Sprache ist das echt nicht von Vorteil, wenn man so schwer mit Franzosen in Kontakt kommt.»

Eva nickte. Sebastian öffnete seinen Rucksack. «Brauchst du alle Trockner, oder reicht dir der?»

«Einer reicht mir.»

«Wenn man mehrere nimmt, dann hat das den Vorteil, dass die Wäsche schneller trocknet.» Ich kniete mich vor die 6-Kilo-Maschine mit der Nummer 1, öffnete meine Tasche und stopfte meine Klamotten in die Trommel. Der Clochard erhob sich, um an Maschine Nummer 2 zu rütteln.

«Ich bin mir natürlich nicht sicher, ob das finanziell günstiger ist, als wenn man alles in einen Trockner packt.» Oh Gott! Da hatte Sebastian ja wieder ein spannendes Thema gefunden. Ich schloss die Tür.

«Wir könnten das hier ja mal ausprobieren. Du nimmst einen Trockner und ich beide. Und wenn unsere Wäsche trocken ist, schauen wir, wer mehr Geld ausgegeben hat.» Mir tat Eva schon fast leid. Sie lachte nur. Ich ging zum Waschmittelautomaten am Ende des Raums.

«Warum ist denn deine Wäsche eigentlich nass?», wunderte sich Eva.

Der Clochard hatte wieder auf einem der Plastestühle am Fenster Platz genommen.

«Im Wohnheim hat man mir gesagt, dass die Trockner funktionieren. Dann war das aber doch nicht so.»

Ich bezahlte die 4 Francs für das Waschmittel. Es landete im unteren Teil einer abgeschnittenen Wasserflasche.

Sebastian schüttelte unzufrieden den Kopf, schnalzte geräuschvoll mit der Zunge und seufzte: «Eigentlich müsste ich mich da beschweren. Aber ...» Er zuckte mit den Schultern. «Die von der Rezeption, was soll die machen? Außerdem unterstützt die uns ja bei unserer Aktion.»

Ich füllte das Waschmittel in die Kammer. Auf Weichspüler verzichtete ich. Wozu der gut war, wusste ich nicht. Ich ging zum Programmierautomaten. Da ich grundsätzlich alles zusammen wusch, nahm ich wie immer Wolle 30 Grad. Damit konnte man nichts falsch machen.

«Ich mache nämlich gerade mit ein paar Marokkanern aus dem Wohnheim eine Unterschriftenliste dagegen, dass die Inder so viel Dreck machen. Und da brauchen wir natürlich auch den Rückhalt der Rezeption.» Eva nickte. Sie stellte sich zu mir an den Automaten, um ihren Trockner zu programmieren. Sie hatte wirklich ein hübsches Gesicht. So reine Haut. Was war das eigentlich für ein Parfüm?

«Hast du auch schon unterschrieben?», fragte er sie.

Sie schüttelte den Kopf.

«Ich kann ja mal bei dir vorbeikommen», schlug Sebastian vor. «Markus hat auch schon unterschrieben.» Bestimmt hielt sie uns beide jetzt für Nazis.

«Du hast doch unterschrieben, Markus? Oder?»

«Sicher. Ich unterschreibe immer, wenn es gegen Minderheiten geht.»

Sebastian lachte verlegen. «Der Markus meint das nicht so

ernst. Der macht ab und zu Witze.» Eva lächelte. Aber worüber? Über meine Bemerkung oder über Sebastians unbeholfene Erklärung?

«Auf welcher Etage wohnst du eigentlich?» Sebastian ließ Eva gar nicht mehr in Ruhe. Was sollte ich jetzt machen? Mitreden? Auf keinen Fall. Dann war ja meine ganze Konsequenz umsonst.

«Ist das da oben auch so dreckig?»

«Vermutlich nicht.»

Dann müsste ich mich von nun an jedes Mal mit Eva unterhalten. Dann doch lieber mit dem Clochard sprechen. Nur worüber? Wie es so war, das Leben auf der Straße? Wahrscheinlich würde ich ihn gar nicht verstehen. Wenn er seine Selbstgespräche führte, verstand ich ihn schließlich auch nicht.

«Bei uns hat ja jemand sogar mal in die Dusche gemacht. Bei euch auch schon? Also so richtig.»

Lesen? *La République des Pyrénées* hatte ich dabei. Allerdings konnte ich mich, wenn Sebastian die ganze Zeit quatschte, nicht konzentrieren. Und wollte ich mir diese Konversation wirklich zumuten?

«Ich geh mal spazieren», rief ich meinem Kommilitonen zu, der Eva gerade berichtete, dass sie heute bei uns in der Etage den Kühlschrank geklaut hatten. Gleich würde sie vom Brief erfahren.

Draußen hatte der Regen zugenommen. Für einen Stadtbummel war ich nicht angemessen gekleidet. War ja eine tolle Idee von mir. Zurück wollte ich allerdings auch nicht. Sollte ich mich in die Telefonzelle stellen? Nein. Ich überquerte die Ruc Bordeu zum Antiquitätenmarkt, einem steinernen 60er-Jahre-Flachbau aus gelbem Beton in der Form eines Sarges.

Sonntags war er bis halb eins geöffnet, aber jetzt war es schon viertel vier. Ich stellte mich unter das Vordach, das sich um das ganze Gebäude zog. Hier, direkt gegenüber vom Waschsalon, konnte ich natürlich auch nicht bleiben, denn von drinnen konnte man mich erkennen. Besser, ich stellte mich ans gegenüberliegende Ende des Marktes. Da konnte ich warten, bis Eva fertig war. Leider hatte ich vergessen, die Zeitung mitzunehmen.

Ende November hatte ich die Hoffnung aufgegeben, dass die Mulattin – von deren Namen ich nur noch wusste, dass er mit P anfing und wie eine Obstsorte klang – noch mal wegen einer Tocotronic-CD bei mir vorbeischauen würde. Warum hatte ich mich wieder so reingesteigert, obwohl sie gar nicht mein Typ war? Alles nur wegen dieses kleinen Afrikaners, der sich selbst als Experte für schwarze Frauen bezeichnet hatte. Traf der Protagonist nicht in jedem guten Film irgendwann die gute Fee, die ihn aus seiner Einsamkeit erlöste? Vielleicht war Sebastian meine gute Fee? Bald würde er noch mehr Zeit für mich haben, denn er hatte sich gerade mit Josepha am Telefon gestritten:

«Erst hat sie mir Vorwürfe gemacht, weil ich zu spät angerufen habe.»

«Hast du ihr das mit der Nigerianerin nicht gesagt?»

«Ja. Aber Josepha glaubt mir das nicht. Dabei habe ich sogar die umliegenden Telefonzellen abgeklappert. Entweder waren sie auch besetzt oder kaputt. Und dann hat sie mir vorgeworfen, sie nicht mehr zu lieben.»

«Und?»

«Natürlich liebe ich sie noch.»

«Sei ehrlich zu mir, Sebastian! Hast du eine andere?»

«Nein. Wirklich!» Er redete mit mir, als schulde er mir Rechenschaft.

«Und jetzt soll ich ihr auch noch einen Brief schreiben.»

Ich schwieg.

«Dabei telefonieren wir doch jeden Tag.»

Ich schwieg.

«Als ich ihr das gesagt habe, ist sie total ausgerastet.»

«Also, da kann ich sie sehr gut verstehen. Erst lässt du sie in Deutschland alleine sitzen, und dann willst du ihr nicht mal schreiben.»

«Sie hat doch gesagt, dass das für sie okay ist, wenn ich nach Frankreich gehe.»

«Ja und? Weißt du nicht, dass eine Frau immer das Gegenteil von dem meint, was sie sagt?»

Er schüttelte den Kopf und rieb sich den Nacken.

«Und das mit dem Schreiben ... Wenn du sie wirklich noch lieben würdest, würdest du ...»

«Aber ich schreib ihr doch schon mehrmals die Woche Mails», jammerte er.

«Mails? Wie unromantisch! Biete ihr doch gleich an, ihr statt einem Brief eine SMS zu schicken.»

«Wie denn? Ich hab doch gar kein Handy.» Es war beeindruckend, wie sehr mir Sebastian die Empörung glaubte. Josepha war offenbar sehr erfolgreich darin gewesen, ihm ein schlechtes Gewissen einzureden.

«Und erzähl mir nicht noch, du hast sie beim Telefonieren auch schon darum gebeten, dich zurückzurufen, weil das für dich so teuer ist.»

«Äh ... ja. Doch», stammelte Sebastian.

«Oh nein! Wie unsensibel kann man nur sein?» Ich schlug demonstrativ die Hände über dem Kopf zusammen.

Sebastian trat nervös von einem Bein aufs andere. Die Verzweiflung stand ihm ins Gesicht geschrieben.

«Keine Sorge, ich scherze nur. Frauen neigen dazu, alles zu dramatisieren und das Verhalten ihres Freundes mit anderen Maßstäben zu messen als ihr eigenes. Dann mach ihr halt die Freude und schreib einen Brief.»

«Ja, aber ich weiß gar nicht, was ich schreiben soll. Ich erzähle ihr doch schon immer alles am Telefon. Da fällt mir ja schon nichts mehr ein.» Das konnte ich bestätigen. In letzter Zeit waren ihre Telefonate, wenn sie mal nicht stritten, immer wortkarger geworden. Schon mehrmals hatte ich überlegt, ob ich Sebastian nicht einfach den Hörer aus der Hand nehmen und für ihn auflegen solle. Josephas Forderung, Briefe zu bekommen, war in der Tat eine Zumutung. War nicht das Telefon erfunden worden, damit sich Mann und Frau nicht mehr anderer Medien bedienen mussten? Früher, vor der Erfindung von Internet und Telefon, war alles einfacher. Wenn man im sechzehnten Jahrhundert als deutscher Erasmus-Student einen Brief an seine Geliebte in der Heimat sandte, hatte man, bevor man eine Antwort erhielt, zunächst ein paar Monate Ruhe, während deren man sich ganz entspannt Themen für das zweite Schreiben überlegen konnte. Oft reichte eine Nachricht für das ganze Jahr. Und manchmal dauerte die Zustellung so lange, dass es schneller ging, den Brief nicht abzuschicken, sondern am Ende seines Aufenthalts einfach wieder mit nach Hause zu nehmen und ihn der Freundin persönlich auszuhändigen.

Ich konnte Sebastians Dilemma nur zu gut verstehen, zumal

es sich vermutlich bei ihm nicht nur um eine einmalige Angelegenheit handelte. War es überhaupt möglich, als Paar erfolgreich verschiedene Kommunikationsmittel parallel zu nutzen? Konnte diese Korrespondenz überhaupt funktionieren, wenn man sich vorher alles bereits am Telefon gesagt hatte? Redundanz war da doch vorprogrammiert:

*Pau, 26. 11. 2001*

*Liebe Josepha,*
*Bezug nehmend auf unser Telefonat vom 25. 11. 2001 möchte ich hiermit auch schriftlich bekräftigen, dass ich weiterhin Gefühle für Dich habe und an einer Fortführung der Beziehung interessiert bin.*
*Dein Sebastian*

Oder:

*Pau, 26. 11. 2001*

*Liebe Josepha,*
*hiermit schicke ich Dir die Mitschrift unseres Telefonats vom 25. 11. 2001.*
*Teilnehmer: Josepha und Sebastian*
*Tagesordnungspunkt 1: Tagesverlauf von Sebastian*
*Tagesordnungspunkt 2: Wieso hat sich Sebastian erst um 17 Uhr 10 bei Josepha gemeldet, obwohl 17 Uhr vereinbart war?*
*Tagesordnungspunkt 3: Hat Sebastian eine andere, weil er sich erst um 17 Uhr 10 gemeldet hat, obwohl 17 Uhr vereinbart war?*
*Tagesordnungspunkt 4: Streit*

*Tagesordnungspunkt 5: Josepha legt auf, ohne sich zu verabschieden.*
*Tagesordnungspunkt 6: Josepha ruft noch mal an, um sich zu beschweren, dass Sebastian, nachdem sie aufgelegt hat, nicht noch mal angerufen hat.*

Und wie war es umgekehrt, wenn das Telefonat nach dem Brief stattfand?

«Hallo, Josepha. Hier ist Sebastian.»

«Hallo.»

«Ich habe dir vor etwa einer Woche einen Brief geschrieben und melde mich, um mich zu erkundigen, ob du ihn erhalten hast.»

«Ja.»

«Hast du alles verstanden, oder gibt es zum Inhalt noch Fragen?»

«Nein. Wieso?»

«Na, war alles klar und verständlich?»

«Äh, ja. Wieso?»

«Das ist schön. Dann mach's gut. Tschüs!»

Oder sollte Sebastian die Themen zwischen Brief und Telefonat strikt trennen: das Telefon für die Streits verwenden und ihr auf dem Papier ewige Liebe und Treue schwören? Oder besser den Fernsprecher für die Herzensangelegenheiten und den postalischen Weg für wichtige Hintergrundinformationen zu den momentanen Lebensumständen nutzen?

*Liebe Josepha,*
*in diesem Schreiben möchte ich mir die Zeit nehmen, Dir endlich Dinge mitzuteilen, die in unseren Gesprächen bisher*

*leider viel zu kurz gekommen sind. Pau wird durch verschiedene Transportmittel erschlossen. Dazu gehören die Autobahn A64 von Bayonne nach Toulouse, der internationale Flughafen Pau-Pyrénées, der TGV Atlantique, mit dem man in zwei Stunden in Bordeaux ist, regionale Expresszüge wie den TER Aquitaine und TER Midi-Pyrénées, nicht zu vergessen das Ferntransportnetz, das durch den Generalrat verwaltet wird.*
*Der internationale Flughafen, 12 km außerhalb von Pau in der Commune d'Uzein liegend, unterhält eine Direktverbindung zu den Flughäfen Paris/Charles-de-Gaulle und Paris/Orly (9 Hin- und Rückflüge pro Tag), nach Lyon (3 Hin- und Rückflüge pro Tag), London (3 Hin- und Rückflüge pro Woche), Southhampton (2 Hin- und Rückflüge pro Woche), Amsterdam (2 Verbindungen pro Woche), Marseille (6 Verbindungen pro Woche) und zu 30 weiteren Städten. Im Jahr 2000 wurden gut 600 000 Passagiere abgefertigt, was die dritthöchste Zahl in der Region Aquitaine nach den Flughäfen Bordeaux und Biarritz aufweist.*
*Ich liebe Dich,*
*Dein Sebastian*
*PS: Dieser Brief war nur ein erster Appetitmacher. Beim nächsten Mal widme ich mich detaillierter der Bauweise des Bahnhofs von Pau.*

Möglicherweise erwartete sie auf dem Papier poetische Gedanken:

*Geliebte Josepha,*
*heute früh wandelte ich im kühlen Herbstwinde zum noblen Boulevard des Pyrénées. Sieben Uhr deutschen Zeigers*

*dort angelangt, überfällt mich, in dieser herrlichen Stille und labenden Frische, eine Art wohlige Melancholie, die einem nur geschenkt wird, wenn das Herz noch warm, der Geist noch klar, der Blick noch weit und die Manneskraft noch stramm ist. Was ist das für eine herrliche Sicht auf diese famose, schneebedeckte Bergkette, die dereinst den Mauren die Stirn bot und heutzutage richtet über das Schicksal so manch frommen Wandersmanns? Dieselben Serpentinen erklomm dereinst der göttliche Miguel Indurain. Die Straßen in meinem Rücken belebte anno dazumal ein stolzer Thronanwärter namens Henri IV, als er als kleiner Bub unbeschwert durch die Straßen tollte. Als die Sonne durch die Wolken bricht, erheitert mich das Bonmot eines mir geliebten Menschen: ‹Frage nicht, was Dein Land für Dich tun kann, sondern was Du für dein Land tun kannst.› Die wärmenden Strahlen des aufsteigenden Feuerballs, der uns Kraft fürs Leben infiltriert, kitzeln in mir die Muse wach. Mit schlafwandlerischer Sicherheit steige ich auf die Balustrade, welche den Boulevard von den hinabfallenden Sentiers du roi trennt, und beginne laut in die klare Morgenluft zu deklamieren: Freiheit/Freiheit/Ist das Einzige, was zählt.*

Es war eine typische Lose-lose-Situation. Zugleich Josephas Erwartungen am Telefon *und* in den Briefen zu erfüllen, war unmöglich. Ich durfte ihm da eigentlich keine Hoffnungen machen, obwohl mich Sebastian in einer Mischung aus Verzweiflung und großer Erwartung anblickte, die mir nahelegte, dass er in mir den Heiland sah.

«Du erwartest jetzt aber nicht, dass ich dir den Brief schreibe, oder?»

«Würdest du das machen?» Sein Gesicht hellte sich auf.

«Du hast ja noch nicht mit ihr gesprochen. Da fällt dir bestimmt mehr ein.»

«Nein. Das funktioniert doch nicht.»

«Es reicht mir auch, wenn du mir sagst, was ich schreiben soll.»

«Ändert doch auch nichts. Ist doch auch nicht leichter.»

«Bitte, hilf mir!» Er schob den Kopf erwartungsvoll nach vorne.

«Mann! Schreib doch einfach, was du heute gemacht hast.»

«Das wollte ich ihr doch heute Abend am Telefon erzählen.»

«Bis der Brief da ist, hat sie das doch sowieso vergessen. Mach doch einfach so eine Art Tagesprotokoll.»

«Ein Tagesprotokoll?»

«Genau. 7 Uhr aufstehen, 7 Uhr 15 duschen usw.»

«Meinst du, das interessiert sie?»

«Wenn du eine bessere Idee hast, dann brauchst du mich ja nicht zu fragen.»

«Entschuldigung, war nicht so gemeint.» Er hob beschwichtigend die Hände. «Wirklich, Markus.»

«Wäre auf jeden Fall nicht so ein Nullachtfuffzehn-Brief.»

Obwohl er weiter Zweifel zu haben schien, fing er an, unter meiner Anleitung zu schreiben.

*Liebe Josepha,*
*mein Tag sah wie folgt aus:*
*7.00: aufstehen*
*7.10: duschen*
*7.30: Frühstück mit Markus (improvisierte Kettwurst aus Baguette und Wiener)*
*8.00: Aufbruch zur Uni mit Markus*

*8.30: Checken der E-Mails im Computerkabinett. Smalltalk mit Erasmus-Studenten. Verabredung mit englischem Pärchen für 12 Uhr in der Mensa.*
*9.00: Übersetzungskurs Französisch/Deutsch (keine Gespräche mit Franzosen)*
*10.00: Übersetzungskurs Deutsch/Französisch (drei Sätze mit Franzosen gewechselt)*
*11.00: Computerkabinett (Checken der E-Mails), Smalltalk mit spanischen Erasmus-Studenten, Verabredung mit zwei Spaniern für 12 Uhr in der Mensa*
*12.00: Essen mit englischem Pärchen und den zwei Spaniern in Mensa (Steak Haché mit Pommes und Ketchup)*
*12.45: Beendigung des Treffens mit Engländern und Spaniern, Verabredung mit englischem Pärchen für 16 Uhr in der Cafeteria*
*13.00: Erasmus-Kurs*
*14.00: Deutsche Landeskunde*
*15.00: Checken der E-Mails, lesen von Spiegel Online im Computerkabinett, Verabredung mit zwei deutschen Erasmus-Studentinnen für 16 Uhr in Cafeteria*
*16.00: Treffen mit englischem Pärchen und zwei deutschen Erasmus-Studenten in Mensa*
*16.10: Zwei weitere Engländer kommen dazu.*
*16.25: Das englische Pärchen geht noch mal in die Cafeteria, weil es dort mit zwei Amerikanern verabredet ist.*
*16.45: Die Deutschen gehen, weil sie vor dem Wochenende noch mal ins Computerkabinett wollen.*
*16.55: Das englische Pärchen kommt wieder, weil das Treffen mit den Amerikanern ausfällt.*
*17.10: Aufbruch zum Wohnheim*

*17.20: Wochenendeinkauf bei E. Leclerc*
*18.00: Ankunft im Wohnheim, Radio hören auf dem Zimmer*
*19.00: Besuch bei Markus, um zu fragen, wie der Tag war*
*19.10: Abendbrot mit Markus*
*19.34: Zettel in Küche aufgehängt, wegen Verunreinigung durch Inder*
*19.55: Aufsuchen der Telefonzelle im Wohnheim (Telefonzelle ist besetzt)*
*19.55–20.15: Abgrasen der umliegenden Telefonzellen nach einem unbeschädigten, freien Apparat*
*20.15: Rückkehr ins Wohnheim (Telefon immer noch besetzt)*
*20.35: Telefonat mit dir*
*21.30: Rückkehr aufs Zimmer*
*21.31: Verlassen des Zimmers, um zu schauen, ob vor dem Wohnheim noch etwas los ist*
*21.35: ernüchterte erneute Rückkehr aufs Zimmer, weil vor dem Wohnheim nichts los ist*
*21.36: Radio hören und lesen*
*22.00: Nachtruhe*
*Ich liebe dich,*
*dein Sebastian*

Mein Tag war ähnlich gewesen, wenn auch mit etwas weniger sozialen Kontakten. Und statt mit meiner Freundin telefonierte ich vor allem mit meiner Mutter.

«Warum triffst du dich denn ständig mit diesen Erasmus-Studenten?», wollte ich wissen.

«So schlimm sind die gar nicht. Außerdem muss ich mich ja mit irgendjemandem treffen. Was soll ich sonst machen?»

«Und mit welchen Deutschen triffst du dich?»

«Manchmal mit Sandra und Jana in der Mensa.»

«Und, gibt es was Neues?»

«Lena hat jetzt einen Freund aus Spanien.» Na toll.

«Hast du sie gesehen?»

«Nein. Hat mir Gianluca erzählt.»

«Wieso erzählt dir denn Gianluca so was?»

«Wir waren in der Mensa Kaffee trinken.»

«Warum denn das? Der ist doch total bekloppt.»

«Nein, der geht.» Wie konnte Sebastian mich in Ordnung finden und gleichzeitig Gianluca sympathisch? Sollte ich ihm den Umgang mit dem Halbitaliener verbieten? Nein. Das wäre unsouverän.

«Reden die anderen Erasmus-Studenten denn auch über mich?»

Sebastian druckste.

«Sag schon!»

«Die finden dich eingebildet und arrogant.» Ich war erleichtert. Damit konnte ich leben. Besser als unattraktiv und dumm. Eingebildet war im Grunde ein Kompliment.

«Ich hab dich aber verteidigt und gesagt, dass du ganz nett bist.» Nett war wiederum kein Kompliment.

«Aber was sagt denn Josepha dazu, dass du dich auch mit Frauen triffst?»

«Ich pass immer auf, dass mindestens noch ein Mann dabei ist.»

Ich musste lachen.

«Ach, übrigens. Hättest du Lust, in den Winterferien eine Woche mit in die Pyrenäen Skifahren zu kommen?»

Natürlich nicht.

«Eigentlich habe ich keine Zeit.»

«Wieso? Was machst du denn?»

«Weiß ich noch nicht. Aber ich wollte mir das frei halten, falls sich noch was ergibt.»

«Ach, komm doch mit! Das wird bestimmt fein.»

«Wieso denn?»

«Aurélie, Natalie und Chloé aus *LEA* kommen auch mit.»

«Wieso denn das?» Das waren die drei Studentinnen, die in der ersten Stunde bei Madame Boyer immer so gekichert hatten. Das hatte sich in den Wochen danach nicht geändert.

«Die sind doch voll albern.»

«Also, das geht eigentlich. Aurélie war auch am Sonnabend beim Wandern dabei. Danach bin ich noch mit ihr etwas trinken gegangen, und sie hat mir das vorgeschlagen. Ich brauche unbedingt noch einen Mann, wegen Josepha.»

Diese Neuigkeit versetzte mir einen Stich. Wie konnte es sein, dass Sebastian eine Einladung zu einer Woche im Schnee mit drei Französinnen erhielt – wenn auch ziemlich kindischen Französinnen –, während ich mir einen Korb nach dem anderen einfing? Wieso war die Welt so ungerecht? Und wollte ich mir sieben Tage mit ihnen antun? Mir graute schon beim Gedanken daran. Andererseits: War nicht mittlerweile jede Französin besser als gar keine?

«Ich weiß nicht», zierte ich mich.

«Bitte, denk noch mal drüber nach! Und danke noch mal für den Brief.» Mein Kommilitone erhob sich.

«Gehst du ihn jetzt abschicken?»

«Ich ruf sie erst noch an. Danach.»

«Jetzt schon? Telefoniert ihr nicht immer erst um acht?»

«Ich will schon mal zum Telefon gehen, damit deine Nachbarin das nicht wieder blockiert. Dann schlaf gut.»

«Ja, Küsschen.» Er hatte die Tür bereits hinter sich zugezogen.

Am 30. November ging ich mal wieder mit mir allein aus. Im Ampli, einem 400 Leute fassenden Saal in einem südöstlichen Vorort Paus, spielte die Band Kaligaré, von der ein Lied auf dem Sampler mit Bands aus der Region war, den ich mir aus der Bibliothek ausgeliehen hatte. Immerhin konnte ich somit bei zumindest einem Song schon ein bisschen mitsingen. Ich hatte lange mit mir gerungen, ob ich Sebastian mitnehmen sollte. Aber der hatte vorgestern, als ich ihm die Band vorgespielt hatte, gemeint, die Musik sei zu deprimierend. Als wenn es zu deprimierende Musik gab. Musik konnte gar nicht traurig genug sein. Deprimierend war doch vielmehr Musik, die nur gute Laune vermittelte. Die Studentin aus Martinique hatte ich nun endgültig abgeschrieben. Gestern auf der Treppe hatte sie zwar noch gegrüßt, aber ihr Tempo nicht verlangsamt und mir somit die Möglichkeit verwehrt, sie in ein Gespräch zu verwickeln.

Gegen zehn Uhr abends stand ich in dem großen, 400 Leute fassenden Saal, in dem das Konzert stattfinden sollte. Die acht Kilometer vom Wohnheim hierher hatte ich zu Fuß zurückgelegt. Die Angestellten der Verkehrsbetriebe streikten zwar nicht mehr wie in den letzten Wochen, aber der öffentliche Nahverkehr stellte am Freitag um 17 Uhr seinen Dienst bis Montag früh ein. Ich durfte nicht zu ausgelassen tanzen, denn ich brauchte schließlich meine Kraft noch für den Rückweg.

Ohne mein Verschulden geriet ich sofort in den Fokus des Sängers und Gitarristen von Kaligaré, obwohl ich mich sofort in den hinteren Teil des Saales zurückgezogen hatte. Vermutlich, weil ich der einzige zahlende Gast des Abends war. Die anderen fünf Besucher hatten ihren Eintritt über die Gästeliste erwirkt. Sie waren für den Erfolg des Abends ohne Belang, denn sie gehörten schließlich zum Freundeskreis der Musiker. Von ihnen konnte man kein ehrliches Feedback erwarten. Meine Reaktion war somit alleiniger Gradmesser für die Qualität der Show. Zumindest schien der Frontmann der Band dies so zu sehen, denn gleich nachdem er mit einem «Salut!» ans Mikro getreten war, forderte er mich auf: «Viens! Approche-toi de la scène! – Komm weiter nach vorne zur Bühne!»

Er bat nicht «*Kommt* weiter nach vorn zur Bühne!», sondern tatsächlich «*Komm* weiter nach vorne zur Bühne!».

Widerwillig – nur ungern ließ ich mich als Teil einer willfährigen Masse von einem Popstar manipulieren – machte ich zwei Schritte auf die Musiker zu und war nun nur noch fünfzehn Meter entfernt. Ich tat es im Grunde nur, weil ich bei insgesamt sechs Zuschauern gar nicht Teil einer willfährigen Masse sein konnte. Er schien nicht zufrieden und brummte irgendetwas Unverständliches. Dann war Stille. Vielleicht hatte er mir gedroht: «Wenn du nicht nach vorne kommst, fang ich nicht an!» Wer würde das Schweigen länger ertragen? Er oder ich? In solchen Kraftproben schnitt ich nie gut ab. Ich fange sehr oft an zu reden, sobald Gespräche mal kurz verstummen, auch wenn ich dann meistens Dinge sage, die mir später vorgeworfen werden. Von den anderen im Publikum konnte ich mir in diesem Psychoduell sicherlich keine Unterstützung erwarten. Die kannten die Songs schon und hatten außerdem keine 30 Francs Eintritt bezahlt. Ich überlegte schon fieberhaft, was ich zur Überbrückung erzählen sollte. Vielleicht einen Witz. Doch ich wurde erlöst. Die Band legte mit schrammelndem Gitarrenspiel los. Ein dichter Soundteppich aus Emonoise ergoss sich in den Raum. Ich musste an die frühen The Cure denken und an My Bloody Valentine, als der Gesang einsetzte an Thom Yorke und Jeff Buckley. Die Musik gefiel mir sogar. Allerdings konnte ich das Konzert nicht genießen, denn der lähmende Blick des Sängers lag die ganze Zeit auf mir. Er fixierte mich geradezu und schien mir damit zu bedeuten: *Tanz und sing mit!*

Doch ich verlor nicht nur in der Disco ungern die Kontrolle, sondern war auch auf Konzerten ein hundertprozentiger Shoegazer. Mittanzen, Mitsingen, Pfeifen und Grölen waren Aktivitäten, die zu viel über mein Innenleben preisgaben. Durch dieses Verhalten hätte ich den anderen Zuschauern signalisiert, dass ich den Künstler auf der Bühne mochte. Zwar applaudierte ich auch mal zwischen zwei Liedern. Allerdings schlug ich dazu nur leicht mit den Fingerspitzen der rechten Hand auf den Handwurzelknochen der linken, die sich nicht bewegte. Beim letzten U2-Konzert im Olympiastadion hatte Bono sich von meiner Attitüde nicht verunsichern lassen und den Gig knallhart durchgezogen. Aber hier genoss ich deutlich weniger Anonymität. Hier entließ man mich nicht aus der Verantwortung, was ich bemerkte, als ich bei Song drei das erste Mal wieder von meinen Schuhen aufschaute. Der hagere, schwarzhaarige Sänger mit den Gothic-Klamotten war von der Bühne herabgestiegen und hatte sich in den letzten paar Minuten mit seiner Gitarre auf mich zubewegt. Er war nur noch drei Meter von mir entfernt. Während sich die innere Verkrampfung gerade zu lösen begonnen hatte, stand ich plötzlich wieder unter Anspannung. Ich befand mich in einer typischen *Fight-or-flight*-Situation. Mein Gehirn setzte schlagartig Adrenalin frei. Mein Herzschlag, mein Muskeltonus und meine Atemfrequenz erhöhten sich. Diese bereitgestellte Kraftreserve sollte mir vermutlich Energie für überlebensicherndes Verhalten liefern. Ich musste mich entscheiden: Kampf oder Flucht? Ich entschied mich zur Flucht. Und bewegte mich langsam nach hinten, vom Sänger der Band weg. Um ihn nicht zu verletzen und vor seinen Freunden zu desavouieren, wippte ich dabei leicht mit den Knien, damit es aussah, als tanze ich. Und ich öffnete und schloss meine Lippen, so als singe ich mit. Selbstverständlich lautlos. Meine Idee war genial, doch ich hatte einen Aspekt nicht bedacht: die Länge des schier endlosen Gitarrenkabels. Der Frontmann folgte mir. Zunächst trieb er mich ans Ende des Saales. Dann dort an der Rückwand nach rechts und auf der Seite wieder nach vorne. Bis wir schließlich an der Bühne landeten. Es war fast wie langsame Runde, bei der der eine nicht wollte und vor einem aufdringlichen Verehrer zurückwich. Vor der Bühne war ich plötzlich umzingelt von den fünf Freunden der Band. Und ehe ich mich versah, hielt mir der Bandleader sein Mikro unter die Nase. Ich sollte den soeben geschrienen Refrain wiederholen. Dabei hatte ich den gar nicht verstanden. Zudem stand das ja im Kontrast zu meinen Prinzipien.

«Chante!», brüllte mir ein lockiger Typ mit Parka und Kinnbart von hinten ins rechte Ohr. Seine Bierfahne befeuchtete meine Wange.

So in die Mangel genommen, konnte ich den Befehl nicht einfach verweigern. Das hätte sehr unlocker gewirkt. Aber mit welchem Schrei konnte ich meinen Kopf aus der Schlinge ziehen? Mit *Deutschland, Deutschland über alles* wohl kaum. Ich war ja nicht in Brandenburg. Den Spaß würden sie sicherlich nicht goutieren. Vielleicht stattdessen mit *Freiheit für das Baskenland*? Es gab hier in der Gegend zwar viele Sympathien für die baskische Unabhängigkeitsbewegung, aber die Mehrheit hielt die Separatisten doch für Spinner. Ich entschied mich darum lieber für ein kräftiges: «*Zugabe! Zugabe!*» Das war wenigstens noch ein bisschen ironisch, denn wir befanden uns erst beim dritten Song. Darum reagierten die Umstehenden ein bisschen irritiert. Aber wenigstens ließ der Sänger von mir ab. Bis zur Zugabe blieb ich aber nicht. Um mir weitere Mitmachspiele zu ersparen, ging ich zwei Stücke später auf die Toilette. Als ich wiederkam, entdeckte ich Eva. Sie war in Begleitung eines Typen, den ich noch nie gesehen hatte. Hatte sie nun also auch einen Freund hier? So wie Lena? Allein wollte ich mich vor ihr nicht präsentieren. Das wirkte so armselig. Außerdem wollte ich die beiden nicht beim Knutschen beobachten. Ich verließ das Ampli und trat den Heimweg an.

Kurz vor Mitternacht erreichte ich das Wohnheim. Die drei Toilettenkabinen im Erdgeschoss luden nicht zum Verweilen ein. Vor dem ersten Klo entdeckte ich eine Lache Urin, beim zweiten befand sich der Urin auf der Brille, und in der dritten Kabine hatte jemand seinen Stuhlgang außerhalb der Schüssel abgelegt. Sebastians Aushang *Das ist eklig* war um eine Kopie der Unterschriftenliste Mohammeds ergänzt worden, in der Maßnahmen gegen die Inder gefordert wurden.

Ich machte mich an den Aufstieg in eine der oberen Etagen, um zu schauen, ob von dort weniger Gefahr für meine Gesundheit ausging. Zwar setzte ich mich ohnehin nie auf die Brille, sondern hockte mich seit meiner Ankunft wie ein Skifahrer über diese – mittlerweile hatte ich ausgesprochen kraftvolle Oberschenkel –, aber irgendwo musste ich schließlich meine Füße abstellen.

Auf dem Absatz im zweiten Stockwerk unterhielten sich drei Studentinnen bei flackerndem Flurlicht. Die kleine Dunkelhäutige war mir schon öfter aufgefallen, da sie sehr laut und sehr viel sprach. Ich grüßte und huschte an ihnen vorbei, weiter nach oben. Sie standen zu nah an der Toilette auf ihrer Etage. Im Geschoss darüber ging es. Beim Verlassen der Kabine kam mir eine hübsche, schwarzhaarige Studentin mit dunklen Augen entgegen. Ich musste sofort an Salma Hayek denken. War sie neu? Hoffentlich machte sie nicht mich für den üblen Geruch verantwortlich.

Ich stieg die Treppe wieder hinab und kam erneut an den drei Mädchen vorbei.

«War keiner da?», wollte das Schnattermaul wissen. Sie grinste keck.

«Nein. Ich hab mich nur in meinem Zimmer geirrt. Ich hatte vergessen, dass ich nicht im dritten Stock wohne, sondern ganz unten.»

Sie lachte laut. Dann fuhr sie fort: «Du, ich brauche mal deinen Rat als Mann. Ich bin verliebt!» Sicherlich nicht in mich.

«Tut mir leid für dich. Das muss schlimm sein.» Ich setzte ein trauriges Gesicht auf.

«Ist es auch. Ich hab mich jetzt schon viermal in dieser Woche mit ihm getroffen, und es ist immer noch nichts passiert.» Ich wäre froh gewesen, wenn eine Frau, an der ich interessiert war, wenigstens einmal zu einer Verabredung erschienen wäre.

«Ich bin total verzweifelt. Was soll ich machen?» Warum lachte sie, wenn sie verzweifelt war? Auch ihre größere Freundin, eine schlanke Studentin mit einer pechschwarzen Bobfrisur, auffällig großen Ohrringen und einer prominenten Nase, gluckste.

«Ich weiß nicht, ob ich der richtige Ansprechpartner in solchen Fragen bin.»

«Aber du bist doch ein Mann. Merkt er es nur nicht, oder will er nichts von mir? Du kennst doch die Perspektive besser.»

«Nein. In mich verlieben sich Frauen nicht. Deswegen weiß ich nicht, wie ich reagieren würde.»

«Das ist aber traurig», amüsierte sie sich.

«Das ist nicht weiter schlimm. Ich bin vor allen Dingen nach Frankreich gegangen, um ein Jahr lang viel zu lesen und ganz viel Zeit mit mir zu verbringen. Frauen und Gefühle würden beim Alleinsein nur stören.» Sie lachte wieder.

«Deswegen wolltest du neulich in der Disco auch nicht mit mir tanzen.» Sie reckte das Kinn herausfordernd vor. Jetzt erinnerte ich mich. Mir war auch so gewesen, als hätten wir schon mal miteinander gesprochen.

«Genau! Wenn ich das Bedürfnis habe, mich einsam zu fühlen, dann gehe ich immer in Discos.» Sie prustete wieder. Erstaunlich, wie wenig man ihr das angebliche Liebesleiden anmerkte. Ihre Freundin mit der Bobfrisur, deren Äußeres für eine Herkunft aus dem Maghreb sprach, fand das ebenfalls ziemlich lustig. Sie bogen sich vor Lachen. Nur die Dritte im Bunde, eine zierliche Person mit dunkler Haut und kurzen Haaren, hielt sich mit ihrer Reaktion zurück.

«Und, klappt das mit dem Lesen und mit dem Alleinsein?», wollte meine Gesprächspartnerin wissen. Ihre Augen funkelten.

«Läuft schon ganz gut. Manchmal muss ich leider noch mit meinem Kommilitonen aus Deutschland reden. Aber daran arbeite ich auch noch. Wenn ich ihn los bin, habe ich die völlige soziale Isolation erreicht.»

Es war wunderbar, es mal wieder mit Muttersprachlern zu tun zu haben, die dem Gespräch mit mir nicht auswichen. Da die französischen Unterhaltungen mit Sebastian unnatürlich und wenig befriedigend waren, zwang ich mittlerweile jedem Einheimischen eine Konversation auf. Selbst die Wurstfachverkäuferinnen im Supermarkt E. Leclerc waren nicht vor mir sicher. Ich erwischte sie meistens auf dem falschen Fuß, denn normalerweise wurden sie nur von einsamen älteren Frauen und Männern in die Mangel genommen:

«Was können Sie mir denn heute empfehlen?»

«Kommt darauf an, was Sie gerne essen möchten!»

«Was ist denn im Angebot?»

«Die Entenleber.»

«Die sieht ja wirklich lecker aus. Ich bin aus Deutschland. Wir essen so was nicht so oft.»

«Aha.»

«Waren Sie schon mal in Deutschland?»

«Nein.»

«Kennen Sie denn Gerichte aus Deutschland?»

«Würste und Sauerkraut.»

«Sie kennen sich ja richtig aus. Sie sollten mal nach Deutschland fahren. Am besten nach Berlin.»

«Das soll schön sein.»

«Da gibt es tolle Sachen zu sehen. Das Wetter ist natürlich nicht so angenehm wie hier. Momentan. Ich hab mal geguckt im Internet, da sind es Minusgrade. Aber im Sommer ...»

Ich sprach so lange mit der Wurstfachverkäuferin, bis sich die Kunden hinter mir in der Schlange beschwerten. Dann wandte ich mich ihnen zu. Auch ihr Unmut war eine Möglichkeit, ein Gespräch anzufangen. Nicht anders verhielt ich mich im Méliès. Die Frau am Kartenschalter zeigte erstaunliche Geduld mit mir. Aber das Programmkino konnte sich seine Kunden nicht aussuchen. Das war das Problem, wenn man im Dienstleistungssektor tätig war.

Selbst wenn ich mich bei jemandem auf der Straße nach dem Weg erkundigte, ließ ich ihn nicht so schnell wieder gehen:

«Entschuldigen Sie. Ich suche die Rue d'Etigny.»

«Tut mir leid, ich kann Ihnen da nicht weiterhelfen.»

«Welche Straße ist denn noch schön hier in der Gegend?»

«Ähh. Wie? Weiß nicht.»

«Sagen Sie mir doch einfach, welche Straße in Pau Ihnen persönlich gefällt. Dann gehe ich da hin.»

«Tut mir leid, aber ich muss jetzt weiter.»

«Quatsch! Eben sind Sie doch so langsam gelaufen. Das sah gar nicht nach Eile aus. Lassen Sie uns noch ein bisschen über Gott und die Welt sprechen.»

«Nein, ich muss jetzt wirklich los.»

Ich suchte mir für meine Anschläge gleichwohl nur Menschen, mit denen ich mich sonst nicht unterhalten würde, um es mir nicht mit potenziellen zukünftigen Freunden zu verscherzen. Vielleicht kam ja doch noch die Wende zum Besseren.

Die kleine Quasselstrippe stieg auf meinen Scherz ein: «Ich bewundere dich für deine Konsequenz. Diesen Mut zur Einsamkeit. Du machst es dir nicht so einfach wie die anderen. Die meisten kommen ja nur ins Wohnheim, um Sex zu haben.» Sie hatte eine warme Stimme, die aber beim Lachen etwas quietschte.

«Jeder muss versuchen, aus seinen Möglichkeiten das Beste zu machen.»

«So schlecht siehst du doch gar nicht aus!» Sie und ihre Freundin lachten. Die Stimme der Maghrebinerin war etwas rauchiger, aber ebenfalls ohne Akzent. Vermutlich waren sie beide in Frankreich aufgewachsen.

«Gut, du bist ein bisschen klein.» Das war eine seltsame Bemerkung, denn ich überragte die Dunkelhäutige immer noch um einen halben Kopf. «Aber auch kleine Männer haben Sex.»

«Ich finde auch, dass ich nicht so schlecht aussehe. Aber sag das mal den Frauen hier! Die wollen einfach nichts von mir.»

«Kann ich gerne machen.»

Salma Hayek kam die Treppe herunter. Sie hatte sich eine Jacke übergezogen und war geschminkt. Offenbar ging sie aus.

«Guten Abend», wurden sie vom losen Mundwerk angesprochen. «Du findest doch auch, dass er hier ganz okay aussieht, oder?», deutete sie auf mich. Was tat sie da?

Die Angesprochene lächelte irritiert: «Ja. Ist okay. Das Aussehen.» Sie hörte sich nach Französin an.

«Warum möchte dann keine Frau hier mit ihm Sex haben?» Ein Knebel, ein Knebel, ein Königreich für einen Knebel. War sie wahnsinnig?

«Ich weiß nicht», erwiderte Salma Hayek. «Da müsst ihr eine andere fragen.» Sie verabschiedete sich: «Ich muss weiter.» Und stieg die Treppe hinab.

Nun mischte sich die Nordafrikanerin ein: «Vielleicht liegt es an deinem Akzent. Der hört sich so deutsch an. Deutsche Männer haben sexuell einen schlechten Ruf. Das schreckt ab.»

«Das kann sein, Ghislaine!» Beide lachten. Nur die andere Farbige blieb mimisch, gestisch und motorisch weiterhin neutral. Hatte sie vorher eigentlich auch nichts gesagt? Ghislaines kleine Freundin übernahm wieder das Wort:

«Wie ist das denn in Deutschland? Was machen denn eigentlich die deutschen Frauen, wenn da nur deutsche Männer sind?»

«Tja. Die haben Pech.» Es hatte keinen Sinn, jetzt eingeschnappt zu sein, weil ich gerade vor der hübschen Französin diskreditiert worden war. «Das ist sicherlich auch der Grund», fuhr ich fort, «warum in Deutschland so wenig Kinder geboren werden. Es gibt einfach nicht genug Männer, mit denen die Frauen gerne Sex hätten.» Beide brachen erneut in Gelächter aus.

«Hattest du denn überhaupt schon mal Sex? Ich meine, bevor du hierhergekommen bist?»

«Ja. Aber nur, wenn ich mich als Türke ausgegeben habe. Das läuft in Deutschland eigentlich immer.»

«Und mit wie vielen Frauen hast du dank deiner verleugneten Herkunft schon geschlafen?», wollte Ghislaine wissen.

«Kommt darauf an!»

«Worauf denn?»

«Ob mit eindringen oder nicht.»

«Wenn du nicht eingedrungen bist, was soll es dann gewesen sein?»

«Na, Petting.» Ich wusste nicht, ob es das Wort im Französischen gab. Ich hatte Petting einfach mit Petting übersetzt.

Die beiden prusteten wieder los.

«Petting? Petting?»

«Petting? Was ist denn Petting?»

«Man fasst halt beim Partner an.»

«Du meinst streicheln?»

«Nein. So richtig da unten. Die Frau kann ihn auch in die Hand nehmen.»

«Vorspiel?»

«Nein. Es kann ganz bis zum Ende gemacht werden.»

«Bis zum Orgasmus», hakte die Kleine nach. Mädchen Nummer drei gab weiterhin keinen Mucks von sich.

«Mit ejakulieren?»

«Ja. Wenn es der Mann ist.» Wieder warfen sich die beiden weg.

«Du hast also mit Mädchen schon mal Petting gemacht?»

«Ja.» Ich hörte Schritte auf der Treppe. Ob die hübsche Französin etwas vergessen hatte? Es war besser, schnell das Thema zu wechseln. Nein, es handelte sich um Eva mit ihrem Typen. Besonders gut schien das Konzert nicht gewesen zu sein. Beide wirkten müde und abgekämpft. Waren ihre Augen verweint?

«Hatten die Frauen beim Petting mit dir denn einen Orgasmus?», brachte mich Ghislaines Freundin wieder in die Bredouille. Ob Eva die Frage verstanden hatte?

«Selbstverständlich. Ich habe ein Händchen dafür. Aber erzähl mal lieber!», wechselte ich schnell das Thema: «Was ist denn nun mit dem, den du gut findest?»

«Leider nichts. Er ist total lieb, wenn wir zusammen sind. Aber er macht einfach nichts. Das ist doch nicht normal für einen Mann!»

«Vielleicht ist er schwul. Schwule sind ja zu Frauen oft sehr nett.»

«Das habe ich mich auch schon gefragt.»

«Sieht er denn schwul aus?»

«Ich weiß nicht, eher so wie Yannick Noah. Kennst du den?» Ich bejahte.

«Vielleicht liegt es daran, dass er Amerikaner ist», vermutete Ghislaine. Sie hatte sich auf dem Treppengeländer abgestützt.

«Patricia?», wandte sie sich an die Stumme. «Dürft ihr nach dem 11. September noch Sex mit Madagassinnen haben, oder ist das jetzt verboten?» Patricia lächelte unsicher: «Was sind Madagassinnen?» Sie hatte einen sehr amerikanischen Akzent. Er passte gar nicht zu ihrer zarten Erscheinung.

«Frauen aus Madagaskar.» Ich holte mein Vokabelheft aus meinem Rucksack.

«Doch, das dürfen wir», flüsterte die Amerikanerin beschämt.

«Dann hat es vielleicht doch was mit Schwulsein zu tun.»

«Frag ihn doch, ob er schwul ist», riet ich. Ich zückte meinen Fineliner.

«Das ist echt eine gute Idee», lachte die kleine Madagassin.

«Wie schreibt man das noch mal, Madagassin?», erkundigte ich mich.

«Schreibst du dir Vokabeln auf?»

«Ja. Mache ich, sooft es geht.»

Ghislaine und ihre Freundin aus Madagaskar beugten sich über mein Heft. Sie waren ziemlich beeindruckt, besonders von den Ausdrücken. Ich erklärte ihnen, dass ich das meiste von Mehdi und Rachid hatte. Sie boten mir an, mir weitere Begriffe zu nennen. Natürlich willigte ich ein.

# DEZEMBER 2001

Ich hatte mich am Abend zuvor noch eine ganze Weile mit Ghislaine und Marijo – so hieß die Madagassin – unterhalten. Patricia hatte sich früher verabschiedet. Wir hatten über die geringe Gastfreundschaft der Franzosen gesprochen, über kulturelle Unterschiede zwischen Europäern und Südländern, darüber, ob sich Ghislaine, weil sie nun schon sechs Jahre in Frankreich lebte, verändert habe und mittlerweile wie eine Französin sei, was sie bestritt, und darüber, ob es rein platonische Freundschaften zwischen Frauen und Männern gab, was ich verneint hatte. Gegen halb zwei war ich ins Bett gegangen, nachdem wir unsere Zimmernummern ausgetauscht hatten. Marijo wohnte in der 205 und Ghislaine in der Nummer 209. Aber wozu sollte ich mir die merken?

Am nächsten Morgen, es war der 1. Dezember, fühlte ich mich matt. Vielleicht, weil ich zu lange aufgeblieben war, vielleicht, weil die Heizung immer noch nicht funktionierte. Trotz meiner körperlichen Angeschlagenheit absolvierte ich das Programm, das ich auch die letzten Sonnabende absolviert hatte: Frühstück, Besuch der Bibliothek Arbizon, mittags dann Einkauf im Zentrum, alles natürlich mit Sebastian. Er hatte angeregt, in der Nähe vom Wohnheim unsere Einkäufe zu tätigen. Aber ich verbrachte schon mehr als genug Zeit in unserem Viertel.

Den Sonnabendnachmittag nahmen wir uns für gewöhnlich

voneinander frei, um zu lesen und Radio zu hören, bevor wir zum Abendbrot wieder zueinanderfanden.

Diesmal kaufte Sebastian nur trockene, lang haltbare Lebensmittel, denn der Kühlschrank war von den Dieben nicht wieder zurückgebracht worden. Als wir den kleinen Supermarkt in der Hauptstraße Cours Bosquet verließen, drang von der Place Clemenceau Lärm zu uns. Es hörte sich nach einer Demo an.

Ich schlug Sebastian einen Abstecher zum Geschehen vor. Vielleicht würde unser Tag so etwas erlebnisreicher. Tatsächlich: Etwa 200 Menschen hatten sich vorm Gittertor der Präfektur eingefunden, vielleicht auch weniger. Rechts vom verschlossenen Tor schwenkte jemand eine Fahne vom MRAP. Die Abkürzung sagte mir irgendetwas. Irgendeine antirassistische Initiative. Links vom Tor sah ich den Schriftzug *Lutte Ouvrière.* Dann erblickte ich Mohammed und seine Freunde. Also musste es sich wohl um eine Veranstaltung gegen Israel handeln. Ich lag fast richtig: *Bush et Sharon Assassins* war ein Slogan auf einem weißen Transparent, der mir ins Auge fiel. Es ging also auch gegen die USA. Andere Spruchbänder waren weniger eindeutig: *Ni impunité ni vengeance, ONU pour construire la paix.* Wo sollte die UNO Frieden schaffen? In Palästina oder in Amerika? Neugierig las ich weitere Plakate. *Le peuple afghan première victime des terroristes et des talibans.* Es ging wohl in erster Linie um den Krieg in Afghanistan. Was Sharon damit zu tun hatte, war mir allerdings nicht ganz klar. Und auch nicht der Attac-Slogan, der die Aufhebung von Steuerparadiesen forderte. Mir war neu, dass Afghanistan ein Steuerparadies war. Sebastian tippte mich an.

«Schau mal, Markus, da sind Mohammed, Said und ihre Freunde.»

«Du meinst: ihre Brüder.»

Sie hatten uns ebenfalls erblickt, lächelten erfreut und winkten. Sebastian winkte zurück und rief: «Ça va?» Ich hielt Ausschau nach einer attraktiveren Konversationsalternative. Vielleicht kannte ich noch jemanden. Ich musste mich beeilen, denn die Demo schien gerade in Auflösung begriffen. Nein, der Träger der SUD-Fahne war mir noch nie begegnet. Was bedeutete SUD eigentlich? Stand das für den Süden? Doch, dort, dem bärtigen Typen mit der Fahne über der rechten Schulter, auf der LCR stand, und der Freundin an der linken Hand, dem war ich bereits begegnet. Gestern Abend im Ampli bei Kaligaré. Er hatte mir ins Ohr geschrien, ich solle mitsingen. Heute trug er einen grünen Armeeparka und abgewetzte Jeans. Er nickte mir zu und brummte:

«On se connaît. – Wir kennen uns.»

«Oui!», nahm ich die Einladung zum Gespräch dankend an und ließ Sebastian mit unseren muslimischen Brüdern allein.

«Le concert t'a plu?», wollte er wissen, ob mir das Konzert gefallen habe. Ich bejahte.

«Oui. Ça déchirait grave.» Ich wusste nicht genau, was das hieß, aber vermutlich stimmte er mir zu, auch wenn ein Lob des gestrigen Konzerts eigentlich nicht angebracht war. Egal. Die Unterhaltung war allemal besser als die, die Sebastian wohl vermutlich gerade führte.

«Die sind aus der Ecke hier», klärte er mich im typisch Paloiser Dialekt auf.

«Ich weiß. Habe ich auf einem Sampler gefunden.»

Er hob anerkennend das behaarte Kinn.

«Warum warst du so früh weg?»

«Ich musste noch zurück. Und es fuhr kein Bus.»

«Ja. Abends fahren die Busse nicht mehr, damit die ganzen Jugendlichen aus den Vororten schön da bleiben, wo sie wohnen, und die Spießer im Zentrum nicht belästigen. Bist du schon lange in Pau?»

«Seit Ende September.»

«Und woher kommst du?»

«Deutschland.»

«Und, was machst du hier?»

«Erasmus.»

«Warum hier? Pau ist doch voll scheiße.» Er schüttelte den Kopf. Seine Freundin schaute ihn verliebt an. Sie trug ebenfalls einen grünen Parka. Sie hatte lange, rötlich blonde Haare, kleine Sommersprossen und große Augen.

«Ich wollte mal was anderes sehen, nachdem ich die ersten 23 Jahre meines Lebens in einer interessanten Stadt verbracht habe.»

«Woher kommst du?»

«Aus Berlin.»

«Gehst du immer mit Einkaufsbeutel auf eine Demo?» Er deutete auf meine Tüten.

«Ja. Falls ich unterwegs Durst und Hunger kriege.» Er und seine Freundin lachten.

«Ist jetzt aber zu Ende», erklärte er mir.

«Wie war sie denn?»

«Wie immer. Immer dieselben Idioten.»

Neben den beiden bemerkte ich nun noch ein Pärchen. Er so klein wie ich, mit ziemlich großem Kopf. Auf diesem schon fast eine richtige Platte. Das erwartete mich also, wenn mein Haarverlust anhielt. Seine Freundin noch kleiner, etwas dicklich, bebrillt, mit schulterlangen, braunen Haaren. Mir fiel ein, dass ich mir ein Basecap kaufen wollte, um meinen Haarausfall zu kaschieren.

«Hör zu! Wir müssen jetzt los. Ich schreib dir mal meine Nummer auf. Wenn du mal Lust hast, was trinken zu gehen, ruf einfach an. Dieses Wochenende geht's nicht, aber ab Montag bin ich wieder da.» Er hieß Roger und notierte mir eine Festnetznummer. Handy hatte er nicht, weil er das ablehnte. So wie ich. Er war mir ausgesprochen sympathisch. Der erste Franzose ohne Handy. Dann verabschiedeten wir uns voneinander.

«Salut, camarade!», rief er mir noch zu. Ich ging wieder zu Sebastian, der unsere marokkanischen Wohnheimsfreunde in der Zwischenzeit abgeschüttelt hatte. Vielleicht hatte er sie auch durch ermüdende Monologe vertrieben.

«Wir gucken heute mit Mohammed und Said *ran*. Habe ich gerade mit ihnen ausgemacht.»

«Schön.» *ran* war das Einzige, was ich mir an deutschem Medienkonsum gönnte. Nur bedeutete es mir nichts, wenn unsere marokkanischen Mitbewohner auch schauten.

«Die demonstrieren hier jede Woche», erklärte er mir.

Ob das ein gutes Zeichen war? Wir machten uns auf den Rückweg. Als wir das Wohnheim erreichten, kam uns Eva entgegen. Sie weinte. Offenbar hatte sich die Beziehung zwischen ihr und ihrem Typen seit gestern nicht gebessert. Am Telefon schrie die fette Nigerianerin wieder ihren in der Heimat gebliebenen Mann zusammen.

Der Typ war riesig. Völlig untypisch für einen Franzosen, unter denen ich mit meinen 1,69 m nicht weiter auffiel. Breitschultrig, stiernackig, kurz geschorene, schwarze Haare und ein Gesichtsausdruck, der darauf schließen ließ, dass er sein Gehirn nur sporadisch gebrauchte. Vermutlich Rugbyspieler. Was wollte er von mir? War das kleine Püppchen mit den Stiefeln soeben seine Freundin? Soeben, also vor etwa zehn Minuten, als ich mich gerade vor der Bar Le Garage eingefunden hatte. Bei meiner Ankunft hatte eine Frau die Bar verlassen. Fünf Minuten später war sie auf ihren klappernden Absätzen wieder zurückgekehrt und hatte mich um Feuer gebeten. Als Nichtraucher hatte ich ihr nicht weiterhelfen können. Vielleicht hatte er uns von drinnen beobachtet, gesehen, dass ich kurz gelächelt hatte, und daraus geschlussfolgert, ich habe sie angegraben.

«Hallo, mein Freund.» Er knallte mir seine rechte Pranke auf die linke Schulter. «Bleibst du noch ein bisschen hier draußen?» Er hatte eine ziemliche Fahne.

«Eigentlich nicht. Sobald meine Verabredung kommt, gehe ich rein.» Meine Verabredung war Roger.

«Dann pass mal bitte so lange auf meine Vespa auf!» Er zeigte auf einen dunklen Motorroller wenige Meter rechts von uns auf dem Bürgersteig. «Wenn die jemand anfasst, dann sag mir sofort Bescheid.» Er verschwand wieder im lärmenden Pub.

Hoffentlich kam Roger bald. Ich wollte hier nicht ewig Wache schieben. Über sein Angebot, zusammen etwas trinken zu gehen, hatte ich nicht lange nachgedacht, sondern gleich am Montag bei ihm angerufen und für Donnerstag ein Date vereinbart. Ende September hätte ich mich nicht so leicht dem erstbesten Mann an den Hals geworden, aber mittlerweile, nach den zahlreichen Misserfolgen, war ich weniger wählerisch. Selbst meine Erkältung hatte mich nicht abgehalten. Jeden Abend hustete ich mich in den Schlaf. Roger war aus Pau. Und er hatte eine Freundin. Bestimmt kannte er noch weitere Frauen hier. Allerdings war es bereits zehn nach neun. Um neun hätte er da sein sollen.

Zwei Mädchen näherten sich. Als sie die Bar erreichten, hatte sich eine der beiden in Marine verwandelt. Sollte ich ihr verraten, dass Gianluca eine Neue hatte? War sie ahnungslos oder über ihn hinweg? Ob sie mich trotz meines Basecaps erkannt hatte? Komisch, wenn ich mich mit Marine verabredete, ließ sie mich sitzen. Dafür tauchte sie regelmäßig auf, wenn ich eine Verabredung mit einer anderen Person hatte, erst im La Tireuse und nun hier. Wollte sie mich wieder dabei beobachten, wie ich versetzt wurde? Aber das würde mir mit Roger sicherlich nicht passieren. Er war schließlich keine Frau. Als Florence um viertel zehn für ein Handytelefonat die Kneipe verließ, war ich mir nicht mehr ganz so sicher. Sie grüßte, bevor ich mich wegdrehen konnte. Man erkannte mich also, trotz Basecap.

Vielleicht sollte ich besser wieder ins Gebüsch gehen, bevor auch noch Léa vorbeispazierte. Oder Florence erklären, dass ich auf niemanden wartete, sondern nur die Vespa eines Typen bewachte, den ich nicht kannte. Eine weitere Gruppe steuerte die Bar an. Ich vernahm französische, spanische und deutsche Wortfetzen. Jana und Sandra hatten jetzt auch einen spanischen Freund. War Sandra nicht in Deutschland liiert? Und immer noch kein Roger, obwohl ich mir nun bereits 20 Minuten die Beine in den Bauch stand. Langsam wurde es schon wieder lustig. Vermutlich wurde ich am Ende des Jahres zum meistversetzten Mann Paus gekürt. Hätten damals schon die Wagen von Google Earth ihre Runden gedreht, ich wäre wohl auf jedem Foto der Stadt zu sehen gewesen, als wartendes Maskottchen.

Schließlich trat auch noch Marine zum Telefonieren vor die

Bar. Warum hatte sie keinen Pony mehr? Sie sah jetzt frecher aus als noch im September.

«Ja. Ich bin schon da. Ach, ja! Ich seh dich.» Wen sah sie? Ich sah auch jemanden. Als dieser Jemand näher kam, da wurde er tatsächlich zu Léa. Das war doch wie in einem schlechten Film. Unmöglich konnte das ein Zufall sein. Die mussten sich verabredet haben.

Die beiden Mädchen begrüßten sich mit Küsschen auf die Wange.

«Ça va?»

«Ça va. Et toi?»

Léa bemerkte mich und nickte mir flüchtig zu.

«Kennst du ihn?», tuschelte Marine.

«Ja, der hat mal gefragt, ob wir zusammen was trinken wollen», flüsterte Léa.

«Mich auch.»

Hatte ich das verdient? Ich sollte abhauen, bevor sie Florence, die ihr Telefonat gerade beendete, einweihten. Die Vespa würde dann natürlich geklaut werden. Aber meine Selbstachtung war wichtiger als die paar tausend Francs.

«Ich wollte nichts mit dir trinken, sondern einen Text übersetzen», giftete ich Léa an. Die beiden zuckten zusammen. Ich machte mich auf den Heimweg. Kurz vor dem Wohnheim kam ich an einer Telefonzelle vorbei. Roger nahm nicht ab. Niedergeschlagen betrat ich Corisande d'Andoins. Sebastian schwieg gerade den Hörer an.

Ich fiel ihm ins Wort: «Sebastian!»

«Ja?»

«Ich komm doch mit zum Skifahren.»

Anderthalb Wochen hatte ich ihn hingehalten. Aber was

brachten mir mein Stolz und mein Anspruch, wenn sich nicht mal französische Männer mit mir treffen wollten? Da konnte ich gut und gerne auch mit Sebastians französischen Wandergenossinnen in die Berge fahren. Immerhin konnte ich so vielleicht verhindern, dass er etwas mit ihnen hatte.

Sebastian lächelte. «Schön!»

Ich ging weiter.

«Natürlich hör ich dir zu. ... Ich rede gar nicht mit anderen. ... Ich hab ja nur kurz Markus geantwortet. .... Du hast ja gerade gar nichts gesagt ... Mausi, das war jetzt kein Vorwurf.»

Deprimiert schloss ich die Tür. Mit irgendetwas Schönem musste ich den Tag doch wenigstens noch beschließen. Wenn ich Sebastians Vorschlag akzeptiert hätte, dass wir uns etwas zu Nikolaus schenkten, dann hätte ich jetzt wenigstens Schokolade. Auf Europe 2 lief Macy Gray: «I try». Das war mir jetzt zu traurig. Auf 87.9 ein Konzert von The Strokes. Wie oft hatte ich die in den letzten Monaten gehört? Tausendmal?

Madame Amblard schüttelte unzufrieden den Kopf. Gianluca hatte gerade seinen Vortrag über das Streikverhalten der Franzosen beendet. Ich hatte die ganze Zeit aufgepasst und trotzdem nur einen sprachlichen Fehler gezählt: Er hatte mehrmals *la site* statt *le site* gesagt. Das hatte mich gefreut. Dennoch: Die Messlatte für mein Referat, das ich irgendwann halten würde, lag sehr hoch. Ich würde das sicherlich nicht so gut hinbekommen. Wie auch, wenn Sebastian meine einzige Bezugsperson blieb? Inhaltlich waren Gianlucas Ausführungen hingegen eher dürftig. Der kleine Halbnapolitaner, der sich für sein Referat in Schale geworfen hatte – Trikot der italienischen Fußballnationalmannschaft und Verzicht auf Basecap –, hatte lediglich aus seinem persönlichen Erfahrungsschatz berichtet. Er hatte mehrmals wegen des Streiks der SNCF-Angestellten nicht den Zug nehmen können. Und ein Brief, den er an seine Mutter in England geschickt hatte, war erst mit zweiwöchiger Verspätung angekommen, weil die französischen Postbeamten in den Ausstand getreten waren. Als er das erzählt hatte, hatte er ganz enttäuscht geguckt, und seine Stimme war ein bisschen weinerlich geworden. Er hatte seine Darlegung damit geschlossen, dass das in England nicht passiere. Da würden die Züge nicht durch Streiks ausfallen.

«Durch Streiks nicht!», zischte Madame Amblard. «Dafür aber aus anderen Gründen.» Sie trug eine graue Strickjacke, und ihre braunen Haare waren noch verwuschelter als sonst.

«Sie sind Student! Da sollten Sie eine etwas differenziertere Sicht auf gesellschaftlich relevante Fragen haben.» Gianluca wirkte noch kleiner als sonst. «Das ist doch nicht mehr als ein Klischee, was Sie hier heute erzählt haben.»

«Aber, aber ... den Streiks hat es wirklich gegeben», stotterte er. Der zweite sprachliche Fehler. Ich notierte. Sicherlich, meine Freude wurde dadurch getrübt, dass er ihn unter Druck gemacht hatte. Aber immerhin. Besser als gar nichts. Gianluca schaute sich hilfesuchend im Plenum um. Er wirkte wie ein kleiner Junge auf der Suche nach seiner Mama. Würde er sie gleich anrufen? Von den Spaniern in den hinteren Reihen konnte er keine Unterstützung erwarten. Die waren dazu erstens sprachlich nicht in der Lage. Zweitens schlief die Hälfte von ihnen ihren Erasmus-Party-Rausch aus. Sie mussten Kraft tanken, weil sie heute Abend wieder nach Saragossa fuhren. Ein Teil von ihnen war vermutlich schon dort.

«Aber Gianluca ist rescht. Jedes Mal, wenn isch in Frankreisch, dort ist ein Streik», warf Aisling, deren Dekolleté heute wieder sehr tief blicken ließ, in schlechtem Französisch ein. Ihre pummelige, sommersprossige Nachbarin sekundierte: «For Turisten ist nischt gut, wenn Zuge immer nisch faren.»

Gianluca griff den Beistand seiner beiden Landsfrauen dankbar auf:

«Genau, für Touristen. Für die Touristen ist das echt schlecht.»

«Ach, Sie meinen, Streikwillige sollten vorher Touristen fragen, ob ihnen der Streik passt? Und nur, wenn diese nichts dagegen haben, mit dem Arbeitskampf beginnen? Sieht das jeder hier im Plenum so?»

Mareike aus Göttingen meldete sich: «Nein, das nicht. Aber die Franzosen streiken doch ein bisschen arg viel. Fast jede zweite Woche wird bei mir der Müll nicht abgeholt.»

Gianluca freute sich. «Ja, bei mir auch nicht. Und die ganze Straße stinkt.» Der war doch wirklich total bekloppt. Ich meldete mich. «Natürlich stinkt die Straße. Das soll sie ja auch, wenn die Müllabfuhr streikt. Wenn es nicht gestunken würde, würde es ja keinen stören. Darum geht's ja beim Streik, dass die Bevölkerung unzufrieden ist.» Mist! Ich hatte gestunken gesagt statt stinken. Sollte ich mich korrigieren?

«Aber wenn die Zuge streiken, kommen Menschen nicht zum Arbeit und verlieren Arbeit», widersprach Aislings Freundin.

«Und der Wirtschaft geht schlecht. Unternehmen stirbt. Dann sind Arbeiter arbeitslos», ergänzte Aisling.

«Genau. Die Wirtschaft geht den Bach runter», sprang Gianluca auf das Argument auf.

«Wenn man das so sieht, dürfte man nie streiken. Das ist ja

eine ziemlich beschränkte Sicht auf Arbeitnehmerrechte. Bloß weil man in England wohnt, muss man nicht so argumentieren wie Margaret Thatcher.»

Jana widersprach mir: «In Frankreich streiken ja oft auch diejenigen, denen es eigentlich nicht so schlecht geht, die ganzen Beamten. Die haben es ja nun wirklich nicht nötig.»

«Genau. Die Beamten. Die von der Bahn.»

Madame Amblard konnte nicht mehr an sich halten und fuhr Gianluca an: «Wenn die italienischen Beamten mehr streiken würden, dann gäbe es vielleicht keinen Berlusconi.» Sie hatte ihre Brille abgenommen.

«Die schauen zu viel Fernsehen. Deswegen streiken sie nicht», warf ich ein, mehr zu mir und Sebastian als für die anderen. Es hörten aber trotzdem alle.

«Das ist jetzt aber echt daneben, Markus», kritisierte mich Jana auf Deutsch. «Nur weil jemand eine andere Position vertritt, musst du nicht so polemisch werden.»

«Ich bin nicht polemisch. Ich finde nur, dass die Antistreik-Position nicht besonders reflektiert ist.»

«Sprechen Sie bitte Französisch», bat Madame Amblard, die aufgestanden war und nach vorne an ihren Tisch ging.

«Ich wurde gerade kritisiert und habe nur gemeint, dass die Position von Gianluca und seinen Mithelfern» – war das jetzt der richtige Begriff? – «nicht reflektiert ist», erläuterte ich.

Aisling und ihre Freundin schüttelten entrüstet den Kopf und zischten: «Das ist böse.» Gianluca, der abwechselnd zu seinen englischen Kommilitonen und zu unserer Dozentin schaute, wiederholte: «Das ist böse.»

Von Jana wurde ich angefahren: «Du hältst dich wohl immer für etwas Besseres. Man kann ein Land auch zu Tode streiken.»

Ein finnischer Student pflichtete ihr bei: «Wenn man das Wirtschaftswachstum von England und Frankreich vergleicht, dann sieht man ja, wohin die Streiks führen.»

Ich lachte hämisch. «Das englische Wirtschaftswachstum ist so toll, dass die Engländer ihre Kranken nach Frankreich schicken müssen, weil sie in englischen Krankenhäusern nicht behandelt werden können.» War da nicht schon wieder ein Fehler dabei? Ein paar Spanier waren aufgewacht. Sie verstanden zwar noch immer nichts, bereuten es aber vermutlich mittlerweile, so schlecht Französisch zu können.

«Und in Frankreich werden die Ausländer diskriminiert und in Ghettos gelebt», ging mich eine Schwedin an.

«Genau! In den Banlieues», reproduzierte Gianluca. Ich hatte jetzt offenbar sämtliche Studenten, die der Diskussion noch folgten, gegen mich.

«Das hat ja wirklich sehr viel mit dem Thema Streik zu tun», machte ich mich über die Schwedin lustig.

«Dein Krankenhausbeispiel war auch nicht passender», kritisierte mich Annelie in ihrem bayerischen Zungenschlag. Was sollte ich darauf antworten? *Doch?* Ich stieß Sebastian in die Seite, der sich bisher rausgehalten hatte. «Sag doch auch mal was!», forderte ich ihn auf.

Er zuckte, richtete sich dann auf und stammelte. «Also, äh. Ich … ich kann beide Seiten verstehen.» Super. Das war ja eine tolle Unterstützung.

Madame Amblard legte ihren Kopf schief und setzte ihre Brille wieder auf die Nasenspitze. «Na ja. Wer Arbeitnehmerrechte nicht erkämpfen musste, kann Arbeitskämpfe leicht kritisieren.» Sie schaute Gianluca streng bis vorwurfsvoll an. «Die Frage ist nur, wo wir heute in Frankreich stünden, wenn die Leute nicht gestreikt hätten. Ich habe meine Zweifel, dass die soziale Situation besser wäre.»

Gianluca durfte sich wieder setzen, und der nächste Student begann mit seinem Vortrag. Nach der Veranstaltung lief ich noch einmal an meinem Widersacher vorbei. Er saß neben dem braunen Kaffee-Automaten gegenüber vom Sekretariat für Fremdsprachen. Draußen wurde es bereits dunkel. Der Flur war schlecht beleuchtet. Ich erkannte ihn trotzdem an seiner weinerlichen Stimme. An seiner Seite eine, wenn ich richtig sah, portugiesische Studentin, die seinen Kopf streichelte. Ich verstand nicht, worüber sie sprachen. Aber mir schien, als heulte er sich darüber aus, wie mit ihm bei Madame Amblard umgegangen worden war. Jetzt hatte ich auch noch dazu beigetragen, dass Frauen ihn aus Mitleid anfassten. Das hatte ich wirklich nicht beabsichtigt.

Am Sonntag darauf hatte meine Mutter Geburtstag. Kurz vor der Tagesschau fiel mir das gerade noch ein. Ich stürmte zum Telefon. Sie ging immer vor neun ins Bett und sollte nicht denken, ich habe ihren Ehrentag vergessen. Auf dem Flur kein Geschrei. Also keine nigerianische Nachbarin, die mich am Anrufen hindern würde. Sebastian war erst um neun zum Telefonieren verabredet. Ich würde also nicht warten müssen. Doch, würde ich. Der einzige Norweger im Bâtiment B, ein riesiger Kerl mit dem Aussehen eines gemütlichen Bären, blockierte den Apparat.

«*Hei, det er meg. ... nej ... Enig!*»

Ich trat unruhig von einem Fuß auf den anderen. Musste der denn gerade jetzt telefonieren? Sonst telefonierte der doch auch nicht.

«Salut, Markus! Ça va?», hörte ich eine mir vertraute Stimme. Ich schaute mich um. Es war Marijo, die ich nach dem Kaligaré-Konzert im Treppenhaus kennengelernt hatte.

«Salut. Non, ça ne va pas!»

«Warum nicht?»

«Ich muss meine Mutter anrufen, und der da lässt mich nicht», stöhnte ich und deutete verstohlen auf den norwegischen Studenten.

«Das ist wirklich gemein.» Sie lachte ihr unverkennbares klares Lächeln. Ihr weißen Zähne blitzten.

«Du hast gar nicht bei mir vorbeigeschaut.»

Mich überraschte dieser Vorwurf. Seit wann interessierte es jemanden, ob ich vorbeischaute?

«Ich hatte viel zu tun.»

«Echt. Was denn? Ich dachte, du bist sozial ausgegrenzt.»

«Nicht immer. Gestern musste ich mit meinem anstrengenden deutschen Kommilitonen und den Marokkanern eine deutsche Fußballsendung gucken.»

«Das ist ja ein Erfolg. Sonst läuft ja immer nur Al Jazeera.»

*«Kanskje ... Enig!»*

«Ich höre mir den jetzt schon zehn Minuten an», zischte ich. «Und in dieser Zeit hat der vielleicht acht Wörter gebracht.»

Marijo kicherte. «Ein Spanier würde dafür nicht so lange brauchen.»

«Genau. In zehn Sekunden wäre der mit seinem Text durch.»

«Was hast du denn noch zu tun gehabt, außer Fußball zu sehen?»

«Donnerstag bin ich ins Le Garage gegangen, um mich von allen Französinnen, die ich seit meiner Ankunft erfolglos angemacht habe, dabei beobachten zu lassen, wie ich von einem Franzosen versetzt werde.»

Sie lachte: «Okay. Ich verstehe, da hat man natürlich keine Zeit. Ich habe eine Frau getroffen, die dich gut findet.»

Ich wurde hellhörig. «Echt? Wen denn? Die eine Französin, die die Treppe runtergekommen ist und die du gefragt hast, ob ich hübsch genug für Sex bin?»

Sie schüttelte den Kopf.

«Ghislaine?»

«Nein. Patricia.»

«Patricia?»

«Erinnerst du dich nicht mehr? Die Amerikanerin.»

Ich zuckte mit den Schultern.

«Kurze Haare, dunkle Haut. Schmal. Sie hat nicht viel gesagt, nur dass Amerikaner auch nach dem 11. September noch Sex mit Frauen aus Madagaskar haben dürfen.»

Dass ich mich so schlecht erinnerte, war der Beweis, dass Patricia nicht mein Typ war.

«Du bist ihr damals schon im La Noche aufgefallen. Weil du nicht getanzt hast. Das hat sie beeindruckt. Und dass du beim Sex auch an den Orgasmus der Frauen denkst.»

«Das habe ich nur so gesagt. Eigentlich denke ich nur an mich. Ich hab nur keinen, deswegen fällt niemandem auf, wie egoistisch ich im Bett bin.»

Sie musste lachen. «Und dass du deinen fehlenden Erfolg so mit Humor nimmst.»

Ich nahm meinen fehlenden Erfolg gar nicht mit Humor. Ich fand das gar nicht lustig, sondern einfach nur ungerecht. Und jetzt wollte auch noch eine Amerikanerin, die mir noch nicht mal gefiel, etwas von mir?

«Ich hab den Eindruck, deine Freude hält sich in Grenzen.»

«Mir fällt es schwer, meine Gefühle zu zeigen», erklärte ich.

Sie nickte spöttisch und zog die rechte Augenbraue hoch. «Du meinst, deine Enttäuschung.»

«*Kanskje ... Enig!*»

«Das hat er doch eben schon mal gesagt», erregte ich mich. Ich stöhnte. Dann äffte ich ihn nach: «Kanske ... enick! Kanske ... enick. Der wiederholt sich. Was soll denn das? Kann der nicht mal was anderes sagen?»

«Vielleicht gibt es im Norwegischen nicht mehr Wörter», amüsierte sich Marijo.

«Wahrscheinlich.»

«Da könnte er aber eigentlich auch einfach eine SMS schicken, oder?»

Ich musste lachen. «Wie läuft es eigentlich mit deinem – wie heißt der noch mal – der Amerikaner?»

«José.»

«So wie José Bové?»

«Ja, so. Ich befürchte nur, dass er etwas unpolitischer ist.»

«Gibt es Fortschritte?»

«*Kanskje ... nej ... Enig!*»

«Ich glaube langsam, der verarscht mich. Der ist bestimmt schon fertig und wiederholt einfach nur noch, was er schon gesagt hat.» Nicht nur, dass der Norweger wenig und immer das Gleiche sagte. Er lehnte auch seit nunmehr mindestens fünfzehn Minuten regungslos am Telefon. Er kam mir eher vor wie eine Aufziehpuppe.

«Den Eindruck habe ich auch. Markus, vielleicht solltest du näher rangehen, um den Druck zu erhöhen», schlug meine neue Komplizin vor. «Wer weiß, ob am anderen Ende der Leitung überhaupt noch jemand ist. Vielleicht übt er nur für einen späteren Anruf.»

Wir machten fünf Schritte vor. Jetzt waren wir nur noch vier Stufen von ihm entfernt.

«Ich hab mich nicht getraut, ihn danach zu fragen, ob er schwul ist. Aber wir gehen jetzt zum Salsa-Kurs», erzählte Marijo von ihrem Freund.

«Das ist ja immerhin schon mit Körperkontakt.»

«Ja. Ich bin schon ganz aufgeregt», gluckste sie gespielt kokett.

«*God! ... God! ... God!*»

«Das war jetzt schon das neunte norwegische Wort», meinte Marijo voller Respekt.

«Wir haben die Sprache unterschätzt», pflichtete ich ihr bei. Wir stiegen noch eine Stufe hinab. Dann starrten wir ihn an. Er sollte sich beobachtet und belauscht fühlen. Tatsächlich, die Intervalle zwischen zwei Wörtern verringerten sich. Er blickte immer wieder vom Hörer auf, zu uns.

«*Jeg er avlytting.*»

«Jetzt legt er aber los.»

«*Jeg har til å uttale seg.*» Die Stimme war auch nicht mehr so gelassen.

«Vielleicht hat er mitbekommen, dass wir mithören», vermutete ich.

«*Bye!*»

Er legte auf, warf uns einen vorwurfsvollen Blick zu, knurrte auf Französisch: «Ich habe alles verstanden», und überließ mir den Apparat. Ich bedankte mich bei Marijo für die Unterstützung.

«Gern geschehen», sagte sie grinsend.

Hinter uns wartete bereits Sebastian mit angsterfülltem Blick: «Dauert es lange? Ich darf auf keinen Fall zu spät anrufen.»

So zaghaft klopfte Sebastian sonst nicht. Andererseits: Marijo war mit José beim Salsa-Kurs. Es konnte also wieder nur mein Kommilitone sein. Er hatte mir schließlich heute noch nicht gute Nacht gewünscht. Kein Grund also, mir etwas anzuziehen. Seit gestern funktionierte endlich die Heizung auf unserer Etage. Ich hatte mich mit freiem Oberkörper hingelegt. Sebastian hatte mich schon oft so gesehen, wie Gott mich geschaffen hatte. Ich seufzte. Jetzt musste ich extra seinetwegen noch mal aufstehen. Als ich die Tür öffnete, wünschte ich mir, es wäre tatsächlich Sebastian gewesen. Es war Patricia, meine Verehrerin. Die hatte ich nach dem Gespräch mit Marijo ganz verdrängt.

«Ich wollte nur mal sehen, ob du da bist», erklärte sie auf Französisch mit stark amerikanischem Akzent. Genüsslich ließ sie ihren Blick meinen Oberkörper hinabwandern. Wäre ich nicht bereits halb nackt gewesen, der Ausdruck «mit Blicken ausziehen» hätte es gut getroffen. Reflexhaft hielte ich die Hände vor meine Brust. Im selben Moment fiel mir wieder ein, dass ich gerade onaniert hatte und die Erregung noch nicht abgeklungen war. Bei Sebastian war mir das Bild, das ich abgab, egal, aber bei Patricia nicht. Ich versuchte, mit einer meiner beiden Hände mein Gemächt zu verdecken. Sie war nicht groß genug. Die zweite eilte zur Hilfe. Um das sexuelle Interesse meiner Verehrerin zu schmälern, streckte ich meinen Bauch raus. Leider klappte das nicht, denn meine Muskeln waren zu fest. Zu viel hatte ich in den letzten Monaten in den Momenten meiner

Einsamkeit trainiert, um mich fit zu halten für den Augenblick, dass sich doch mal eine Frau für mich interessierte. Nun war es so weit, doch ich wollte nicht. Patricia war nicht hässlich, aber erinnerte mit ihren kurzen Haaren und ihrer androgynen Figur eher an einen dreizehnjährigen Jungen kurz vor dem Stimmbruch, dessen Bartwuchs noch auf sich warten ließ.

«Ja, äh, warte, äh», stotterte ich. «Ich zieh mir nur was über. Kannst gleich reinkommen.» Ich warf die Tür zu, stieg aus meiner Schlafanzughose und in meine Jeans. Oben ein T-Shirt und ein kratziger Pullover, um ihr jeden schweinischen Gedanken auszutreiben. Schließlich schob ich noch meinen Erotikcomic unters Bett. Eigentlich hatte ich ihn in der Bibliothek nur durchblättern wollen, aber die Bibliothekarin hatte ihn mir empfohlen. Ihr Mann habe das auch zu Hause. Es war wirklich ziemlich antörnend. Ich öffnete die Tür wieder.

«Hallo. Du kannst gerne reinkommen. Aber nur kurz. Ich muss gleich los.»

«Wo musst du denn hin?»

Mist! Wo musste ich hin? Ich hatte keine Ahnung.

«Äh! ... Ich .... Äh, also, ich geh gleich mit meinem deutschen Kommilitonen joggen.» Sebastian würde sich freuen.

«Wirklich. Warst du nicht schon im Bett?» Sie lächelte schüchtern. Gut, sie hatte Grübchen. Aber ihr Rollkragenpullover machte sie nicht gerade weiblicher.

«Vor dem Joggen lege ich mich immer noch mal hin, um mich auszuruhen.»

«Na gut. Kannst du morgen?»

Ich musste Zeit gewinnen.

«Vor Weihnachten ist es ganz schlecht. Ich hab total viel für die Uni zu tun. Und außerdem noch keine Geschenke.»

«Wir könnten zusammen Geschenke kaufen.»

«Dafür bin ich auch schon mit meinem Kommilitonen verabredet. Der ist da sehr empfindlich.»

Ich schaute in traurige Augen. Scheiße. Jetzt tat sie mir leid.

«Aber im neuen Jahr. Gleich wenn ich aus Berlin wieder zurück bin, in der Woche vom 7. Januar. Da treffen wir uns. Versprochen! Das hat wirklich nur etwas damit zu tun, dass vor Weihnachten Stress ist.»

Sie nickte.

«Sag mir mal schnell deine Zimmernummer.»

«803.»

«Gut. Warte! Ich zieh mich nur noch fertig an. Dann können wir zusammen rausgehen. Ich muss, bevor ich mich mit Sebastian treffe, noch den Müll wegbringen.»

Sie lehnte sich an den Türrahmen, während ich damit beschäftigt war, meine Turnschuhe anzuziehen. «Fährst du auch zurück in die USA?»

«Ja.»

«Wo wohnst du eigentlich?»

«In New York.»

«Da kannst du mir ja beim nächsten Mal mehr drüber erzählen. Ich hab da so ein paar Fragen.» Sie lächelte ein bisschen. Gemeinsam verließen wir mein Zimmer.

«Joggst du in Jeans?», wollte sie wissen.

«In Jeans?»

Sie zeigte auf meine Hose.

«Ach so. Äh, ja, also, heute ist mein erster Tag. Ich hab mir noch keine Jogginghose gekauft.»

An den Mülltonnen verabschiedete ich mich von ihr. Sie überquerte die Avenue de Saragosse zum Turm. Ich machte kehrt. Vor dem Bâtiment A stritt Mehdi mit einem Mädchen. Sie schrie ihn an und flennte. Er machte eine abwehrende Handbewegung und grinste herablassend. Ich ging besser nicht wieder auf mein Zimmer. Vielleicht legte sich Patricia vor meinem Fenster auf die Lauer, um zu überprüfen, ob ich wirklich joggte. Stattdessen klopfte ich bei Sebastian. Er öffnete in seinem karierten Flanellschlafanzug. «Markus?»

«Hallo. Darf ich mich mal für ein paar Minuten verstecken?»

Er schaute mich verwundert an, ließ mich aber eintreten. «Vor wem denn?»

Ich ließ mich auf seinen Polsterstuhl fallen: «Vor meiner Verehrerin.»

«Das ist doch toll, dass du endlich eine Verehrerin hast.» Er nickte und lächelte mich aufmunternd an.

«Pass auf, was du sagst! Das ist nicht toll. Sie sieht aus wie ein Junge und kommt aus den USA. Ich wollte eine Französin.»

Aus dem CD-Player dudelten französische Chansons.

*Rétines et pupilles,*
*Les garçons ont les yeux qui brillent*
*Pour un jeu de dupes:*
*Voir sous les jupes des filles,*

«Was hörst du denn da? Schlager oder was?»

«Alain Souchon. Magst du's?»

«Wenn ich frage, ob du Schlager hörst, dann ist das wertschätzend gemeint.»

Wir schwiegen. Sebastian hatte auf seinem Bett Platz genommen. Die Unterarme lagen auf seinen Oberschenkeln. Er trug gestrickte Zehensocken. Erwartungsvoll schaute er mich an.

«Und, was hast du gerade gemacht?»

«Gelesen.»

«Was denn?»

«Tim und Struppi.»

«Aha.»

…

«Wie läuft's mit Josepha?»

Er seufzte, winkte ab und starrte zu Boden. Dann schüttelte er den Kopf, seufzte noch mal und sagte: «Die möchte jetzt gerade in der Woche nach Pau kommen, in der wir zusammen Ski fahren.»

«Weiß sie noch nichts davon?»

«Ich hab mich nicht getraut, ihr davon zu erzählen. Ich will das in Berlin machen.»

«Ich sehe, du hast eine ganze Menge Arbeit vor dir.»

*L'amour comme s'il en pleuvait*
*Nu sur les galets*

«Und wer ist das jetzt?»

«Francis Cabrel.»

«Hörst du nur so was? Hör doch mal was Härteres. Du bist doch erst einundzwanzig.»

«Mir gefällt's halt.» Sebastian hatte mit Klebestreifen Wanderkarten an der Wand befestigt.

«Aber wie wirkt denn das, wenn du ein Mädchen kennenlernst und ihr so was vorspielst? Die findet dich doch gleich total sonderbar.»

«Josepha hört das auch gerne.»

Ich verkniff mir einen Kommentar. Wieder schwiegen wir. Für Minuten.

«Wie läuft es eigentlich mit unseren muslimischen Freunden? Hast du wieder mit ihnen *ran* geguckt?»

«Ja. Und wir haben letzte Woche gemeinsam einen Beschwerdebrief beim Studentenwerk abgegeben. Wegen der Inder. Wir haben gefordert, dass die Inder zusammen in eine Etage für sich kommen, damit sie die anderen nicht belästigen.»

«In Quarantäne.»

«Wie meinst du das?»

«War nur Spaß.»

Wieder Schweigen. Sebastian seufzte, fixierte einen unbestimmten Punkt an der Wand und seufzte erneut.

«Du scheinst dich ja gut mit ihnen zu verstehen.»

«Eigentlich schon. Außer dass ich ständig gefragt werde, wieso ich nicht an Gott glaube.»

«Ach? Du glaubst nicht an Gott?», spielte ich den Überraschten.

«Nein. Habe ich das nicht schon gesagt?»

«War nur ein Scherz.»

«Ach so.» Er lachte. «Na, jedenfalls. Der eine ist ein bisschen aufdringlich. Jedes Mal, wenn wir miteinander sprechen, erzählt er mir, dass Frauen was ganz Schlechtes sind, besonders seine in Marokko. Und dann versucht er, mir einzureden, ich solle mit Josepha Schluss machen.»

«Und? Machst du's?»

«Natürlich nicht.» Er schüttelte den Kopf und rieb sich mit der rechten Hand den Nacken. «Ich meine, ich hab nichts gegen den Islam, aber ich bin Atheist.»

«Ist er denn wenigstens süß?»

«Haha, sehr witzig.»

«Na, siehst du mal, haben wir ja beide unseren Verehrer.»

*J'ai compris tous les mots, j'ai bien compris, merci*
*raisonnable et nouveau, c'est ainsi par ici*
*que les choses ont changé, que les fleurs ont fané*

«Ist das nicht Céline Dion?»

«Ja, zusammen mit Jean-Jacques Goldmann.»

«Oh Mann, Sebastian! Du setzt immer noch einen drauf.»

...

«Mehdi streitet sich übrigens draußen gerade mit einer Frau.»

«Das ist seine Freundin», klärte mich Sebastian auf. «Mehdi hat heute Geburtstag. Und sie dachte, sie macht ihm eine Freude, wenn sie ihn besuchen kommt. Er wollte aber lieber mit seinen Kumpels feiern. Außerdem hat der auch gerade eine andere.»

«Von wo ist die denn gekommen?»

«Aus Toulouse.»

«Aha. Vielleicht nehm ich sie. Frauen, die unglücklich sind, lassen sich vielleicht sogar auf mich ein.» Ich federte aus meinem Stuhl, gab Sebastian einen Klaps auf die Schulter und ging zur Tür.

«Ich geh jetzt mal, bevor sie wieder abfährt. Ach so: Wenn irgendjemand fragt, was wir gemacht haben: Wir waren zusammen joggen.»

Ich trat in den Flur hinaus und schlich zurück auf mein Zimmer. In der Küche kochte die kleine Afrikanerin, die so oft im

Handtuch über den Gang lief, Fisch. Warum roch der eigentlich bei meiner fetten Nachbarin immer so penetrant? Ich schloss die Tür hinter mir. Mein Licht ließ ich sicherheitshalber aus. Nicht, dass sich Patricia eingeladen fühlte, noch mal zu klopfen, falls sie zufällig noch in der Nähe war.

Noch zwei Tage bis Berlin. Ich konnte es kaum erwarten. Bei Sebastian war ich mir nicht so sicher.

«Nein! ... Aber natürlich telefoniere ich gerne mit dir.»

Er schüttelte den Kopf.

«Schatzi ...»

Eigentlich wollte ich den Müll rausbringen. Aber ich blieb stehen. Wer wusste, wie viele Telefonate es zwischen Sebastian und Josepha noch geben würde?

«Hör mir doch mal zu ... Josephie ... aber Josephie ... wir haben doch schon ... aber wir haben doch schon dreißig Minuten miteinander telefoniert. Heute.» Er gestikulierte wild. Und schüttelte immer wieder entschieden den Kopf, wenn sie ihm irgendwelche Vorwürfe ins Ohr schrie, als könne sie das durch den Hörer sehen. «Und wir haben auch ... ja, gestern auch ... nein, ich zähle die Minuten nicht, aber ... für mich vergehen die Minuten wie im Flug, wenn ich mit dir telefoniere ... aber ... Ich hab dir doch gesagt, dass ich den Brief abgeschickt habe ... ich kann doch nichts dafür, wenn die französische Post streikt. ... doch ... ich würde ja noch sprechen, aber ... außerdem ... außerdem warten hier schon welche hinter mir.»

Das war übertrieben, denn eigentlich wartete nur meine nigerianische Nachbarin. Die hatte allerdings eine sehr ostentative Art, ihrer Ungeduld Ausdruck zu verleihen. Sie hatte sich Sebastian bis auf zwanzig Zentimeter genähert und fixierte ihn mit vorwurfsvollem Blick. Außerdem trug sie ihr Nachthemd aus dem Übergröße-Shop. Sie wollte offensichtlich endlich ins Bett, vorher aber noch ihren Pflichtanruf erledigen. Sebastian schaute abwechselnd von ihr zu mir, so als erwarte er Hilfe. Möglicherweise hatte er im Moment sogar mehr Angst vor Josepha als vor dem mächtigen Frauenzimmer, das ihn bedrängte, seinen Platz herzugeben.

«Nein, das kann ich ihr nicht sagen. ... Die wartet schon lange.»

«Sag ihr, dass es sich um eine Ausländerin handelt. Dass sie nach Afrika anrufen muss. Dass das wichtiger ist», rief ich scherzend. «Weil die in dem Ort nur ein Telefon haben.»

«Die muss nach Afrika anrufen. Das ist wichtiger ...», wiederholte Sebastian doch tatsächlich, was ich ihm im Spaß geraten hatte. Mit wenig Erfolg:

«Aber Josepha ... hör doch mal ...»

Ich lehnte mich an die Wand, um dem Schauspiel entspannter folgen zu können.

«Aber wenn ich die nicht ranlasse, wäre ... das ... ja ... doch ... rassistisch ... Mausi.»

Die, um die es ging, setzte Sebastian nun am anderen Ohr noch stärker zu.

«Hello, hello! Mister!» Sie schob sich praktisch auf ihn. Sebastian wurde zunehmend kleiner.

«Aber sie ist nicht nur aus Afrika, sondern auch sehr groß.»

Meine fette Nachbarin deutete auf den Hörer. «Say goodbye. Say goodbye.» Würde sie ihm gleich einen Schlag versetzen? Sollte ich ihm beistehen?

«Goodbye!», stotterte Sebastian. «Äh, auf Wiedersehen! Ich liebe dich.» Er legte auf und sprang zur Seite. Die Nigerianerin bellte ihn in irgendeiner Sprache an, die ich nicht verstand. Er entschuldigte sich. Dann sprintete er die Treppen hoch. Jetzt konnte ich endlich meinen Müll rausbringen.

Diese Stille war unerträglich. Seitdem wir am Flughafen Tegel losgefahren waren, hatte Josepha noch kein Wort gesagt. Sebastian hatte ihr doch schon gestern am Telefon von unserer Skiwoche erzählt. Am liebsten wäre ich wieder ausgestiegen, um meinen Weg mit Bus und Bahn fortzusetzen. Aber wie sollte ich das Sebastian erklären, der mir angeboten hatten, mich zu meinen Eltern zu bringen, wo ich während der Feiertage wohnen würde, bis es Anfang Januar wieder zurück nach Frankreich ging? Möglicherweise hatte er das ohnehin nur getan, um nicht alleine mit seiner Freundin sein zu müssen. Er hatte wohl geahnt, dass das Wiedersehen mit ihr kein Zuckerschlecken sein würde, und sich von meiner Gegenwart eine Entspannung der Situation erhofft. Kein Vergleich zur Abschiedsszene im September, als sich beide verliebt in den Armen gelegen hatten. Womöglich würde er mich gar nicht gehen lassen und mich bitten, die zwei Wochen als Streitschlichter bei ihnen zu bleiben. War ich froh, dass ich Single war. Lieber allein sein, als diese Spannungen aushalten zu müssen. Allerdings musste ich gerade diese Spannungen aushalten, obwohl ich solo war. Hätten sie sich wenigstens laut gestritten. Stille war das Schlimmste.

Wenn nur das Radio nicht so leise liefe. Dann würde das Schweigen der beiden immerhin nicht so auffallen. Aber Josepha, die am Steuer saß, maß allem Anschein nach Musik genauso wenig Bedeutung bei wie mein Berliner Kommilitone. Sonst hätte sie nicht Antenne Brandenburg eingestellt. Weil ich das eisige Schweigen der beiden nicht mehr ertrug, hatte ich schon begonnen, unsere Fahrt zu kommentieren:

«Genau, wenn du jetzt da vorne abbiegst, dann kommst du auf die A100. Genau. ... Also, an der A100 möchte ich auch nicht wohnen. ... Stellt euch mal vor, ihr wohnt direkt an der Autobahn. ... Schrecklich! ... Da ist ja immer Verkehr. ... Könnt ihr ja gar nicht das Fenster aufmachen. ... Das ist ja noch schlimmer als neben der S-Bahn. ... Einfach nur schrecklich. Ich glaub, das ist jetzt hier schon Wedding. ... Im Wedding bin ich mal zur Schule gegangen. ... War aber okay ... Aber vielleicht ist das auch noch Reinickendorf ... Sieht ja alles gleich aus, im Westen. Westen ist eh nicht so mein Ding ... Bin jedes Mal froh, wenn ich wieder in die ehemalige DDR komme ... Ah, hier ist ja eine McDonald's-Filiale. ... Bei McDonald's hab ich mal gearbeitet ... Aber nur drei Monate ... War scheiße ... Ah, schon wieder rot ... Wir haben aber auch echt Pech ... Manchmal hat man echt das Gefühl, man hat immer rot ... Kennt ihr das auch? Das Gefühl, dass man immer rot hat? Man kommt irgendwo hin, an eine Kreuzung, und es ist rot. ... Und an der nächsten ist es genauso. ... Guckt mal da, da ist ein Behinderter. Das sieht man auch nur im Westen. Und ein Türke. Eine exotische Welt. Nachts möchte ich hier nicht alleine langlaufen ... Ein Glück, dass wir im Auto sind.»

Sie stiegen auf meine Konversationsangebote nicht ein. Beide schwiegen beharrlich. Sebastian blickte immer wieder zu seiner Freundin, in der augenscheinlichen Hoffnung, sie würde etwas Nettes zu ihm sagen. Mit meinem Monolog kam ich mir ziemlich bescheuert vor. Fühlte sich so auch meine Mutter, wenn sie am Abendbrottisch für Stimmung zu sorgen versuchte, weil mein Vater und ich uns nichts zu sagen hatten?

In der Seestraße spielte Josephas Seniorenwelle endlich ein Lied, das ein bisschen rockiger war. Ich überwand mich: «Ey, das kenn ich! Den Song hab ich früher total gemocht. Könnt ihr mal lauter drehen?»

Wortlos kam die eisige Chauffeurin meinem Wunsch nach. Ich erinnerte mich sogar noch an den Text. Da sie mir allerdings nur wenig mehr Sound zugestand, musste ich nachhelfen, um der Musik die ihr gebührende Aufmerksamkeit zu verschaffen. Im Grunde hörte man nur mich singen:

*When you take me in your arms you can break me with your heart*
*I feel the magic of your charm oh you're tearing me apart*
*Midnight lady love takes time midnight lady it's hard to find*

Den Song hatte ich tatsächlich mal gemocht. Allerdings zu einer Zeit, als ich auch noch auf Wham, «The Final Countdown» von Europe und Jennifer Rush abfuhr. Meine Rechnung, Sebastian würde in mein und Chris Normans Duett einsteigen, ging nicht auf. Obwohl die Musik des ehemaligen Smokie-Frontmanns eigentlich genau nach seinem Geschmack sein musste.

In der Müllerstraße war es mit der musikalischen Unterstützung meines ehemaligen Lieblingssängers, von dem ich bis heute nur dieses eine Lied kenne, wieder vorbei. Josepha drehte das Radio leiser. Scheiße! Wie gerne hätte ich jetzt noch irgendwas von Alannah Myles, Maggie Reilly, Chris de Burg, Richard Marx oder Nicole gesungen. Alles, nur nicht weiter dem wortlosen Beziehungsgefecht zwischen Sebastian und seiner Freundin beiwohnen.

Vielleicht sollte ich mich doch zu ihren Problemen äußern:

«Du brauchst dir wirklich keine Sorgen zu machen, weil da auch noch Mädchen mitkommen in den Skiurlaub. Die sind wirklich nicht so toll. Und ich werd schon auf Sebastian aufpassen.»

Mein Einwurf schlug ein wie eine Bombe: «Wie bitte? Da fahren auch Mädchen mit? Schön, dass ich das auch mal erfahre.»

Ich konnte Sebastian nicht ins Gesicht sehen, da er vor mir auf dem Beifahrersitz saß, aber es war sicherlich ziemlich blass.

«Du fährst mit Mädchen eine Woche zum Skifahren?»

«Und mit Markus!», beschwichtigte er sie kleinlaut.

«Und du erzählst mir, du hast keinen Kontakt zu Französinnen! Du lügst mich an, du Scheißkerl!», attackierte sie ihn.

Sebastian wollte stammelnd eine Erklärung abgeben, aber sie ließ ihn nicht zu Wort kommen.

«Und du hast immer gesagt, du gehst nicht wegen der Frauen nach Frankreich. Is' ja toll! Is' ja toll! Toll! Sehr schön ...»

«Warte doch mal, meine Zuckerschnecke!»

«Prima! Toll! Da hör ich das von Markus, dass du munter drauflosflirtest ...»

Die Rolle als *agent provocateur* war von mir eigentlich nicht beabsichtigt gewesen. Ich hatte doch im Grunde nur vermitteln wollen.

«Und vielleicht erfahre ich ja von Markus auch noch, dass du schon Sex hattest mit diesen Mädchen. Wie heißen die?»

«Aurélie, Natalie, Chloé.»

«Aurélie, Natalie und Chloé. Gleich drei! Und sogar ihre Namen hast du dir gemerkt. Wen nimmst du denn von denen? Oder nimmst du gleich alle?»

«Aber, Josepha, lass mich doch auch mal was sagen!», versuchte er sich Gehör zu verschaffen.

«Markus!», drehte sich Josepha zu mir, obwohl sie am Steuer saß. «Sag's mir ruhig! Hat Sebastian schon mit Französinnen rumgemacht?»

«Natürlich! Sogar mit mehreren», probierte ich es mit einem Witz. Meine Botschaft erreichte den Empfänger nicht. Die aufgebrachte Braut am Lenkrad war nicht zu Scherzen aufgelegt.

«Du mieses Arschloch! Du bist so scheiße! Ich hasse dich!», schimpfte sie ihren zukünftigen Ex in Grund und Boden. Was hatte ich da bloß ausgelöst?

«Das war doch nur Spaß. Sebastian war die ganze Zeit über treu. Das mit dem Skifahren war meine Idee.» Doch sie hörte mir längst nicht mehr zu, so sehr war sie in Rage. Melanie hatte mir früher nie so eine Szene gemacht. Sie hatte mich einfach irgendwann für einen anderen verlassen.

«Du hast mir immer wieder am Telefon gesagt, dass du mich liebst. Du Arschloch! Ich lass mich doch nicht verarschen. Und ich halt mich auch noch zurück? Die ganze Zeit. Ich Idiotin! Geht das jetzt wieder von vorne los? Du bist einfach immer noch der Alte. Du änderst dich nie. Ich hätte dir nie verzeihen dürfen. Nie!»

Was meinte Josepha? Hatte Sebastian sie etwa schon mal betrogen? Davon hatte er mir noch gar nicht berichtet. Hatte er etwa Geheimnisse vor mir?

Wir waren mittlerweile in der Brunnenstraße. Eigentlich war ich am Ziel. Meine Eltern wohnten am U-Bahnhof Rosenthaler Platz. Aber der Streit war gerade so interessant. Ich musste unbedingt wissen, worauf Josepha anspielte. Also behielt ich für mich, dass ich eigentlich hätte aussteigen müssen. Ich rutschte ganz tief in meinen Sitz, um mich unsichtbar zu machen. Die beiden schienen mich wirklich vergessen zu haben. Josepha, da sie ununterbrochen weiterschimpfte, und Sebastian, weil er vollkommen damit beschäftigt war, sich zunehmend verzweifelter gegen ihre immer absurderen Vorwürfe zu verteidigen:

«Ihr seid doch alle gleich, ihr Scheißkerle! Lasst eure Freundinnen in Deutschland zurück, um in Frankreich in Ruhe Sex haben zu können.»

«Mausi! Darf ich ...»

«Du weißt gar nicht, wie glücklich du sein kannst, dass du mich hast.»

«Aber ...»

«Ich meine, hast du den Französinnen auch erzählt, welche Geschlechtskrankheiten du schon hattest?» Es wurde immer spannender.

Vier U-Bahn-Stationen später erinnerte sich Josepha leider doch wieder des ungebetenen Passagiers, obwohl ich mittlerweile praktisch auf der Rückbank lag. Josepha hielt am Straßenrand. Dabei wollte ich die beiden noch gar nicht verlassen. Ich wusste immer noch nicht, ob Sebastian sie betrogen hatte. Und auch nicht, an welchen Geschlechtskrankheiten er litt. Es hatte nicht mal jemand zu weinen angefangen. Und niemand hatte den anderen geschlagen.

«Ähm, ja. Zwischen mir und meinen Eltern läuft es gerade nicht so gut», log ich. «Darum wollte ich fragen, ob ich heute Nacht vielleicht bei euch schlafen kann. Ich bin auch still wie ein Mäuschen. Ihr werdet mich gar nicht bemerken.»

Ich musste ihren Ford Fiesta trotzdem verlassen, allem Anschein nach auch zu Sebastians großem Bedauern. Er tat mir wirklich leid.

# JANUAR 2002

Am 5. Januar, einem Sonnabendabend, war ich wieder in Pau. Es war schon dunkel. Die zwei Wochen über Weihnachten und Neujahr in Berlin waren toll gewesen: Ich hatte meine Freunde getroffen, war jeden Abend aus gewesen, tanzen, Konzerte, Kino. Im Roten Salon der Volksbühne auf der Silvesterparty hatte ich sogar eine Frau kennengelernt und einen One-Night-Stand gehabt. Die Rückkehr nach Pau war umso schlimmer. Ich wollte nicht wieder dorthin. Nicht in eine Stadt, in der sich die Frauen nicht für mich interessierten, in der mich alle versetzten, selbst die Männer. Nicht noch mal für sechs Monate einsam sein. Ich flog trotzdem. Und bezog mein neues Zimmer in der dritten Etage. Vor Weihnachten hatte man uns mitgeteilt, dass die Mieter neu verteilt werden würden. Den Indern würde man das Erdgeschoss überlassen, damit sie die übrigen Studenten nicht mehr mit ihrem Lärm und dem Müll belästigten. Die Nicht-Inder im Parterre packten ihre Koffer und zogen in die höher gelegenen Etagen. Ich wohnte nun im Zimmer 305. Die Heizung war wärmer als unten. Immerhin, eine Verbesserung. Ansonsten war fast alles wie vorher. Es war so deprimierend. Das graue Linoleum. Das quietschende Bett. Die rosafarbene Tapete. Der schwarze Spanplattenschrank. Die Ecke mit dem Waschbecken. Nachdem ich ausgepackt hatte, schaute ich bei Marijo vorbei, aber sie war nicht da.

Wen konnte ich noch besuchen? Sebastian. Genau! Ich hatte

unsere gemeinsame Autofahrt ganz vergessen. Wie war es mit ihm und Josepha weitergegangen? Er hatte eigentlich mit dem Zug zurück nach Pau fahren wollen. Sicher war ich mir allerdings nicht, ob er nicht erst am Sonntag eintreffen würde. Ich stieg wieder hoch in die dritte Etage, denn man hatte uns erneut auf demselben Flur untergebracht. Er öffnete.

«Und?», fragte ich ihn.

«Josepha hat sich von mir getrennt.»

«Echt? Wann denn?»

«500 Meter, nachdem du aus dem Auto gestiegen bist.»

«Echt? Tut mir leid. Aber irgendwann bist du drüber hinweg. Nachdem mit Melanie Schluss war, hat es bei mir nur drei Jahre gedauert.» Er schaute mich mitleidsvoll an. Dabei sollte er doch eigentlich betrübt sein.

«Was ich da übers Skifahren gesagt habe, war vielleicht nicht so günstig.»

«Schon gut. War nicht deine Schuld.» Sebastian klopfte mir auf die Schulter. «Wäre sowieso passiert. C'est la vie.» Wieder so eine peinliche Redewendung. Er schüttelte den Kopf, seufzte und starrte sinnierend ins Leere.

«Hat sie es begründet?»

«Das meiste hast du ja mitbekommen. Sie könne mir nicht mehr vertrauen.»

Mich drängte, mich danach zu erkundigen, was Josepha mit dem Vorwurf, er sei immer noch der Alte, und mit den Geschlechtskrankheiten gemeint hatte, aber vielleicht war das jetzt noch ein bisschen zu früh.

«Dabei hast du ihr noch nicht mal von deinem marokkanischen Verehrer erzählt.»

Sebastian verzog gequält sein Gesicht.

«Na ja. Jetzt musst du eure Liebe nicht mehr verheimlichen. Ihr könnt sie jetzt öffentlich ausleben», fuhr ich fort.

Er rollte mit den Augen und schüttelte den Kopf. «Hör bloß mit Karim auf! Der hat mich seit meiner Ankunft schon dreimal besucht.»

«Wie lange bist du denn schon hier?», fragte ich erstaunt.

«Seit dem 29. Dezember. Aurélie hatte mir geschrieben, dass sie mit Chloé und Natalie Silvester in Biarritz bei einer Freundin feiert, und mich eingeladen. Da bin ich früher zurückgekommen.»

Ich fühlte mich gleich schlechter. Kaum Single und schon verbrachte er den Jahreswechsel mit mehreren Französinnen!

«Und? Wie weit seid ihr gegangen?»

«Es war gar nichts.»

Sebastian erzählte, dass sie den Abend zunächst bei McDonald's verbracht und um Mitternacht alle dann noch in einer Disco am Strand gewesen waren. Am nächsten Morgen sei er allein mit dem Zug zurück nach Pau gefahren, während die drei Mädchen noch länger bei ihrer Freundin in Biarritz geblieben seien. Ich hatte noch mal Glück gehabt. Die Schilderung hörte sich deutlich weniger aufregend an, als ich im ersten Moment befürchtet hatte. Wenn Sebastian sofort mit einer Französin eine Beziehung eingegangen wäre, dann hätte ich das nur schwer verkraftet. Wenigstens gab es nun noch einen Single. So schlecht begann der Aufenthalt doch eigentlich gar nicht. Nachdem ich ihm von meinen Ferien in Berlin berichtet hatte, verabschiedete ich mich.

Erleichtert ging ich zurück zu meinem Zimmer. Als ich gerade aufschließen wollte, öffnete sich die Tür von Nummer 304. Heraus kam Salma Hayeks Doppelgängerin. Auch der Körper ließ mich an die mexikanische Schauspielerin denken. Sie lächelte und grüßte. Vielleicht würde der zweite Teil meines Aufenthaltes doch nicht so schlimm werden.

Das Klopfen hätte mir eine Warnung sein müssen. Zu leise für Sebastian und Marijo. Ich öffnete und schaute in das Gesicht meiner amerikanischen Verehrerin, der ich seit meiner Rückkehr nach Pau erfolgreich aus dem Weg gegangen war. Ich hatte sogar angefangen zu hoffen, sie habe mich vergessen.

«Salut. Ça va?», fragte sie in ihrem starken Akzent. Wenigstens war ich diesmal angezogen.

«Non.»

«Wieso geht es dir nicht gut?» Sie schaute mich verwundert an.

«Das sag ich nur, um interessanter zu wirken. Mich nervt es einfach, dass alle immer nur *Ça va?* fragen, ohne eigentlich wissen zu wollen, wie es einem wirklich geht.»

«Mich stört das auch.» Sie sollte eigentlich nicht mit mir sympathisieren. Sie sollte mich doof finden.

«Wir wollten uns ja mal nach Weihnachten treffen», kam sie sofort zur Sache.

«Genau. Treffen.» Ich hatte vergessen, mir eine gute Ausrede dafür zurechtzulegen, wieso ich mich nicht bei ihr gemeldet hatte. Ich trat von einem Bein aufs andere und suchte an der Decke nach einer Notlüge.

«Ich habe mehrmals bei dir geklingelt.» Im Turm gab es eine Fernsprechanlage. «Aber du warst nie da. Du wohnst doch immer noch im Zimmer 813, oder?»

«803.»

«Ach so. Ich hatte schon Angst, dass du abgereist bist und

dass wir uns nie wiedersehen.» Was erzählte ich da für einen Stuss? Mein Problem war, dass es mir so schwerfiel, Frauen, die etwas von mir wollten, deutlich zurückzuweisen. Darum ließ ich sie auch jetzt herein.

«Setz dich doch!», bot ich ihr meinen gepolsterten Stuhl an, während ich selber den aus Plaste nahm. Frauen hatten, sofern sie an mir interessiert waren, im Grunde leichtes Spiel. Ich rückte ein bisschen von Patricia ab.

Wenn sie über mich herfiele, würde ich es nicht übers Herz bringen, ihr zu sagen, dass sie eigentlich nicht mein Typ war. Vor Jahren hatte ich mal eine Verehrerin mit der Erklärung abzuwimmeln versucht, ich sei in eine andere Frau verliebt. Als sie dann aber geklagt hatte, dass ich das nur sage, weil ich sie hässlich finde, hatte ich angefangen zu stammeln: *Doch, sie sei total mein Typ, auf jeden Fall, nur ich könne meine Liebe nicht teilen.* Ich musste mit ihr Sex haben, um sie wieder loszuwerden. Glücklicherweise verliebten sich genauso selten Frauen in mich, von denen ich nichts wollte, wie Frauen, von denen ich etwas wollte. Patricia durfte auf keinen Fall glauben, dass ich sie nicht anziehend fand. Wenn ich Mitleid bekam, würde ich mich gar nicht mehr wehren können. Ich musste es irgendwie schaffen, dass sie das Interesse an mir verlor, und sie bis dahin irgendwie auf Abstand halten.

«Möchtest du was essen?», lenkte ich unser Gespräch auf ein möglichst unverfängliches Thema.

«Nein danke.» Schade.

«Ich aber. Ich geh mal kurz gucken.» Ich stand auf und verabschiedete mich in die Küche. Wenn sie mich essen sah, konnte das nur gut für mich sein. Die wenigsten Menschen waren mit vollem Mund noch genauso attraktiv wie vorher. Am liebsten wäre ich mit einem riesigen Stück Kohlrabi zurückgekommen oder mit einem Stück Knoblauch-Chorizo, aber so gesund ernährte ich mich nicht. Mir kam eine Idee. Ich rannte hinüber ins Bâtiment A zu Mehdi. Und der konnte mir tatsächlich weiterhelfen. Als ich mit der Tüte Chips auf mein Zimmer zurückkehrte, war mir, als hätte Patricia ihren Stuhl näher an meinen geschoben. Ich wich auf mein Bett aus und öffnete die Tüte. Wenn ich erst ein paar Chips gegessen hatte, würde sie mich zumindest nicht mehr küssen wollen. Nun musste ich nur noch etwas Langweiliges erzählen.

«Eigentlich esse ich keine Chips. Aber es gab nichts anderes mehr.»

Sie lächelte liebevoll.

«Ich esse liebend gern dunkles Brot. Als ich in Berlin war, habe ich nur dunkles Brot gegessen. Dunkles Brot mit Butter und Schnittkäse. Das ist so lecker. In Deutschland ist ja sowieso Brot richtig lecker. Wir haben viel mehr im Angebot als hier in Frankreich.» Nach wenigen Sätzen war ich mit meinem Referat durch. Mir fiel einfach nichts Langweiliges mehr ein. Wie schaffte Sebastian das immer? Der konnte stundenlang monologisieren, ohne dass ein Satz dabei war, der interessant war.

Ich griff noch mal in die Tüte und kaute, um Zeit zu gewinnen.

«Du bist also aus New York.»

«Ja. Du hattest doch Fragen.»

Genau. Ich erinnerte mich, dass ich das angekündigt hatte. Dabei hatte ich gar keine.

«Wie ist das eigentlich für dich, in einem Turm zu wohnen, so kurz nach den Anschlägen in New York?»

«Darüber habe ich noch gar nicht nachgedacht. Du stellst

echt interessante Fragen. Das hat mich noch nie ein Mann gefragt.» Sie schaute mir tief in die Augen. Ich wich ihrem Blick aus und stopfte mir noch ein paar Chips in den Mund. Anschließend spielte ich nervös mit meiner fettigen Hand mit dem Laken.

«Du musst auch nicht sofort antworten», erklärte ich, nachdem ich aufgekaut hatte. «Wir können auch über etwas anderes reden. Was liest du denn gerade?»

«‹Schöne Verlierer› von Leonard Cohen.»

«Ah, ja. Kenn ich.»

Ihre Augen leuchteten, ihr Gesicht strahlte: «Echt? Das hast du auch schon gelesen?»

«Ja.»

«Toll. Es gibt echt total wenig Männer, die sich für die Bücher von Leonard Cohen interessieren.» Dass ich mich dafür interessierte, wäre übertrieben. Ich hatte das mit sechzehn nur gelesen, weil ich in einen Leonard-Cohen-Fan verliebt gewesen war. Da hatte ich einfach nur eine Verlegenheitsfrage gestellt, und selbst damit sammelte ich Pluspunkte. Wohin sollte ich das Gespräch als Nächstes lenken? Alles, was ich für banal hielt, wurde von Patricia als Ausdruck meiner Einzigartigkeit missverstanden.

«Ich find unsere Treffen echt angenehm.» Sie rückte mit ihrem Stuhl näher ans Bett. Ein kalter Schauer lief mir über den Rücken.

«Ich auch», faselte ich. Ich hatte den Verstand verloren. Ich zog die Beine hoch, damit ihre Füße mich nicht berührten. Meine rechte Hand pendelte zwischen der Chipstüte und meinem Mund hin und her.

«Du bist ganz anders als andere Männer.»

«Du bist auch anders als andere Frauen», erwiderte ich mit

vollem Mund, wenngleich es eigentlich nicht als Kompliment gemeint war. Ich verkniff mir das: «Eher wie ein Mann.»

Sie rückte noch näher ans Bett. Es war die Hölle. Warum konnten die Rollen nicht vertauscht sein? Ich wollte etwas von Patricia und sie nicht von mir. Der Schmerz wäre allemal angenehmer als die Mischung aus Mitleid, Angst und Schauder, die mir jetzt zusetzte. Was hätte ich dafür gegeben, unglücklich in Patricia verliebt zu sein!

«Mit dir kann man echt gut reden, Markus.»

Das sah ich anders. Sie schien an einer Wahrnehmungsstörung zu leiden. Selbst wenn es gestimmt hätte, ich wollte niemand sein, mit dem man gut reden konnte. Wann sagte mir endlich mal eine Frau: «Mit dir kann man echt gut ficken.» Gute Gespräche waren doch zwischen Männern und Frauen nun wirklich nebensächlich. Mit unattraktiven Frauen wollte ich nicht sprechen, weil ich mich bei denen fragte, wozu das gut sein sollte. Und bei hübschen Frauen war das Gespräch ohnehin nur Mittel zum Zweck. Roger Willemsen hatte mal behauptet, intelligente Frauen erotisch zu finden. Bei mir war das nie so gewesen. Zu kluge Frauen schüchterten mich ein.

Patricia kam immer näher. Nun beugte sie sich bereits zu mir. Ihre rechte Hand lag fast auf meinem linken Knie. Konnte ich denn überhaupt noch etwas für mich tun? Vielleicht laut rülpsen oder furzen. Oder die Chips wieder ausspucken. Musste ich mich denn so aufführen? Gleich würde ich ihre Lippen auf meinen spüren. Es klopfte. Die Rettung!

Ich schnellte hoch und sprang zur Tür. Es war mir egal, wer es war. Ich hätte mich sogar über Sebastian gefreut. Ich öffnete und schaute in die Gesichter eines bärtigen Typen mit dunklem Schopf und einer rothaarigen, sommersprossigen Frau.

«Guten Abend. Wir sammeln Unterschriften gegen die Diskriminierung durch das Studentenwerk.»

«Ach, wirklich? Das Studentenwerk diskriminiert? Das wusste ich gar nicht. Darüber würde ich gerne mehr erfahren.»

Die beiden gaben bereitwillig Auskunft. Es passierte ihnen sicherlich nicht oft, dass sich jemand so leidenschaftlich sofort für ihr Anliegen interessierte. Aber in meinem Zimmer saß schließlich auch ein triftiger Grund. Ich erfuhr dabei, dass die beiden zu Solidarité Etudiante, einer kommunistischen Studentengewerkschaft, gehörten, die immer Mitstreiter suchte. Das war mein Ausweg. Zu ihrer Verwunderung und zu Patricias Enttäuschung bot ich umgehend an, sie bei ihrer Unterschriftenaktion zu begleiten und danach noch etwas mit ihnen trinken zu gehen. Die Rechnung ging auf, meine Verehrerin schloss sich uns nicht an. Einziger Wermutstropfen: Bei meiner hübschen Nachbarin waren die Gewerkschafter bereits gewesen. Aber das war im Moment nebensächlich. Zunächst zählte nur, dass ich dem Tod noch mal von der Schippe gesprungen war. Wieso war ich eigentlich nicht früher darauf gekommen, mich zu engagieren? Sebastian hatte schließlich auch in einer Wandergruppe Französinnen kennengelernt. Wenn ich bei Solidarité Etudiante mitmachte, würde ich vielleicht auch irgendwann einen Vorwand finden, um mit Salma Hayek in Kontakt zu kommen.

«Markus, lass mich rein!»

Sebastians Stimme durch die Tür klang angsterfüllt. Ich öffnete einen Spalt, vergewisserte mich, dass sonst niemand im Flur war, und ließ ihn in mein Zimmer.

«Schnell!»

Sebastian wunderte sich. «Wieso ist dein Licht aus?»

Ich schloss ab.

«Und wieso schließt du ab?»

«Patricia hat sich angekündigt», flüsterte ich.

«Oh.»

«Ich weiß einfach nicht, wie ich ihr beibringen soll, dass ich nichts von ihr will.»

«Sag es ihr doch einfach.»

«Traue ich mich nicht. Ich hab Angst, dass sie dann traurig ist.»

«Aber wenn ihr verabredet seid und du nicht da bist, dann ist sie doch auch traurig.»

«Dann krieg ich's aber wenigstens nicht mit.»

«Aber dann machst du das doch genauso wie die Französinnen, die dich versetzt haben.»

«Die haben mich ja versetzt, obwohl sie gar nicht wussten, dass ich was von ihnen wollte. Das war was anderes.»

«Bist du dir denn sicher, dass sie was von dir will?»

«Ziemlich. Letztes Mal hat sie immer wieder gesagt, wie gut man mit mir reden kann. Und dass ich anders bin als andere Männer.»

«Haha. Da kennt sie dich aber schlecht.» So spöttisch hatte ich Sebastian noch nie erlebt. Er meinte es sicherlich nicht böse, aber für seine Verhältnisse war das schon ziemlich zynisch.

«Psst! Nicht so laut! Und was soll das heißen? Ich will keine französische Freundin wegen Sex, sondern wegen der Sprache.»

«Vielleicht sucht sie ja nur einen guten Freund zum Reden.»

«Sie ist beim letzten Besuch immer näher gerückt und hat fast mein Knie berührt. Es war so schlimm.»

«So schlimm sieht sie doch gar nicht aus.» Ich hatte mich aufs Bett gesetzt. Sebastian saß mir im Polsterstuhl gegenüber. Er hatte sich nach vorne gebeugt, damit er mich besser verstand.

«Ich möchte aber nicht eine, die nicht hässlich ist, sondern eine, die gut aussieht. Außerdem ist sie nicht Französin», rechtfertigte ich mich.

Wir schwiegen. Welches Bild mochten wir abgeben? Zwei Männer im Dunkeln. Einer auf dem Bett, der andere auf dem Stuhl, ohne Worte.

«Vielleicht kommst du einfach nachher noch mal. Die ganze Zeit nur zu flüstern, ist ja irgendwie auch uncool. Aber lausch erst mal, ob jemand im Flur ist.»

«Kann nicht. Karim möchte noch vorbeikommen.»

«Schon wieder?»

«Ja. Seitdem ich ihm erzählt habe, dass ich nicht mehr mit Josepha zusammen bin, wird er immer aufdringlicher. Gestern hat er vorgeschlagen, dass wir mal zusammen nach Mekka pilgern.»

Ich konnte sein Gesicht nicht erkennen, aber mir den Ausdruck gut vorstellen. «Echt? Und, hast du zugesagt?»

«Und dann wollte er auch noch meine Hand nehmen.»

«Weiß er denn, dass du keine Jungfrau mehr bist?»

«Haha», protestierte er.

«Psst! Nicht so laut!», zischte ich.

«Aber du hast doch mit Reden angefangen.»

Wir schwiegen wieder. Seine Finger trommelten auf seinen Oberschenkeln. Nebenan, bei der hübschen Französin, lief Alicia Keys «Fallin'».

Kurz nach acht klopfte es an der Tür. Wieder so leise, dass

man es kaum hörte. Ich hielt die Luft an. Dann lauter. Sebastian hörte ebenfalls auf zu atmen. Und wieder, noch ein bisschen kräftiger.

«Markus? ... Markus! Bist du da? ... Markus?» Die Türklinke wurde gedrückt.

Dann klopfte es nebenan. Meine Nachbarin öffnete.

«Ah. Ça va?»

Schmatzen auf die Wange.

«Oui! Ça va, et toi?»

«Oui, ça va.»

Sie kannten sich?

«Weißt du, wo dein Nachbar ist?»

«Nein. Vorhin war er noch in der Küche. Vielleicht vor zehn Minuten.»

«Wir waren verabredet.»

«Du kannst so lange bei mir warten.»

Auch das noch! Sie kannten sich. Hoffentlich machte mich Patricia nicht bei meiner Nachbarin schlecht. Und jetzt musste ich mich noch länger mit Sebastian im Zimmer verstecken.

«Lies noch mal vor.»

*«Die Regierungsprojekte zielen nicht darauf ab, eine allgemeine Bildung hoher Qualität zu ermöglichen, die statistisch betrachtet das beste Mittel wäre, um den Gang zum Arbeitsamt zu vermeiden. Die so unzureichend ausgebildeten Arbeiter werden sich daher, wenn sie ihren Arbeitsplatz nicht verlieren wollen, ein Leben lang auf eigene Kosten weiterbilden müssen. Auf diese Weise generieren die politisch Verantwortlichen eine Arbeitskraft, die mehr und mehr unter prekären Bedingungen arbeitet, während die politischen Entscheider weiterhin einen Diskurs führen, der*

*die wahren Hintergründe der Arbeitslosigkeit und Prekarität verschleiert.*»

«Das ist super, Jérôme. Jetzt noch mal den zweiten Absatz!»

Ich saß im Büro von Solidarité Etudiante, wo gerade an einem Flugblatt gegen bereits vollzogene beziehungsweise geplante Hochschulreformen gefeilt wurde. Das war das Einzige, was ich bisher verstanden hatte. Im Büro der Studentengewerkschaft standen außer einem Schreibtisch und einem Computer sieben Plastestühle und mehrere Kartons mit einem Hochschulführer der Gewerkschaft. An den Wänden hingen zwei Pinnwände mit Flyern, die für verschiedene Demos und anarchistische Konzerte warben, sowie ein an die Wand genageltes T-Shirt, auf dem sich ein steinzeitlicher Jäger, der den ehemaligen französischen Bildungsminister Claude Allègre darstellte, an ein Mammut, das das französische Hochschulsystem verkörperte, heranschlich, um von diesem in einer zweiten Zeichnung verjagt zu werden.

Neben mir tippte der vollbärtige Jérôme den Text für das Flugblatt in den Computer. Uns gegenüber saß die rothaarige Thérèse, die seine Freundin zu sein schien. Seb, ein hagerer Student mit einem zu einem Zopf gebundenen Kinnbärtchen und schwarzem Kapuzensweater, sowie Julien, ein gemütlicher Typ mit Vollbart und stark ausgeprägter Parodontose, komplettierten die Runde. Der Text für das Flugblatt wurde Satz für Satz durchgegangen. Ich hatte eigentlich keinen Schimmer, worum es ging. Aber ich hörte oft das Wort Bologna.

«*Unternehmertum und Manager sind sich einig: Die wichtigste Aufgabe des europäischen Schulsystems ist es, die europäischen Unternehmen zu unterstützen.*»

«Das gefällt mir noch nicht: *Schulsystem* und *europäische*

*Unternehmen.* Das müssen wir noch griffiger formulieren. Thérèse?»

«Vielleicht eher *die europäische Schule.*»

«Find ich auch», sekundierte Seb, während er sich gerade ein Blättchen drehte.

«Also, mir gefällt das *europäische Schulsystem* besser», widersprach Julien. «Es geht doch gar nicht mehr um Schulen, sondern nur noch darum, einen ganzen Betrieb zu organisieren.»

«Was ist mit *Schulbetrieb*?», schlug Thérèse vor.

«Super! Das ist es. Das bringt's auf den Punkt.»

«Und dann schreib statt *europäische Unternehmen* besser *das europäische Unternehmen.*» Julien nippte zufrieden an seinem Desperados. Jérôme hackte in die Tasten. Ich kam mir ein bisschen überflüssig vor. In den anderthalb Stunden, in denen wir am Flugblatt arbeiteten, hatte ich nicht einen substanziellen Wortbeitrag geleistet. Ich hatte mich nur kurz vorgestellt und immer mal wieder nachgefragt, weil ich so wenig verstand. Es war ihr drittes Flugblatt-Treffen.

«Wer kommt nächsten Mittwoch mit zum Plakatieren?», wollte Jérôme wissen, als wir fertig waren. Natürlich meldete ich mich. Die anderen auch.

«Okay. Um fünf im Büro.»

«Wollen wir denn nicht auch kleine Flyer machen und im Wohnheim verteilen?», regte ich an, denn ich spekulierte auf die Möglichkeit, so meiner Nachbarin einen Besuch abstatten zu können.

«Dafür reicht das Geld nicht. Wir müssen unsere Aktionen gezielt setzen. Die nächsten Flyer verteilen wir zu den Wahlen vom Studentenwerk.»

«Und wann sind die?»

«Im März.»

Das würde noch ewig dauern.

«Oder vielleicht können wir eine Tour durch die Wohnheime machen, um neue Mitglieder zu gewinnen», unterbreitete ich einen neuen Vorschlag.

«Wir finden es echt toll, dass du dich so einbringen willst», lobte mich Jérôme. «Willst du mit ins Matisse kommen? Da können wir noch weiter drüber sprechen.»

«Das Matisse?»

«Das ist unsere Stammkneipe.»

«Gern.»

# FEBRUAR 2002

Alle von letzter Woche waren zum Plakatieren erschienen. Außerdem noch ein kleiner Brillenträger mit rot gelockten Haaren, die sich über der Stirn zu einer Tolle auftürmten. Er hieß auch Jérôme. In Abgrenzung zum bärtigen Jérôme nannte man ihn Arlette-Jérôme. Wir bildeten Paare: Thérèse und der bärtige Jérôme, Seb und Arlette-Jérôme sowie Julien mit mir. Zur Einstimmung trällerte Seb: «It feel good.» Einen Deutschen hätte ich verbessert: «He, she, it, das s muss mit.» Aber dafür war ich noch zu frisch dabei. Außerdem wusste ich nicht, wie sich der Reim elegant ins Französische übersetzen ließ.

Zunächst klebten Julien und ich an einer Brasserie. Nasskaltes, böiges Wetter erschwerte uns die Arbeit. Bei jedem Poster bekam ich Leim ab, weil die Bürsten keinen Stiel hatten und der Kleister vom frischen Atlantikwind verspritzt wurde. Von Julien erfuhr ich, dass er im fünften Jahr Geschichte studierte. Er hatte ein Jahr wiederholt. Somit war er genauso alt wie ich. Sonst war ich von Studenten umgeben, die in Deutschland noch zur Schule gegangen wären. Endlich kam ich mir mal nicht wie ein alter Sack vor.

«Warum heißt Arlette-Jérôme eigentlich so? Ist Arlette irgendeine Anspielung auf seine Haare?»

Julien lachte. «Nein. Wegen Arlette Laguiller von Lutte Ouvrière.» Es handelte sich um die Spitzenkandidatin zur Präsidentschaftswahl der trotzkistischen Partei.

«Ist das was Gutes, wenn man ihren Namen trägt?»

«Bei Jérôme nicht. Der nervt ziemlich damit. Der missioniert eigentlich nur für Arlette.»

«Ist mir immer noch lieber als die französischen Studenten in meinen Kursen. Ich habe letzte Woche ein Referat über Globalisierungskritiker gehalten. Und die meisten haben überhaupt nicht zugehört, sich stattdessen unterm Tisch SMS geschrieben. Die interessieren sich für gar nichts.»

Julien musste lachen. «Warte ab, bis du Arlette-Jérôme besser kennengelernt hast.»

Nachdem wir die Brasserie zugekleistert hatten, schleppten wir unsere Plakate und den Leim rüber zur faculté des lettres. Im überdachten Durchgang zum Hof mussten wir die Mauern erst von diversen Aushängen befreien, um Platz für unseren Aufruf zu schaffen. Wir entfernten Plakate vom Why not, einer Discothek in der Innenstadt, sowie von diversen anderen Veranstaltungen. Die Solidaritätsbekundungen für Mumia Abu Jamal und die Ankündigung der Demo gegen den Bologna-Prozess, so entschied Julien, durften bleiben. Gerne hätte ich auch die Werbung für einen madagassischen Tanzabend verschont, weil ich mit Marijo befreundet war. Aber als Neuling bei Solidarité Etudiante wollte ich nicht gleich die Deutungshoheit über Freund und Feind beanspruchen. Zu meiner Verwunderung mussten auch mehrere Aushänge dran glauben, die vor Studiengebühren warnten.

«Sind wir nicht auch gegen Studiengebühren?», fragte ich verblüfft.

«Ja, aber die hier sind von der UNEF.»

«Wer ist das?»

«Das ist die Studentengewerkschaft von der PS.»

«Und die wollen Schlechtes?»

«Die kritisieren die Verhältnisse nicht wirklich, weil die PS an der Regierung ist. Die würden zum Beispiel nie einen Generalstreik durchziehen, weil sie um ihre spätere Karriere in der Partei fürchten. Die setzen sich nur für kosmetische Veränderungen ein. Die leisten keinen tatsächlichen Widerstand.»

Als wir die faculté des lettres fertig tapeziert hatten, machten wir uns auf zum Restaurant Universitaire. Neben dem Büro von SE war in einem Raum noch Licht. Drinnen sah man mehrere Studenten ausgelassen feiern. Musik drang durchs angekippte Fenster nach draußen.

«Ist das die UNEF?»

«Nein, das sind die Associations, die Studentenverbindungen.»

«Und, sind die Ordnung?»

«Denen geht es nur um Partys. Die sind vollkommen unpolitisch. Die wirken mit an der zunehmenden Entpolitisierung der Studenten.»

Wir liefen weiter, vorbei an der literaturwissenschaftlichen Bibliothek. Der Sandweg war durchsetzt mit Pfützen. Im Winter wehte immer Westwind, und es regnete viel. Als wir uns dem Restaurant Universitaire näherten, sahen wir zwei Männer, die die Mauern der Mensa bereits bearbeiteten.

«Ey, verzieht euch!», rief uns der Größere zu, der einen dunklen Parka trug.

«Vielleicht sollten wir lieber später wiederkommen», schlug ich Julien vor. Ich war nicht gleich am ersten Abend meines politischen Engagements auf eine Schlägerei aus. Doch mein Gewerkschaftsgenosse schien keineswegs eingeschüchtert.

«Vollidiot! Verpisst euch selber! Jetzt sind wir dran.» Unbeirrt marschierte er auf die beiden zu. Der Schreihals stellte sich als Roger heraus. Und den Kleineren kannte ich auch irgendwoher.

«Markiis! Was machst du mit den Idioten von der SE? Hat man dir nicht gesagt, dass das Außenseiter sind?», grölte Roger.

«Ich wollte dich beim letzten Mal fragen», entschuldigte ich mich. «Aber du bist ja nicht zu unserer Verabredung gekommen. Und außerdem heiße ich Markus, nicht Markiis.»

«Ich war doch da.» Er hob verteidigend die Hände.

«Ich hab bis halb zehn gewartet.»

«Um zehn, hatten wir gesagt.»

«Um zehn?»

Er musste sich irren. Wir waren um 9 Uhr verabredet gewesen. Ich vergaß nie die Orte und Zeiten der Dates, bei denen man mich versetzt hatte.

«Guillaume kennst du ja», wies Roger auf seinen Begleiter. «Der war damals mit auf der Demo.»

Ich erinnerte mich. Julien fragte die beiden nach Haschisch. Sie schüttelten den Kopf.

«Nur Kippen.»

«Okay. Nehm ich trotzdem. Gib mal zwei her ... Was klebt ihr eigentlich? Wieder für eure bekloppte Band?»

«Ja!»

«Was macht ihr denn für Musik?», erkundigte ich mich.

«True islamic black metal.» Von diesem Genre hatte ich bisher noch nichts gehört.

«Gebt ihr auch Konzerte?»

Roger nickte. «Im April.»

«Hör zu, Markus! Wir müssen hier noch kleben. Aber lass

uns am Wochenende treffen. Am Sonnabend, zehn Uhr. Wo wohnst du? Ich hol dich ab.»

«Corisande.»

«Ach, im Internierungslager. Da stecken sie die ganzen Ausländer hin, die sie nicht mögen.» Julien pflichtete ihm bei.

«Ich wusste nicht, dass Deutsche auch wieder dazugehören. Also, bis dann. Und häng nicht so viel mit den Versagern von SE ab! Ciao, Kamerad!»

Sie verabschiedeten sich mit Handschlag von Julien. Ihre Beziehung schien doch eher ambivalent denn eindeutig.

«Woher kennt ihr euch?»

«Die beiden haben SE gegründet und waren die ersten Vorsitzenden.»

«Das merkt man aber nicht mehr.»

«Sie sind gegangen, weil sie nicht ernsthaft an inhaltlicher Arbeit interessiert waren. Sie wollten nur saufen.»

«Und jetzt hassen sie euch?»

«Ich glaub, ein bisschen vermissen sie uns auch.»

Wir nahmen unser Plakatieren wieder auf.

Ich rechnete nicht damit, dass Roger tatsächlich sein Wort hielt. Darum hatte ich, als ich um viertel elf, absichtlich zu spät, vors Bâtiment B trat, extra den Müll dabei, um mir selbst einreden zu können, ich habe sowieso mal rausgemusst. In einem verbeulten, dunklen Peugeot wartete er bereits, bei angelassenem Motor, auf dem Parkplatz. Ich stieg auf den Beifahrersitz.

«Guten Abend, mein Führer. Sie sind zu spät», radebrechte Roger in einem sehr bizarren Deutsch.

«Gibt's keinen Gurt?»

«Nein, mein Führer!»

Auf der Rückbank saß Guillaume. Aus der Anlage schallte Lärm.

Wir fuhren zur Triangle, Paus Kneipenecke, die genau genommen aus drei Ecken bestand, in der sich auch Le Garage befand. Auf dem Weg dorthin bemerkte ich den fehlenden Rückspiegel. Roger deutete aufs Handschuhfach. «Kannst du beim Einparken halten.» Ich tat es, trotzdem ratschte Roger gegen den Mercedes vor uns. Ihn schien das nicht sonderlich zu tangieren.

«Willst du nicht die Polizei rufen?»

«Wieso denn?»

«Na, du bist doch gegen den gekommen. Da ist doch ’ne Schramme.»

Er machte eine Unschuldsmiene. «Wenn du den Spiegel richtig gehalten hättest …»

«Jetzt bin ich schuld?»

Er winkte ab. «War nur ein Scherz. Ich hab kein Handy. Du etwa, Markus?» Ich schüttelte den Kopf. Roger schaute Guillaume an. Der zuckte mit den Schultern.

«Was soll ich machen?» Mein Kumpel schaute mich fragend an.

«Telefonzelle?»

«Ich geh doch nicht extra zur Telefonzelle.»

«Und wenn du einen Zettel dranmachst?»

Roger zeigte mir seine leeren Handflächen. Ich kramte in meinem Rucksack und riss eine Seite aus meinem Notizbuch. Dann reichte ich ihm einen Stift. Er malte etwas darauf und klebte es hinter den vorderen Scheibenwischer des Mercedes. Wir setzten uns in Bewegung.

«Was hast du denn aufgeschrieben?», wollte ich wissen.

«Ich hab ein Gesicht gemalt.»

Ich schaute ihn ungläubig an. Roger schlug mir auf den Rücken. «Mensch, Markus! Wir sind in Frankreich. Muss sich ja keinen Mercedes kaufen. Los, wir gehen ins Béarnais. Das ist eine Rugby-Bar.» Roger würde in unserer Runde wohl an diesem Abend den Ton angeben. Ich war aber froh, dass er sich nicht für Le Garage entschieden hatte, wo sich die Studenten, darunter sicherlich auch Französinnen, die ich noch in schlechter Erinnerung hatte, gegenseitig auf die Füße traten.

Im Gegensatz zum weißen Außenanstrich war das Béarnais innen ausgesprochen düster, das Publikum deutlich älter als in Le Garage. Der Männeranteil lag, wenn man die Wirtin ausklammerte, bei hundert Prozent. Zwei kurzhaarige, kernige Typen mit Tattoos auf ihren beeindruckenden Bi- und Trizeps spielten Dart. Aus den Boxen kamen mir nicht bekannte französische Akkordeon-Chansons.

«Alors, Markus! Pourquoi tu traînes avec ces salopards de SE?», erkundigte sich Roger wenig charmant nach meiner Motivation für mein Engagement in der Studentengewerkschaft.

«Ich wollte meinen Aufenthalt hier sinnvoll nutzen», schob ich eine nicht ganz ehrliche Begründung vor.

«Das solltest du aber nicht da tun. SE verändert doch nichts. Ein paar Flugblätter hier, ein paar Demos da und ansonsten endloses Gequatsche.»

«Aber ihr wart doch selber mal dort.»

«Ja, bevor diese Spinner kamen. Damals mit Henri, Baptiste, Sophie und Delphine. Wir haben noch richtige Partys im Büro gemacht. Wir sind nackt durch die Hörsäle gelaufen. Nachts sind wir eingebrochen und haben das Büro des Rektors mit Toilettenpapier verklebt. Oder sind in Wirtschaftsseminare gegangen, haben uns in die erste Reihe gesetzt, sind eingeschlafen und haben geschnarcht. Aber dann kamen diese Jérômes und Juliens und haben immer irgendwas von ernster Politik geschwafelt. Als wenn man damit irgendwas verändern würde. Markus, die müssten mal richtig ficken. Die sind einfach nur dort, weil sie hoffen, dass sie dadurch irgendwann mal wieder Sex haben.»

Das war auch meine Motivation.

«So wird das aber nichts. Die sind einfach nicht locker», fügte Roger noch hinzu.

«Ich bin eigentlich auch da, weil ich mir davon sexuelle Erfahrungen erhoffe», gab ich zu.

«Das kannst du dir abschminken. Hast du da schon mal eine Frau gesehen?»

«Thérèse.»

«Ist das die vom bärtigen Jérôme?»

«Ja.»

«Siehst du! Mehr wird's auch nicht werden. Früher hatten wir im Büro regelmäßig Sex. Haben sogar die Fenster offen gelassen, um die Typen von der UNEF zu ärgern. Aber jetzt schreiben die ja immer nur irgendwelche langweiligen Pamphlete. Die denken ja sogar, dass sich durch Wahlen etwas ändert. So wird die Revolution aber nicht kommen. Stimmt's, Guillaume?»

Rogers kleiner, glatzköpfiger Freund pflichtete ihm verträumt bei: «Das war unser Baisodrome. Das war das goldene Zeitalter, Mann. Jetzt ist das alles vorbei.» Er sprach mehr zu sich als zu uns.

«Markus, wenn du Sex haben willst, dann geh nicht zu SE.»

«Ich kann mir das leider nicht aussuchen.»

«Im Wohnheim gibt's doch genug Frauen.»

«Es gibt eine Amerikanerin, bei der ich Chancen hätte. Die gefällt mir aber nicht.»

«Man darf bei Frauen nicht wählerisch sein.»

Rogers Meinung erstaunte mich, denn so schlecht sah er eigentlich gar nicht aus. Er war sicherlich nicht etwas für jede, wirkte aber auf Frauen, die auf dominante, selbstsichere, männliche Typen standen, gewiss anziehend. Er hätte es nicht nötig gehabt, so eine Meinung zu vertreten. Ich verteidigte mich:

«Da bin ich ein bisschen eigen. Ich hätte gerne etwas mit Frauen, die mir gefallen, zum Beispiel mit meiner französischen Nachbarin.»

«Hast du sie schon gefragt?», wollte Roger wissen.

«Was denn?»

«Na, ob sie mit dir ins Bett will?»

«Noch nicht. Ich will nichts überstürzen.»

«Was gibt's da zu überstürzen, Markus? Wenn sie was von dir will, dann will sie das sofort.» Er stützte sich mit einer Hand auf dem Tisch ab und gestikulierte mit dem Zeigefinger der anderen belehrend vor meinem Gesicht.

«Das stimmt doch gar nicht», protestierte ich. «Es gibt doch auch Frauen, die man abschreckt, wenn man sofort zur Sache kommt.»

«Wenn du zu lange redest, dann haben sie erst recht keine Lust mehr. Da haben dich die Genossen von SE schon indoktriniert.» Sein Ton war ausgesprochen apodiktisch. Er blickte mich streng an. Roger hatte anscheinend kein Problem damit, Menschen, die er kaum kannte, vor den Kopf zu stoßen.

«Was soll das heißen? Bei meinen bisherigen Bemühungen hatte ich ja gar keine Gelegenheit, zu lange zu reden. Die Frauen sind ja nicht mal zur Verabredung erschienen.»

«Weil du nicht mit offenen Karten gespielt hast. Wahrscheinlich hast du so getan, als wolltest du gar keinen Sex, sondern nur soziale Kontakte.»

Ich stritt das vehement ab. Meine Laune war mittlerweile ziemlich schlecht. Ich blickte immer wieder zu Guillaume, in der Hoffnung auf Beistand. Doch der war damit beschäftigt, die Songs leise mitzusingen, mit dem Kopf zu wippen und Luftgitarre zu spielen.

«Du bist verklemmt, Markus. So wie die meisten Deutschen.»

«Bin ich gar nicht! Wir können gerne ins Le Garage gehen. Da sind sicherlich ein paar Studentinnen, die mich versetzt haben. Dann kannst du sie mal fragen, ob sie nur nicht gekommen sind, weil ich sie nicht gleich gefragt habe, ob wir Sex haben können. Oder du fragst, ob sie mit dir Sex haben wollen. Wenn du bei einer von denen Erfolg hast, dann mache ich es bei meiner Nachbarin im Wohnheim auch so.» Ich erhob mich und deutete zur Tür, um ihm zu signalisieren, dass ich es ernst meinte.

«Lass uns lieber Billard spielen.» Roger stand ebenfalls auf, ohne meine Antwort abzuwarten, und ging zum Tresen. Guillaume blieb sitzen und nippte an seinem Bier. Dann stieg er wieder in den Gesang ein.

«Gib mal die Queues, Laurette!», rief Roger durch den Raum. Die Wirtin reichte ihm zwei Spielstöcke. «Und noch ein Bier für mich und Guillaume und eine Cola für meinen deutschen Freund.» Mir blieb gar nichts anderes übrig, als mitzuspielen. Roger hatte entschieden, dass die Diskussion beendet war.

Nach dem Billard wechselten wir das Etablissement. Wir

zogen weiter ins Mistral Gagnant nebenan, der Kneipe für die Stadtstreicher und Alkoholiker, die billigste Bar Paus, wie ich erfuhr. Auch dort kannte Roger den Wirt. Es sang Renaud. Wir blieben eine halbe Stunde, danach wollte ich nach Hause.

«Quatsch, wir gehen noch woanders hin!»

«Ich bin aber müde!», wandte ich ein.

«Egal! Wo willst du noch hin?»

«Weiß nicht.»

«Also, im Thema Pub sind die Punks, im Le Garage die Erasmus-Studenten, weißt du ja. Im Bistrologue die Philosophen der Stadt. Eigentlich natürlich nur die, die sich für Philosophen halten. Denn wenn sie welche wären, dann hätten sie die Stadt längst verlassen. Das Saint Patrick ist momentan die Szenekneipe, im Boucanier sind die Militärs, im Bario Latino die spanischen Erasmus-Studenten und im Drakkar die Faschisten. Das sollte dir als Deutschem doch gefallen.»

«Sicher.» Wenn ich mich jetzt empfindlich zeigte, würde er mich wahrscheinlich nur noch mehr aufziehen. «Ja, das Drakkar hört sich gut an. Da können wir hingehen.» In Berlin hätte ich mich nie in eine Nazikneipe begeben.

«Zu Befehl, mein Führer.»

Also gingen wir zu den Faschos. Eine dunkle Einrichtung. Im hinteren Teil spielten zwei Skinheads Dart. An der Bar hingen zwei ältere Herren über ihrem Bier. Eine richtige Naziabsteige hatte ich mir doch anders vorgestellt. Es gab an den Wänden nichts, was auf eine offen bekannte Sympathie zu rechtsextremen Kreisen hindeutete. Aber vielleicht war das wie mit den Philosophen im Bistrologue, die auch keine richtigen Philosophen waren. Die Musik, irgendwas Heavy-Metal-Artiges, war jedenfalls so laut, dass eine Unterhaltung praktisch unmöglich war. Mir war das recht, da ich von Gesprächen mit Roger fürs Erste genug hatte. Wir schwiegen eine halbe Stunde in unsere Gläser, dann durfte ich endlich zurück ins Wohnheim. Der Mercedes stand immer noch vor Rogers Auto. Auf der Fahrt versuchte ich, Guillaume, der den ganzen Abend wenig gesagt hatte, in ein Gespräch zu verwickeln.

«Wie heißt eure Band?»

«Immortal Ayatollah.»

«Und welches Instrument spielst du?»

«Gesang.»

Für einen Sänger war er ausgesprochen wortkarg. Er sang zwar augenscheinlich gerne, hielt sich aber mit sonstigen Wortbeiträgen zurück.

«Schreibst du denn die Lieder?»

«Nein.»

«Worum geht es denn in den Texten?»

«Tod, Sex und Islam», mischte sich Roger ein.

Nach wenigen Minuten hatten wir das Wohnheim erreicht. Erleichtert verließ ich den Peugeot, Roger würde mir nun erst mal nicht mehr zusetzen.

«Willst du mal zu unserer Probe kommen?», bot er mir ganz unvermittelt an. Damit hatte ich nun nicht gerechnet. Hatten wir uns nicht in den letzten Stunden wiederholt gestritten?

«Äh, ja, vielleicht. Ja, äh, gerne», stammelte ich, überrumpelt von diesem Angebot.

«Mach mal! Der faule Sack hier» – er deutete auf Guillaume – «ist nicht besonders zuverlässig. Vielleicht willst du ja mitmachen. Ist immer mittwochs. Meine Nummer hast du ja. Aber nicht deinen Gewerkschaftsgenossen verraten.» Wir verabschiedeten uns. Nicht nur zur Bandprobe gehen, sondern auch noch mitmachen? Das konnte doch nur ein Witz sein.

«Markus, José treibt mich noch in den Wahnsinn. Manchmal frage ich mich, ob er als Mann nicht normal ist.» Der Salsa-Kurs hatte bisher aus Marijos Perspektive nicht den erhofften Erfolg gebracht.

«Das ist doch nicht normal. Wir verbringen regelmäßig das ganze Wochenende miteinander. Wir fahren zusammen nach Spanien. Er übernachtet bei mir auf dem Zimmer. Ich übernachte bei ihm. Aber denkst du, es kommt zum Sex? Nein, Markus! Wenn alle Amerikaner so seltsam sind, dann wundert mich das mit dem 11. September nicht. Wie lange tanze ich jetzt schon mit ihm Salsa? Seit Mitte Dezember. Das hat ja gar nichts gebracht.»

«Vielleicht solltet ihr es mal mit Mambo versuchen. Vielleicht ist Salsa als Tanz zu asexuell.»

«Ich hab schon Hornhaut an den Füßen.» Sie stemmte mit gespielter Empörung die Hände in die Hüften und lachte.

«Vielleicht möchte er ja nur eine gute Freundin.»

«Mit einer guten Freundin schläft man doch nicht wiederholt in einem Bett, wenn das eigene Zimmer auf der anderen Straßenseite liegt.» Verzweiflung nach dem mitteleuropäischen Verzweiflungskonzept sah man ihr nicht an.

Marijo und ich hatten uns in der Etagenküche zum Kochen verabredet. Besser gesagt, Marijo hatte mir versprochen, ein madagassisches Gericht zu kredenzen, aber bisher war sie in ihrer Aufregung noch nicht mal dazu gekommen, mich zu begrüßen.

«Wir streicheln uns. Wir kuscheln. Wir küssen. Doch Sex

blockt er ab. Jetzt weiß ich, was du mit Petting meintest.» Sie griff nach dem Stück Ingwer, das sie in den letzten Minuten schon mehrmals wieder aus der Hand gelegt hatte.

«Was ist mit schwul?» Sie legte den Ingwer wieder auf den Küchentisch. «Mehrmals war er schon steif.» Sie deutete die Größe an.

«Vielleicht hat er Aids und möchte dich nicht anstecken.»

«Nein. Ich hab ihm gesagt: ‹Falls du Aids hast, sag es mir. Es gibt Kondome.› Aber er hat mir versichert, er sei gesund. Wenn ich das dann höre: ‹Marijo, du bist was ganz Besonderes. Es ist anders mit dir als mit anderen Frauen. Das möchte ich nicht durch Sex kaputt machen.› Ich sag ihm auch immer: ‹Ist mir lieber, wir machen mit Sex was kaputt, als auf dem Niveau zu bleiben.› Aber der ist so stur. Einmal hat er sogar schon geweint.» Meine Freundin schüttelte entnervt den Kopf und lachte.

«Und wenn du einfach den Kontakt abbrichst?»

«Wie denn? Man läuft sich doch ständig über den Weg. Und wenn er an meiner Tür klopft, soll ich so tun, als ob ich schlafe, wie du bei Patricia?» Sie griff wieder nach dem Stück Ingwer.

«Bei mir hat's funktioniert.»

«Von wegen. Patricia hat das ziemlich verletzt.»

«Echt? Das tut mir leid. Das wollte ich nicht.»

«Was hast du dir denn gedacht?» Marijo schaute mich vorwurfsvoll an. Sie hatte sich jetzt immerhin schon an den Tisch gesetzt und brach eine Knolle vom Ingwer ab.

«Vielleicht sollte ich mich entschuldigen.»

Marijo nahm das Messer und fing an, das Gewürz zu schälen. «Dürfte schwer sein. Sie ist schon abgereist.» Ich hatte zwar ein schlechtes Gewissen, war aber zugleich erleichtert.

«Echt? Vielleicht sollte ich ihr einen Brief schreiben.»

In dem Moment betrat Claire, meine hübsche Nachbarin, die Küche. Ihren Namen hatte ich mittlerweile erfragt. Viel hatten wir aber noch nicht miteinander geredet. Sie trug eine dunkle Jogginghose und ein weißes Top mit Spitze, das ihre Figur wunderbar betonte. Ich bemühte mich, vorbeizuschauen.

«Ist der Herd besetzt?», wollte sie wissen.

«Im Prinzip schon! Aber wir können auch warten», erklärte ich, denn Marijo war noch beschäftigt, den Ingwer zu schneiden.

«Ich kann auch warten», erklärte meine Angebetete. Sie sah wirklich toll aus. Ihre schwarzen Haare hatte sie zu einem Zopf hochgebunden.

«Wenn es nicht lange dauert, dann geh ruhig ran! Marijo kann nicht so schnell schneiden, weil sie die ganze Zeit reden muss.»

Claire lächelte. Meine Freundin konterte: «Nudeln mit Ketchup gehen natürlich leichter.»

«Ich will nur schnell Wasser warm machen.»

«Was gibt es denn?», erkundigte ich mich.

«Tee.»

«Kannst ruhig ran.»

Sie bedankte sich, setzte ihren Topf auf die eine Herdplatte und verschwand wieder in ihrem Zimmer.

Ich wartete ein paar Sekunden, dann flüsterte ich Marijo zu: «Ich wäre froh, wenn sie mir schon gesagt hätte, wie besonders ich bin, und mich wenigstens schon mal gestreichelt hätte. Ich wäre froh, wenn ich so weit wäre wie du mit José.»

«Das war doch eigentlich ein schönes Gespräch, was ihr

geführt habt: ‹Ich will nur schnell Wasser warm machen. Was gibt's denn? Kannst ruhig ran. Danke. Gern geschehen›», spottete sie. «Darauf kannst du aufbauen. Du könntest sie noch nach der Teesorte fragen und ob sie Tee nur mit Milch oder auch mit Zucker trinkt.»

Ich musste lachen.

Sie deutete auf die Ente. «Das kannst du schon mal schneiden, und würz mal mit Pfeffer und Salz.»

Ich setzte mich zu ihr an den Tisch. «Was soll ich denn sagen?»

«Frag sie doch wirklich nach der Teesorte. Dann kannst du ihr erzählen, dass du zufällig genau dieselbe Sorte magst. Vielleicht lädt sie dich dann ein.»

«Danke für die tollen Tipps. Vielleicht frage ich sie auch gleich, ob sie joggt.» Ich griff nach dem Messer.

«Ob sie joggt?»

«Wegen der Jogginghose.»

«Das würde ich machen. Und dann bietest du ihr an, zusammen zu joggen. Du darfst nur nicht Sebastian mitnehmen.» Marijo lachte.

«Roger meinte, ich müsse mein Interesse gleich zur Sprache bringen. Wenn sie mich attraktiv findet, dann hat sie auch kein Problem mit der Frage, ob sie sich Sex mit mir vorstellen kann.»

«Roger scheint Frauen sehr gut zu kennen.» Meine Freundin kicherte. Sie hatte den Ingwer nun fertig und griff nach einer Zwiebel.

«Er meint, zu viel reden macht nur alles kaputt.»

«Ich weiß nicht. Wie wäre es mit einem Mittelweg? Frag sie doch lieber, ob sie sich Petting mit dir vorstellen könnte. Das setzt sie nicht gleich so unter Druck wie Sex.» Gespräche mit Marijo hatten etwas sehr Erfrischendes.

«Aber ich weiß nicht, ob sie sich unter Petting etwas vorstellen kann. Es war ja schon so schwer, das dir und Ghislaine zu erklären.»

«Ja. Aber wir sind Frauen aus der Dritten Welt. Bei uns gibt es keine Männer, die im Bett an unsere Bedürfnisse denken. Bei uns denken die Männer nur an ihre eigene Befriedigung.»

«Ist ja schön, dass du endlich an José geraten bist. Endlich mal ein Mann, der nicht nur an seine Befriedigung denkt.»

Sie lachte. Die Zwiebel war jetzt geschält.

«Was soll ich denn zu ihr sagen? Ich hab echt keine Idee.» Ich hatte das Fleisch nun in vier Scheiben zerteilt. Marijo deutete auf den Knoblauch.

«Klopf doch bei ihr und frag nach irgendeinem Gewürz für unser Essen. Wenn du es ihr zurückbringst, dann bietest du ihr an, mit uns zu essen. Frag nach Peperoni.»

«Und wenn sie keinen hat?»

«Dann frag nach etwas anderem.»

«Meinst du?»

«Auf jeden Fall würde ich vorher das Basecap absetzen. Das macht dich nicht attraktiver.»

«Das ist wegen meines Haarausfalls.»

«Vielleicht fallen sie dir aus, weil du ständig das Basecap trägst.»

Ein Typ mit Trainingsjacke betrat die Küche, grüßte mit englischem Akzent, nahm Claires Topf vom Herd und verschwand damit wieder im Flur.

«Na toll!», stöhnte ich.

«Vielleicht hat er den Topf nur gestohlen», besänftigte

mich Marijo. Ich musste lachen, obwohl mir nicht danach zumute war.

«Du meinst, ich sollte dem Typen hinterherrennen, ihm den Topf entwenden und ihn ihr zurückbringen?»

«Dann wäre sie dir unendlich dankbar, und du könntest alles von ihr verlangen.»

«Hört sich gut an, der Plan.» Wir schwiegen. Man hörte nur das Ratschen ihrer Messerklinge durch das Gemüse. Ich hasste Knoblauch.

«Scheiße. Scheiße!», fluchte ich.

«So toll ist sie nun auch wieder nicht. Sie sieht nicht schlecht aus. Aber am Arsch könnte ruhig ein bisschen mehr dran sein. Ich finde zum Beispiel die eine Deutsche eigentlich viel hübscher.»

«Ich will eine Französin, Mann!»

«Vielleicht sind die ja gar nicht zusammen. Ich meine, er trinkt mit ihr Tee. Was soll er als Engländer sonst tun?»

«Warum sollte denn ein Mann mit einer Frau Zeit verbringen, wenn da nichts zwischen ihnen läuft?»

«Hör zu, Markus: Das Gleiche könnte sich Claire ja auch über uns fragen.»

«Das ist was anderes», wischte ich den Einwand beiseite. Ich hatte meinen Knoblauch fertig und wartete darauf, dass mir meine Freundin sagte, was ich als Nächstes tun sollte. Doch die blickte mich nur ernst an. «Du meinst, wenn man mich sieht, dann kann man sich nicht vorstellen, dass du was von mir wollen könntest?»

«Nein!»

«Weil José auch keinen Sex mit mir haben möchte.»

«Mann, Marijo! So war das nicht gemeint.»

«Man kann sich als Mann mit mir also nur aus Mitleid treffen?» So ernst hatte ich sie noch nie erlebt. Wo hatte ich mich da reingeritten? Hatte sie etwa Tränen in den Augen?

«Nein.»

«Bin ich so unattraktiv? Das verletzt mich echt.» Sie hatte tatsächlich Tränen in den Augen.

«Mensch, Marijo! Natürlich könnte ich mir Sex mit dir vorstellen.»

Sie prustete los: «War nur ein Scherz.»

«Aber du hast doch geweint.»

Sie deutete auf die Zwiebel. «Geht mir außerdem mit dir auch nicht anders.»

«Wie jetzt? Was soll das heißen? Du kannst dir also keinen Sex mit mir vorstellen?» Ich legte mein Messer zur Seite.

«Warum interessiert dich das denn auf einmal?»

«Nur so.»

«Möchtest du welchen? Ich dachte, du willst was von deiner Nachbarin. Schon untreu?», spottete Marijo. Sie wies auf das Fleisch. «Das ist ja noch gar nicht gesalzen und gepfeffert.» Ich überhörte den Vorwurf. «Ich will nur wissen, ob es theoretisch für dich möglich wäre. Das heißt nicht, dass wir welchen haben müssen.»

Ich bohrte ein paar Minuten, doch sie ließ sich einfach nicht zu der Bemerkung hinreißen, sie könne sich Sex mit mir theoretisch schon vorstellen. Selbst wenn ich selber gar nicht wollte, war das schon verletzend. Schließlich lenkten wir das Gespräch wieder auf Claire:

«Lausch doch an ihrer Tür! Dann hörst du, ob die was miteinander haben!», schlug Marijo vor.

«Ich lausch doch nicht an ihrer Tür.»

«Dann mach ich's.»

Sie erhob sich, verließ die Küche und lief zu Claires Tür. Per Handzeichen versuchte ich, sie wieder zurück zu mir zu beordern. Doch sie ignorierte mich.

«Ich glaube, die lernen nur für ein Referat», flüsterte sie. «Ach nein. Jetzt höre ich Stöhnen.»

«Was?», platzte es entgeistert aus mir heraus, ein bisschen zu laut.

«Nein. Nichts.» Sie kam zurück, setzte sich wieder an den Tisch und reichte mir Salz und Pfeffer.

«Aber du solltest schon ein bisschen mehr tun. Abwarten ist sicherlich nicht die richtige Strategie.»

«Aber was denn?»

«Mach doch einfach eine Feier hier in der Küche und lade sie ein.» Sie nahm sich eine Vanilleschote und halbierte sie.

«Eine Feier?»

«Ja, ein großes Essen. Wenn sie ihn mitbringt, weißt du wenigstens, dass zwischen den beiden was läuft. Wenn sie ohne den Typen kommt, dann ist sie wahrscheinlich noch frei.» Marijo stand auf und ging zur Herdplatte. Ich blieb sitzen. Was sollte ich noch mal tun? Irgendwas mit Salz.

«Und wen soll ich einladen?»

«Na, mich natürlich. Und Sebastian. Und Roger und diesen anderen da. Und die aus der Gewerkschaft. Ich kann auch noch ein paar mitbringen.»

Eigentlich war das gar keine schlechte Idee. Ich erhob mich und stellte das Radio an, das ich mit in die Küche genommen hatte. Auf RTL delektierten sich die Moderatoren an der Zahl der Medaillen Frankreichs bei den Olympischen Winterspielen in Salt Lake City, die jetzt schon die der vier

Jahre zuvor gewonnenen in Nagano überstieg. Seit Tagen war in den Nachrichten kein anderes Thema so bestimmend wie das erfolgreiche Abschneiden der Athleten der Grande Nation. Dass es dieses Mal auch mehr Disziplinen gab und Deutschland immer noch vor Frankreich lag, wurde hingegen verschwiegen.

Bevor ich mich dazu durchringen konnte, für Claire eine Feier zu planen – ein wenig wollte ich noch warten und den Smalltalk intensivieren, damit sie keinen Verdacht schöpfte –, hatte ich am Freitag darauf zunächst eine andere Verabredung. Sebastian war von Mohammed zum Opferfest eingeladen worden, das er und seine marokkanischen Brüder in der Salle d'Étude, dem Lernzimmer, unseres Wohnheims feierten. Sebastian hatte mich gebeten, ihn zu begleiten, aus Angst, dort Karim zu treffen. Um viertel 9 betraten wir den Raum. Das Lernzimmer unterschied sich von dem unter ihm gelegenen Tanzraum, der Salle de Danse, darin, dass die Tische und Stühle nicht wie dort am Rand, sondern in der Mitte des Raumes standen. Die Feier war bereits im Gange. Mohammed, Josef, Khalid, Rami, Zouhair, Malik, Abdullah und Yessin hatten die Tische an die Wand geschoben und die Stühle in einem Sitzkreis angeordnet. Sebastian seufzte erleichtert, weil er seinen Verehrer nicht erblickte. Ich seufzte enttäuscht, weil keine Frauen anwesend waren. Feierte Ghislaine, die auch aus Marokko kam, woanders? Auf einem Recorder liefen die Scorpions. Malik und Rami bewachten auf dem Balkon den Elektrogrill, auf dem die Überreste eines Schafes brutzelten. Mohammed, Josef, Khalid, Zouhair, Abdullah und Yessin sprangen zeitgleich von ihren Stühlen auf, als sie uns erblickten, und baten uns, in der Mitte des Stuhlhalbkreises Platz zu nehmen. Ich ahnte, dass wir beide als Deutsche die Stars des Abends sein würden. Nach Rettung suchend blickte ich zum Schaf. Das war leider noch nicht fertig. So würden wir erst noch reden müssen.

Mir fiel allerdings überhaupt kein Gesprächsauftakt ein, was wohl auch daran lag, dass uns unsere marokkanischen Gastgeber so eindringlich und erwartungsvoll anblickten. Auch Sebastian konnte sich nur ein anspannungsgeschuldetes Räuspern abringen.

«Meine Brüder. Schön, dass ihr da seid», begrüßte uns Said

«Wir finden das auch schön.»

...

«Es ist wirklich schön bei euch.»

...

«Macht ihr das jedes Jahr?»

«Ja.»

«Gibt es jedes Jahr Schaf zu essen?»

«Ja.»

...

«Meine Brüder», nickte Said und lächelte gütig. Über seinem Auge klebte ein Pflaster. Nach dem Finale des Afrikacups zwischen dem Senegal und Kamerun hatte es zwischen einigen Senegalesen des Wohnheims und einigen Marokkanern, die Kamerun unterstützt hatten, eine Schlägerei gegeben.

«Danke schön. Ihr seid auch unsere Brüder», versicherte Sebastian.

«Ist denn das Fleisch schon fertig?», erkundigte ich mich.

«Gleich!», rief Malik vom Grill.

Also schwiegen wir wieder und lächelten uns an.

Sebastian verlor als Erster die Geduld.

«Meine Brüder», unterbrach er die lähmende Stille. «Wo sind denn eigentlich eure Schwestern?»

Er schien sich der Provokanz dieser Frage nicht bewusst zu sein.

Abdullah, ein großer Kerl mit weißer, gestrickter Kopfbedeckung und weißem Umhang, ergriff das Wort.

«Unsere Schwestern sind in Marokko geblieben.» War nicht Ghislaine auch aus Marokko? Warum hatte man die nicht eingeladen?

«Und warum sind die in Marokko geblieben?», bohrte Sebastian naiv weiterhin im Wespennest.

Abdullah erklärte: «Weil unsere Schwestern nicht studieren.»

«Und warum nicht?», sekundierte ich meinem Kommilitonen. Sebastian sollte sich nicht als Einziger damit rühmen dürfen, wichtige Genderthemen angepackt zu haben.

«Die wollen nicht studieren.» Eine Aussage, der ich als Student der Politikwissenschaft natürlich hätte widersprechen müssen. Doch ich brachte nur ein «Meine Schwester ist auch in Deutschland geblieben» über die Lippen, denn Abdullah war ziemlich einschüchternd.

«Markus», wandte sich dieser, der der Leitwolf zu sein schien, nun mir zu. «Hast du in Deutschland denn eine Freundin?»

«Zum Glück nicht.»

«Das ist schön. Viele Frauen sind böse Menschen.»

«Das Fleisch ist fertig», rief Malik.

Ich sprang auf und stürmte zum Grill. Gerade noch mal Glück gehabt. Mit einem viel zu kleinen Stück setzte ich mich wieder zur Runde. Ich würde jeden Bissen sehr gründlich kauen müssen, um möglichst lange davon profitieren zu können, dass man mit vollem Mund nicht sprach.

Sebastian mühte sich gerade, eine Lanze für die Frauen zu brechen. «Aber viele Frauen sind auch nicht böse.»

Aber Abdullah ließ nicht mit sich reden. Aus dem Recorder dudelte gerade «Still lovin you» von den Scorpions.

«Ah, super, das Lied», rief Sebastian und fing in seiner Verzweiflung an mitzusingen, während ich tapfer kaute.

«Love, only love.»

Mohammed, von dem die CD war, freute sich über Sebastians offenbare Begeisterung und stieg im Refrain ebenfalls ein.

«If we'd go again
All the way from the start.»

Ich hatte runtergeschluckt und versuchte derweil, Abdullah auf ein anderes, weniger heikles Thema zu lenken: «Mich interessiert ja als Politikstudent vor allem das politische System Marokkos. Mein Bruder, kannst du mir darüber etwas erzählen?»

Was harmlos anfing, verwandelte sich in seinem Mund binnen zwei Minuten in eine Hasstirade gegen das diktatorische und nur vom amerikanischen Geheimdienst gestützte Regime von König Mohammed IV., was ich unbeholfen mit «In Deutschland hat der amerikanische Geheimdienst zum Glück nicht so viel Einfluss» zu entschärfen versuchte.

Doch das war nur eine weitere Steilvorlage für ihn: «Meine Brüder», setzte er an und schaute Sebastian und mich eindringlich und mahnend an. «Wisst ihr, dass in Deutschland keiner so viel Immobilienbesitz hat wie die Juden und dass Deutschland jedes Jahr 300 Milliarden Dollar an Israel überweist?»

Oh Gott. Jetzt hatte er das Tabuthema schlechthin angesprochen. Wie sollten wir da wieder rauskommen? Ich nahm noch mal einen großen Bissen vom Schaf auf meinem Teller.

Sebastian murmelte: «Tja, die Juden!» Dann kam ihm erneut die Musik zur Hilfe: «Oh, super! ‹Wind of change›. Eines meiner Lieblingslieder!» Er begann zu pfeifen.

Nachdem der Song vorbei war, versuchte auch er, das Gespräch thematisch in ruhigeres Fahrwasser zu lenken: «Als Geographiestudent interessieren mich vor allem die religiösen Stätten in Marokko. Was können meine Brüder mir denn darüber erzählen?»

Zunächst sah es so aus, als sollte er Erfolg haben. Mehrere von Abdullahs Landsleuten brachten sich nun ein, auch Mohammed, der Sympathischste der Runde, der aber leider hier nicht den Ton angab. Doch es handelte sich nur um eine kurze Verschnaufpause.

«Meine Brüder, warum glaubt ihr nicht an Gott?» Ich stopfte mir noch ein Stück Fleisch in den Mund und blickte ratlos zu Sebastian.

«Ah, super! ‹Send me an angel›», freute der sich über das nächste Lied und begann wieder loszuträllern.

«Here I am
Will you send me an angel
Here I am.»

Doch auch der schlimmste Song war irgendwann zu Ende.

«Warum glaubt ihr nicht an Gott?», wiederholte der großgewachsene Wortführer seine Frage.

Sebastian schien das nächste Lied nicht zu kennen, denn er sang nicht weiter. Ich schaute auf meinen Teller. Dieser war nun leer.

«Äh, ich bin gleich wieder da.» Ich stand auf und eilte zum

Grill, um mir nachzuholen. Doch dort wurde ich abgewiesen: «Mein Bruder, du hattest schon!», erklärte mir Rami freundlich, aber bestimmt. Als ich wieder im Stuhlkreis saß, erfuhr ich von Sebastian, dass wir von Abdullah und seinen Freunden für folgenden Freitag eingeladen worden waren, sie in die Moschee zu begleiten. Er hatte zugesagt.

«Aber da sind wir doch Skifahren in Gourette», wandte ich ein. Sebastian schien erleichtert: «Stimmt! Das hatte ich ganz vergessen. Aber ein andermal gerne.»

«Wir müssen doch morgen auch ganz früh raus und noch packen. Es ist ja schon fast neun. Leider müssen wir jetzt gehen.» Sebastian nickte. Ich war stolz darauf, dass mir das eingefallen war. Wir erhoben und verabschiedeten uns. Als wir vor die Tür traten, atmeten wir durch. Eigentlich war ich nicht scharf auf eine Woche mit Sebastian und Aurélie, Chloé und Natalie, zumal mir die nächsten Tage fehlen würden bei meinem Werben um Claire. Aber vielleicht wurde es doch nicht so schlimm. Immerhin, die eine Freundin aus Biarritz, die auch mitkommen sollte, kannte ich noch nicht. Es gab doch immer mal wieder positive Überraschungen.

Als ich mich am Mittwoch darauf mit den vier Französinnen beim gemeinsamen Abendbrot in der Ferienwohnung über den Radiosender stritt, stand bereits fest, dass ich mein sexuelles Sabbatjahr nicht für Angélique, die Freundin aus Biarritz, unterbrechen würde. Für Aurélie, Chloé und Natalie ohnehin nicht. Angélique war zwar ganz niedlich, aber das war auch schon der einzige Lichtblick in einem Tal der Finsternis, in das ich freiwillig hinabgestiegen war.

«Wir würden aber gerne France Inter hören!», erklärte

ich, auch im Namen von Sebastian, der sich seit Sonnabend zumeist bemüht hatte, sich aus den zahlreichen Streits herauszuhalten. Das hatte mich ziemlich genervt, genauso wie der Umstand, dass er sich spontan entschieden hatte, lieber zu wandern, statt mir auf der Piste mit den Tussis Gesellschaft zu leisten.

«Da wird ja nur geredet», wertete Chloé den Sender ab, der mir in den letzten Monaten oftmals ein treuer Begleiter gewesen war, wenn ich abends einsam auf meinem Zimmer gelegen hatte.

«Nein!», widersprach ich. «Da läuft auch Musik.»

«Aber nur manchmal.»

«Trotzdem. Wir wollen Nachrichten hören.»

«Auf FunRadio gibt es auch Nachrichten.»

«Ja, die dauern aber nur 30 Sekunden.»

FunRadio war in etwa das französische Pendant zu NRJ in Deutschland, wobei es NRJ auch noch gab. Den ganzen Tag «Eternal Flame» in der Version von Atomic Kitten und Mylène Farmer im Duett mit Seal sowie Jenifer, die Gewinnerin der ersten Star-Academy-Staffel, des französischen Pendants zum deutschen DSDS. Mehrmals hatte ich in den letzten Tagen auch schon «Lemon Tree» der deutschen Band Fools Garden ertragen müssen, das hier in Frankreich fast so oft im Radio lief wie «Narcotic» der Heidelberger Band Liquido.

«Ich mag keine Nachrichten», erklärte Aurélie.

«Was ist denn das für eine Aussage?», regte ich mich auf.

«Die sind immer nur schlecht und pessimistisch.»

«Wenn sie schlecht und pessimistisch sind, dann doch wohl höchstens, weil nun mal schlechte Dinge in der Welt passieren.»

«Wir möchten so was aber nicht hören», gab sich Angélique uneinsichtig.

«Wenn ihr weiter Pappgeschirr nehmt statt richtige Teller und Tassen, dann wird es bald noch mehr schlechte Dinge geben. Sagt euch das Wort Umweltschutz was? Schon mal was von Ressourcensparen gehört?»

«Wenn man das Geschirr abwäscht, wird auch Wasser verschwendet», verteidigte sich Aurélie.

«Ja, wenn man das Wasser die ganze Zeit laufen lässt. Ich weiß nicht, ob ihr schon mal in die Spüle geschaut habt, aber da ist so ein Ding aus Gummi, das nennt sich …» Mist! Mir fiel das Wort für Stöpsel nicht ein. Die vier Französinnen würden es mir sicherlich nicht verraten. Die waren schon keine große Hilfe, wenn wir mal gerade nicht im Clinch lagen. Ihr kommunikatives Repertoire im Französischen erschöpfte sich in den Fragen:

«Bist du motiviert?»

«Magst du Ski?»

«Gefällt dir Gourette?»

«Wie geht's?»

Wenn ich sie nicht zum Reden zwang, sagten sie gar nichts. Und immer musste ich nachfragen, ob ich mich richtig ausgedrückt hatte. Nie kamen sie von alleine auf die Idee, mich zu korrigieren. Ich baute schon absichtlich Fehler ein, um sie mal aus der Reserve zu locken. Natürlich ohne Erfolg. Mit Deutsch hatten sie es noch nicht versucht, obwohl sie, bis auf Angélique, die Sprache studierten.

«Sebastian, was heißt Stöpsel?» Sein Französisch war mittlerweile deutlich besser als zu Beginn. Doch er zuckte nur mit den Schultern. Ich griff nach meinem Wörterbuch.

«Moment! ... Genau! Hier ist es. Das nennt sich *Stöpsel.*»

Im Vergleich zu diesen vier unreifen Mädchen war mein deutscher Kommilitone geradezu ein leuchtendes Vorbild. Er hörte zwar immer noch Musik, die einfach nur peinlich war. Er las immer noch Bücher, die ich nie lesen würde. Aber wenigstens las er Bücher. Unsere Mitbewohnerinnen kamen nicht über Zeitschriften wie *Jeune et Jolie, Femme actuelle* und *Paris Match* hinaus. Er benutzte sogar richtiges Geschirr und den Stöpsel, wenn er spülte. Leider versuchte er immer, zwischen uns zu vermitteln, statt sich klar auf meine Seite zu schlagen.

«Lasst uns nicht streiten. Streiten ist doch doof.»

«Doch. Ich möchte mich aber streiten», widersprach ich. «Das ist mir sehr wichtig.»

«Wir können doch erst den einen Sender und dann deinen hören», schlug er vor. Ich ignorierte seinen Vorschlag.

«Sebastian und ich kennen uns besser mit französischer Politik aus als ihr», provozierte ich die Mädchen.

«Na und!», bellten sie synchron.

«Wie heißt denn der französische Präsident?», fuhr ich fort. «A) Salman Rushdie, B) Manu Chao, C) Jacques Chirac oder D) Adolf Hitler?»

«Sehr witzig», blaffte Chloé. Sie zog eine Schnute, die fast bis zu den Ohren ging.

«Okay. Wir machen es etwas schwerer: Wer ist denn französischer Budgetminister?»

«Ist doch egal, Politiker sind doch sowieso alle gleich. Ich wähl sowieso nicht», erklärte Angélique stolz und erhielt Zustimmung von ihren Freundinnen. Sebastian interessierte sich wenigstens für Politik. Trotzdem könnte er sich mal ein bisschen mehr einbringen. Er rutschte nur die ganze Zeit unruhig auf seinem Stuhl hin und her und grinste immer wieder angestrengt.

«Eure Einstellung ist ja echt peinlich. Total unreflektiert. Ihr benehmt euch wie Achtzehnjährige.»

«Ich bin 18», verteidigte sich Angélique.

Die anderen waren 19.

«Trotzdem peinlich. Mit 18 waren wir nicht mehr so kindisch.»

«Dafür sind deine langen Unterhosen voll hässlich», blökte Chloé völlig zusammenhangslos. Meine Unterbekleidung belustigte sie nun schon seit mehreren Tagen. Sie hatten sie sogar aus meinem Schrank geholt und mitten ins Wohnzimmer gelegt, um sie zur Schau zu stellen.

«Die ziehe ich nur an, weil ich nicht möchte, dass ihr euch unglücklich in mich verliebt. Mir fällt es immer so schwer, Frauen einen Korb zu geben.»

Sebastian musste lachen, dann fing er sich wieder: «Lasst uns aufhören zu streiten. Wollen wir nicht etwas spielen?»

«Nein. Wir spielen nicht!», widersprach ich. «So viel Dummheit darf man nicht tolerieren.» Sebastian grinste verlegen.

«Und dein Basecap ist hässlich», blieb Chloé unsachlich.

«Oh, jetzt muss ich aber weinen. Du findest mein Basecap hässlich. Warum denn?»

Angélique legte eine CD von Mylène Farmer ein. Die Mädchen fingen an, mitzusingen und zu tanzen. Was konnte ich tun? Ich hätte mit ihnen catchen müssen, um durchzusetzen, die Nachrichten auf France Inter zu hören. Die Aussicht darauf, mit vier Frauen gleichzeitig zu ringen, überstieg meine erotische Vorstellungskraft. Ich gab auf.

«Sebastian, ich leg mich hin. Du musst dich entscheiden: Entweder du kommst mit, oder du bleibst hier bei den blöden Ziegen.» Er schien unschlüssig.

«Sie oder ich! Wer ist dir wichtiger?» Er folgte mir. Wenigstens ein Teilerfolg, wenn auch sprachlich unbefriedigend, denn ich unterhielt mich mit ihm längst wieder ausschließlich auf Deutsch, weil die Gespräche auf Französisch mit ihm so künstlich waren. Vielleicht konnte ich ihn wenigstens überreden, ausnahmsweise mal mit mir zu lästern. Doch danach war mir bald nicht mehr. Ich hatte kaum mit Rousseau begonnen, da hörte ich ihn unter mir im Doppelstockbett summen. Er pfiff das Lied von Mylène Farmer, zu dem Aurélie, Chloé, Natalie und Angélique im Nachbarraum gerade sangen und tanzten. Er blieb eben doch Sebastian.

# MÄRZ 2002

Am Freitag nach unserer Rückkehr aus Gourette lief mir auf dem Campus Roger über den Weg. Er trug abgewetzte, braune Cordhosen und einen armeegrünen Parka. Seine dunklen, lockigen Haare waren noch buschiger als beim letzten Mal.

«Markuus», dehnte er meinen Namen in einem Akzent, den er wohl für Deutsch hielt: «Qu'est-ce que tu fous? Tu étais au solarium? – Was treibst du so? Warst du im Solarium?»

«Skifahren.»

«Bist du reich?»

«Ja. Wie alle Deutschen.»

«Los, lass uns was trinken gehen!»

«Eigentlich habe ich jetzt noch eine Veranstaltung.»

«Egal. Du bist doch nur Erasmus-Student.»

Da hatte er auch wieder recht, zumal es sich nur um den Kurs von Madame Boyer handelte, bei der man sowieso nichts lernte. Außerdem suchte ich die Uni längst fast ausschließlich aus sozialen Gründen auf. Anfang des Jahres hatte ich noch den Ehrgeiz gehabt, nebenbei alle mir fehlenden Sprachkurse für mein Französischstudium zu absolvieren, um nach meiner Rückkehr an die Humboldt-Uni möglichst schnell mein Studium abschließen zu können, aber mittlerweile wollte ich es gar nicht mehr zügig beenden. Was würde danach beginnen? Der Ernst des Lebens. Die Vorstellung, in absehbarer Zeit mein Referendariat zu beginnen und dann für immer als Lehrer zu arbeiten, schreckte mich deutlich mehr als noch im letzten Herbst. Wollte ich das wirklich?

Ich folgte Roger. Wir gingen aber weder ins Resto U noch ins La Vague. Roger erklärte mir, dass er diese Einrichtungen boykottierte, weil die Mitarbeiter dort untertariflich bezahlt würden. Eine Viertelstunde liefen wir bis zum Boulevard d'Alsace Lorraine. Ecke Rue Carnot deutete Roger auf das Café Boulevard PMU. Vor der Bar warteten rote Plastetische und Stühle darauf, dass der Frühling Einzug hielt und die Kundschaft nach draußen lockte. Der Boden im Inneren der verräucherten Einrichtung war mit bunten, kleinen Mosaiken gefliest. Rechts neben dem Eingang blinkte ein Spielautomat. Die blonde, etwas pummelige Wirtin, die ihre besten Jahre lange hinter sich hatte, plauderte mit einem dürren Greis, an dessen linker Hand eine Leine baumelte, die zu einem Yorkshire Terrier führte. Die rechte Hand umfasste einen Krückstock. Sie diskutierten die Frage, ob es Chirac noch einmal schaffen würde. Zwei Herren, ebenfalls im Seniorenstadium, starrten von ihren Barhockern regungslos auf einen Bildschirm, auf dem ein Pferderennen übertragen wurde. Im hinteren Teil der Bar las ein Mann *La République des Pyrénées*.

Wir bestellten zwei Cafés crème, und ich setzte mich an einen der noch freien Bistrotische. Roger holte sich einen Wettschein und nahm mir gegenüber Platz. Als er ihn ausgefüllt hatte, kam er auf meinen Skiurlaub zu sprechen.

«Wie war's in Gourette?»

«Scheiße! Das einzig Gute an der Woche war das Buch von Rousseau, das ich begonnen habe. Und ‹Les Inrockuptibles›. Ich war mit meinem deutschen Kommilitonen dort und mit vier Französinnen. Die waren echt so anstrengend.»

«Hattest du Sex?» Diese Frage war mir und Sebastian diese Woche schon von mehreren Franzosen gestellt worden, nachdem sie erfahren hatten, dass wir uns die Ferienwohnung mit vier Mädchen geteilt hatten.

«Nein. So gut sahen die auch nicht aus!»

«Man darf nicht wählerisch sein.» Das hatte ich schon mal gehört.

«Weiß deine Freundin das auch?» Ich erinnerte mich, ihn bei der Demo Anfang Dezember mit einer Frau gesehen zu haben.

«Ja.» Nahm er mich auf den Arm? Fragen wollte ich nicht, dann hätte er gemerkt, dass ich mir nicht sicher war. Er blickte mich ernst an.

«Außerdem waren die total dumm», rechtfertigte ich mich. Ich fasste mir an die Stirn.

«Klug sein ist beim Sex nicht wichtig», erklärte er mir und beugte sich in seiner typisch dozierenden Art zu mir über den Tisch.

«Trotzdem. Die feiern ihren Geburtstag bei McDonald's, lesen *Jeune et Jolie* und hören Mylène Farmer.»

«Markus, du bist in Pau. Was erwartest du?» Er lehnte sich zurück und hob die Arme, dann ließ er sie auf die weiße Tischplatte fallen.

«Das waren aber Studentinnen.»

«Na und! Lass mich raten: Angewandte Fremdsprachen, LER?»

«Ja.» Ich schaute ihn verwundert an. Woher wusste er das?

«Was erwartest du? Wer studiert schon Angewandte Fremdsprachen? Und dann noch in Pau? Das sind meistens irgendwelche politisch uninteressierten und konservativen Deppen aus den umliegenden Kaffs, die übers Wochenende immer nach Hause zu Mama und Papa fahren. Deswegen darfst du beim Sex nicht so wählerisch sein. Lass die Chancen nicht verstreichen, Markus! Das kannst du mir glauben.» Unser Café crème kam. Ich versenkte meine drei Stück Zucker in der Tasse und nahm einen Schluck. Das war mir immer noch nicht süß genug. Roger reichte mir seinen Zucker.

«Was sagt denn deine Freundin dazu?», wollte ich wissen.

«Sophie? Was soll sie dazu sagen? Wir haben eine offene Beziehung.»

«Und dich stört es auch nicht, wenn sie Sex mit anderen hat?»

«Natürlich nicht. Sie ist doch nicht mein Eigentum.» Er brachte diese Versicherung sehr bestimmt vor.

«Trotzdem. Deswegen ist es einem doch nicht egal. Deswegen ist man doch trotzdem eifersüchtig.»

«Treue und Eifersucht sind bürgerliche Konzepte, Markus.» Roger blickte mich, zurückgelehnt, provozierend an.

Ich schaute in meine Tasse und widersprach: «Hat doch damit nichts zu tun. Es geht doch nicht um Konzepte, sondern um Gefühle.»

«Wenn du diese Gefühle hast, dann steht dahinter ein Besitzanspruch auf deinen Partner.» Er schien gar nicht auf die Idee zu kommen, dass seine Thesen falsch sein könnten.

«Das hat doch nichts mit Besitzanspruch zu tun. Gefühle ... kann man doch nicht ... äh ... wegrationalisieren. Wenn man verletzt ist, ist man verletzt.» Mir fiel das Sprechen in der Fremdsprache schwer. Ich stammelte. Roger nicht. Hatte er seine Positionen vorher auswendig gelernt?

«Das ist einfach nur Selbstsucht. Du liest doch gerade Rousseau. Warum sollte deine Partnerin auf ihre Bedürfnisse verzichten müssen, bloß weil du sie liebst? Markus, dann ist es keine Liebe, sondern Selbstsucht.»

«Er verzichtet doch nicht auf seine Bedürfnisse.» Ich musste mich schon wieder verteidigen. Das kannte ich schon.

«Also, wenn du mit einer Frau zusammen bist, dann hast du automatisch keine Lust mehr, mit anderen Frauen Sex zu haben?»

«Doch.»

«Und? Würdest du es machen?»

«Nur wenn sie es nicht mitbekommt.»

«Das ist unehrlich, wenn du es ihr verheimlichst oder für sie verzichtest, obwohl du möchtest.»

«Aber es verletzt sie nun mal.»

«Weil sie eigentlich sich am meisten liebt. Markus, du bist einem bürgerlichen Beziehungskonzept verhaftet. Du kannst dich nicht davon lösen, dass die Frau dein Eigentum ist und du ihres.» Wie gerne hätte ich die Diskussion jetzt auf Deutsch geführt.

«Meinst du, Sophie findet es wirklich toll, wenn du noch mit anderen etwas hast?»

«Ich habe ihr meine Vorstellung am Anfang dargelegt, und sie hätte ja nicht mit mir zusammen sein brauchen. Wenn sie nicht gewollt hätte, hätte sie gehen können.»

«Ich glaub aber nicht, dass es ihr egal ist.»

Wir stritten noch eine Weile, wobei ich immer wieder die gleichen Sätze vorbrachte, denn meine sprachlichen Mittel erwiesen sich als ziemlich beschränkt. Irgendwann gingen mir ganz die Worte aus. Ich hatte das gleiche Gefühl wie vor einem Monat, als wir uns auf der nächtlichen Kneipentour gezofft hatten. Entnervt wechselte ich irgendwann das Thema, denn ich wollte auch nicht eingeschnappt die Flucht ergreifen.

«Was macht eigentlich Guillaume?»

«Der hat schon wieder eine seiner bekloppten Depressionen. Der geht gar nicht mehr raus.»

«Was hat er denn?»

Roger hob abwehrend die Hand. «Frag ihn! Irgendwas ist bei ihm im Kopf defekt. Vielleicht wegen seiner Eltern.»

«Was ist denn mit seinen Eltern?»

Er winkte ab. «Frag ihn selbst! Ich kann dir gerne seine Adresse geben, wenn du mal reden willst. Aber pass auf, dass du ihn nicht gerade besuchst, wenn er mal nicht depressiv ist. Dann quatscht er ohne Pause.»

«Vielleicht ist er manisch-depressiv.» Roger zuckte mit den Schultern. «Was weiß ich? Bin ich Psychologe? Ich kenn mich damit nicht aus.» Dann vertiefte er sich in die Getränkekarte. Er hatte eine sehr unsentimentale Art, die psychischen Probleme seiner Freunde zu besprechen.

«Kommt er auch nicht zur Bandprobe?»

«Nein.»

«Und wer singt jetzt bei euch?»

«Jeder mal. Wir haben sowieso mehrere Sänger.»

«Worüber singt ihr eigentlich? Du meintest letztens, es geht um Tod, Sex und Islam.»

«Nicht nur. Ein Lied heißt ‹Exterminate the Occident›, ein anderes ‹George W. Bush is a Transsexual Robot›.» Wegen Rogers schlechter Aussprache musste ich mir die Titel mehrmals wiederholen lassen, bis ich sie verstand.

«Englisch ist nicht so dein Ding, oder?»

«Idiot.» Roger musste grinsen.

«Vielleicht solltet ihr lieber einen deutschen Sänger nehmen. Deutsche sind ja in Sprachen ganz gut.»

Er zeigte mir den Stinkefinger. «Hatte ich dir ja schon angeboten.»

«War nur ein Scherz. Ich kann nicht so gut singen. Ich kann mir auch Texte nicht so gut merken.»

«Ist egal, wie du singst. Hauptsache, du schreist irgendwas. Der Inhalt ist nebensächlich.»

«Hört sich ja nach einer sehr ambitionierten Band an.»

«Sind wir auch nicht. Wir sind die schlechteste Band der Stadt. Wir wollen nur Spaß haben und die Spießer hier ein bisschen ärgern.» Seine kleinen Augen waren nun zwei lachende Schlitze.

Bevor ich zu Rogers Bandprobe gehen konnte, würde es noch eine Weile dauern. Nicht nur, dass ich meine Zweifel hatte, ob ich für Immortal Ayatollah der richtige Frontmann war. Im März hatte ich – auch ohne der islamistischen Black-Metal-Formation meine Aufwartung zu machen – genug zu tun. Ich sah zwar Sebastian deutlich seltener. Dafür unternahm ich viel mit Marijo, die mit José mittlerweile zwar Sex hatte, aber von ihm immer noch nicht offiziell als Freundin bezeichnet wurde. Im Méliès wohnten wir am 14. März einer Konferenz anlässlich der Ausstrahlung des Films «Le cas Pinochet» bei, zu der auch Regisseur Anton Patricio Guzmán geladen war. Am 21. März besuchten Marijo und ich zusammen mit mehreren Kommilitonen aus ihrem Fachbereich eine Veranstaltung im Rahmen des Festivals *culturAmerica* an der Uni. Die Diskussion übertrug man in mehrere Hörsäle, weil der Andrang wegen Stargast José Bové so riesig war. Neben ihm auf dem Podium verkündete ein mir bis dahin unbekannter bolivianischer Gewerkschafter, Evo Morales, seine Kandidatur für die Präsidentschaftswahlen in seinem Land. Einen Tag später kam Oliver Besancenot, ein 27-jähriger Briefträger, der für die trotzkistische Partei Ligue Communiste Révolutionnaire in die französischen Präsidentschaftswahlen zog, nach Pau. Und mein Engagement für SE intensivierte sich, denn die Wahlen zum Studentenwerk standen bevor.

Unser Hauptgegner war die UNEF. Zweimal pro Woche zogen wir los, um ihre Plakate abzureißen bzw. mit unseren zu überkleben. Wir wurden unterstützt von Sympathisanten, die sonst nicht an unseren Aktionen teilnahmen, darunter einer hübschen, schlanken Argentinierin. Der rothaarige Arlette-Jérôme und Seb stritten darum, wer mit ihr kleben durfte. Und es gab vereinzelte Auseinandersetzungen zwischen Arlette-Jérôme und seinem bärtigen Namensvetter über die Frage, ob man die Plakate der trotzkistischen Präsidentschaftskandidatin Arlette Laguiller überkleben dürfe oder nicht.

Wenn wir nicht mit unseren Postern unterwegs waren, zogen wir durch die Wohnheime, um die Studenten aufzufordern, am 25. März auch wirklich wählen zu gehen. Ich machte meine Tour mit Julien. Zunächst nahmen wir uns Gaston Phoebus, das Wohnheim direkt am Campus, vor. Hier war es deutlich sauberer als in Corisande. Gaston Phoebus beherbergte viele Franzosen und Nordeuropäer. Julien redete sehr schnell. Ich verstand ihn kaum. Sein Sprechtempo hatte aber immerhin den Vorteil, dass wir früher fertig wurden, zumal nur wenige der Bewohner an unserem Anliegen interessiert waren. Ich mochte ihn, denn er war wie ich ein großer Fan von Jan Ullrich und hasste Lance Armstrong. Das Radsportjahr hatte für uns beide nicht gut begonnen, da unser Held wegen Knieproblemen sein Training hatte abbrechen müssen. Für den zweiten Tour-de-France-Sieg sah es nicht gut aus.

«Lass uns noch zu Corisande gehen!», schlug ich nicht ganz uneigennützig vor, nachdem wir mit Gaston Phoebus durch waren. Ich wollte bei Claire vorbeischauen, die ich in den letzten Wochen zu selten gesehen hatte, um sie zum Essen einladen zu können.

«Das ist aber weit.»

«Aber da wohnen die Studenten, um die es wirklich geht. Die, die wirklich wenig Geld haben und unter schlechten Bedingungen leben!»

«Du hast recht.»

Auf dem Weg zu meinem Wohnheim erhielt ich von Julien eine sehr kundige Zusammenfassung der letzten 55 Jahre der französischen Innenpolitik sowie des französischen Parteiensystems in all seinen Verästelungen. Ich erfuhr, welcher konservative Politiker mal in rechtsextremen Studentenverbindungen aktiv gewesen war und in welchen trotzkistischen und maoistischen Gruppierungen Lionel Jospin und seine linken Minister ihre politische Karriere begonnen hatten. Und er sprach von der großen Enttäuschung über die Kommunisten um Robert Hue, die in der Regierung überhaupt nichts getan hätten, wofür linke Politik stehe. Er prophezeite, dass diesmal niemand von der SE die Kommunisten wählen würde.

«Studierst du Politik?», fragte ich, beeindruckt ob seines schier unerschöpflichen Detailwissens.

«Nein, Geschichte. Ich gehe aber kaum hin. Das ist mir zu verschult. Gibt zu wenig Diskussionen.»

«Dafür kennst du dich aber gut aus.»

«Ich komme aus einer Politikerfamilie. Mein Großvater war

Abgeordneter für die Sozialisten in der Nationalversammlung. Und mein Vater für die Kommunisten im Senat. Und mein Onkel war Sprecher von Martine Aubry.»

«Dann ist ja dein Lebensweg vorgezeichnet.»

«Ich glaub nicht. Ich weiß noch nicht. Wenn ich wirklich Berufspolitiker werden wollen würde, dann wäre ich nicht bei Solidarité Etudiante, sondern bei der UNEF.»

«Weil die später alle in der PS landen?»

«Genau! Die nicken doch alles von Jospin ab, weil sie sich ihre Karriere nicht verbauen wollen. Die haben gerade mal einen Aktivisten vor Ort. Durch die Wohnheime zu gehen, würde der gar nicht schaffen. Wenn die Studentenwerkswahlen sind, dann schicken die extra welche aus Paris. Da siehst du mal, wie wichtig denen die Arbeit jeden Tag vor Ort ist.»

«Und was willst du stattdessen machen? Was macht man denn mit Geschichte?»

«Ich weiß noch nicht. Vielleicht Lehrer. Auf jeden Fall weg aus Pau. Das ist schon mal klar.»

Das hatte ich vom bärtigen Jérôme und seiner Freundin Thérèse auch schon gehört.

In Corisande stießen wir auf deutlich mehr Offenheit bei den Studenten, denn das Wohnheim war deutlich heruntergekommener als Gaston Phoebus und aufgrund der Herkunftsländer vieler Bewohner lebten sie oftmals unter deutlich prekäreren Verhältnissen. Ich hatte meine ersten eigenen Interventionen. Zunächst vor allem, wenn Julien fälschlicherweise angab, dass die Wahlen am 26. statt am 25. seien. Häufiger wiederholte ich überdies seine Worte, wenn wir es mit Studenten zu tun hatten, die der französischen Sprache nicht so mächtig waren, beispielsweise, weil sie aus China kamen. Einige Wohnheimbewohner formulierten sogar Wünsche. Immer wieder wurde auf den Dreck in den Küchen verwiesen. Die süße spanischsprachige Schwarzafrikanerin, die ich so oft nur mit einem Handtuch bekleidet über den Flur im Erdgeschoss hatte laufen sehen, als ich dort noch gewohnt hatte, hieß Dima und wünschte sich ein Telefon auf dem Zimmer, weil der Apparat im Bâtiment B immer besetzt sei: «Letztes Semester war immer ein Deutscher dran, jetzt ist es ein Engländer.» Besagter Engländer war erst zum Sommersemester nach Pau gekommen und noch mit seiner Freundin zusammen. Ghislaine, die wir offensichtlich beim Sex mit ihrem komorischen Freund störten, beschwerte sich darüber, dass ihre marokkanischen Landsleute immer die Fernbedienung hatten. Bei Eva, die in der fünften Etage wohnte, ließ ich Julien den Vortritt. Sie war durchaus interessiert und versprach zu wählen. Und schließlich kamen wir an das Zimmer von Claire.

«Darf ich reden?», fragte ich Julien, bevor ich klopfte.

«Gerne.»

Claire öffnete. Sie war allein. Ihr gestreiftes Oberteil stand ihr wunderbar. Ich lächelte bemüht unverkrampft.

«Hallo.»

«Hallo.»

«Wie geht's?», wollte sie wissen.

«Nicht so gut», erklärte ich.

«Wieso denn?» Sie schaute mich verwundert an. Ihre dunklen Augen waren wunderschön.

«War nur Spaß. Ich wollte mal was anderes antworten. Eigentlich sind wir hier, um dich daran zu erinnern, dass am 25. März Wahlen zum Studentenwerk sind. Hast du davon schon gehört?»

«Nein.»

«Okay. Also, du weißt sicherlich, dass das Studentenwerk alle Dinge regelt, die die Wohnverhältnisse der Studenten betreffen. Du bist ja direkt betroffen und kennst die Wohnverhältnisse hier in Corisande. Es ist dreckig, es gibt Kakerlaken, die Heizungen funktionieren teilweise im Winter nicht, der Computer ist zehn Jahre alt, es gibt nur ein Telefon pro Gebäude. Umso wichtiger ist es, dass am 25. möglichst viele wählen gehen. Denn die Studentenvertreter im CROUS haben nur dann eine Legitimation, wenn sie von vielen Studenten gewählt wurden.» Ich sprach erstaunlich flüssig. Allerdings war ich den Text ja auch schon mehrmals im Kopf durchgegangen. Ich musste mich allerdings konzentrieren, ihr auch wirklich in die Augen zu schauen und mich nicht von den anderen Reizen ablenken zu lassen.

Sie nickte.

«Wir fordern eine Begrenzung der Mieten, eine Renovierung der Anlagen, eine bessere technische Ausstattung und mehr Plätze in den Wohnheimen. Und eine preisgünstigere Versorgung in der Mensa. Wie du weißt, ist es gerade für viele ausländische Studenten mittlerweile unerschwinglich, regelmäßig in der Mensa zu essen, da die Ticketpreise in den letzten Jahren immer weiter angestiegen sind.»

«Und wer seid ihr, die UNEF?»

«Nein, auf keinen Fall die UNEF», mischte sich Julien ein. «All die Verschlechterungen wurden von der UNEF in den letzten Jahren, in denen deren Vertreter in den Gremien des CROUS saßen, mit beschlossen. Und auch von den Vereinigungen der Studentenverbindungen, den Assos. Deren Sponsoren sind in Affären verwickelt, in denen Geld veruntreut worden ist. Wir können dir gerne Material dazu dalassen.»

Julien drückte ihr Faltblätter und eine Informationsbroschüre in die Hand, bevor Claire ablehnen konnte.

«Also, wählen nicht vergessen! Wir sind übrigens von Solidarité Etudiante», fügte er hinzu.

«Und, übrigens», drängte ich mich noch mal ins Gespräch. «Nächste Woche Mittwoch mache ich mit einer Freundin auf der Etage abends eine Party in der Küche. Wenn du willst, kannst du auch kommen. Um 20 Uhr.»

«Ja, vielleicht.» Sie lächelte.

Ich verabschiedete mich. Nachdem sie die Tür geschlossen hatte, klopfte mir Julien augenzwinkernd auf die Schulter. Er grinste. Sein rotes Zahnfleisch und die frei liegenden Zahnhälse kamen zum Vorschein.

«Kennst du sie?»

«Ein bisschen.»

«Bring sie doch mal mit zu SE.»

«Erst mal muss ich hoffen, dass sie zum Essen kommt.»

Ende März war mal wieder der Trockner im Wohnheim defekt, und Sebastian leistete mir bei meinem Besuch in der Laverie an der Place du Foirail nach langer Zeit mal wieder Gesellschaft. Ich hatte ihm aber zu verstehen gegeben, dass ich lesen wollte, womit er einverstanden war. Er hatte einen Comic dabei, «Johann et Pirlou», ich Rousseaus «Confessions». Damit war ich seit dem Skiurlaub nicht viel weitergekommen. Ich hatte es noch nicht mal bis zur Seite 100 geschafft. Als wir den Waschsalon betraten, liefen zwei Maschinen, aber die Besitzer ihrer Inhalte waren ausgeflogen. Wir verstauten unsere Wäsche und nahmen auf den Plastestühlen am Fenster Platz. Im Radio lief NRJ. Wer wollte das hier hören? Warum konnte der Betreiber keinen Nachrichtensender einstellen? Das war doch für die Kundschaft viel interessanter.

Nach zwanzig Minuten erschien eine ärmlich aussehende Familie nordafrikanischen Typs mit zwei Kindern im Grundschulalter. Als sie nach dem Trocknen ihre Wäsche in ihre Sporttaschen gepackt hatten und die Laverie verließen, waren wir wieder für eine Weile allein. Sebastian hielt sich erstaunlich artig an die Absprache. Sicher, er lachte immer wieder über «Johann et Pirlou». Aber wenigstens wusste ich dadurch, dass es nicht lustig sein konnte. Sebastian war ein ziemlich zuverlässiger Geschmacksberater. Was er empfahl, das brauchte ich mir auf keinen Fall zu Gemüte zu führen. Hin und wieder fragte er auch nach einer Vokabel. Aber das war es. Natürlich hatte ich mein Wörterbuch dabei, wie immer. Ich brauchte es auch angesichts Rousseaus gestelzten Stils. Aber ich war immerhin schon weiter als im Herbst mit Stendhal, Flaubert und Balzac, auch wenn ich viele Absätze mehrmals lesen musste. Jean-Jacques traf gerade bei Madame de Warens ein, als ein Mädchen, Anfang 20, mit langen braunen Haaren den Waschsalon betrat.

*Craignant donc que mon abord ne prévînt pas en ma faveur, je pris autrement mes avantages, et je fis une belle lettre …*

Das Mädchen trug hellblaue Jeans, eine graue Baumwolljacke und ein Pali-Tuch. Ihre Tasche war leer. Also musste ihr eine der Maschinen gehören, die schon lief, als wir gekommen waren. Ich schaute wieder ins Buch:

*Craignant donc que mon abord ne prévînt pas …*

Sie machte sich an der Maschine zu schaffen. Sie hatte wirklich schöne Haare.

Ich versuchte erneut, mich auf mein Buch zu konzentrieren,

musste aber immer wieder zu ihr hinsehen. Sie konnte die Maschine nicht öffnen:

*... je déployais toute mon éloquence ...* Hatte ich das nicht schon gelesen? Jetzt schaute sie sich hilfesuchend um. Schnell reagieren, bevor Sebastian mir zuvorkam.

«Du musst warten, bis die fertig ist. Vorher geht die nicht auf.» Sie lächelte und bedankte sich. «Ach so, stimmt! Ich hab nur gesehen, dass die Trommel sich nicht gedreht hat.»

Offenbar war sie neu im Waschcenter-Business. Sie hatte glatte Haut, hohe Wangenknochen, eine kleine Nase und einen schönen Mund, der durchweg leicht offen zu stehen schien, sodass ihre volle Unterlippe besser zur Geltung kam. Irgendwas musste ich noch sagen, irgendwas Besonderes.

«Nicht immer so ungeduldig sein. Das Leben geht auch so vorbei.» Mist! Was war das denn gewesen? Da war ja ein chinesisches Sprichwort aus einem Glückskeks besser. Sie lächelte, aber ob das jetzt gequält oder wohlwollend gemeint war, konnte ich nicht einschätzen. Ihr Programm war jetzt durch. Sie öffnete die Tür ihrer Maschine. Sie war eher sportlich, aber dennoch weiblich. Mist! Warum hatte ich nicht einfach meinen Mund gehalten? Das deutete sie doch bestimmt als Anmache. Ich musste unbedingt so tun, als interessiere sie mich nicht, indem ich diszipliniert weiterlas.

*... toute mon éloquence pour capter la bienveillance de madame de Warens.*

Wie lautete noch mal der Anfang des Absatzes?

*Craignant donc que ...*

Sie hatte nun den Trockner angestellt. Warum hatte ich sie hier noch nie gesehen? Sie hatte sich nicht wie eine Ausländerin angehört. Vielleicht war sie zum Sommersemester nach Pau gekommen. Gab es das in Frankreich, dass man im Sommersemester anfing zu studieren?

Jetzt lehnte sie am weißen Tisch in der Mitte des Raums und las in einem Magazin. Welches, konnte ich nicht erkennen. Verdammt! Sie hatte zu mir geguckt. Schnell wieder in mein Buch vertiefen. Wo war ich noch mal stehengeblieben?

*Craignant donc que mon abord ne prévînt pas en ma faveur, je pris autrement mes avantages, et je fis une belle lettre en style d'orateur, où, cousant ...*

Was hieß *cousant*? Sebastian konnte ich nicht fragen. Aber im Wörterbuch nachschauen? Das wirkte auf sie bestimmt nach Streber. Da war ich erst recht uncool. Andererseits konnte ich mir das Wort bestimmt nicht merken, bis sie wieder weg war. Vielleicht heimlich nachschauen. Jetzt guckte sie nicht. Ich fischte mein Wörterbuch aus dem Rucksack und legte es unter Rousseaus «Confessions». Dann hob ich die «Confessions» ein bisschen an und fing an zu blättern: courtine, courtois, couscous, cousette. Stimmt! Das war ja das Partizip Präsens. Aber wie lautete der Infinitiv? Ups, sie guckte! Schnell Rousseau drüberschieben. Ich strich das Wort besser an und schaute später nach. War zwar aus der Bibliothek, aber die würden ja sicherlich nicht jede einzelne Seite überprüfen. Ich zog einen Fineliner aus meiner Hosentasche. Gut, jetzt schnell weiterlesen.

*... cousant des phrases de livres avec des locutions d'apprenti ...*

Jetzt hatte ich den Anfang wieder vergessen.

Im Radio lief Shakiras «Whenever, wherever». Sebastian summte mit, sie aber nicht. Das war doch schon mal ein gutes Zeichen. Mann! Ich kam ja überhaupt nicht voran. Also noch mal:

*Craignant donc que mon abord ne prévînt pas en ma faveur,*

*je pris autrement mes avantages, et je fis une belle lettre en style d'orateur, où, cousant des phrases de livres avec des locutions d'apprenti, je déployais toute mon éloquence pour capter la bienveillance de madame de Warens.*

Jetzt hatte ich es. Endlich, den Absatz am Stück. Innerlich jubelte ich. Die Tür öffnete sich. Eva betrat den Waschsalon. Sie hatte einen blauen Windbreaker an. Ihre Haare schauten unter einer grauen, bommellosen Wollmütze hervor. Sie grüßte.

Zwei hübsche Frauen auf einmal in der Laverie. Hatte ich das schon mal gehabt? Sebastian lachte wieder über seinen Comic. Sein Lachen hörte sich immer so undistanziert und weibisch an. Konnte er nicht mal ein bisschen weniger peinlich lachen? Das färbte doch mit Sicherheit auf mich ab. Am besten, ich konzentrierte mich wieder auf mein Buch:

*Craignant donc que mon …*

Stopp! Den Absatz hatte ich doch schon durch. Nur, worum war es in dem eigentlich gegangen? Ich schaute erneut ins Buch. Andererseits, musste man immer alles verstehen? Las ich nicht eigentlich vor allem, um sagen zu können, ich habe diese Bücher gelesen? Also konnte ich auch da fortfahren, wo ich stehengeblieben war.

*J'enfermai la lettre de M. de Pontverre …*

Wer von den beiden gefiel mir eigentlich besser? Als Deutsche hatte Eva natürlich keine Chance bei mir. Aber was redete ich für einen Quatsch? Zunächst hatte *ich* keine Chance bei irgendeiner. Warum verglich ich überhaupt? Das war doch total vermessen. Sie waren auf jeden Fall beide eher kühl als Typ. Nicht so zappelig. Das war ja Melanie auch gewesen, eher so kühl.

Ich vertiefte mich wieder ins Buch. Nein. Hier war ich doch

auch schon. Vielleicht sollte ich besser immer einen Strich hinter das letzte Wort setzen, das ich gelesen hatte, um nicht ständig Passagen doppelt und dreifach zu lesen.

Jetzt dudelte Céline Dion oder eine ihrer Doppelgängerinnen aus dem Radio.

Bewegte die Französin etwa die Lippen zu diesem schmalzigen Song? Nein, bestimmt nicht. Unmöglich. Sie las sicherlich nur ihr Magazin leise mit. Eva hatte neben Sebastian Platz genommen und ebenfalls ein Buch hervorgeholt.

Die Klamotten der Französin waren trocken. Sie legte sie auf dem weißen Tisch zusammen und verstaute sie in ihrer Sporttasche. Ihre Lippen bewegte sie immer noch. Musste das denn sein? Das war doch kein Lied. Soeben hatte sie noch so makellos gewirkt. Oh, jetzt blickte sie zu mir. Schnell wieder ins Buch vertiefen.

Sie verließ den Waschsalon. Ich war stolz auf mich, dass ich nicht vom Buch aufgeschaut hatte. Aussehen war nicht alles. Wer bei Céline Dion mitsang, hatte meine Zuneigung nicht verdient.

«Hast du gesehen, Markus? Die hat noch mal zu dir geguckt, als sie rausgegangen ist. Ich glaube, die wollte sich von dir verabschieden», hörte ich Sebastian sagen.

Ich stutzte. «Was?»

«Die hat noch mal zu dir geguckt, als sie rausgegangen ist», wiederholte er lauter.

«Geht's noch lauter? Warum erzählst du es nicht gleich zuerst Eva?», zischte ich leise, aber aggressiv. Innerlich war ich hin- und hergerissen zwischen Scham und Euphorie. Hätte er mir das nicht wenigstens ins Ohr flüstern können?

«Du wolltest doch, dass ich lauter rede.»

«Das war nicht wegen der Akustik, sondern wegen des Inhalts. Deine Bemerkung schien mir so absurd», flüsterte ich. «Wie soll ich denn auf Eva wirken, wenn wir jetzt hier so was besprechen?»

«Die hat doch Kopfhörer auf und hört Musik.»

«Echt?» Ich schielte an Sebastian vorbei zu ihr. Er hatte recht.

«Hat sie wirklich zu mir geguckt?»

«Ja, eigentlich ständig.»

«Was? Wirklich?»

«Du solltest ihr hinterherrennen.»

«Das ist doch peinlich.»

«Wieso denn? Sie hat die ganze Zeit geguckt.»

Vielleicht sollte ich ausnahmsweise mal auf Sebastian hören.

«Aber was wird denn Eva denken, wenn ich jetzt hier losgehe?»

«Ich sag ihr, du bist spazieren. Das hast du doch beim letzten Mal auch gemacht.»

«Okay.» Ich sprang auf. «Bin gleich wieder zurück.» Ich verließ das Waschcenter und eilte hinaus in den frischen, aber sonnigen März. Wo war sie? Ich schaute nach links die Rue de Bordeu runter. Nur eine alte Frau mit Hund. Ich schaute nach rechts. Dort war die Rue de Bordeu menschenleer. Ich rannte nach rechts, am La Tireuse vorbei, bis zur nächsten Ecke, der Rue Bourbaki. In der war sie auch nicht. Dann stürmte ich die Halle vom Antiquitätenmarkt entlang bis zum Parkplatz auf der Place du Foirail. Sie war wie vom Erdboden verschluckt. Verdammt! Verdammt! Verdammt! Ich hätte sie so gerne wiedergesehen. Mein ganzer Aufenthalt hier hätte sich zum Guten wenden können.

Der 25. März begann um 8 Uhr 30 am Eingang zur faculté des lettres. Zusammen mit Julien verteilte ich Flyer, um doch noch ein paar Studenten dazu zu bewegen, für uns zu stimmen oder wenigstens überhaupt wählen zu gehen.

Kurz nach uns erschienen die Assos. Ihre Aktivisten waren weiblich, sahen besser aus als wir und trugen trotz der noch frischen Temperaturen weiße T-Shirts, die ihre physischen Vorzüge deutlich ins Licht setzten. Wir begriffen schnell, dass wir den männlichen Teil der noch unentschlossenen Wähler abschreiben konnten. Von den meisten wurden wir nun nämlich ignoriert. Sie steuerten schnurstracks auf unsere leichtbekleideten Konkurrentinnen zu.

«Die haben mal wieder die Sportstudentinnen geschickt», ärgerte sich Julien.

«Die arbeiten mit unfairen Mitteln. Die sollte man disqualifizieren.»

«Das beweist nur, dass es ihnen nicht um Inhalte geht», klagte er.

«Vielleicht sollten wir dann einfach auch ein paar Frauen bezahlen, die für uns den Wahlkampf übernehmen», regte ich an.

«Das können wir uns nicht leisten. Das Geld hat gerade mal für die Flyer gereicht. Und das auch nur, weil wir die Rückseite von denen bedruckt haben, die wir von den letzten CROUS-Wahlen noch übrig hatten.»

«Vielleicht hat das ja gar nicht damit zu tun, dass die besser aussehen, sondern damit, dass die mehr Haut zeigen. Vielleicht sollten wir uns einfach ein bisschen ausziehen.»

Julien musste lachen. «Besser nicht. Sonst schrecken wir auch noch die letzten ab.»

«Aber ich hab ziemliche Bauchmuskeln, weil ich in den letzten Monaten so viel Zeit zum Trainieren hatte.»

Julien lachte erneut, doch ich konnte ihn für meine Idee nicht gewinnen.

«Wir sollten uns auf die Studentinnen konzentrieren. Die achten nicht so aufs Aussehen, sondern mehr auf Inhalte», schlug er vor. Ich hatte da meine Zweifel. Aber mir sollte es recht sein. Bei Frauen fiel mir der Einsatz ohnehin leichter, zumindest bei den hübschen, denn hinter ihnen konnte sich immer – zumindest theoretisch – eine potenzielle Freundin verbergen. Ich hatte den Eindruck, Julien legte sich ebenfalls dann besonders ins Zeug, wenn die zu Überzeugende optisch etwas hergab. Claire ließ sich allerdings zunächst nicht blicken. Dafür Mareike und Eva. Ich überließ das Agitieren Julien, denn wenn ich auf sie einredete, würden sie extra unseren Gegnern ihre Stimme geben. Julien machte seine Sache gut. Sie versprachen ihm, für SE zu stimmen.

«Die eine ist ja hübsch», meinte er, als die beiden weg waren.

«Du meinst Eva.»

«Ist sie nett?»

«Weiß nicht. Ich habe keinen Kontakt zu ihr.» Er schien enttäuscht.

Gegen 10 Uhr kreuzte die UNEF auf. Die Zentrale hatte tatsächlich zur Verstärkung einen Typen aus Paris geschickt, einen mit rotem Schal, um ihr einziges Mitglied vor Ort, einen kleinen Kerl in T-Shirt, Armeehose und Basecap, zu unterstützen. Der Pariser begrüßte uns mit: «Na, ihr Maoisten.» Die Mitglieder von SE waren keine Maoisten, sondern Trotzkisten.

Julien beleidigte zurück: «Na, ihr Sozialisten.»

Ich sollte vielleicht mal im Internet recherchieren, was eigentlich Trotzkisten ausmachte, wenn ich schon einer trotzkistischen Studentengewerkschaft angehörte. Bisher hatte ich nur verstanden, dass auch Trotzkisten verstritten waren, wie man an den beiden trotzkistischen Parteien sah, die Kandidaten zur französischen Präsidentschaftswahl aufstellten. Der Kleinwüchsige UNEFler erkundigte sich, ob wir zufällig die Flyer erhalten hätten, die aus Paris geschickt worden seien. Die UNEF hatte, anders als wir, Flugblätter in Farbe. Das wussten wir, weil wir die gesuchten Wahlkampfmaterialien am letzten Freitag vom Postboten entgegengenommen hatten, da im Büro unserer Konkurrenten zu diesem Zeitpunkt niemand mehr gewesen war.

«Nein, haben wir nicht erhalten», log Julien, denn wir hatten sie in den Müll geworfen.

«Uns haben die Assos erzählt, dass sie die erhalten haben. Die haben sie aber weggeschmissen», schob ich nach. Die Flyer hatten wir in den Mülltonnen vor dem Büro der Assos entsorgt, um den Verdacht auf sie zu lenken.

Unsere beiden Konkurrenten gingen uns auf den Leim. Sie stellten die nächste Assos-Wahlkämpferin zur Rede. Die wusste natürlich von nichts. Eine Viertelstunde danach hatte sie männlichen Beistand. Zehn Minuten darauf begann die Prügelei. Um elf musste die UNEF die faculté des lettres geschlagen räumen. Zumindest in unserem Sektor hatten wir für die nächsten Stunden nur noch einen Gegner. Natürlich interessierten sich immer noch sehr wenige für uns. Gianluca tauchte mit seiner neuen Freundin an der Hand auf. Ich ignorierte ihn. Roger kam vorbei und machte ein paar spöttische Bemerkungen. Außerdem erinnerte er mich noch mal an die Bandprobe.

Marijo versprach uns ihre Stimme. Ebenso Guillaume, Rogers manisch-depressiver Freund, der den Tag über im Informatikraum verbracht hatte und noch mal kehrtmachte, um ins Wahlbüro zu gehen. Auch Sebastian und Mohammed, die gemeinsam vom Resto U kamen, versprachen uns ihre Unterstützung. Aber das Interesse an den Sportstudentinnen war dennoch konstant erheblich größer.

Gegen 15 Uhr 30, eine halbe Stunde vor Schließung der Wahllokale, zog ich mein T-Shirt aus, sodass ich nur noch im Unterhemd dastand. Es war ein letzter Akt der Verzweiflung, um den Assos noch ein paar Wähler abzujagen. Solidarité Etudiante erhielt schließlich 25 Prozent der abgegebenen Stimmen. Die Assos 55 Prozent. Zu meiner Verwunderung waren Julien, der bärtige Jérôme, Seb, Thérèse und Arlette-Jérôme trotzdem bester Laune. Die UNEF hatte nur knapp 20 Prozent bekommen, das war das Entscheidende für meine Gewerkschaftsgenossen. Platz 2 unter 3 Teilnehmern sei ein echter Achtungserfolg, versicherten mir alle.

«Alles nur, weil Markus sein T-Shirt ausgezogen hat», scherzte Julien.

«Wenn Julien mitgemacht hätte, dann hätten wir noch besser abschneiden können», bedauerte ich.

«Wenn Julien sein T-Shirt ausgezogen hätte, dann wären wir wahrscheinlich nicht mal auf Platz 3 gekommen», spottete der bärtige Jérôme. «Wahrscheinlich hätten Studenten, die vorher für uns gestimmt hatten, ihre Wahl noch rückgängig gemacht.»

Wir beschlossen, zur Feier des Ergebnisses ins Matisse weiterzuziehen. Eigentlich war es doch ein guter Tag gewesen. Ich hatte mich einbringen können und viel Französisch gesprochen. Sogar Madame Speck hatte mich das erste Mal nach dem

Abend im La Tireuse wieder angelächelt, als sie mich mit Julien hatte Wahlkampf machen sehen. Schade nur, dass Claire sich nicht hatte blicken lassen. Hoffentlich kam sie übermorgen zum Essen.

Marijo hatte José mitgebracht und französische Zwillinge, Hannelore und Charles, aus ihrer Etage. Sie schien wirklich jeden im Wohnheim zu kennen. Ich hatte Guillaume, Rogers Freund, im Zeitungskiosk vom Centre E. Leclerc gegenüber vom Campus aufgegabelt und spontan angeboten, uns Gesellschaft zu leisten. Er hatte eingewilligt. Kurz hatte ich mit dem Gedanken gespielt, auch Roger Bescheid zu sagen, aber dessen libertäres Beziehungskonzept erschien mir zu bedrohlich. Nicht, dass er mir Claire noch ausspannte. Vielleicht stand sie auf besonders männliche und dominante Männer. Ich hätte die Gesellschaft noch um Julien ergänzen können, aber der hatte mir schon gesagt, dass er meine Nachbarin hübsch fand. Stattdessen hatte ich Sebastian den Vorzug gegeben, der vom Essen Wind bekommen und mich ganz traurig-flehentlich angeschaut hatte. Er wollte nicht schon wieder einen Abend mit seinen marokkanischen Freunden verbringen. Seit unserer Rückkehr aus dem Skiurlaub hatte er schon zweimal die Moschee besuchen müssen.

Wir würden also mindestens zu siebt sein. Das musste genügen, um die Zusammenkunft als Wohnheimparty zu verkaufen. Marijo machte die Crêpes, ich stellte den Belag: Nutella, Apfelmus und Himbeermarmelade. Sebastian ging noch mal los, um zwei Packungen Eistee und zwei Flaschen Cola zu kaufen. Mein Plan sah vor, dass die anderen Gäste nach Claires Ankunft zeitnah verdufteten, damit ich mit meinem Schwarm allein war. Mit Marijo, José und Guillaume hatte ich extra ein Codewort vereinbart, als Zeichen für ihren Aufbruch. Marijo hatte mir versprochen, dafür Sorge zu tragen, dass auch Hannelore und Charles rechtzeitig verschwanden.

Ich hatte mir den optimalen Platz gesucht. An der einen Längsseite der improvisierten Tafel aus zwei Tischen saßen José, Guillaume und Charles. An der Stirnseite saß Marijo und an der anderen Stirnseite Hannelore. Ich hatte den Platz gegenüber von José, Guillaume und Charles eingenommen. Die Stühle rechts und links von mir waren frei. Wenn Claire auftauchte, dann musste sie sich zwangsläufig neben mich setzen. Und Sebastian auf die andere Seite. Mein Plan sah jedoch nicht vor, dass ich noch mal auf Toilette musste. Mir drückte die Blase, obwohl Claire noch gar nicht erschienen war. Es würde nicht unbedingt souverän erscheinen, wenn ich während des Gesprächs mit ihr die ganze Zeit unruhig auf meinem Stuhl hin und her rutschte. Ich musste das unbedingt vorher erledigen. Also sprang ich auf und verschwand aus der Küche, ohne darum zu bitten, mir den Platz zwischen den beiden freien Stühlen frei zu halten. Doch dann kam es, wie es kommen musste: Schon während ich mein Geschäft verrichtete, hörte ich Sebastians Stimme.

«Bonsoir. Je suis Sebastian.» Ich versuchte, mich zu beeilen, doch ohne Erfolg.

«C'est libre?», erkundigte sich mein deutscher Kommilitone in der Küche nach den zur Verfügung stehenden Plätzen. Am liebsten hätte ich gerufen, denn Sebastian war in meinen Schlachtplan nicht eingeweiht. Er wusste noch nicht mal, dass ich auf Claire abfuhr. Nach den zahlreichen Misserfolgen mit Frauen hatte ich das bisher vor ihm geheim gehalten. Aber wie hätte es auf die Runde gewirkt, wenn vom Lokus aus meine verzweifelte Stimme zu ihnen gedrungen wäre: «Nicht der Stuhl in der Mitte!»? Vielleicht war Claire bereits in der Nähe.

Claire war noch nicht in der Nähe, aber Sebastian hatte tatsächlich zielsicher den Platz gewählt, den ich für mein Vorhaben benötigte. Ich konnte ihn nun wohl kaum anfahren: «Ey, weg da! Hier sitze ich!» Das Essen hatte noch nicht begonnen. Aber wo sollte ich mich stattdessen niederlassen? Neben Marijo? Aber die alberte gerade mit José. Da wäre ich das fünfte Rad am Wagen. Besser links von Sebastian neben Hannelore. Hoffentlich verstand die das nicht als Geste des Mitleids. Sie hatte mit Sicherheit noch nicht oft einen Mann dazu gebracht, freiwillig ihre Nähe zu suchen, denn leider machte sie ihrem Namen auch optisch alle Ehre. Sie schien ihr Kleid selbst gestrickt zu haben. Die Haarspangen mussten von ihrer Großmutter sein. Sie lächelte mich sofort dankbar an und versuchte sogleich, mich in ein Gespräch zu verwickeln:

«Du bist also aus Berlin?»

«Ja.»

«Aus Ost- oder Westberlin?»

Nun erschien Claire in der Küche. Möglicherweise auch eher rein zufällig, aber sie war zu meiner Erleichterung allein. Besser noch: Sie nahm Platz, wenn sie auch beteuerte, dass sie nicht lange bleiben könne. Sie hatte wieder das körperbetonte weiße Top an von damals, als sie mit dem Engländer Tee getrunken hatte. Leider saß Sebastian zwischen uns.

Marijo servierte die erste Runde Crêpes. Sie waren gelungen, und Sebastian erklärte laut: «Auf Deutsch sagt man *mjam-jam.*» Ich hätte ihn doch nicht einladen sollen.

Hannelore wollte von mir wissen, wie das Leben in der DDR

vor der Maueröffnung gewesen sei, während Claire Sebastian mitteilte, dass es im Französischen fast genauso hieße: *miam-miam*.

«Vor der Maueröffnung, in der DDR? Da war es toll.»

Hannelore wollte wissen, ob es in den Mentalitäten zwischen Ost- und Westdeutschen große Unterschiede gebe. Sie beugte sich zu mir. Sebastian erkundigte sich bei Claire danach, ob sie denn Deutsch könne. Eine Unverschämtheit war das, dass er sich mit ihr unterhielt. Ich hatte sie zuerst entdeckt. Und ich hatte sie eingeladen. Sie könne nur Spanisch und Englisch, entgegnete sie, und nur einen deutschen Satz: «Du riechst so gut.» Das habe sie mal in einem Rammstein-Song gehört. Sebastian nickte. Sein Kinn lag in seiner rechten Hand.

«Ja, es gibt große Unterschiede zwischen Ost- und Westdeutschen.»

«Und welche?»

Sebastian gestand gerade, dass er Rammstein nicht kenne. Das Fremdschämen setzte ein. Wie konnte er Rammstein nicht kennen?

«Welche Unterschiede gibt es?», wiederholte Hannelore. Ihr Blick war sehr durchdringend.

«Was für Unterschiede?» Wovon sprach sie?

«Na, in den Mentalitäten zwischen Ost und West.»

«Im Osten sind die Menschen lustig, im Westen künstlich», fasste ich zusammen.

Claire bat Sebastian um Empfehlungen deutscher Bands. Am liebsten hätte ich ganz laut «Stopp!» gerufen. Sie wusste nicht, mit wem sie sprach. Mit einem Einundzwanzigjährigen, der Alain Souchon und Sting mochte. Gleich würde er ihr Heinz Rudolf Kunze und Klaus Lage empfehlen.

«Und woran liegt das, dass die Menschen im Osten lustiger und im Westen künstlicher sind?», versuchte Hannelore unser Gespräch zu vertiefen, das nur ungefähr 30 Prozent meiner Aufmerksamkeit hatte, denn die anderen 70 Prozent waren damit beschäftigt, Claires und Sebastians Konversation zu folgen.

«Der Humor ist unsere Waffe gegen die Kolonisatoren aus dem Westen.» Hatte ich dieses Gespräch nicht schon mal geführt? Ja, mit Polemo oder Polomo oder wie sie hieß. Hätte ich Hannelore angeschaut, wäre mir ihre Irritation aufgefallen.

«Also, von deutschen Musikern höre ich sehr gerne Max Raabe und Xavier Naidoo.»

«Hör nicht auf ihn!», drängte es mich zu warnen.

«Ich wollte schon immer mal nach Berlin», eröffnete mir Hannelore.

«Das kannst du machen», gab ich mich schmallippig, denn Sebastian behauptete gerade, sehr viele Deutsche würden auf Max Raabe und Xavier Naidoo stehen. Ob ich einwerfen sollte: Aber ich nicht?

«Kannst du mir in Berlin denn einen Ort empfehlen? Ich interessiere mich vor allem für Kunst.»

«Ja.»

Claire wollte wissen, was Max Raabe und Xavier Naidoo für Musik machten. Guckte ihr Sebastian etwa auf die Brüste?

«Scheiß Musik», flüsterte ich.

Sebastian überhörte mich, verlieh letzterem Interpreten das Attribut melancholisch-gefühlvoll und ersterem jazzig-swingig. Er schaute Claire verträumt an. Wenn sie nicht die ganze Zeit zurückgeschaut hätte, hätte sie längst bemerken müssen, dass ich sie beide unentwegt beobachtete.

«Welchen Ort denn?», bedrängte mich Hannelore.

«Wie, welchen Ort?»

«Welchen Ort du mir in Berlin empfehlen kannst?»

«Den Alexanderplatz.»

«Soll ich dir was vorsingen?», bot Sebastian Claire im gleichen Moment an.

Claire schien sich nicht sicher zu sein, ob sie sich eine Kostprobe zumuten sollte. Ich schüttelte hinter Sebastians Rücken den Kopf und machte mit meinen Händen das internationale Zeichen für «auf keinen Fall». Leider kannte sie dieses Zeichen nicht. Sebastian legte los. Er übersetzte den Songtext gleich ins Französische, damit sie besser nachvollziehen konnte, wie tiefgründig der erste Sohn Mannheims dichtete:

«Elle n'est pas de ce monde
L'amour qui me fait vivre
Sans toi ... Markus, was heißt *ist es schlecht um mich bestellt* auf Französisch?», drehte er sich hilfesuchend zu mir.

«Etre niqué», erklärte ich, was eigentlich «gefickt» bedeutete und ganz sicher nicht im Wortschatz des christlichen Missionars aus der Nähe von Frankfurt vorkam. Sebastian hinterfragte meine Übersetzung jedoch nicht:

«Sans toi je serais niqué
Parce que elle n'est pas de ce monde
L'amour qui me fait vivre», fuhr er fort.

«Ich kenn den Alexanderplatz nicht», blieb Hannelore hartnäckig.

«Dann wirst du ihn kennenlernen.»

Sebastian war zum anderen Künstler übergegangen:

«Aucun cochon m'appelle
Aucune ... Markus, was heißt *Sau* auf Französisch?»

«Salope», erklärte ich, was auch *Sau* bedeutete, aber sicherlich nicht in dem im Satz *Keine Sau interessiert sich für mich* gemeinten Sinne, sondern eher *Miststück, Schlampe.*

Sebastian nahm den Song wieder auf:

«Aucun cochon m'appelle

Aucune salope s'intéresse pour moi.»

Claire schaute konsterniert. Die anderen Gespräche am Tisch waren mittlerweile verstummt. Nur Hannelore insistierte:

«Ich mag Deutschland. Deutsche sind so tiefgründig.»

«Ich mag Frankreich. Franzosen sind so oberflächlich», mühte ich mir einen Scherz ab, denn langsam wurde es unangenehm. Außerdem konnte ich mich wegen Hannelores ständiger Fragerei einfach nicht auf das Gespräch von Sebastian und Claire konzentrieren. Vielleicht sollte sie sich besser mit meinem Kommilitonen unterhalten.

Sebastian wiederholte, dass viele Menschen in Deutschland Xavier Naidoo und Max Raabe mochten.

«Viele Leute über sechzig und viele religiöse Fundamentalisten», stellte ich richtig, denn ich hielt es nicht länger aus. Claire schaute mich nun endlich an. Wie gut sie aussah mit ihren braunen Augen und den langen Wimpern. Es musste seltsam auf sie wirken, dass in Deutschland Senioren und christliche Fanatiker auf Künstler standen, die in ihren Songtexten Begriffe wie *ficken* und *Schlampe* verwendeten.

«Aber auch junge Leute», widersprach Sebastian.

Da Claire sich nicht zu trauen schien, ihm ins Gesicht zu sagen, dass ihr die Darbietung nicht Appetit auf mehr gemacht hatte, fühlte er sich aufgefordert, ihr anzubieten: «Ich kann dir gerne mal eine CD von Max Raabe und Xavier Naidoo ausleihen.» Versuchte er jetzt etwa, sie anzumachen? Vielleicht hätte ich ihm doch erzählen sollen, warum diese Veranstaltung heute stattfand. Sie nickte, doch das brachte ihr Gespräch nicht wieder in die Gänge.

«Wanderst du gerne?», erkundigte sich Sebastian darum. Seine Gesprächsführung war ziemlich erratisch. Er wollte ihr doch nicht tatsächlich vorschlagen, mit ihm zu wandern? Claire schüttelte den Kopf. Ich hatte Glück, dass Sebastian Sebastian war, denn er machte – aus Sicht des Flirt-Knigges – wirklich so ziemlich alles falsch. Er konnte auch gleich erzählen: «Mein Name ist Sebastian. Meine hervorstechendsten Eigenschaften sind, dass ich immer pünktlich bin, nicht über mich lachen kann, gerne Lederhosen trage, Blutwurst esse und jeden Sommer mit einem 100-Liter-Biertank nach Malle an den Strand fahre. Möchtest du deswegen mit mir gehen?»

«Magst du Malerei?», säuselte Hannelore.

«Ja», antwortete ich, weil ich nur mit halbem Ohr hinhörte.

«Super. Ich auch. Ich mag vor allem die deutschen Expressionisten. Welchen magst du am meisten?»

Ich kannte nur Picasso. Der war zwar vieles, aber sicher kein deutscher Expressionist gewesen. Darum meinte ich: «Den kennst du nicht. Mein deutscher Lieblingsexpressionist ist völlig unbekannt.»

Sebastian schlug Claire vor, ihr alle 101 französischen Departements in der richtigen alphabetischen Reihenfolge aufzusagen.

Hannelore schlug mir vor, mir alle deutschen Expressionisten in alphabetischer Reihenfolge aufzusagen. Vielleicht sei meiner darunter. Claire meinte zu Sebastian, sie müsse jetzt leider los, würde sich die Departements aber gerne ein anderes Mal anhören. Sie verabschiedete sich.

Ich hätte mich Hannelore am liebsten mit der gleichen Begründung entzogen. Aber das ging nicht. Erstens hatten wir uns erst vor einer halben Stunde zum Crêpes-Essen eingefunden. Und zweitens hatte ich den Abend organisiert. Ich konnte also kaum vor meinen Gästen verschwinden. Immerhin hatte ich eine andere Idee, um mich aus den Klauen der aufdringlichen Französin zu befreien.

«Gleich kannst du mir die Expressionisten aufzählen. Aber erst mal wasch ich schon mal ein bisschen ab.» Ich stand auf, ehe sie etwas erwidern konnte. Nach dem Abwaschen würde ich mich zwischen Sebastian und Marijo setzen.

# APRIL 2002

In der ersten Aprilwoche waren die Tage von Montag bis Freitag dank Solidarité Etudiante und der anstehenden Präsidentschaftswahl ausgefüllt. Über mangelnde Beschäftigung und fehlende soziale Kontakte konnte ich mich in dieser Zeit nicht mehr beklagen. Vom enttäuschenden Crêpes-Essen mit Claire hatte ich mich trotzdem noch nicht erholt. Ich hatte immer noch keinen Versuch unternommen, erneut zu ihr Kontakt aufzunehmen. Ein geeigneter Vorwand wollte mir einfach nicht einfallen. Und jetzt, am Wochenende, konnte ich auch nicht auf Marijo zählen, die mit José nach Toulouse gefahren war, in der Hoffnung, dass sie offiziell als Paar zurückkommen würden. Ich entschied mich gegen Sebastian und dafür, die Zeit alleine totzuschlagen. Im Kiosk vom Centre E. Leclerc, wo ich mir *Les Inrocks* besorgen wollte, stieß ich erneut auf Guillaume, der in einem Hard-Rock-Fanzine las.

«Erst kaufen, dann lesen», sprach ich ihn an.

Er musste lachen. «Ich will erst wissen, ob es sich lohnt.»

«Sagt hier keiner was?»

«Die Frau da hinten kenne ich aus dem Studium.» Er deutete auf die Verkäuferin, eine hübsche schlanke Französin mit langen braunen Haaren, künstlichen Wimpern und mediterranen Gesichtszügen.

«Wow! Du kennst ja heiße Feger. Was habt ihr denn für eine Beziehung?»

«Wir grüßen uns. Und sie lässt mich die Zeitschriften anschauen, ohne etwas zu sagen.»

Ich bot Guillaume an, zu mir zu kommen. Er hatte nichts zu tun und willigte ein. Auf dem Weg zurück ins Wohnheim erfuhr ich, dass er praktisch jeden Tag mindestens eine Stunde im Zeitungskiosk verbrachte, um seine Wohnung, die er allein bewohnte, wenigstens einmal zu verlassen. Seitdem er die Uni geschmissen und sich seine Freundin im Januar von ihm getrennt hatte, hielten sich seine sozialen Kontakte in Grenzen. Wir aßen bei mir Nudeln mit Wiener Würstchen und Tomatensoße. Dann war es auch schon neunzehn Uhr.

«Was machst du heute noch?», wollte ich wissen.

«Weiß nicht.»

«Wollen wir noch irgendwo hingehen?»

«Schau mal nach.»

Ich griff zu *Les Inrocks* und schlug die Programmhinweise auf.

«Pau steht nicht drin. Aber in Bordeaux spielen heute The Notwist. Und in Toulouse The White Stripes. Wie viel Kilometer sind das?»

«200 etwa für beide.»

«Meinst du, wir schaffen das bis zwanzig Uhr?»

«Wenn wir schnell laufen.»

«Ich guck vielleicht mal in *La République des Pyrénées*. … Ah, hier gibt es einen Trödelmarkt. Ach nee, der ist morgen. Um 20 Uhr treffen sich im Gemeindesaal von Lescar die Veteranen des Zweiten Weltkriegs. Wäre das was für dich? Wir könnten auch ins Kino gehen, aber alle Filme, die heute im Méliès laufen, habe ich schon gesehen.»

«Lass mal!», winkte Guillaume ab.

«Wir könnten auch bis 21 Uhr warten und C'est Lenoir hören», schlug ich meine Lieblingssendung auf meinem Lieblingssender France Inter vor, der mich an vielen einsamen Abenden zwischen 21 und 22 Uhr begleitet hatte.

«Heute ist Wochenende, kein Lenoir. Markus, ich hasse Pau. Dieses Kaff. Du siehst immer die gleichen Leute. Wer interessant ist, kommt doch nie hierher.»

«Könntest du dir vorstellen, dass The Strokes hierherkommen oder Sonic Youth?» Er beantwortete sich die Frage selber, sprang vom Stuhl hoch und lief im Zimmer auf und ab.

«Dafür müssen wir aber auch nicht damit rechnen, dass al-Qaida hier einen Anschlag verübt. Die Stadt ist als Ziel einfach zu unbedeutend», munterte ich ihn auf. Er überhörte mich.

«Und wenn wir noch in eine Kneipe gehen?», regte ich an.

Er hielt kurz an. «Um kurz nach acht?» Dann setzte er sich wieder in Bewegung.

«Wir können ja langsam laufen.»

«Ich kann diese ganzen Kneipen nicht mehr ab. Immer siehst du die gleichen Gesichter. Diese ganzen Studenten, die nur auf Feiern aus sind und sich für nichts anderes interessieren als für ihre eigene kleine Welt. Die kotzen mich so an.» Er redete wie ein Maschinengewehr.

«Ich könnte dir ja noch mal Sebastian vorstellen. Aber ich glaube nicht, dass der Abend mit ihm interessanter wird. Wir sollten uns besser zu zweit langweilen.»

Guillaume blieb stehen. «Was ist denn mit der Französin von letzter Woche? Deiner Nachbarin. Ist die da?» Er schaute mich erwartungsvoll an.

«Ich bin noch nicht weitergekommen. Und am Wochenende ist sie, glaube ich, immer bei ihren Eltern in irgendeinem Dorf in der Nähe.»

Guillaume seufzte. «Siehst du, das meine ich. Niemand bleibt gerne länger als nötig hier.»

«Ich glaub, ich hab sowieso keine Chance bei ihr.»

«Dabei bist du aus Berlin. Das müsste doch eigentlich reichen.» Er fing an, mir die Vorzüge meiner Heimatstadt aufzulisten, die er noch nie besucht hatte. Dabei sparte er nicht mit ausladender Gestik.

«Du hast recht!», unterbrach ich ihn. «Aber die Französinnen hier haben das noch nicht verstanden. Und was Claire betrifft, ich weiß nicht. Das bringt doch alles nichts.»

«Doch, Markus! Auf jeden Fall. Sei hartnäckig!» Mein Freund schaute mich eindringlich an. «Und wenn es nicht klappt, dann bist du im Sommer wieder weg.»

«Was soll ich denn machen? Ich bin ja schon extra bei SE und habe sie zu einem Essen eingeladen. Wie erniedrigend wäre das jetzt, wenn ich jetzt noch mal zu ihr ginge?»

«Du musst sie beeindrucken, mit irgendwas.» Er wiederholte das Gesagte mehrmals, so als müsse er es noch auf sich wirken lassen. Doch das war natürlich einfacher gesagt als getan. Einen Vorschlag hatte er nicht. Stattdessen setzte er sich wieder.

«Soll ich ihr ein paar Liegestütze vormachen? Das ist das Einzige, in dem ich gut bin.»

«Dann doch lieber Kniebeugen», grinste mein Kumpel.

«Da verliere ich immer das Gleichgewicht. Außerdem strecke ich den Hintern zu weit raus. Ich bin mir nicht sicher, dass das bei Frauen so gut ankommt.»

Er rief: «Ich hab's! Du kommst zu Roger und mir in die

Band.» Er sprang auf. Seine Augen und seine Glatze glänzten. «Das ist es. Du wirst Mitglied bei Immortal Ayatollah. Und dann machen wir ein Konzert und laden sie ein.» Er blickte mich erwartungsvoll an. Er schien darauf zu setzen, dass ich seine Begeisterung teilte.

Ich verzog skeptisch den Mund und legte den Kopf schief. «Aber ich bin schlecht im Singen und kann kein Instrument.»

Er wischte meinen Einwand mit einer Handbewegung beiseite: «Dann bist du genau richtig bei uns.»

Guillaume war regelrecht euphorisiert. Er sprang auf, stimmte seine Luftgitarre an und begann, einen Text zu singen, den ich nicht verstand. Ich war mir nicht mal sicher, ob es Englisch oder Französisch war. Meine Erregung hielt sich in Grenzen. Ich zweifelte nicht nur an meinen Fähigkeiten, sondern auch daran, dass die Band von Roger und Guillaume geeignet war, Claire in mich verliebt zu machen.

«Das ist doch bestimmt keine Musik, auf die Claire abfahren wird», machte ich erneut Bedenken geltend.

Ihn zügelte das nicht: «Das wird schon. Bands ziehen immer. Auch schlechte. Los, lass uns Roger anrufen und ihm davon erzählen!» Er war dermaßen aufgedreht, dass es mir unmöglich schien, ihn zu bremsen. Das Telefon im Wohnheim war aber vom Engländer besetzt.

«Sure. ... I love you. ... Why do you ask?»

Wir nahmen die nächste freie Zelle in der Avenue du Loup. Roger war nicht zu Hause, wie wir von seiner Mutter erfuhren, sondern mit ein paar Kumpels und seiner Freundin etwas trinken. Doch Guillaume ließ sich davon nicht von seinem Vorhaben, ihn zu sprechen, abhalten: «Wir gehen einfach los. Pau ist klein. Wir finden ihn schon.»

Ein paar Tage später stand ich im Probenraum von Immortal Ayatollah, einer ehemaligen Garage in Bizanos, einem Stadtteil östlich vom Bahnhof. Die Band bestand aus zwei Gitarristen, Roger und Nauar, einem langhaarigen Typen in einem schwarzen Napalm-Death-T-Shirt, einem langhaarigen Drummer mit Brille vor schüchternem Blick und schwarzem T-Shirt namens Riad sowie zwei Sängern. Einer davon war Guillaume, und der zweite – wiederum mit Haaren bis zu den Hüften – hieß Benoît. So viel männliches Haar hatte ich seit meiner Ankunft im September in Pau nicht zu Gesicht bekommen.

Ich war auf dem letzten Nirvana-Konzert in Deutschland gewesen, hatte Slime, System of a Down, Rage Against The Machine live gesehen, aber verglichen mit dem Krach, den das islamistische Black-Metal-Quintett meiner beiden Kumpels produzierte, spielten die anderen Bands Musik für Seniorennachmittage. Der erste Song begann mit speedigen, verzerrten Gitarren, wenige Sekunden danach brüllte Benoît ins Mikro, dann setzte sein eigentlicher Gesang ein, der aber für mich auch nur als Schrei zu identifizieren war. Guillaumes Part bestand darin, zwischendurch mit einer sehr hohen Stimme in sein Mikro zu bellen. Nach knapp anderthalb Minuten war der Song zu Ende. Und der nächste wurde angestimmt. Er unterschied sich vom ersten dadurch, dass er nur eine Dreiviertelminute dauerte. Auch hier waren die Lyrics für mich nicht zu verstehen. Dafür war die Lautstärke der Musik und des Gesangs auf konstant höllischem Level. Ich musste daran denken, dass John Lennon bei Beatles-Konzerten «Twist and Shout» immer ganz zum Schluss gesungen hatte, weil danach seine Stimme heiserkeitsbedingt zu keinem weiteren Stück mehr imstande gewesen war. Verglichen mit dem, was Benoît und Guillaume ihrem Organ zumuteten, hatte der Liverpooler nur geflüstert. Ein besonders guter Sänger konnte John Lennon nicht gewesen sein. In jeder Black-Metal-Formation wäre er sang- und klanglos untergegangen. Im dritten Lied von Immortal Ayatollah bestand die Variation darin, dass sich auch Roger in den Gesang einklinkte. Er machte Geräusche, die mich an das Heulen eines Schakals denken ließen. Nach zwanzig Minuten waren die fünf mit den 14 Songs, die sie im Repertoire hatten, durch.

«War das schon alles?», wunderte ich mich. Mir dröhnten die Ohren. Am liebsten hätte ich sie mir zugehalten, aber dann hätte ich wie eine Mimose gewirkt. Beim nächsten Mal würde ich mir vorher ein bisschen Oropax in die Gehörgänge schieben.

«Wir üben nicht so viel», erklärte mir Roger ohne Umschweife.

«Warum nicht?»

«Damit wir nicht zu gut werden.» Seine Bandgenossen grinsten.

«Warum nicht?»

«Wir mögen dieses Künstlergehabe nicht. Bands, die so viel üben, nehmen sich selbst wichtiger als ihr Publikum. Wir wissen, dass wir scheiße sind, aber wir haben Spaß. Und uns gibt es umsonst.»

Um Spaß ging es mir eigentlich nicht. Ich hatte mich ja nur deswegen von Guillaume überreden lassen, mir Immortal Ayatollah anzuschauen, weil zumindest die theoretische Möglichkeit bestand, mit meinem Engagement in der Band Claire zu beeindrucken. Aber die Zweifel, ob die Gruppe dafür die richtige Plattform war, waren eher noch gestiegen.

«Also, machst du mit? Sänger brauchen wir immer.» Das

überraschte mich nicht. Bei dem Geschrei musste der Sänger vermutlich nach jedem Gig gewechselt werden. Welchen Laut würde ich überhaupt noch beisteuern können? Benoît schrie, Guillaume bellte wie ein Hund, und Roger imitierte Laute eines Schakals. Sollte ich wie ein Affe brüllen? Wie ein Esel schreien? Oder wie ein Deutscher Schäferhund bellen?

Ich schüttelte den Kopf. «Ich weiß nicht. Ich hab auch einen deutschen Akzent. Das hört doch euer Publikum. Die werden mich doch nie akzeptieren.»

«Wir haben gar kein Publikum», grunzte Roger zufrieden. «Wir spielen einfach auf der Straße. Und deutscher Akzent ist immer gut. Das erinnert die Passanten an den Zweiten Weltkrieg und provoziert sie. Bell einfach wie ein deutscher Schäferhund!», ermutigte er mich. «Kannst du auch wie Adolf Hitler singen?», wollte er wissen.

«Äh, nee. Außerdem war der Österreicher.»

«War nur ein Scherz. Ruf einfach irgendwas Deutsches. Das klingt schön aggressiv. Vielleicht so Wörter wie Hass. Kindesmord. Massaker. Amoklauf.»

Vielleicht war es besser, mit der Wahrheit rauszurücken.

«Eigentlich hatte ich nur überlegt mitzumachen, um meine Chancen bei Frauen zu erhöhen. Aber wenn ihr nicht mal Publikum habt, dann sicherlich auch keine Frauen.»

«Doch, doch!», beteuerte Guillaume. «Roger hat übertrieben.» Benoît, Riad und Nauar nickten zustimmend. «Zu den Konzerten kommen auch Frauen.» Die anderen sahen nicht nach Frauentypen aus.

«Stimmt. Ein paar schon. Unsere Konzerte sind ja öffentlich. Auf der Straße», pflichtete Roger bei.

Ich versuchte mir vorzustellen, welche Frauen zu Konzerten von Immortal Ayatollah gingen. Frauen, von denen jeder Körpervorsprung mit Blech durchlöchert war, deren Haut übersät war mit Tattoos, deren Bereich oberhalb des Mundes ein kräftiger Damenbart zierte und deren Achselhaare bis zu den Knien hingen, die rülpsten und in der Öffentlichkeit laut furzten? Nie und nimmer aber Frauen wie Claire. Wie sollte ich sie mit Liedern für mich einnehmen, die «Exterminate the Occident», «Hippie Holocaust», «From anal dissection to orgasmic anti-christian mass murder» oder «George W. Bush is a Transsexual Robot» lauteten? Ich wusste ja nicht mal, ob sie vielleicht sogar Sympathien für den amerikanischen Präsidenten hegte. Sicherlich, sie würde von den Texten sowieso nichts verstehen, aber was sie hörte und sah, war nicht besser. Drei Typen in schwarzen Klamotten, die ihre Mähnen schüttelten, drei Typen, die ihre Halbglatzen schüttelten. Männer, die breitbeinig in Gitarren hämmerten. Männer, die ins Mikro brüllten, Männer, die ins Mikro bellten, Männer, die wie ein Kojote ins Mikro heulten, und ich, der das Soundinferno als Deutscher Schäferhund mit Adolf-Hitler-Akzent stimmlich abrundete. Wenn ich mich dann noch auf der Bühne übergab, wäre der Weg in Claires Bett nur noch eine Formsache. Denn sie würde erkennen, dass auch Deutsche interessant, emotional komplex, romantisch und einfühlsam sein konnten. «Ich muss erst noch drüber nachdenken.»

Roger ließ mich natürlich nicht drüber nachdenken. Um mich weiter zu bearbeiten, schleppten er und seine Band mich noch ins Matisse, nicht nur die Lieblingskneipe der Leute von Solidarité Etudiante, sondern auch gern gewählte Absteige von Immortal Ayatollah. Wie beim letzten Mal lief im großen Fernseher über dem Ausschank Rugby. Die blaue-gelbe Fahne über der Tür und die grün-weiße gegenüber vom holzgetäfelten Tresen wiesen den Inhaber als Fan vom ASM Clermont Auvergne und vom Fußball-Club AS Saint-Etienne aus.

«Du musst unbedingt mitmachen, Markus!», hob Roger an, nachdem wir bestellt und uns im hinteren Teil der Bar in einer hölzernen Sitzecke niedergelassen hatten. «Wir haben schon drei Franzosen und einen Syrer.» Roger deutete auf Riad, der neben mir saß. «Und einen Zigeuner.» Er schlug sich gegen die Brust. «Wenn wir jetzt noch einen Deutschen haben, dann ist unsere Band perfekt.»

«Ich mag Deutschland aber nicht. Außerdem hatte ich bisher nicht den Eindruck, dass ich mit meiner deutschen Nationalität hier bei den Frauen punkten kann.»

«In Deutschland gibt es aber coole Grindcore-Bands. Ich sag nur GUT und Dead», widersprach Guillaume und erhielt zustimmendes Gemurmel von seinen Bandkollegen.

«Ich glaube nicht, dass das bei Französinnen zieht.»

«Modern Talking ist auch sehr beliebt», erklärte Roger. «Benoît ist übrigens der Cousin von dem einen Sänger, Thomas Andere oder wie der heißt.» Benoît nickte stumm.

«Herzlichen Glückwunsch. Habt ihr Kontakt zueinander?» Thomas Anders' Cousin schüttelte den Kopf. Gesprächig war er nicht gerade.

«Außerdem ist das deutsche Kino hier sehr beliebt», fuhr Roger fort.

«Das deutsche Kino?» Das konnte ich nicht glauben. Außer Andreas Dresen fiel mir kein deutscher Regisseur ein, dessen Filme ich mochte. Ich äußerte meine Zweifel.

«Du vergisst Fassbinder, Lang, Lubitsch», insistierte Roger. Der Wirt, ein südländischer Typ Anfang 50 mit braunen Augen und pechschwarzen Locken, bei dessen Akzent ich mir nicht sicher war, ob er einfach nur typisch für die Region war oder für spanische Vorfahren sprach, brachte uns die Getränke. Roger, Benoît und Nauar tranken ein Bier, Guillaume und ich eine Cola und Riad einen Orangensaft, was mich wunderte bei einem Mitglied einer Black-Metal-Formation.

«Stimmt's, Ramon? Fassbinder, Lang, Lubitsch sind die Größten.» Ramon pflichtete Roger bei.

«Die sind aber alle tot», wandte ich ein.

«Und was ist mit Wenders, Kluge, Werner Schroeter?» Er guckte herausfordernd.

«Wim Wenders hat vor 20 Jahren den letzten guten Film gemacht», relativierte ich, weil ich noch nichts von Alexander Kluge und Werner Schroeter gesehen hatte.

«Das ist Quatsch! Paris, Texas ist von 1984.» Ich musste lachen.

«Mit den Regisseuren werde ich meine Nachbarin bestimmt nicht davon überzeugen, dass deutsche Männer cool sind. Ich bin mir nicht mal sicher, dass Claire die kennt.»

«Dann schau mit ihr Derrick. Alle Franzosen lieben Derrick.» Roger schaute in die Runde. Guillaume wiederholte, dass alle Franzosen Derrick liebten. Die anderen nickten stumm. Riad hatte ein Notizheft hervorgeholt. «Ramon, wie ist Derrick?», rief Roger.

«Derrick ist super.»

«Übrigens, Markus. Du siehst ein bisschen wie Horst Tappert aus, wenn du dein Basecap absetzt. Der hat vielleicht ein paar mehr Haare, aber ansonsten ... Mit deinem deutschen Akzent, das klappt mit Claire.»

«Sehr witzig!» Roger stellte mal wieder sein Feingefühl unter Beweis. Nauar und Benoît fingen an zu rauchen.

«Was auch sehr beliebt ist: Der Alte. Das ist auch Kult.» Ich konnte das nicht glauben. Wer in Deutschland schaute noch Derrick und Der Alte? Aber das wurde von allen bestätigt, nur nicht von Riad, der angefangen hatte zu zeichnen.

«Oder du schaust mit ihr einen deutschen Porno. Die Pornos aus Deutschland genießen bei uns einen exzellenten Ruf. Nicht wahr, Riad?» Der schreckte auf, wurde rot, murmelte, dass er nicht wisse, was gemeint sei, und vertiefte sich wieder in sein Zeichenheft.

«Sie in einen Porno einzuladen, darüber habe ich auch schon nachgedacht. Vielleicht kannst du mir ja welche ausleihen», schlug ich vor.

«Aber nur, wenn du bei Immortal Ayatollah mitsingst.»

Ich sagte zu, um meine Ruhe zu haben, und wechselte dann das Thema, um nicht mehr über Claire sprechen zu müssen. Brauchbar waren die Tipps von Roger sicherlich nicht.

«Wen wählst du eigentlich bei den Präsidentschaftswahlen? Besancenot?», fragte ich ihn.

«Niemanden. Wahlen bringen nichts.»

«Aber du bist doch immer mit der Fahne von Ligue Communiste Révolutionnaire rumgerannt.»

«Ich unterstütze den Kampf auf der Straße. Nur dort kann man etwas verändern.»

«Da wirst du aber nicht die Mehrheit der Leute gewinnen. Wer soll denn da mitmachen bei der Revolution?»

«Die geht immer von einer Minderheit aus.» Ich suchte in Rogers Blick nach einem Hinweis dafür, dass er mich nur aufziehen wollte. Aber er verzog keine Miene. Er schien es ernst zu meinen. Guillaume und die anderen Mitglieder von Immortal Ayatollah starrten stumm in ihre Getränke. Ramon schaute fern. Neben dem Eingang spielten zwei ältere Herren Karten.

«Und was ist mit der Mehrheit?», wollte ich wissen.

«Die muss erzogen werden.»

«Zum Kommunismus?»

«Zum Kommunismus.»

«Und wie?»

«Die revolutionäre Avantgarde.» Solche Debatten musste es 1968 im SDS auch gegeben haben.

«Das funktioniert doch nicht», widersprach ich. «Der Mensch ist einfach egoistisch. Das wird er immer sein. Da kann man noch so lange erziehen.»

«Er wird sich ändern müssen.»

«Und wenn er sich nicht erziehen lässt, was dann?»

«Er wird sich dem Gemeinschaftswohl beugen müssen.»

«Ansonsten kommt er ins Gefängnis?»

«Wenn nötig. Wenn nötig, muss man das Volk auch zwingen. Auch mit Waffengewalt.»

«Du meinst, wie in einer Diktatur?»

«Ja, aber in einer, die das Gemeinwohl im Blick hat.»

«Und wer definiert das Gemeinwohl?»

«Zunächst eine revolutionäre Avantgarde und später, wenn es reif ist, das Volk selbst.»

Mir war, als sei die Zeit zurückgedreht worden. «Das ist doch total unrealistisch. Wer soll denn die revolutionäre Avantgarde sein? Lutte Ouvrière oder Ligue Communiste Révolutionnaire?»

«Die nicht. Zunächst einzelne Vertreter revolutionärer Parteien, zusammen mit revolutionären Wissenschaftlern, die den

Mut haben, die vermeintlichen gesellschaftlichen Zwänge in Frage zu stellen. Und dann natürlich Menschen aus dem Volk, die sich der Bewegung anschließen.»

Ich schüttelte den Kopf und schaute Rogers Freunde an. Wollte mir denn keiner beistehen? Riad zeichnete weiter. Guillaume sang vor sich hin, und Nauar und Benoît fixierten weiter ihr Bier. Hatte denn keiner was zu sagen?

«Meinst du, die heutigen Probleme lassen sich im Rahmen des etablierten parlamentarischen Systems lösen?», wollte Roger von mir wissen. «Meinst du, Lionel Jospin oder ein Grüner als Präsident würde die grundlegenden Fragen von ungleicher Verteilung von Reichtum und die Ressourcenverschwendung ernsthaft neu angehen, so wie es nötig wäre?»

«Nein, ich bin ja bei der Diagnose deiner Meinung. Ich glaub auch nicht daran, dass die etablierten Parteien in der Lage sind, das System, in dem wir leben, grundlegend in Frage zu stellen, aber ...»

«Da gibt es kein Aber. Entweder – oder! Du musst dich mal entscheiden!»

Ich war wütend, auch weil ich mich allein gelassen fühlte.

«Wieso entscheiden? Hast du schon mal was von Zwischentönen gehört? Ich weiß doch, wie es in der DDR war. Da gab es auch die sogenannte Avantgarde, und die, die eine abweichende Meinung gehabt haben, wurden an den Rand gedrängt. Wir wurden die ganze Zeit erzogen. Und was war am Ende mit deinen kommunistischen Menschen? Als die Mauer fiel, hat sie nur noch das Begrüßungsgeld interessiert.» Warum griff ich die DDR so an? So schlimm hatte ich sie damals gar nicht gefunden. Ich war natürlich auch froh über das Begrüßungsgeld gewesen, aber als Kind war ich nicht unglücklich gewesen.

«In der DDR war keine Avantgarde am Werk, sondern eine korrupte, vergreiste Clique, die ihre Befehle von Moskau erhielt.»

«Du kannst das natürlich besser beurteilen als ich, der das miterlebt hat.» Ich konnte das natürlich auch nicht besser beurteilen. Meine Eltern waren keine Oppositionellen gewesen.

«Die erhebst dich aufgrund deiner Biographie moralisch über uns.» Roger deutete auf seine Freunde, obwohl die weiterhin schwiegen. «Bloß weil du in einem realsozialistischen Land gelebt hast, meinst du, den Kommunismus verstanden zu haben.» Er lehnte sich überheblich zurück. «Du hast dich in deiner Existenz offenbar zu gut eingerichtet. Du hast Angst, Markus, deinen Lebensstandard zu riskieren. Deswegen bist du gegen eine Revolution und ziehst es vor, dein Gewissen in Wahlen zu beruhigen. So wie deine Kameraden von Solidarité Etudiante. Du hast dich mit dem System arrangiert.»

«Genau. Und du kannst nur reden!» Voller Wut wischte ich mein Glas um. Cola ergoss sich über Riads Zeichenheft, der zusammenschreckte. «'tschuldigung», meinte ich zu ihm, dann zu meinem Widersacher: «Warum nimmst du dir denn kein Gewehr und beginnst mit deiner Revolution?»

«Weil ich feige bin, wie du», erklärte Roger süffisant. «Nur erkenne ich das und mache nicht mit bei diesem Wahltheater. Wenn ich nicht so feige wäre, dann würde ich auf die Straße gehen.»

Ich wusste nicht mehr, was ich noch entgegnen sollte. Mein Blick erbat flehend Hilfe von den anderen am Tisch. Doch niemand sprang mir bei. «Warum sagt denn von euch keiner was?», motzte ich Rogers Bandkollegen an. «Warum muss ich als Deutscher das hier alleine diskutieren? Ihr könnt doch viel besser Französisch als ich.»

«Die interessieren sich nicht für Politik. Die haben nur Black Metal und Bier im Kopf», flachste Roger und schlug mir versöhnlich auf die Schulter. «Und Riad seine Comics. Der will mal Erotik-Comics veröffentlichen.» So sah das nicht aus. Das Papier war zwar durchweicht. Aber man konnte erkennen, dass er eher unsere Runde verewigt hatte.

«Aber Guillaume, wie siehst du das denn?» Einer musste mich doch unterstützen.

«Ich wähle Besancenot.»

Roger musste lachen. «Falls du nicht mal wieder wegen einer Depression im Bett liegst.»

Guillaume murmelte nur irgendwas als Erwiderung. Eine seltsame Freundschaft schien die beiden zu verbinden. Besonders gut weg kam Guillaume nicht. Weil ich genug vom Streiten mit Roger hatte, schlug ich eine Runde Dart vor. Er willigte ein. Ramon und Nauar gesellten sich zu uns. Nach zwanzig Minuten machte ich mich auf den Nachhauseweg. Roger stichelte, die Deutschen hätten, anders als früher, auch kein Durchhaltevermögen mehr. Um 21 Uhr traf ich am Wohnheim ein. Im gerammelt vollen Fernsehraum lief Champions-League, Bayer Leverkusen gegen Liverpool. Michael Ballack schoss gerade das 1:0. Die Marokkaner und Sebastian jubelten. Ich hatte keine Lust auf Menschenmassen und machte kehrt. Nachdem ich mich die letzten Stunden gezofft hatte, brauchte ich jemanden zum Reden. Das Telefon im Bâtiment B besetzte der Engländer:

«No. … No. … That's not true … No … I said, I would call you back. … No. … Yes. … No … Why … No, it has nothing to do with football. …»

Hinter ihm lauerte ungeduldig die Nigerianerin.

In der zweiten Etage lauschte ich an Marijos Tür. Sie war nicht allein. Ich stieg hinauf in den dritten Stock und ging in die Küche, um mir meinen Orangensaft aus dem Kühlschrank zu holen. Der kleine Schwarzafrikaner, der mir damals versichert hatte, Polemo wolle etwas von mir, bereitete sich gerade sein Abendbrot zu. Mittlerweile wusste ich, dass er Djibril hieß und aus Djibouti kam.

«Bonsoir», grüßte ich ihn.

Er lächelte und wollte wissen: «Sag mal, wie heißt denn die eine hübsche Deutsche von ganz oben?»

«Du meinst bestimmt Eva.»

«Ich hätte doch sicherlich Chancen bei ihr.» Er war immer noch genauso schmal, trug einen Schnurrbart, hatte schlechte Zähne und war einen halben Kopf kleiner als Eva. Außerdem lachte er mit seiner Fistelstimme ständig weibisch über seine eigenen Witze. Aber da sein Vater Vorsitzender der djiboutischen Nationalversammlung war, hatte er ein überdimensioniertes Selbstbewusstsein.

«Sicher hast du Chancen», bestärkte ich ihn. Er hatte mindestens so gute Chancen wie ich damals bei Polemo.

«Ich würde ihr gerne etwas schenken. Worauf steht sie denn?»

«Weiß ich nicht.»

«Könntest du das denn für mich rauskriegen?»

«Ich schau mal, was ich machen kann.»

Ich ging auf mein Zimmer. Stellte das Radio an. Bei C'est Lenoir auf France Inter lief ein Song von einem englischen Rapper, der nicht rappen konnte, sondern seinen Text nur sprach:

*You say that everything sounds the same*
*Then you go buy them! There's no excuses my friend*
*Let's push things forward*

Nebenan hatte jemand Sex. War das Claire mit ihrem englischen Referatspartner? Es war wie ein Schlag in die Magengegend. Am liebsten hätte ich nachgeschaut. Ich stellte das Radio leiser und presste mein Ohr an die Wand. Vielleicht erkannte man am Stöhnen etwas. Ein *Come on!, You turn me on* oder *You make me hard!,* und mein englischer Nebenbuhler wäre überführt. Doch der Typ war einfach zu leise. Ich verstand nichts von ihm. Auch Claire hörte man nur gedämpft. Toll konnte der Sex nicht sein. Ein schwacher Trost. Was hätte ich für schlechten Sex mit Claire gegeben! Ich hatte gar keinen. Und vielleicht hielten sie sich auch nur zurück, weil sie mich im Nachbarzimmer wussten. Ich drehte das Radio wieder lauter. Immer noch lief der sprechsingende Cockneyrapper:

*Just trying to stay positive*

Ich verließ mein Zimmer. Champions-League war jetzt doch das kleinere Übel.

«Du musst jetzt etwas unternehmen!»

Ich hatte Guillaume wieder im Zeitschriftenladen vom Centre E. Leclerc aufgelesen, wo er sich mit dem rechten Auge durch Metal-Magazine arbeitete, während er mit dem linken die hübsche Verkäuferin beobachtete. Da er sonst nichts vorhatte, hatte er sich einverstanden erklärt, mit mir im Wohnheim Abendbrot zu essen.

«Bringt doch nichts. Wenn die schon Sex mit einem anderen hatte.»

«Das heißt doch nichts. Vielleicht war das ja nur ein One-Night-Stand. Lad sie ins Kino ein.»

«Das ist doch zu forsch», wehrte ich ab.

«Wie lange willst du denn noch warten? Es ist April. In zwei Monaten ist sie weg. Selbst wenn es nicht klappt: Wenigstens hast du es dann versucht.»

Guillaume hatte recht. Was hatte ich zu verlieren?

«Hast du ein Programm?»

Ich kramte unter meinem Schreibtisch das Monatsheft vom Méliès hervor.

«Aber kein Film von Wim Wenders, Ernst Lubitsch oder Werner Schroeter. Nicht, dass wir noch Roger treffen.»

«Wieso denn?» Guillaume blätterte wippend die Seiten durch.

«Sonst streite ich mich wieder mit ihm. Der scheint echt ein Problem mit mir zu haben.»

«Quatsch!», schüttelte Guillaume den Kopf und zappelte mit dem Oberkörper. «Der streitet einfach nur gerne. Das ist für ihn Sport. Der schätzt dich total.» Er sprang auf. «Mist, ich muss mal pissen.» Er eilte aus meinem Zimmer. Ich stellte das Radio an. In Djerba hatte es einen Selbstmordanschlag von al-Qaida gegeben. Unter den Toten mehrere Deutsche. In Venezuela braute sich etwas zusammen, weil die rechte Opposition immer noch nicht verwunden hatte, dass ein Linker durch Wahlen an die Macht gekommen war. Erst nach fünfzehn Minuten kam Guillaume wieder von der Toilette zurück. Er stieß die Tür auf, stürmte ins Zimmer und ließ sich auf den Plastestuhl fallen.

«Oh, là, là. Ist die anstrengend.»

Ich blickte von *Les Inrockuptibles* auf, in dem ich gerade gelesen hatte: «Was war denn?»

«Na, diese Hannelore, weißt du? Die bei deinem Essen. Weißt du, ich will auf Toilette, und da steht die im Flur und meint zu mir: *Warst du nicht auf der Party?* Und ich sag: *Ja.* Und dann will die wissen, ob ich auch im Wohnheim wohne, weil sie mich ja noch nie gesehen hat. Und ich verneine. Dann will sie wissen, ob ich auch Student bin, und als ich erkläre, früher habe ich Informatik studiert, da fängt die auf einmal an, ganz viele Fragen zu stellen, und irgendwann schaffe ich es, ihr zu erklären, dass ich auf Toilette muss. Und als ich fertig bin, steht die immer noch da und fängt dann an zu erzählen, dass sie Kunst macht und jemanden braucht, der ihr eine Seite einrichtet, ob ich das nicht möchte. Ich hab es fast nicht geschafft, wieder wegzukommen. Die hat mich auch die ganze Zeit so verliebt angeschaut. Ich glaube, Markus, die hatte schon lange keinen Sex mehr.» Er holte Luft.

«Ich hatte auch schon lange keinen mehr.»

«Gut. Sie hatte wahrscheinlich noch nie welchen.»

Ich war ein bisschen enttäuscht. Offenbar hatte das Interesse, das Hannelore neulich bei der Feier mir gegenüber bekundet hatte, gar nicht mit mir, sondern vielmehr mit ihr zu tun gehabt. Guillaume hatte wieder das Kinoprogramm genommen. Er schüttelte immer noch den Kopf und murmelte: «Mann, ist die anstrengend.» Dann hatte er etwas gefunden: «Was ist mit ‹Lucia et el Sexo›?» Er schaute mich an. «Das ist auch kein deutscher Sexfilm.»

«Den kenne ich schon.»

«Ja, aber du kennst ja schon alle, nehme ich an.»

Ich nickte. Ich hatte weiterhin eine Frequenz von drei bis vier Kinobesuchen pro Woche. Die Zahl der Veranstaltungen in der Uni, die ich besuchte, hatte ich hingegen auf fünf reduziert.

«Ja, aber in dem Film gibt es Sexszenen. Das ist mir unangenehm, wenn da Claire neben mir sitzt. Die muss sich ja gleich denken, dass ich nur darauf aus bin.»

«Bist du das nicht?»

Ich musste lachen.

«Der hat das Wort Sex ja schon im Titel.»

«Die Franzosen sind da nicht so verkrampft wie ihr Deutschen.»

«Trotzdem.»

«‹Gosford Park›?»

«Weiß nicht. Der dauert zwei Stunden und 17 Minuten. Da passiert irgendwie nicht so viel. Da hält die mich vielleicht für zu verkopft.»

Guillaume seufzte und las weiter. «Dann ‹Ali›. Der ist nicht verkopft.»

«Ich mag Will Smith nicht. Weil der Eminem kritisiert hat bei den Video-Music-Awards. Ich möchte nicht, dass sie denkt, ich finde den gut.»

«Mensch, Markus! Du bist echt kompliziert.» Er schlug mit dem Programm nach mir. «Was ist mit ‹Sprich mit ihr›? Pedro Almodovar gefällt den Frauen.»

«Das ist ein Frauenfilm. Ich weiß nicht. Ich kann ihr doch nicht einen Frauenfilm vorschlagen. Dann hält die mich ja für zu soft. Das muss sie schon selber machen.»

Mein Freund raufte sich die nicht vorhandenen Haare: «Oh, là, là. Dieser Typ. Wenn du sie danach zu einem Konzert von Immortal Ayatollah einlädst, gleichst du das wieder aus.»

«Da müsste ich wahrscheinlich mehrere Almodovar-Filme am Stück mit ihr sehen.»

«Also, geh sie fragen!» Er deutete mit seinem Kopf zur Tür.

Ich hob die Augenbrauen: «Wie, jetzt?»

Guillaume verdrehte genervt die Augen. «Wieso denn nicht jetzt?»

«Weil ich nicht weiß, ob sie da ist.»

«Wenigstens gucken kannst du ja.» Er zeigte mit der Hand zur Tür.

«Außerdem wäre das unnatürlich, wenn ich hinginge und sie direkt fragte.»

«Das wäre noch viel unnatürlicher, wenn du sie nicht direkt fragst.»

«Ich mach das noch, später.»

«Dann frag ich für dich.» Guillaume erhob sich. Noch ehe ich mich ihm in den Weg stellen konnte, hatte er mein Zimmer verlassen.

«Wenn du sie fragst, dann frage ich deine Zeitungsverkäuferin, ob sie mitkommt», rief ich ihm hinterher. Zu spät. Er hatte schon geklopft. Zum Glück war Claire nicht da. Ich atmete auf. Er schien ebenfalls erleichtert, denn so würde ich meine Drohung, seinen Schwarm anzusprechen, nicht in die Tat umsetzen.

«Bei Fanny ist das was anderes», erklärte er achselzuckend. «Die brauche ich nicht zu fragen. Ich weiß, dass die nichts von mir will. Seit Monaten stehe ich fast jeden Tag dort, blättere in Magazinen und beobachte sie. Das hat die doch schon gemerkt. Die ist doch nicht blöd. Warum sollte die was von mir wollen?»

«Vielleicht traut sie sich nicht, dich anzusprechen, weil du auf sie zu hart wirkst.»

Guillaume stutzte. «Zu hart?»

«Na, weil du immer deine Metal-Magazine liest. Vielleicht solltest du es mal mit dem *philosophie magazine* oder dem *psychologies magazine* versuchen. Frauen stehen darauf.»

«Wenn es danach ginge, worauf sie steht, dann müsste ich eher in *Paris Match* blättern», kommentierte er böse. «Als sie noch studiert hat, hat sie sich nicht gerade durch intellektuellen Anspruch ausgezeichnet.»

«Trotzdem. Ich möchte, dass du sie fragst. Sonst frage ich auch nicht Claire.»

«Warum denn das?» Seine Augen verengten sich. Eine senkrechte Falte bildete sich zwischen den Brauen.

«Weil ich nicht schon wieder allein einen Korb bekommen möchte.»

Er seufzte. «Na gut», gab er sich geschlagen. «Also Almodovar?»

«Moment. Ich hab eine bessere Idee. Wir fragen sie einfach, ob sie mit uns nächste Woche zum Ciné-Club von SE mitkommt. Claire weiß ja, dass ich bei SE bin. Das wirkt weniger wie eine plumpe Anmache, weil man das auch als Engagement beziehungsweise Werbung für die Gewerkschaft verkaufen kann.»

Popelte Gianluca etwa? Ich hatte meinen Vortrag über die französische Atompolitik fast beendet, indem ich deutlich gemacht hatte, wie wenig Verständnis ich für das Festhalten der Franzosen an der nuklearen Energie aufbringen konnte. Ich hatte einen sofortigen Ausstieg daraus als einzigen vertretbaren Weg bezeichnet. In meinen Gedanken war ich schon dabei, mich auf die verbale Auseinandersetzung mit Madame Amblard vorzubereiten, die die ganze Zeit über mitgeschrieben hatte. Da sie sowieso meist auf Kontra ging, konnte ich es gleich auf eine Auseinandersetzung anlegen. Dank Roger war ich in Diskussionen mittlerweile wenigstens geübt. Streit war für den Spracherwerb immer noch besser, als wenn sich alle einig waren. Und nun hatte mein ewiger Widersacher seinen Finger in der Nase. Er saß neben Liv, der blonden Norwegerin mit Linda-de-Mol-Frisur, die ich zur Not auch genommen hätte, nun, wo das Ende des Jahres nahte und ich Claire immer noch nicht hatte fragen können, ob sie mit in den Ciné-Club komme. Würde ich mich bei der Diskussion mit unserer Dozentin überhaupt aufs Thema konzentrieren können oder die ganze Zeit nur auf Gianluca starren?

«Und meine abschließende, ernüchternde These ist, dass der notwendige schnelle Ausstieg aus der Atomenergie in Frankreich auch bei einem größeren Unfall nicht passieren wird, weil die Leitmedien hier im Land in der Hand von Rüstungskonzernen sind.»

Gleich würde Madame Amblard auf mich losgehen. Doch sie ging gar nicht auf mich los, sondern beschrieb weiter ihr Papier. Statt etwas zu sagen, machte sie eine Handbewegung ins Plenum, die den Studenten bedeuten sollte, sich zu meiner These zu äußern.

Aisling, der ihr Riesenbusen heute wieder fast aus dem Ausschnitt fiel – der Frühling nahte –, nahm die Gelegenheit dankend auf. «Isch denk, daine Gegnerschaft von Atom is söhr parteisch. In ganze Zeit gab es wenick Unfalle. Die meiste Zeit ist Atom sicker.»

«Ein Unfall reicht ja wohl, um zu erkennen, dass diese Technologie gefährlich ist», verteidigte ich meine Position.

«Abör die andären Energien sind auck gefärlisch fur die

Umwelt. Kohle, Gäz. Das Klima wird dadurch gefährdet», pflichtete ihr ihre Freundin Bianca bei, ein sommersprossiges Mädchen mit langgezogenem Gesicht, das ihr den Anschein verlieh, als breche sie jeden Moment in Tränen aus. Auch sie hatte große Brüste, wie eigentlich alle Engländerinnen.

«Wenn es einen richtigen Atomunfall gibt, dann kann uns das Klima egal sein.»

«Wenn das Klima sick verschlimmärt, dann ist das gefährlicher als Atomenergy», widersprach Aisling. «Kohle is nich verantwortlichvoll.»

«Verantwortungsvoll», korrigierte ich sie. Warum äußerte sich Madame Amblard nicht? Ich konnte doch meine ganzen Argumente nicht jetzt schon verfeuern.

«Ich bin ja auch nicht für Kohle oder Erdöl, sondern für den Umstieg auf erneuerbare Energien», stellte ich klar, obwohl ich es in meinem Vortrag bereits herausgestellt hatte.

«Der dauert aber nun mal. Der geht nicht von heute auf morgen», mischte sich Lena ein. In ihrer hohen Stimme lag ein animoser Unterton.

«Mit der Einstellung würde man in hundert Jahren noch den größten Teil der Energie aus Atomkraft beziehen.»

«Du machst es dir ein bisschen einfach, Markus. Es hängen auch viele Arbeitsplätze davon ab. Was sagst du denn den Leuten und ihren Familien, die durch einen schnellen Ausstieg aus der Atomkraft von heute auf morgen ihren Job und ihre Existenz verlieren? Dass Opfer halt nötig sind?»

«Ja, würde ich sagen. Das wäre ehrlich.»

«Das ist aber sehr zynisch», hielt mir Liv vor. Mit einer möglichen Affäre war es das wohl. «Du kannst das leicht sagen. Deine Arbeit hängt ja nicht davon ab.»

«Schau doch mal lieber nach rechts! Dein Nachbar popelt», hätte ich am liebsten erwidert, aber das wirkte sicherlich eher so, als fehlten mir die Argumente. Stattdessen fragte ich:

«Was ist daran zynisch? Wenn eine Firma Chemiewaffen herstellt, würdest du ja auch nicht davon abraten, die Waffenproduktion einzustellen, weil dadurch Arbeitsplätze gefährdet sind.»

«Atomenergie ist doch keine Waffe», protestierte Liv.

«Genau. Das ist keine Waffe», sekundierte ihr Gianluca, der extra seinen rechten Zeigefinger aus dem Nasenloch genommen hatte. Welche Argumente blieben mir nun eigentlich noch für Madame Amblard?

«Na und? Die Risiken stellen sie aber Waffen gleich.»

«Du weißt aber auch nicht, welche Risiken die erneuerbaren Energien haben. Das ist ja auch noch nicht erforscht», wandte Mareike ein. Eigentlich war die Diskussion in Deutschland schon weiter. Aber vermutlich hatte es eher mit mir zu tun, als dass es ihrer Überzeugung entsprach.

«Und die Atomanlagen in Frankreich und Deutschland kann man auch nicht mit denen in Tschernobyl vergleichen. Ist doch klar, dass es dort zu dem Unfall kam. Bei uns wird doch viel mehr auf die Sicherheit geachtet», ergänzte Bayern-Annelie in ihrem bekannten Dialekt.

«Ich finde, wir als Deutsche sollten uns nicht über die anderen stellen», half ihr Lena. Das war eigentlich ein Widerspruch, denn soeben hatte Annelie ja die deutschen Meiler über die anderer Länder gestellt. Aber das fiel wohl nur mir auf. Ob ich Sebastian auffordern sollte, sich zu äußern? Er war doch eigentlich ein Naturfreund. Aber vermutlich würde von ihm nur ein «Ich kann beide Seiten verstehen» kommen.

Lena fuhr fort: «Du weißt auch nicht, welche Gefahren von regenerativen Energien ausgehen.»

«Nee! Das weiß ich nicht. Meinst du, dass Störche von Windrädern zerschreddert werden? Oder Kinder sich an ...» Mist, jetzt hatte ich *Sonnenkollektoren* vergessen, obwohl ich das vorher noch nachgeschaut hatte. Jetzt konnte ich nicht sagen: «Kinder sich an Sonnenkollektoren verbrennen.» So rang ich nach Worten: «Kinder an, äh ..., ersticken, weil die Biomasse so stinkt.»

Sebastian brachte sich nun doch ein: «Ich glaube, alle haben recht.»

Diese Position wollte ich nicht akzeptieren. Ich schüttelte den Kopf. «Nicht alle haben recht.»

«Genau!» Madame Amblard war von ihrem Platz in der ersten Reihe des Hörsaals aufgestanden. Erhaben schritt sie zu mir nach vorne. Sie überragte mich um ein paar Zentimeter. «Nicht alle haben recht. Zumindest nicht in allen Punkten. Ich würde mich Ihnen anschließen», sie nickte mir ermutigend zu. «Ich bin, was Atomkraft betrifft, ganz Ihrer Meinung.»

Ich glaubte meinen Ohren kaum. Wie war das möglich? Nutzten mir die Positionseffekte? Hatte ich davon profitiert, dass vor mir zwei Spanierinnen referiert hatten, deren Französisch man erst nach zehn Minuten als Französisch identifiziert hatte, so stark war ihr spanischer Akzent gewesen? Oder fühlte sie sich mir gegenüber zu Dank verpflichtet, weil ich, anders als die meisten Südeuropäer und Engländer, nicht nur noch zu ihrer Veranstaltung kam, wenn ich mit meinem Referat an der Reihe war?

«Ich hab mich extra nicht in die Diskussion eingebracht, weil ich den Eindruck hatte, dass Sie auch ganz gut ohne mich ins Gespräch gekommen sind. Ich muss Ihnen allen ein Kompliment machen. Mit französischen Studenten wäre das nicht möglich gewesen. Da kann ich provozieren, so viel ich will. Da sagt keiner was. Sie hingegen kriegen das ja sogar ohne mich hin. Kurse mit Erasmus-Studenten sind für mich jedes Mal etwas Erfrischendes.»

Claire hatte auf die Einladung zum Ciné-Club positiv reagiert. Allerdings hatte ich sie, anders als mit Guillaume abgesprochen, auch nicht gefragt, ob sie mit mir dahin gehen wolle, sondern sie darauf hingewiesen, dass am kommenden Mittwoch eine Filmvorführung der Studentengewerkschaft im großen Hörsaal der Présidence stattfinde. Sie hatte zu dieser Reihe interessiert Fragen gestellt und unter Vorbehalt ihr Erscheinen angekündigt. Immerhin hatte sie mir einen Zettel unter der Tür durchgeschoben, auf dem sie ihre Absage erklärt – ihre Schwester hatte einen Unfall und lag im Krankenhaus – und bedauert hatte. Und sie hatte sich sogar nach dem nächsten Termin erkundigt. Das war schon mal ein Erfolg für mich. Diese Geste war fast so schön, als wenn sie die Veranstaltung tatsächlich besucht hätte. Ich wäre ohnehin überfordert gewesen. Auch Guillaumes Zeitungsverkäuferin war unabkömmlich gewesen. Aber immerhin hatte sich der Film gestern gelohnt, «Le péril jeune» von Cédric Klapisch. Doch die Ernüchterung folgte einen Tag darauf im Computerkabinett der Uni. Kurz nach elf hatte ich das gesamte Internet wieder durch. In der Reihe vor mir feixten Gianluca und zwei spanische Studenten über eklige Fotos mit malträtierten Penissen. Eine Weile schaute ich halb interessiert zu. Dann fiel mein Blick auf die Mail, die mein Nachbar gerade schrieb.

Hi John,

yesterday was great. Claire and I went to see a movie. And then we went to her. She lives in a dorm. It's pretty ugly but so tiny that we both had to sit on her bed.

Ich warf einen Blick zur Seite. Kannte ich das Gesicht nicht? War das nicht der Engländer, der mit meiner Nachbarin ein Referat gehalten hatte? Der aus der Küche den Topf geholt hatte? Handelte es sich in der Mail etwa um meine Claire?

Gosh! She is so sexy. Her boobs are so great.

Ja, das musste sie sein. Jetzt war ich mir sicher. Mein Magen zog sich zusammen. Wieso durfte er auf ihr Bett, obwohl ich es nach Monaten noch nicht mal geschafft hatte, auch nur einen Schritt in ihr Zimmer zu setzen?

Even before we kissed I had such a boner.

Ich hörte auf, mit meiner Tastatur zu klimpern, was ich bisher lediglich getan hatte, um keinen Verdacht zu erregen.

Even before I realised, she removed her sweater.

Ich merkte, dass ich mich schon gefährlich nah zu seinem Bildschirm beugte. Schnell korrigierte ich meinen Oberkörper. Mein Innenleben war ein sich selbst schädigendes Gebräu aus Liebeskummer, Eifersucht und sexuell aufgeladener Neugier.

She have such perfect boobs. In mir regte sich der zukünftige Lehrer. Sollte ich ihn antippen und darauf hinweisen, dass es nicht *She have*, sondern *She has such perfect boobs* hieß? Nein. Ich wollte erfahren, wie weit die beiden gegangen waren.

I loved to suck it. Unbelievable. Wieder ein Fehler. Worauf bezog sich *suck*? Auf die Brüste? Dann hätte es ja eigentlich *them* heißen müssen. Oder hatte er sich nur auf eine beschränkt? Aber dann hätte er das vorher eingrenzen müssen. Welche meinte er? Soweit ich das beurteilen konnte, waren beide Brüste gleich attraktiv.

I swear she was horny, too. But suddenly, when I put my hand into her slip she blocked. Fuck, was I disappointed.

Ich konnte ihn gut verstehen. Auch ich war enttäuscht, dass die Geschichte, gerade jetzt, wo sie so spannend wurde, schon wieder endete. Gleichzeitig fiel mir natürlich auch ein Stein vom Herzen. Aber mit wem hatte sie dann neulich Sex gehabt? Hatte sie noch eine Affäre?

She told me, that the walls are very thin and that next door lives a kind of german freak who seems to be obsessed by her. And she doesn't want him to hear us.

Das ging jetzt aber zu weit. Ich öffnete meinen Mail-Account.

Hi Dave,

Ich kannte keinen Dave, aber ich benötigte einen fiktiven englischen Kumpel, dem ich auf Englisch schreiben konnte, damit mein Nachbar das verstand.

You remember the girl I dated last week? The girl who lives in room number 303. Just next door. You remember, I live number 305. And I am german. By the way, she is called Claire. I dropped her. Okay, physically she is perfect. Especially her boobs. But the sex was very disappointing. I mean, she adored it. I think, I was even her first one. But when she started talking about moving in together and having kids, I said no. I need my freedom. I recommended her to find another boyfriend, an english one, because she studies english and with an english boyfriend she can practice the language. But now she is very angry. She doesn't even say hello anymore. Although she now dates an english student. I think, it's just to make me jealous. I have even learned, that she tells everybody that I am a german freak who is obsessed by her. Ridiculous.

Mein Schreiben an Dave war genau die richtige Antwort auf die verleumderische Charakterisierung meiner Person in der Mail meines englischen Nachbarn. Leider hatte dieser noch nicht einmal einen Blick auf meinen Text geworfen. Ich musste irgendwie seine Neugier wecken.

«Sorry», unterbrach ich ihn.

«What does *ugly german nerd* mean?», tippte ich auf seinen Bildschirm. Spätestens jetzt würde er sich dafür interessieren, was ich so schrieb. Da war ich mir sicher. Statt meine Frage zu beantworten und anschließend meine Gegendarstellung zu lesen, fluchte er nur: «You fucking prick.» Dann schloss er seinen E-Mail-Account und verließ schimpfend das Computerkabinett. War das jetzt ein Sieg für mich, für ihn oder für keinen von uns? Meine Mail hatte er leider nicht gelesen. Positiv für mich war, dass sie ihn offenbar nicht richtig rangelassen hatte. Aber dafür möglicherweise einen anderen, falls ich mich neulich nicht verhört hatte. War ihre sexuelle Offenheit ein gutes oder ein schlechtes Zeichen? Und wieso hatte sie sich abwertend über mich geäußert, obwohl ich mich doch sehr zurückhaltend verhalten hatte? War ich jetzt schon ein Stalker, bloß weil ich sie auf den Ciné-Club hingewiesen hatte?

Das nächste Mal wählte ich lieber den Rechner im Wohnheim. Das war etwas aufwendiger, denn in Corisande musste man sich vorher anmelden. Und bekam dann auch nur eine halbe Stunde zugestanden. Denn es gab nur einen. Aber diesmal wollte ich bei meiner Recherche ungestört sein. Schließlich versuchte ich in Erfahrung zu bringen, wo es in Pau ein Bordell gab. Da sollte mir kein Erasmus-Student über die Schulter schauen. Was blieb mir anderes übrig, als käufliche Liebe in Anspruch zu nehmen? Claire hatte offensichtlich mehrere Affären gleichzeitig laufen und hielt obendrein überhaupt nichts von mir. Und alle anderen einheimischen Frauen auch nicht. Ich war ein Opfer der hiesigen Deutschfeindlichkeit. Jeder noch so hässliche Zwerg von der Iberischen Halbinsel fand hier leichter ein vorgewärmtes Bett. Den Italienern lüfteten sich – ohne dass sie sich ins Zeug legen mussten – viele Röcke, selbst wenn sie popelten. Sogar die immer besoffenen Engländer landeten bei Frauen, in die ich verschossen war. Deutsche galten einfach als uncool. Es war so ungerecht. Da konnte mir Roger noch so sehr mit Derrick und Modern Talking kommen.

Von Sebastian wusste ich, dass der Wohnheimcomputer sehr langsam arbeitete. Die dreißig Minuten musste ich also effektiv nutzen.

Um 16 Uhr 30 klickte ich das erste Mal auf den Browserbutton. Als mir dieser die Google-Seite öffnete, war es bereits 16 Uhr 33. Schon der Start hielt, was ich befürchtet hatte. Ich durfte mich nicht vertippen, sonst war die halbe Stunde abgelaufen, ohne dass ich etwas gefunden hatte. Natürlich hatte ich mich auf meine Suche gründlich vorbereitet, indem ich mir eine Begriffskombination überlegt und diese notiert hatte: *«Pau + bordel»*. Mit ein bisschen Glück musste ich gar nicht beide Wörter ausschreiben, da Google mir wahrscheinlich nach *Pau + borde* automatisch das *L* anbieten würde.

Ich gab « ein. Etwa eine Minute später erschien es in der Suchleiste. Um 16 Uhr 41 war ich mit Pau durch. Ich musste zwei weitere lähmend lange Minuten fluchen, bis mein + angezeigt wurde. Dafür ging es mit den Google-Vorschlägen schneller als erwartet. Ich hatte noch nicht das *B* getippt, da empfahl mir die Suchmaschine bereits:

*«Pau + bordel»*

*«Pau + niquer»* und

*«Pau + pute»*.

Zu Deutsch:

*«Pau + Bordell»*

*«Pau + ficken»* und

*«Pau + Nutte»*.

Offenbar war ich nicht der erste Wohnheimbewohner, den man einem sexuellen Entzug unterzog. War Sebastian mir zuvorgekommen? Nein, unmöglich! Er war nicht der Typ für käufliche Liebe. Er war viel zu brav. Wahrscheinlich wusste man bei ihm zu Hause in seiner idyllischen Berliner Peripherie gar nicht, dass es Prostituierte gab. Der vierte Google-Vorschlag war der entscheidende Hinweis: *«Pau + mosquée – Pau + Mo-*

*schee»*. Also die Marokkaner. Die einzigen Freunde der Deutschen. Jahrzehntelanger Kampf gegen das Weltfinanzjudentum hatte uns auch sexuell zu Außenseitern gemacht und somit zusammengeschweißt. Wer so viel betete wie Said, Abdullah, Karim, Mohammed, wer Frauen nicht in die Augen schaute, weil es ihm die Religion verbot, der musste zur Abwechslung hin und wieder etwas für seinen Körper tun. Ich klickte auf den Google-Tip *«Pau + bordel»*. Der Computer fing an zu brummen. Es war mittlerweile 16 Uhr 15.

Um 16 Uhr 46 öffnete sich die Tür vom Computerraum. Verstört drehte ich mich um. Mir wäre in diesem Moment jeder andere Mensch lieber gewesen. Selbst meine Mutter hätte ich in meine Sünden eingeweiht. Doch es war Claire. Warum hatte sie so ein schlechtes Timing?

Umgehend ging ich mit der Maus auf das weiße Kreuz rechts oben in der Ecke. Meine Reaktionszeit war erstaunlich. Doch der Cursor war von meinem Tempo überfordert. Ich war zu schnell für ihn. Er verschnaufte auf halbem Weg. Claire war nur noch sechs Meter von mir entfernt.

Ich unternahm einen erneuten Anlauf. Meine Hand schwitzte bereits. Mir gelang es zwar, den Pfeil bis auf die Höhe des Kreuzes zu befördern, doch dann zitterte dieser immer wieder daran vorbei. Ich stieß lautlos Verwünschungen gegen diese technische Ausgeburt des Teufels aus und spürte bereits Claires Atem im Nacken. Mit letzter Kraft und bereits völlig panisch landete ich schließlich mit dem Cursor auf dem Ziel.

Ich machte: *Klick!*

Und: *Klickklick!*

Und: *Klickklickklick.*

Und: *Klickklick-klickklickklickklickklickklickklickklickklickklick-*

*klickklick-klick-klickklickklickk-klickklick-klickklickklickklick!* Zehn Klicks in einer Sekunde, plus ein *Fuckfuckfuckfuckfuck!*

Es half alles nichts. Der Computer hatte sich aufgehängt.

Claire erreichte mich, nichts von meiner Verzweiflung ahnend.

«Ça va?», erkundigte sie sich nach meinem Befinden.

Ich war drauf und dran, «Beschissen!» zu rufen. Doch ich musste mich beherrschen. Sie möglichst lange ablenken. Ich spielte kurz mit dem Gedanken, sie freundlich, aber bestimmt darauf hinzuweisen, dass sie zu früh sei, und sie aufzufordern, den Computerraum gefälligst wieder zu verlassen. Aber ich verwarf diesen Einfall umgehend. So ein Verhalten wäre höchst unsouverän und machte mich erst recht verdächtig. Ich wollte nicht meine letzte, klitzekleine Chance verspielen, für den Fall, dass sie den Engländer doch noch mal in die Wüste schickte bzw. dass dieser in seiner Mail gelogen hatte. Sollte ich behaupten, ich schreibe einen Liebesbrief, und sie bitten, nicht zu gucken? Aber das würde wohl erst recht ihre Neugier wecken.

Claire unterbrach meine lächerlichen Überlegungen.

«Alors? Qu'est-ce que tu fais? – Und? Was machst du gerade?»

Normalerweise hätte ich mich darüber gefreut, dass sie mich ansprach. Nur: Was sollte ich bitte schön darauf antworten?

«Ich suche mir gerade ein schnuckliges Bordell aus. Aber einen Familienbetrieb. Weil ich auf die großen Ketten nicht so stehe und den Mittelstand unterstützen möchte. Willst du mitkommen?»

Ich musste schnell die Stromverbindung zum Rechner kappen, bevor ihr Blick auf den Bildschirm fiel. Sie ablenken. Doch wie? Einen Herzinfarkt simulieren?

«Oh! ... Äh ... Du suchst ... äh ... ein Bordell? Entschuldigung», stammelte sie entgeistert. «Ich ... äh ... geh dann mal.»

Ich drehte mich um. «Nein ... Es ist nicht so, wie du denkst.» Jetzt wirkte ich mit Sicherheit wie ein notgeiler Deutscher, der, weil er in Frankreich keine abbekam, gezwungen war, seine sexuellen Bedürfnisse mit Prostituierten zu befriedigen. Dieses Täterprofil traf tatsächlich genau auf mich zu. Gab es eine glaubwürdige Ausrede, zum Beispiel: «Das ist nicht für mich. Das ist für Sebastian. Zum Geburtstag. Das hat er sich gewünscht. Möchtest du dich finanziell beteiligen?» Nein. Das war zu fies, auch wenn Sebastian anstrengend war. Das hatte er nicht verdient. Außerdem würde sie mir das ohnehin nicht abnehmen.

«Der Computer hat sich aufgehängt. Das stand schon da, als ich gekommen bin.»

Sie nickte. «Dann bringt das wohl nichts.»

«Glaub ich auch nicht. Ich lass das auch. Ich hab keine Lust mehr. Zwanzig Minuten versuche ich hier schon, eine Mail zu schreiben.» Ob sie mir die Ausrede abnahm? Hoffentlich.

Meine Suche nach einem Bordell war leider ohne Ergebnis geblieben. Nach der peinlichen Begegnung mit Claire am Computer hatte ich die Internetrecherche aufgegeben und beschlossen, andere Informationsquellen zu Rate zu ziehen. Ich hatte mich zunächst an Karim und Malik gewandt. Zum einen traute ich ihnen zu, dass sie sich auskannten. Zum anderen juckte es mich bei ihnen nicht, wenn ich einen guten Ruf verlor. Rachid und Mehdi hätte ich sicherlich auch fragen können, aber vor denen wollte ich nicht wie jemand dastehen, der käufliche Liebe nötig hatte. Die Reaktion von Karim und Malik war ziemlich unbeherrscht. Sie verfielen umgehend ins Arabische. Ich verstand nicht genau, was sie brabbelten, es hörte sich aber sehr aggressiv an. Die deutsch-arabische Freundschaft bekam offenbar erste Risse. Würden sie mich doch nicht mit ins Paradies nehmen? Es war mir egal. Allerdings sorgte ich mich ein bisschen, dass sie Sebastian ins Bild setzen könnten. Vor ihm wäre mir meine sexuelle Verzweiflung doch unangenehm, wo ich doch immer behauptet hatte, mir sei es wichtig, mit der Frau Französisch sprechen zu können. Da mir die Marokkaner nicht weiterhelfen wollten, wandte ich mich schließlich an die örtliche Telefonauskunft. Natürlich suchte ich mir ein Telefon außerhalb vom Wohnheim.

«Auskunft.»

«Ich wollte mal fragen, ob es in Pau ein Bordell gibt. Im Telefonbuch habe ich keins gefunden.»

«Dazu müssten Sie mir erst sagen, wie Sie heißen.»

«Was? Wieso denn das?»

«Na, es kann ja jeder anrufen und was wissen wollen.»

«Okay. Ich bin Jacques Chirac.»

War natürlich total bekloppt. Aber er gab sich mit diesem Namen zufrieden. Vielleicht, weil der französische Präsident als Schürzenjäger bekannt war und also durchaus dazu in der Lage gewesen wäre, sich nach einem Bordell in Pau zu erkundigen. Allerdings musste ich mir vom Auskunftsangestellten erklären lassen, dass er dazu nichts sagen könne. Ich erfuhr lediglich, dass ich in der Woche schon der Zweite sei, der sich nach einem Puff erkundige.

So machte ich mich spontan auf den Weg in den Parc Beaumont. Wenn es irgendwo in Pau Straßenmädchen gab, dann wohl dort. Auf den zwei Kilometern dorthin durch die milde Paloiser Nacht beschlichen mich jedoch Zweifel. War es den

Aufwand wert? Was, wenn ich die Strecke umsonst lief? Ich sprach darum – auf halbem Weg – eine alte Frau mit Krückstock an. Sie wohnte sicherlich schon ewig in Pau und kannte die Stadt bestens. Sie musste es wissen. Außerdem verkehrte sie nicht mit Leuten, die mit mir zu tun hatten. Sie würde mich nicht verpetzen können.

«Ich suche jemanden, mit dem ich Sex haben kann. Würden Sie … ?», begann ich.

«Lassen Sie mich!», unterbrach sie mich hysterisch und schrie dann los: «Sie Wüstling! Hilfe! Ein Vergewaltiger!» Panisch wedelte sie mit ihrem rechten Arm und beschleunigte ihren Schritt. Das sollte wohl Wegrennen sein. Egal. Jetzt war ich schon so weit gegangen. Ich überholte sie wieder und musste dazu auf die Straße, weil der abfallende Bürgersteig so schmal war. Irritiert schaute sie mich an. Möglicherweise wunderte sie sich, dass ich nicht über sie herfiel.

Um halb elf erreichte ich den Parc Beaumont. Er war nicht groß, kein Bois de Boulogne, hatte aber einen Teich und zahlreiche dunkle Ecken. Nachdem ich einige Minuten durchs Gebüsch gestreunt war, entdeckte ich tatsächlich eine Frau. Es war zwar merkwürdig, dass sie auf einer Bank saß, aber vielleicht wollte sie sich mal kurz ausruhen. Ich näherte mich von hinten. Als sie mich bemerkte, zuckte sie erschrocken zusammen. Dann erkundigte sie sich:

«Bist du Pierre?»

«Nein, Jacques Chirac.»

Meine Antwort zauberte ihr ein Lächeln ins von der nächsten Laterne beleuchtete Gesicht. Ich kam gleich zur Sache, um die gute Stimmung zwischen uns zu nutzen:

«Wie viel kostet denn Penetration?»

«Bist du pervers, oder was?» Sie ließ mich stehen und eilte in Richtung Palais Beaumont, dem Paloiser Spielcasino. Zwanzig Meter weiter trat aus einem Gebüsch ein anderer Mann auf sie zu. Von der Motorik her kam er mir bekannt vor. Sie zuckte wieder zusammen und fragte dann:

«Bist du Pierre?»

«Nein, ich bin Sebastian. Wie viel kostet denn einmal von hinten? Mit fesseln?»

Sie rannte weiter. Ich traute meinen Augen und Ohren kaum. Wieso war mein Kommilitone hier? Er hatte mich noch nicht bemerkt. Ich sprang von hinten an ihn heran:

«Von hinten mit fesseln kostet 150 Euro. Hast du so viel, Süßer?»

Sebastian fuhr erschrocken herum. Dann fing er an zu stammeln:

«Äh, Markus ... äh, wieso von hinten? Was meinst du?»

«Na. Du warst ja sehr direkt. Gehst du immer so an die Miezen ran?»

«Äh, wieso? Hab ich doch gar nicht.» Er schüttelte vehement den Kopf.

«Ich hab alles gehört.»

«Äh, das war ... das mach ich ... äh ... das ist nicht ... Ich war nur spazieren und hab nach dem Weg gefragt.» Man sah ihm das schlechte Gewissen an.

«Beruhige dich, Sebastian! Ich bin nicht Josepha. Ist ja nichts dabei, wenn man auf der Suche nach Sex ist.»

«Ich hab wirklich keinen Sex gesucht.»

«Mann, Sebastian! Das mit dem Spazierengehen ist so was von unglaubwürdig. Mach dich mal nicht verrückt. Ich find das eigentlich cool! Hätte ich dir gar nicht zugetraut.»

«Wirklich?» Er schaute mich unsicher an. Sein Kopf war vorgeschoben.

«Hast du ein schlechtes Gewissen wegen Josepha?»

Er nickte.

«Brauchst du nicht. Sie ist schuld, dass ihr nicht mehr zusammen seid.» Ich hatte mittlerweile erfahren, welches Vergehen Josepha Sebastian auf der Fahrt vom Flughafen zur Last gelegt hatte. Er hatte, noch zu Schulzeiten, ein Referat mit einer Mitschülerin gehalten, ohne sie vorher um Erlaubnis zu fragen. Und bei der Geschlechtskrankheit handelte es sich um einen Pilz am Hintern.

«Lass uns zurück ins Wohnheim gehen», schlug ich vor. «Oder meinst du, du läufst noch einer Prostituierten über den Weg?»

Sebastian schüttelte den Kopf. Wir setzten uns in Bewegung. Wir hatten erst wenige Meter zurückgelegt, da traten aus einem Gebüsch zwei Männer auf uns zu:

«Ein Vierer, wie viel macht das?»

«Das könnt ihr nicht bezahlen», entgegnete ich. Die beiden zogen ab. Wir gingen weiter. Zunächst liefen wir schweigend. Bald hatten wir den Park hinter uns gelassen.

«Sag mal, willst du dir die Haare lang wachsen lassen?»

Sebastian nickte.

«Hast du mir gar nicht erzählt.»

«Wieso sollte ich das erzählen? Ist doch kein großes Ding.»

«Am Anfang hast du mir immer alles erzählt. Du hast mich eigentlich auch nicht mehr oft besucht in letzter Zeit», flachste ich.

«Ja. Weil ich dich nicht nerven will.» Er hörte sich traurig an. Er hatte die Hände in seinen Hosentaschen vergraben und lief mit gesenktem Kopf.

«Wieso nerven?»

«Selbst ich hab ja gemerkt, dass du mich peinlich findest. Du hast es ja auch allen erzählt.»

«Aber nein! So habe ich das nicht gesagt. Anders als ich, habe ich gemeint.» Ich blieb stehen. «Tut mir leid, wenn ich dir den Eindruck vermittelt habe. Das war nicht so gemeint. Das liegt auch nicht an dir. Ich bin einfach nicht so tolerant, grundsätzlich. Und dann schnell ungerecht. Ist hier sicherlich besonders schlimm gewesen. Weil mir Berlin so gefehlt hat und ich ständig das Gefühl hatte, niemanden zu haben, der mir das ersetzen kann. Und da du der einzige Mensch warst, der für mich da war am Anfang, hast du eben meine ganze Unzufriedenheit abbekommen. Ich hab halt den besten Freund erwartet. Und der kannst du sicherlich nicht sein. Aber das ist nicht deine Schuld. Eigentlich wollte ich ja nur eine Französin, in die ich mich verlieben konnte. Auch das konntest du mir natürlich nicht bieten. Aber es liegt wirklich an mir.» Ich schlug ihm freundschaftlich auf den Rücken.

«Was ist denn mit Claire?»

«Das weißt du?»

«Hat mir Marijo letztens erzählt.»

«Sie hat Sex, aber nicht mit mir. Und dann noch parallel vermutlich eine Affäre mit einem Engländer.»

«Tut mir leid für dich.»

«Ich weiß auch gar nicht, was an dem so toll ist. Der sieht doch nicht besser aus als ich oder ist cooler.»

«Glaub ich auch nicht.»

«Gibt's bei dir was Neues?»

Sebastian berichtete, dass er jetzt Unisport mache. Badminton spiele. Dort seien viele Erasmus-Studenten. Aber nicht so viele Franzosen. Aber die Skandinavier seien ganz nett.

«Und was machen die Moschee-Besuche?», wollte ich wissen.

Sebastian senkte den Blick, kratzte sich an der Stirn und begann, mit den Füßen über den Boden zu scharren.

«Ich hab Abdullah und Said versprochen, dass ich zum Islam konvertiere.»

«Was? Bist du verrückt?» Ich schaute ihn entgeistert an.

«Nein. Aber ich habe mich nicht getraut, nein zu sagen. Aber ich werde versuchen, sie so lange hinzuhalten, bis ich wieder in Deutschland bin. Ich habe ihnen gesagt, ich müsste erst noch ein paar Sachen zu Hause klären. Ich bräuchte noch Zeit.»

«Du bist echt bekloppt.»

«Ich weiß. Es wäre gut, wenn du ihnen nicht meinen Nachnamen verrätst, damit sie keine Recherchen anstellen können. Falls sie fragen: Ich heiße Schmidt.»

Ich versprach es ihm. Wir setzten unseren Weg fort. Bald erreichten wir das Wohnheim. Rachid und Mehdi chillten auf den Stufen zum Bâtiment A.

«Hey, Marküs, hey Sébastien. Isch bin ein Versager! Isch bin ein riesiges Arschloch», grölte Mehdi. Offensichtlich hatte ihm die Beziehung zu Jana dabei geholfen, seinen deutschen Wortschatz weiter auszubauen. Vermutlich hatte sie ihm das noch beigebracht, nachdem sie begriffen hatte, dass er längst mit einer anderen zusammen war.

«Willst du meinen Puulär luuutschen?», erkundigte sich Rachid.

«Nein», lehnte ich ab. «Wir hatten gerade Sex.»

«Wo denn?», rief Mehdi verwundert.

«Im Parc Beaumont. Da gibt's die besten Prostituierten.» Sebastian erbleichte. «Keine Sorgen», beruhigte ich ihn. «Das erregt am wenigsten Verdacht.»

Wir betraten Bâtiment B. Als ich die Tür zu meinem Zimmer aufschloss, wollte Sebastian wissen, was ich eigentlich im Parc Beaumont gemacht hätte. «Spazieren. Das mache ich gerne um diese Zeit. Ach, übrigens: Willst du morgen mit ins Matisse kommen? Da schaue ich mir mit den Leuten von SE die Präsidentschaftswahlen an. Marijo kommt auch.»

«Gerne.»

Als France 2 um 20 Uhr die Gesichter der beiden Kandidaten einblendete, die es in die Stichwahl um das Präsidentenamt geschafft hatten, hielt ich es zunächst für ein Missgeschick der Programmverantwortlichen oder einen üblichen Streich. Meine Mitstreiter von SE, Roger und Sebastian, glaubten oder hofften wohl für einen kurzen Moment das Gleiche. Doch schnell wurde es zur Gewissheit, dass tatsächlich Jean Marie Le Pen, der Führer des rechtsextremen Front National, in die zweite Runde eingezogen war und gegen Jacques Chirac antreten würde, nicht Lionel Jospin, der eigentliche Favorit. Seit meiner Ankunft im September hatte man den amtierenden Präsidenten und den sozialistischen Premierminister, die zusammen in einer Kohabitation regierten, als unausweichliche Duellanten für den zweiten Wahlgang verkauft. Seit Monaten hatten sie in Umfragen die ersten beiden Plätze belegt.

«Diese scheiß Medien! Diese scheiß Medien!», fluchte Julien, der als Erster seine Worte wiederfand. «Die haben diesen Fascho in die zweite Runde gebracht.» Er erhob sich vom

Tisch, an dem wir uns versammelt hatten, ging zum Tresen und griff sich die *L'équipe*. Seit Monaten hatte das Thema Kriminalität – insbesondere von Jugendlichen aus Einwandererfamilien in den Banlieues begangene Straftaten – die Schlagzeilen der Zeitungen und die Berichterstattung in den Fernsehnachrichten dominiert und damit den Rechtsextremen die nötige Munition geliefert. Auch ich hatte bisweilen den Eindruck gewonnen, Frankreich befinde sich in einem Bürgerkrieg. Thérèse kämpfte mit den Tränen.

Das schlechte Abschneiden des kommunistischen Kandidaten Robert Hue wurde von den SElern sarkastisch mit Jubel aufgenommen, denn er galt vielen hier im Matisse als Verräter, weil er als Koalitionspartner Jospins zentrale Reformen mitgetragen hatte. Arlette Laguiller von Lutte Ouvrière, die die Umfrageinstitute zeitweilig auf Platz drei gesehen hatten, hatte schlechter und Besancenot von der Ligue Communiste Révolutionnaire besser abgeschnitten als prognostiziert.

Roger, der das Geschehen äußerlich wenig beeindruckt verfolgt hatte, erhob sich ebenfalls aus unserer Sitzecke und rief dem Wirt zu: «Ramon, jetzt wirst du abgeschoben.» Dieser erwiderte auf Spanisch: «Du auch.» Mein Kumpel verzog sich nach hinten zum Dartspielen.

Marijo murmelte Sebastian und mir zu: «Jetzt seid ihr Deutschen wenigstens nicht mehr die einzigen Nazis.» Wir mussten lachen.

Thérèse jammerte: «Ich will nicht Chirac wählen.»

Mein deutscher Kommilitone wunderte sich: «Aber wenn du ihn nicht wählst, hilfst du doch Le Pen?»

Thérèse erwiderte: «Ich hab nicht mein Leben lang gegen diesen Politiker gekämpft, um ihm jetzt meine Stimme zu geben.» Sie saß zusammengesunken an ihrem Tisch und sah aus wie ein Häufchen Elend.

«Aber sollte es jetzt nicht die Priorität sein, Le Pen zu verhindern?», sprang ich Sebastian bei.

Marijo gestand: «So schlimm finde ich Chirac gar nicht.»

Seb, der mit Arlette-Jérôme an einem anderen Tisch saß, belehrte sie: «Hast du vergessen, was Chirac über schwarze und muslimische Einwanderer sagte?»

«Was denn?»

«Dass sie unser Sozialsystem ausnutzen und Lärm machen und komische Gerüche verbreiten.»

«Das hab ich nicht gehört. Wann war das?»

«1995.»

«1991», korrigierte ihn der bärtige Jérôme, der Thérèse mittlerweile tröstend in den Arm genommen hatte.

Marijo musste lachen. «Hör zu! Damals war ich zehn Jahre alt und in Madagaskar. Trotz meiner Hautfarbe durfte ich einreisen, als Chirac bereits Präsident war. Mir ist der immer noch lieber als jemand, der meint, dass die Vernichtung der Juden nicht schlimm war, und der alle Ausländer abschieben will. Normalerweise würde ich Chirac nicht wählen, aber angesichts der Alternative hat man doch keine Wahl. Ich will nicht das Risiko eingehen, dass Le Pen an die Macht kommt.»

«Es wird immer noch genug geben, die Chirac ihre Stimme geben. Du kannst auch ungültig wählen», meldete sich Thérèse aus Jérômes Umarmung wieder zu Wort. Sie hatte verweinte Augen.

Marijo konnte das nicht nachvollziehen: «Wenn das alle sagen, dann kommt Le Pen doch an die Macht.»

«Es macht keinen Unterschied, ob Chirac oder Le Pen an

der Macht ist», widersprach Arlette-Jérôme. Er hatte das enttäuschende Abschneiden seiner Kandidatin augenscheinlich verkraftet und rollte sich eine Zigarette. Für seinen Einwurf erntete er Kopfschütteln seiner SE-Kollegen.

«Le Pen verschärft nur die Krise. Le Pen als Präsident beschleunigt die Revolution», dozierte er ungerührt weiter. Er schaute meine madagassische Freundin durch seine runde Brille selbstzufrieden an.

«Gut, dann wähle ich Le Pen», spottete Marijo. «Ich hoffe aber, dass sich die Revolution dann nicht so viel Zeit lässt. Nicht, dass ich vorher noch abgeschoben werde.»

Der bärtige Jérome widersprach: «Ich finde nicht, dass der Weg zu einer besseren Gesellschaft zwangsläufig über den Faschismus führen muss. Die damit verbundenen Opfer sind zu groß.»

«Du redest doch nur so, weil du vor der Revolution Angst hast. Dir fehlt die Radikalität, weil du in einer Beziehung lebst. Als Nächstes kommen Kinder.» Er blickte spöttisch zu Thérèse. Diese verzog angewidert das Gesicht.

Julien unterbrach seine *L'équipe*-Lektüre und rief von der Bar: «Das ist doch Lutte-Ouvrière-Quatsch. Gerade wenn man jemanden liebt und Kinder hat, ist man der Erste, der zu den Waffen greift, wenn es darum geht, seine Familie zu verteidigen.» Dann las er weiter.

«Wenn du eine Familie hast, verteidigst du aber nicht die Revolution, sondern nur deine Besitztümer», knurrte der Angesprochene gereizt, die Zigarette zwischen den Zähnen, ohne von seiner Zeitung aufzuschauen.

Marijo rollte mit den Augen und flüsterte mir zu: «Wenn sie so weiterdiskutieren, wird Le Pen wirklich noch gewählt.»

«Streiten wir uns nicht!», beschwichtigte Seb. «Wir sollten uns auf den Kampf konzentrieren, auf unsere Aufgaben. Wichtig ist, wie wir es nach außen begründen, dass wir nicht zur Wahl von Chirac aufrufen. Einigen wir uns auf den Slogan: *Die Feinde unserer Feinde sind nicht unsere Freunde.*»

Dem widersprach niemand. Vielleicht lag das aber auch nur daran, dass Roger mit Dartspielen beschäftigt war. Nachdem wir noch eine Weile schweigend auf den Bildschirm gestarrt und Jospins Rücktritt und die Reden von Chirac und Le Pen verfolgt hatten, verabredeten wir uns für das Planen der Revolution für neun Uhr am nächsten Morgen im SE-Büro. Roger gesellte sich zu Julien und Ramon an die Bar, um mit den beiden über die letzten Rugby-Ergebnisse zu fachsimpeln. Seb, Arlette-Jérôme, der bärtige Jérôme und Thérèse verließen das Matisse. Auch Sebastian, Marijo und ich machten uns auf den Heimweg.

Die Revolution brachten wir nicht zum Ausbruch, dennoch blieben wir nicht untätig. Am Montagmorgen trafen wir uns in unserem Büro. Nachmittags verteilten wir Flyer und Plakate, auf denen wir die Studenten aufforderten, den Hochschulbetrieb bis zum zweiten Wahlgang lahmzulegen. Am Dienstag füllten diese Studenten – wie in ganz Frankreich – die großen Hörsäle, um von SE, der UNEF und anderen Basisgruppen vor Ort zu erfahren, wie sich der Faschismus abwenden ließ. Eine eindeutige Handlungsanleitung erhielten sie nicht. Dafür erlebten sie live, wie zerstritten die Le-Pen-Gegner waren.

Seb betonte vor versammeltem Plenum die Notwendigkeit, den Kampf auf die Straße zu tragen. Die Chirac-Partei hatte einen Vertreter gesandt, der dafür warb, dass es jetzt vor allem darum ging, Le Pen zu verhindern, also Chirac zu wählen. Der bärtige Jérôme kritisierte ihn dafür scharf. Es gehe nicht um Stimmenfang, sondern um den Kampf gegen rechts. Arlette-Jérôme verlas eine Rede seiner Namenspatronin, obgleich diese bereits ausgeschieden war. Eine Gruppe baskischer Nationalisten verlas eine Solidaritätsbekundung, in der erklärt wurde, dass der Unabhängigkeitskampf des baskischen Volkes der gleiche sei wie der der demokratischen und linken Kräfte gegen den Faschismus. Ein Professor mit rotem Schal, ein Altachtundsechziger, forderte die Studenten auf, es nicht beim Wählen zu belassen, sondern sich radikalerer Aktionen zu bedienen. Von Seb wurde ihm vorgehalten, als Vertreter des akademischen Oberbaus sei er mit seinen Forderungen nicht glaubwürdig. Dennoch sei Streik das richtige Mittel. Ein UNEF-Abgesandter gab zu bedenken, Streik sei nicht der richtige Weg, da es nicht um Hochschulreformen gehe und außerdem Klausuren bevorstünden. Seb konterte, dass nur deshalb bald Klausuren anstünden, weil sich die UNEF nie entschieden genug gegen die Hochschulreformen gewehrt hätte. Ein Mitglied einer Vereinigung zur Förderung regionaler Sprache und Kultur im Béarn, der Provinz, zu der Pau gehörte, unterstützte die Streikfraktion. Julien forderte die Einrichtung eines Mobilisierungskomitees, bestehend aus diversen Untergruppen, zur Planung weiterer Aktionen, zur ideologischen Grundlagenarbeit, zur Kommunikation mit der Presse und zur Koordinierung anstehender Demos. Der bärtige Jérôme forderte für dieses Komitee ein Büro mit Computer. Der UNEF-Redner plädierte für eine Demonstration in der kommenden Woche, um genug Zeit zur Mobilisierung zu haben. Außerdem signalisierte er, dass er mit einer Wahl Chiracs sympathisiere. Der bärtige Jérôme wies den Montag als zu weit in der Zukunft liegend zurück. Mittwoch dieser Woche sei der beste Termin. Der Chirac-Partei-Delegierte sprach sich ebenfalls für Demos aus, erinnerte aber noch mal daran, dass es vor allem darum gehe, Le Pen zu verhindern, und darum, am 5. Mai richtig zu wählen. Diesmal wurde er ausgepfiffen. Ein Dozent erkundigte sich, ob man zur Demo auch ein Transparent der kommunistischen Partei Frankreichs mitbringen dürfte. Er erhielt ebenfalls Buhrufe. Seb ermahnte die Studenten, ihren Kampf intelligent, ruhig, hart, aber ohne Gewalt auf die Straße zu tragen. Thérèse, die zusammen mit mir neben der Bühne stand und die Wortbeiträge zuwies, ermunterte mich, ebenfalls etwas beizusteuern, aber da ich Claire im Plenum erblickt hatte, zierte ich mich. Ich hatte Angst, mich zu blamieren, auf Französisch zu viele Fehler zu machen oder etwas Banales zu sagen.

Jean-Luc Godard wirkte nicht so, als würde ihm der Abend Freude bereiten. Ich hatte es nicht glauben wollen, dass er wirklich nach Pau kommen würde, mir dann aber den Besuch der Veranstaltung trotz Präsidentenwahlen-Stress nicht nehmen lassen. Ursprünglich hatte das Méliès anlässlich der Eröffnung der Max-Ophüls-Filmreihe, die mit der Vorführung des Films «Le Plaisir» eingeleitet wurde, nur dessen Sohn Marcel als Gast angekündigt. Die Betreiber des Kinos hatten es wohl selbst bis zum Schluss nicht geglaubt, den Schweizer ins Béarn locken zu können. Aber offenbar fühlte sich der Nouvelle-Vague-Regisseur Marcel Ophüls sehr verbunden. Der Veranstaltung und dem hiesigen Publikum, das die roten Plüschsitze des Méliès bis auf den letzten Platz füllte, allem Anschein nach weniger. Gelangweilt betrachtete er die meiste Zeit seine schwarzen Schuhe. Und jede Intervention des aufgedrehten und zappeligen Moderators, eines schlanken Mannes Ende fünfzig, jeder Wortbeitrag der Zuschauer schienen ihm mehr Beherrschung abzuverlangen. Beim Diskussionsleiter konnte ich das verstehen, der seit Beginn der Diskussion schon mehrmals durch schlechte Vorbereitung aufgefallen war. Die ersten Fragen hatte Godard noch galant seinem französischen Freund überlassen, allerdings hatten sich die Besucher bald direkt an ihn gerichtet, sodass er sich nicht mehr aus der Affäre ziehen konnte. Und an Stellungnahmen von den Rängen mangelte es nicht. In Deutschland hätte der Conférencier das Publikum deutlich stärker unter Druck setzen müssen, damit der Gast nicht das Gefühl bekam, den Weg umsonst angetreten zu haben. Immerhin reduzierte die rege Beteiligung das Risiko, dass sich Sebastian zu Wort meldete, der Marijo und mich begleitet hatte, weil der Film «Le Plaisir» die Adaption dreier Novellen von Maupassant war.

Gerade meldete sich ein älterer Herr mit brauner Cordjacke, Halbglatze und schwarzem Zopf:

«Monsieur Godard, ich bin ein großer Bewunderer Ihrer Filme. Am besten hat mir ‹Außer Atem› gefallen. Für mich ist das bis heute die Begründung des modernen Kinos. Wie ist es für Sie, wenn andere Regisseure die Massen ins Kino ziehen, die nur von Ihren Innovationen profitieren bzw. hinter diese zurückfallen?»

Godard ließ den Blick zur Decke wandern, pustete Luft aus und nuschelte unmotiviert: «Mich interessiert vor allem die technische Seite des Films.»

Der Herr war mit der Antwort nicht zufrieden:

«Monsieur Godard, ich möchte noch mal nachhaken. Ihr

Freund Rivette meinte über den Film ‹Titanic›, dass er Erfolg habe, eben weil er ein Film ohne Qualität sei, mit einer Schauspielerin ohne Anmut. Wie stehen Sie dazu?»

Der Schweizer legte die Stirn in Falten, faltete die Hände über seinem schwarzen Pullover und erwiderte: «Zu Rivette habe ich seit Ewigkeiten keinen Kontakt mehr. Ich mag die Filme nicht, die er heute dreht.»

«Gut!», unterband der Moderator eine Fortsetzung des wenig ergiebigen Dialogs. «Da hinten sehe ich noch eine Meldung! Die Dame in der grünen Bluse.»

Eine übergewichtige Frau mit grauen, nach hinten geföhnten Haaren ließ sich das Mikro reichen: «Monsieur Godard, Sie haben eben gesagt, dass Sie wenig von Jacques Rivette halten. Fühlen Sie sich Woody Allen näher?»

«Wem?»

«Woody Allen.»

«Ich respektiere ihn, weil er einsam ist. Er ist gerne im Schneideraum, weil es dort warm ist.» Gelächter im Publikum.

Sebastian beugte sich zu mir: «Das habe ich nicht verstanden.»

«Ich auch nicht», wehrte ich ihn ab, denn ich wollte jetzt nichts erklären. Gerne hätte ich Jean-Luc Godard auch etwas gefragt. Aber was? Das brachte ja nur etwas, wenn er es als originell und inspirierend empfand, sodass er sich wenigstens am nächsten Tag noch an mich als Fragesteller erinnerte. Leider fiel mir nichts ein, das man nicht auch im Internet recherchieren konnte.

Eine Frau mit hagerer Gestalt und ausgezehrtem Gesicht, einer Erscheinung, die sie durch eine blonde Dauerwelle, eine bunte Strickjacke und schweres Geschmeide zu übertönen versuchte, ergriff nun das Wort: «Monsieur Godard, ich möchte keine Frage stellen, sondern eher eine Reflexion anstellen. Monsieur Godard, Sie machen nun schon seit fast 50 Jahren Filme, und mit jedem Ihrer Werke schaffen Sie es, Grenzen auszutesten, neues Terrain zu beschreiten. Ich brauche Ihnen hier im Saal nicht die Filme aufzuzählen, die uns alle so geprägt und beeindruckt haben. Ich denke nur an ‹Außer Atem›, aber auch an ‹Eine Frau ist eine Frau›, ‹Der kleine Soldat›, ‹Die Geschichte der Nana S.›, ‹Die Verachtung›, ‹Die Frauen sind an allem schuld›, ‹Die Außenseiterbande›.» Sie ging tatsächlich Godards komplette Filmografie chronologisch durch. Vielleicht sollte ich ihn um eine Stellungnahme zur These, dass das Kino tot sei, bitten. Aber möglicherweise hatte er sich irgendwann schon mal dazu geäußert, und ich langweilte ihn.

«Sie sind immer Ihren Weg gegangen, am radikalsten von allen Vertretern der Nouvelle Vague, die wir hier alle im Saal sicherlich schätzen und lieben. Ich möchte jetzt nicht ins Detail gehen, denn wir kennen Ihre Filme. Aber Ihre freie und experimentelle Form, mit der Sie Ihre Werke realisiert haben, ist das nicht mutiger, als sich den kommerziellen Forderungen Hollywoods zu unterwerfen?» Sie sprach laut und deutlich.

«Die ist bestimmt Lehrerin», raunte mir Marijo zu.

Ich nickte. Oder sollte ich ihn fragen, ob er der Meinung sei, dass es heute noch möglich sei, das Kino zu revolutionieren?

«Sich dem amerikanischen Unterhaltungsdiktat zu beugen. Nein, lieber Jean-Luc Godard, Sie filmten Ihre Dialoge von Anfang an nicht im gefälligen und anbiedernden Schuss und Gegenschuss, sondern experimentierten mit Kamerabewegungen und Positionen. Ich denke auch an den Jump Cut.

Damals nahmen Sie Anstoß, heute ist Ihre Filmsprache längst Common Sense im Kino weltweit.» Sie sprach die englischen Begriffe mit dem üblichen französischen Akzent aus, sodass ich jedes Mal Marijo konsultieren musste, um zu verstehen, was sie meinte. «Somit haben Sie gesiegt. Nicht Steven Spielberg, nicht James Cameron, nicht George Lucas, lieber Jean-Luc Godard.» Dieser trommelte ungeduldig mit seinen Fingern auf seinen Oberschenkeln. Marcel Ophüls hatte seine Augen mittlerweile geschlossen. Jetzt so eine Knallerfrage von mir, vielleicht auch noch eine, bei der das Publikum lachen musste. Leider war es deutlich einfacher, die Wortbeiträge anderer Diskussionsteilnehmer zu kritisieren, als selber einen gelungenen zu formulieren.

«Aber auch Ihr Mut, sich mit der Frage zu beschäftigen, in welcher Beziehung Sprache und Bild zueinander stehen, Ihre Suche nach den richtigen Wörtern. Ich zitiere nur Ludwig Wittgenstein: *Die Grenzen der Sprache sind die Grenzen der Welt – meiner Sprache, meiner Welt.*»

Ich beugte mich zu Marijo: «Die hat sich aber gut auf diesen Abend vorbereitet.»

Meine Freundin kicherte. «Das ist ja auch die Laudatorin. Die übt schon mal den Nachruf.»

«Nein, Monsieur Godard, Ihr Kino lässt sich nicht auf eine Stilrichtung reduzieren. Zu komplex sind Ihre Werke, zu ambitioniert Ihr Anspruch. Neue Ziele sind für Sie wichtiger als der Weg.»

«Gibt es keine zeitliche Begrenzung für Wortbeiträge?», flüsterte ich Marijo zu. Ich konnte mich nicht konzentrieren.

«In Frankreich nicht. Das macht ja gerade unsere Kulturnation aus.»

«Nun möchte ich Sie, Monsieur Godard, bevor ich ende, noch mal selber zitieren: *Ich ziehe es vor, etwas zu suchen, was ich nicht kenne, statt etwas, was ich kenne, besser zu machen.* Und für diese Einstellung möchte ich Ihnen hier im Namen aller im Saal danken.» Die Frau setzte sich wieder. Die Gesichtszüge des Moderators entspannten sich. Godards Ausdruck war inzwischen eingefroren.

«Also, nicht in meinem Namen!», meinte Marijo zu mir.

«In meinem auch nicht», stimmte ich ihr zu.

«Was ist mit dir, Sebastian?», fragte sie meinen Kommilitonen. «Dankst du Godard auch für seine Einstellung?»

Sebastian zuckte mit den Schultern: «So gut kenne ich seine Einstellung nicht.»

«Vielleicht sollten wir uns melden und das korrigieren. Ich finde nicht, dass sie ihm einfach in unserem Namen danken kann.»

Wir kamen nicht dazu, denn der nächste Redner, ein Mann mit rotem Intellektuellen-Schal, lockigem Haar und Schnurrbart, ließ sich das Mikro reichen: «Jean-Luc, wir kennen uns nun schon so lange.»

Jean-Luc stutzte.

«Es war 1967, wir sind uns auf dem Festival in Venedig begegnet, wo ich mit meinen Eltern Urlaub machte. Das Autogramm habe ich heute noch.» Er hielt ein vergilbtes Foto hoch, auf dem ein junger Jean-Luc Godard zu sehen war.

Vielleicht sollte ich etwas zur Wahl fragen? Das wäre zumindest überraschend.

«Mich interessiert es zu erfahren, wie du die aktuelle politische Situation in Frankreich siehst. Wenn dir die Zeit nicht reicht, können wir gerne auch nachher noch einen Wein zusammen trinken. Dann kann ich dir auch meine Frau vorstellen. Würdest du dich auch zu den Präsidentschaftswahlen äußern?» Zu spät.

Godard warf einen verärgerten Blick zum Moderator, der sich nervös am Hals kratzte, dann erklärte er missmutig: «Nein.»

Zum Glück war mir der Typ zuvorgekommen. Ich schwieg besser weiter. So machte ich mich wenigstens nicht lächerlich.

Der Moderator wackelte mit dem Kopf und suchte verzweifelt nach jemandem, der dem Stargast eine ihm genehme Frage stellte. Doch niemand traute sich mehr.

«Sebastian, das ist deine Chance», raunte ich meinem Landsmann zu.

«Was meinst du?», wunderte er sich.

«Frag mal was!»

«Wieso denn ich?»

«Du wirkst immer so sympathisch. Da freut er sich bestimmt. Du siehst ja, dass er nicht so gut drauf ist», ermutigte ich ihn.

«Aber ich weiß doch gar nicht, was ich ihn fragen soll.»

«Frag ihn doch, wie es ihm in Pau gefällt. Das kommt immer gut an», sekundierte mir Marijo kichernd.

«Na gut.» Sebastian erhob sich tatsächlich und meldete sich.

«Nein. Nicht!», zischte ich. «Das war nur ein Scherz. Die Frage ist blöd.»

Doch zu spät. Der Moderator deutete bereits auf meinen Kommilitonen: «Der Herr mit den blonden Haaren.» Das Mikro setzte sich in seine Richtung in Bewegung. Ich rutschte tiefer in meinen Sessel. Sebastian war verunsichert. «Was soll ich denn sagen?», raunte er mir verzweifelt zu.

«Dass du auf Toilette musst», flüsterte ich.

«Das ist doch blöd», flüsterte er zurück.

Marijo amüsierte sich: «Oder setz dich einfach schnell wieder hin und tu so, als habest du nichts gemacht. Vielleicht merkt es keiner.»

«Das geht doch nicht», widersprach er unruhig. Nun hielt er das Mikro in der Hand.

Der Moderator schaute ihn ungeduldig an. «Stellen Sie bitte Ihre Frage!»

«Guten Abend. Ich wollte von Jean-Luc Godard und Marcel Ophüls wissen, wie es ihnen in Pau gefällt.»

Ich starrte zu Boden, damit niemand mein Gesicht erkannte. Marcel Ophüls zuckte beim Klang seines Namens aus dem Schlaf auf. Godard schien erst gar nicht antworten zu wollen, dann tat er es doch:

«Eigentlich wollte ich zusammen mit Marcel Ophüls über das Kino seines Vaters sprechen. Stattdessen soll ich mich zu den französischen Präsidentschaftswahlen äußern und dazu, wie es mir hier gefällt. Das empfinde ich als respektlos gegenüber dem Werk des Regisseurs, um den es hier gerade geht, und den Mühen, die wir beide auf uns genommen haben. Um ehrlich zu sein: Ich bereue es, die 2000 Kilometer hierher nach Pau gefahren zu sein.» Ich konnte ihn verstehen. Spätestens nach einigen Monaten gewöhnte man sich aber an die Stadt.

Seit Montag liefen unsere Aktionen. Innerhalb weniger Tage hatten wir die meisten Studenten aus den Hörsälen wieder vertrieben. Die Vollversammlung am Mittwoch war vor allem von der Auseinandersetzung zwischen UNEF und SE darüber bestimmt gewesen, ob auf der Demo zur Wahl von Chirac aufgerufen werden durfte. Donnerstag war gestritten worden, wer auf der Abschlusskundgebung zuerst und wer ganz am Schluss reden durfte. Dazwischen hatte der rote Guillaume Reden von Arlette Laguiller verlesen. Da die Mobilisierung zu verebben drohte, mussten wir Freitag unsere Kommilitonen direkt in den Seminaren abholen. Mir lag viel daran, denn auch Claire fehlte diesmal, nachdem sie an den Tagen zuvor den Versammlungen beigewohnt hatte. Sie hatte mich sogar mehrmals angelächelt, was mir wieder Hoffnung gemacht hatte. Vielleicht stellte diese außergewöhnliche politische Situation, der Erfolg von Le Pen, doch noch eine Chance für mich dar, ihr Herz zu erobern. Für heute hatte ich extra einen Wortbeitrag vorbereitet, mit dem ich sie beeindrucken wollte. Wir mussten sie also irgendwie ins Plenum bekommen.

Wir bildeten Paare, um durch die Räume zu ziehen und den Studierenden ins Gewissen zu reden. Ich wurde von meinem manisch-depressiven Kumpel unterstützt. Guillaume hatte die Uni und SE zwar verlassen, aber da er sich seit dem missglückten Date im Ciné-Club nicht mehr in den Zeitungsladen traute, hatte er noch weniger zu tun und ließ sich dankbar für unseren Kampf einspannen. Es schien ihm richtig gutzutun. Er legte sich dermaßen ins Zeug, dass ich den Eindruck hatte, sein persönliches Schicksal hinge von der Größe der Vollversammlung ab.

«Los! Kommt mit zur Vollversammlung! Das ist ein Befehl!»

«Wir gehen ja auf die Demo. Das reicht doch wohl.»

«Demo, Demo, Demo! Denkt ihr, das reicht? Was seid ihr so träge?»

Er legte sich sogar mit Dozenten an, sofern diese unser Anliegen nicht unterstützten:

«Messieurs! Sie sollten uns jetzt weiterarbeiten lassen. Sie hatten Ihre Chance.»

«Warum sagen Sie so was? Sie sollten auf unserer Seite sein und mitkommen! Trauen Sie sich nicht, weil Sie verbeamtet sind? Warum streiken Sie nicht?»

«Weil mir Studenten anvertraut sind und diese ein Recht haben zu lernen.»

«Aber Ihnen dürfte es doch auch nicht egal sein. Sie sind doch auch nicht von hier. Woher kommen Sie, aus Martinique? Wollen Sie irgendwann nicht mehr unterrichten dürfen? Das wird nämlich passieren, wenn Le Pen an die Macht kommt.»

Immer wieder musste ich meinen aufgebrachten Kumpel aus dem Raum zerren. «Ich hasse Pau!», schimpfte er dann. «Die Leute sind engstirnig, so apathisch, so desinteressiert. Markus, nimm mich mit, wenn du zurück nach Berlin gehst.»

Nicht alle Dozenten verschlossen sich unserem Anliegen. Monsieur Lévy freute sich über meinen Besuch und stellte seinen Studenten frei, sich uns anzuschließen. Er war mir, wie allen Deutschen, seit Anfang des Jahres mehr als wohlgesinnt. Die französischen Studenten schien er zu verachten, uns deutsche zu verehren. Während die Übersetzungsvorschläge unserer französischen Kommilitonen in seinen Kursen von ihm nie akzeptiert wurden, übernahm er immer unsere Vorschläge. Gelegentlich hatte ich sogar extra falsch übersetzt, ohne von ihm korrigiert worden zu sein. Überraschender für mich war das Lob von Madame Speck. Leider ließen sich ihre Studenten davon nicht animieren, sich uns anzuschließen. Auch nicht die deutschen Erasmus-Studentinnen, die Guillaume und ich bei Madame Boyer antrafen:

«Wir haben aber bald Klausuren. Wir brauchen die Credits. Sonst kriegen wir unser Jahr nicht anerkannt», rechtfertigte sich Lena.

«Das ist doch Quatsch! Wer fragt denn später nach Credits?», widersprach ich.

«Vielleicht ist das bei dir nicht so in Berlin. Aber wir müssen was nachweisen», sprang ihr Sandra bei.

«Und selbst wenn. Dann habt ihr halt nicht so viele Credits. Wen juckt das?»

«Ich möchte aber mit meinem Studium fertig werden.»

«Dann wirst du halt ein Semester später mit dem Studium fertig. Sei doch nicht so karrieristisch», stöhnte ich. Die Streits mit meinen deutschen Kommilitonen häuften sich in letzter Zeit.

Sandra blieb stur: «Das ist unsere Sache und nicht deine, Markus. Wenn du dir das finanziell leisten kannst, dann mach halt länger.»

«Genau. Ihr habt kein Geld. Wenn ich das schon höre! Ihr seid doch alle aus dem Westen. Im Westen haben alle Geld», regte ich mich auf.

«Genau. Wir sind reiche, blöde, ignorante westdeutsche Landpomeranzen. Investiere deine Mühe lieber woanders.»

«Was ist?», wollte Guillaume von mir wissen, der nichts verstanden hatte, weil wir uns auf Deutsch zofften.

«Sie überlegen noch», erklärte ich ihm.

«Lass mich mal mit ihnen reden», schob er mich zur Seite. «Denkt an Hitler! So hat es mal angefangen. Weil Studenten sich gesagt haben, es reicht, wenn wir alle vier Jahre wählen gehen. Der Rest ist uns egal. Erst mal gehen wir studieren.» Das war historisch gesehen sehr zurechtgebogen, aber vermutlich war es mittlerweile sowieso egal, was er sagte. Sie ließen sich auch von ihm nicht überzeugen.

Guillaume wetterte, als wir den Raum verließen: «Siehst du, Markus! Selbst die Erasmus-Studenten lassen sich von der Engstirnigkeit und Apathie hier anstecken. Ich halte diese Spießigkeit nicht mehr länger aus.»

«Könnte aber auch an mir gelegen haben. Ich weiß nicht, ob ich in meiner Wortwahl sehr feinfühlig war. Wir haben auch schon eine Vorgeschichte.»

Am Ende unserer Tour hatten wir vielleicht fünfzehn Studenten dazu animieren können, ihren Kurs zu verlassen und zur Vollversammlung in den großen Hörsaal zu gehen. Dort reproduzierte Arlette-Jérôme gerade eine Rede seines politischen Vorbilds. Er wurde von den meisten der vielleicht 40 Zuhörer ausgepfiffen. Ich erblickte Marijo und Sebastian auf den Rängen sowie Roger mit Sophie, seiner Freundin. Sie sah mehr nach Gothic aus als im letzten Jahr. Ihre Haare waren dunkel gefärbt, und sie hatte schwarzen Kajal dick um die Augen gezogen. Eva war überraschenderweise auch da. Doch nach Claire schaute ich mich vergeblich um. Ich hatte zu früh gehofft. Unsinnigerweise gestern Arbeit in eine Ansprache investiert, deren Adressatin fehlte.

Nun ergriff wieder einer von der UNEF das Wort: «Was zählt, ist nicht nur der heutige Nachmittag. Wichtig ist auch die Demo am 1. Mai. Dafür müssen wir die Studenten ebenso mobilisieren. Wir müssen Le Pen und seinen Anhängern zeigen, dass wir wachsam sind. Dass wir mit seinen Ideen nichts am Hut haben.»

Verhaltener Applaus. Ach, egal. Wenn ich schon mal etwas vorbereitet hatte, dann konnte ich auch reden. So hatte ich mir die Mühe wenigstens nicht umsonst gemacht. Ich meldete mich: «Es geht eben nicht um heute. Es geht auch nicht um den 1. Mai. Das beeindruckt doch einen Le Pen überhaupt nicht. Damit rechnet er doch, dass wir demonstrieren. Damit lebt er doch, seitdem er auf der politischen Bühne erschienen ist. Haben nicht nach jedem Wahlerfolg Menschen gegen ihn demonstriert? Demos sind wichtig, verhindern aber nicht, dass seine Ideen Zuspruch finden. Wenn wir es nicht schaffen, unser Engagement zu verstetigen, über den zweiten Wahlgang hinaus, wenn wir nicht kontinuierlich daran arbeiten ...»

Ich sprach noch mehrere Minuten pathetisches, moralisches Zeug. Wie zu erwarten, applaudierte man mir. Julien kommentierte meinen Beitrag mit den Worten, es sei schon bedauerlich, dass die Franzosen sich von einem Ausländer erklären lassen müssten, was wahres Engagement sei, dass Erasmus-Studenten mehr Engagement zeigten als die eigentlich Betroffenen. Er hatte nicht verstanden, dass ich mir Zeit für das Engagement nehmen konnte, weil ich keine Freundin hatte, dass meine Rede ursprünglich nur Claire gegolten hatte. Natürlich fühlte ich mich diesem politischen Milieu irgendwie verbunden. Wo hätte ich sonst hingehen sollen? Zu den Konservativen? Nie im Leben. Zu den Sportlern? Das war auch uncool. Und da konnte man sich nicht mal richtig unterhalten. Aber wenn ich bei Frauen mehr Erfolg gehabt hätte, hätte ich mich sicherlich nie bei Solidarité Etudiante blicken lassen. Auch Sebastian und Marijo gratulierten mir. Roger lobte meinen wunderbaren deutschen Akzent: «Richtig aggressiv! Du musst unbedingt bei Immortal Ayatollah mitsingen.»

Ich wollte noch schnell zwei Zitronen fürs gemeinsame Abendessen mit Marijo und Guillaume im Lebensmittelgeschäft hinterm Wohnheim kaufen und rechnete nicht damit, dass Sebastian telefonierte. Umso überraschter war ich, als ich schon auf der Treppe seine Stimme hörte.

«Hallo, ich bin's. ... Sebastian. ... Ich wollte dir alles Liebe zum Geburtstag wünschen.»

Mit wem mochte er reden? Ich blieb stehen und schaute ihn verwundert an. Er hielt die Hand über die Sprechmuschel und flüsterte: «Josepha hat Geburtstag.»

Ob dieser Anruf eine gute Idee war? Ich hatte meine Zweifel. Was sollte es bringen, seiner Ex zu gratulieren, zumal wenn sie die Beziehung beendet hatte?

«Wünsch ihr viel Glück in der Liebe!», regte ich an. Ich verließ das Gebäude zum Hinterausgang, sprintete über die Avenue du Loup zur Epicérie, kaufte die beiden Zitronen und eilte zurück, denn ich wollte wissen, wie das Gespräch weiter verlief. Als ich Sebastian wieder erreichte, hatte die Unterhaltung schon eine bedenkliche Wendung genommen. Mein deutscher Landsmann hielt den Hörer verkrampft in der rechten Hand und verteidigte sich mit der anderen wild gestikulierend.

«Aber, Josepha, warum darf ich dir denn nicht viel Glück in der Liebe wünschen?

...

Nein!

...

Wirklich!

...

Nein!

...

Das ist überhaupt nicht böse gemeint.

…

Nein, ich hab keine andere.» Sebastian blickte mich überfordert an. Ich zuckte mit den Schultern, denn was sollte ich ihm raten? Meine Worte hatten auf Josepha erfahrungsgemäß keine besänftigende Wirkung. Jemand stieg die Treppe hinab. Es war der Engländer, der in den letzten Monaten Sebastians Platz am Apparat eingenommen hatte. Das machte das Telefonat für meinen Kommilitonen sicherlich nicht einfacher.

«Ich kann dir doch auch Glück in der Liebe wünschen, selbst wenn ich keine andere habe.» Darin unterschieden wir uns. Ich würde meiner Ex nicht Glück in der Liebe wünschen.

«Nein, ich treffe mich nicht mit Frauen.

…

Du kannst Markus fragen.»

«Er hat recht», rief ich von meinem Platz aus. Sebastian schüttelte den Kopf. «Sie glaubt dir nicht.» Der Engländer wollte wissen, ob Sebastian noch lange brauche. Dieser erklärte: «A little bit.»

«Jetzt sei doch nicht sauer.»

Die Nigerianerin kam im Nachthemd die Treppe herunter. Es sah aus wie ein Sack. Auch das noch. Jetzt wurde es hochexplosiv.

«Warum bist du denn so schlecht drauf? Ich wollte dir doch nur zum Geburtstag gratulieren.

…

Das stimmt doch gar nicht. Ich habe dich doch gar nicht angefahren.» Er hatte recht. Er hatte nur mit etwas mehr Nachdruck gesprochen als üblich. Der Engländer rückte näher an Sebastian heran. Offensichtlich unterstellte er der Nigerianerin, sie wolle sich vordrängeln. Sollte sie dies beabsichtigen, würde er ihr mit seiner schmächtigen Statur nicht lange im Weg stehen.

«Warum hast du denn so eine schlechte Laune, Mausi … äh, Josepha, meine ich?

…

Warum sollte ich dich denn nicht mehr anrufen?»

Der Engländer trat unruhig von einem Bein aufs andere. Die Dicke beobachtete Sebastian grimmig. Mir fielen Marijo und Guillaume wieder ein. Sie warteten ja auf die Zitronen. Schade. Ich hätte gerne noch länger dem Schauspiel beigewohnt. Mein Kommilitone erhielt von mir einen aufmunternden Michael-Schumacher-Daumen. Dann stieg ich die Stufen hinauf. Das Letzte, was ich von meinen Kumpel wider Willen hörte, waren die Worte: «Können wir denn nicht einfach Freunde bleiben?»

Diese Naivität hatte ich auch mal gehabt, als ich noch mit Melanie zusammen gewesen war. Mit sechzehn hatten wir uns versprochen, einander auch nach einer möglichen Trennung in Freundschaft verbunden zu bleiben. Nach der Trennung hatten wir noch zwei schmerzhafte Treffen gehabt. Als sie bald darauf einen neuen Freund hatte, hatte sie den Kontakt zu mir abgebrochen. Und ich, ich wollte nicht mit ihr befreundet sein, ich wollte ihr Freund sein.

# MAI 2002

«Salut!»

Ich drehte mich um. Rechts hinter mir lief Claire, mit einer Freundin. Oh Gott! Sie hatte mich angesprochen? Was sollte ich antworten? Darauf war ich gar nicht vorbereitet.

«Salut. Äh ... demonstrierst du auch?» Einfallsloser konnte eine Bemerkung nicht sein. Wir befanden uns gerade im Tross der riesigen 1.-Mai-Demo, zur der so ziemlich alle Organisationen der Region aufgerufen hatten, die Le Pen ablehnten, und ich wollte von Claire wissen, ob sie auch demonstriere. Für wie langweilig musste sie mich halten?

«Das war nur eine rhetorische Frage!», erklärte ich sogleich. «Ich meine, ich wollte einfach nur das Gespräch aufnehmen.» Ich hatte das Talent, auf ungeschickte Bemerkungen noch ungeschicktere folgen zu lassen. Sie schwieg. Wie peinlich. Sicherlich würde sie sich sofort wieder mit ihrer Freundin nach hinten zurückfallen lassen. Oder ihren Schritt beschleunigen in Richtung Demowagen, dessen Boxen uns gerade mit «Mala vida» von Mano Negra beschallten.

«Ich hab gehört, dass du letzten Freitag eine tolle Rede im Hörsaal gehalten hast.» Sie wusste von meiner Rede. Wie war das möglich?

«Warst du da?»

«Nein, ich war bei meinen Eltern. Aber dein Freund Sebastian hat mir davon erzählt.» Der demonstrierte auch mit, war aber weiter hinten, weil er sich mit Hannelore unterhalten musste, die sich in ihn verschossen zu haben schien, weil sie es toll fand, dass er so gerne wanderte.

«Na ja. So toll war das auch wieder nicht. Man kann jetzt auch nicht von einer richtigen Rede sprechen. War eher so ein kürzerer, spontaner Wortbeitrag», log ich.

«Sebastian meinte, der sei schon recht lang gewesen.»

«Weiß nicht. Wahrscheinlich kam es ihm so lang vor, weil es so schlecht war.» Sie musste lachen. Sie hatte so ein tolles Lachen. Diese klaren Stimmen liebte ich an Französinnen. Selbst wenn sie hässlich aussahen, ihre Stimmen waren immer erotisch.

«Et F comme fasciste et N comme nazis, à bas à bas le front national», schrie mir Guillaume von links ins Ohr. Er war sehr aufgedreht, seitdem er im Engagement gegen Le Pen eine neue Betätigung gefunden hatte, und mir seit Tagen kaum von der Seite gewichen.

«Hat sicherlich auch so lange gedauert, weil ich ständig überlegen musste, wie etwas auf Französisch heißt.»

«Das glaube ich nicht. Du sprichst doch wirklich gut Französisch.»

Jetzt nur nicht in Euphorie verfallen. Sie sollte nicht merken, wie sehr mich ihr Lob freute.

«Sag das mal meinem Freund hier!», wies ich auf Guillaume. «Der zieht mich immer mit meinem deutschen Akzent auf.»

«Find ich gar nicht, dass du einen starken Akzent hast.» Sie trug ein bordeauxfarbenes Top mit Spitze.

«Première, deuxième, troisième génération, nous sommes tous des enfants d'immigrés», grölte mein Kumpel.

«Hörst du, Guillaume, ich habe gar keinen Akzent!»

«Première, deuxième, troisième génération, nous sommes tous des enfants d'immigrés.» Er überhörte mich.

«Ich find das echt toll, dass du dich so engagierst. Ich meine, als Deutscher könnte dir das ja alles egal sein.»

«Ja, ach, ist doch normal.» Mann, sah sie gut aus! «Wenn einem die Rechte von Minderheiten nicht total egal sind, ist das doch das Mindeste, dass man sich für sie einsetzt.»

Innerlich dankte ich Le Pen, dass er es in die zweite Runde geschafft hatte. Dabei war mir mein Engagement zuletzt immer sinnloser und vergeblicher vorgekommen. Am Montag hatten wir so wenige Studenten an der Uni zur Teilnahme an der Vollversammlung mobilisieren können, dass wir verschiedene Lycées abklappern mussten, um dort Schüler zum Auffüllen der Hörsäle zu rekrutieren. Die Gymnasiasten waren uns zwar enthusiastisch in die Uni gefolgt, hatten sich für inhaltliche Debatten aber kaum interessiert. Statt unseren Ansprachen zu lauschen, waren sie lärmend durch die Seminare gestürmt und hatten Parolen an die Tafeln geschrieben. Auf den Zeitpunkt unserer gemeinsamen Demo gestern hatten wir uns mit ihnen nur mit Mühe einigen können. Die Gymnasiasten hatten 15 Uhr vorgeschlagen, wir 18 Uhr, weil um 15 Uhr noch ein Anti-Le-Pen-Konzert auf dem Campus stattfand. Schließlich hatten wir 18 Uhr durchgesetzt. Die erste Gruppe auf dem Konzert, eine Schülerband, hatte aber nach ihrem Auftritt die Zuschauer aufgefordert, umgehend zur Demo aufzubrechen. Der größte Teil der Schüler und damit auch der Zuschauer war dem Aufruf gefolgt, und die nachfolgenden Bands hatten vor einer sehr überschaubaren Menschenmenge gespielt. Als Ordnungskraft hatte ich nichts zu tun. Wir von SE waren ziemlich desillusioniert. Wie sollte man daran glauben, langfristig etwas verändern zu können, wenn wir es nicht mal schafften, unsere Kommilitonen zwischen der ersten und zweiten Wahlrunde zu mobilisieren?

Aber was wog diese Enttäuschung gegen den Umstand, dass Claire von meiner Rede wusste und mich für mein Französisch und mein Engagement gelobt hatte? Nichts! Ihre Komplimente zählten mehr als Le Pens Wahlergebnis. Wenn ich im Gegenzug dafür mit Claire zusammenkam, dann durfte Le Pen auch gerne Präsident werden.

«Le Pen facho, le peuple aura ta peau!»

«Und so viel engagiert habe ich mich nun auch wieder nicht. Ich hatte ja auch viel Zeit», spielte ich mein Handeln herunter.

«Trotzdem! Die meisten, die viel Zeit haben, machen das nicht.» Hoffentlich bemerkte sie nicht, dass ich ihr immer wieder auf die Brüste schaute. Besser, ich konzentrierte mich auf ihre Freundin. Die war körperlich eher unauffällig und bestätigte das Vorurteil, dass bei zwei Freundinnen immer eine die Hübsche und die andere das hässliche Entlein war. Wenn ich mich trotzdem mit ihr unterhielt, dann machte das sicherlich einen guten Eindruck auf Claire.

«Und woher kennt ihr euch?», wandte ich mich an sie.

«Wir studieren zusammen Englisch.»

«Und wohnst du auch im Wohnheim?»

«Nein. In einer WG.»

«Kommt ihr am 3. Mai auch zum Konzert?», unterbrach uns Guillaume.

«Was für ein Konzert?», wollte Claire wissen.

«Auf dem Campus vor dem Resto U.»

«Welche Bands spielen denn da?»

«Na, verschiedene. Auch Immortal Ayatollah. Das ist die Band von Markus und mir.» Mir stockte der Atem. Was erzählte Guillaume denn da? Ich hatte mich nie und nimmer bereiterklärt, bei Immortal Ayatollah mitzusingen. Ich hatte bisher noch nicht mal mit ihnen geprobt.

«Du singst in einer Band? Echt?» Claires Freundin schaute mich beeindruckt an.

«Das ist ja toll. Was machst du denn noch alles?», staunte mein Schwarm.

«Ja, äh ...», stammelte ich. «Aber noch nicht so lange. Erst seit kurzem.» Ich wollte mich doch auf ihre Freundin konzentrieren. Wie hieß sie noch mal?

«Was macht ihr denn für Musik?», wollte diese wissen.

«Islamic Black Metal!», erklärte mein Kumpel.

Ich fiel ihm ins Wort: «Ziemlich hart. So Independent-Zeug.» Hoffentlich hatte sie Guillaume nicht richtig verstanden, sonst war es mit der Bewunderung schnell wieder vorbei.

«So wie Metallica?»

«Härter!», schrie Guillaume an mir vorbei, während ich rief: «Nein. So hart auch wieder nicht. Eher wie Pearl Jam.»

«Ihr müsst unbedingt kommen. Markus kann voll gut singen.»

Am liebsten hätte ich Guillaume meinen Ellenbogen in die Rippen gestoßen. Aber das wäre ihnen aufgefallen. «Quatsch! So gut nun auch wieder nicht. Uns muss man nicht unbedingt gesehen haben.» Ich winkte ab.

«Würde mich schon interessieren», erklärte Claire. Ihre Freundin nickte zustimmend.

Jetzt hatte ich den Salat. So positiv es einerseits sicherlich für mein Image war, in einer Band zu sein, so problematisch wäre es, wenn sie uns auf der Bühne erlebte. Ein Auftritt von Immortal Ayatollah war absolut inkompatibel mit dem Bild, das sie von mir haben sollte: dem eines einfühlsamen, attraktiven, lustigen und komplexen Mannes. Besonders erotisch war die Band auch nicht.

«Ich weiß aber noch nicht, ob ich an dem Tag kann», erklärte ich. «Ich bin ein bisschen angeschlagen.»

Sie musste lachen. «Wenn du krank wirst, musst du mir aber ein extra Konzert geben.»

Ich versprach es ihr. Ich würde ihr natürlich irgendwas anderes vorsingen, «Creep» von Radiohead zum Beispiel. Auf jeden Fall musste ich sie davon abbringen, genauer nachzufragen, was es mit Immortal Ayatollah auf sich hatte. Nicht, dass Guillaume noch begann, etwas zu den Texten der Songs zu erzählen.

«Du studierst also auch Englisch?», wandte ich mich wieder der Freundin von Claire zu.

«Ja.»

«Ich studiere Französisch.» Das Schwierige bei Frauen, die ich nicht attraktiv fand, war, dass ich bereits nach der zweiten Frage nicht mehr wusste, worüber ich mich mit ihnen unterhalten sollte. Was fehlte denn noch? Am liebsten hätte ich mich bei Claire erkundigt, wie es mit ihrem Engländer lief, aber das war zu direkt. Genau, den Namen ihrer Freundin wusste ich nicht. Oder kannte ich den schon? Ich ging das Risiko ein.

«Wie heißt du eigentlich?»

«Sandra.» Glück gehabt. Den hatte sie mir noch nicht verraten. Aber was sollte ich mit dieser Information anfangen? Sandra? «Den Namen gibt es in Deutschland auch.» Diese Aussage war total bekloppt, wurde aber von Guillaume übertönt: «Et F comme fasciste et N comme nazis, à bas à bas le front national!»

Sollte ich mit einstimmen, damit nicht auffiel, dass mir der Gesprächsstoff ausging? Andererseits war es mir immer peinlich, vor anderen Menschen zu schreien. Das hatte so was Unreflektiertes, Primitives, Pöbelhaftes. Wie würde ich auf Claire wirken, wenn ich brüllte: *Et première et deuxième et troisième génération, nous sommes tous des enfants d'immigrés?* Würde mich das als Mann unattraktiver machen oder aufwerten? Wenn ich wüsste, dass mir das Punkte einbrächte, würde ich mich überwinden. Aber Claire und Sandra waren bisher auch still marschiert. Jetzt spielte der Musikwagen Zebda mit «Motivé».

Die Freundinnen und Guillaume stimmten in den Gesang ein. Und ich? Warum fiel mir das so schwer? Ich beobachtete die beiden aus den Augenwinkeln. Sandra tippte ihrer Kommilitonin auf die Schulter und deutete mit ihrem Kopf auf den Rand des Demozuges: «Schau mal! Da drüben sind George und Ethan.»

Ich erblickte Claires Engländer und einen anderen Typen am Bordstein.

«Lass uns rübergehen!» Sie verabschiedeten sich von uns mit Wangenküsschen. «Bis Freitag.»

Ich war enttäuscht, ihre Liaison schien noch nicht vorbei zu sein. Andererseits war ich auch erleichtert, so konnte ich mich wenigstens erst mal sammeln und mir in Ruhe überlegen, wie ich Claire den Besuch des Immortal-Ayatollah-Konzerts ausreden konnte. Wir passierten eine McDonald's-Filiale. Ich sah Arlette-Jérôme mit einer Tüte aus dem Fastfood-Restaurant treten. Über der Schulter trug er eine rote Fahne von Lutte Ouvrière, die Hammer und Sichel zierten.

Ich hatte mich nicht getraut, Claire den Besuch des Immortal-Ayatollah-Konzerts auszureden. Was hätte ich ihr auch sagen sollen? Wir sind scheiße? Uns geht es nur ums Provozieren? Die Option, krank zu werden, war mir als die sinnvollste erschienen. Guillaume hatte mich aber weiter bearbeitet:

«Wenn die dich da singen hört, dann steht die auf dich.»

«Das ist doch Quatsch. Die ist doch eher abgeschreckt. Das ist doch keine Musik, mit der man Frauen rumkriegt.»

«Wenn sie abgeschreckt ist und das doof findet, dann hat sie keinen Humor. Dann verdient sie dich auch nicht.» Er redete in einer Geschwindigkeit, die es schwermachte, eine Pause zu erwischen, um zu widersprechen. Man musste ihn schon unterbrechen.

«Ist mir egal, ob die mich verdient. Ich will sie trotzdem.»

«Wenn du nicht hingehst und sie uns ohne dich auftreten sieht, wird sie dich ja trotzdem mit uns in Verbindung bringen.» Er lag vermutlich richtig.

«Diese Verbindung verdanke ich dir. Wenn du nicht damit angefangen hättest, dass ich bei euch singen würde …», beschwerte ich mich.

Er zog die Augenbrauen nach oben und hob den Kopf. «Ich wollte dir doch nur helfen. Ich meine, worauf willst du denn noch warten? Meinst du, nichts zu tun, erhöht deine Chancen bei ihr?»

«Ich war doch noch nicht einmal bei der Probe», verteidigte ich mich.

«Das war ich auch nicht vor meinem ersten Auftritt!», versicherte er mir. «Ist doch egal, was und wie du singst. Wenn es Deutsch ist, versteht sie das doch sowieso nicht.»

«Aber was? Mir fällt doch auf die Schnelle gar nichts ein.»

«Kannst auch was covern.»

Am Ende gab ich seinem und Rogers Drängen nach. Vielleicht war es doch nötig, jetzt noch mal ein Risiko einzugehen. Vielleicht unterschätzte ich Claire. Vielleicht würde sie Immortal Ayatollah sogar mit Humor nehmen. Und wenn ich kniff, würde ich ihr die unterschwellige Subtilität und Feingeistigkeit unseres Auftritts nicht mal erklären können. Immerhin hatte ich auf der Bühne die Möglichkeit, der Band eine etwas softere Note zu verleihen, als mäßigendes Korrektiv zu wirken. Vom Duktus passte sicherlich ein Text wie Mike Lehmanns «Umwälzpumpe» zur Musik:

*Radikal, rustikal, Bäume kahl.*
*Notenpult, Schalterpult, Katapult.*
*Bodensee, Müggelsee, Frikassee.*
*Hustentee, Nierentee, Dekoltée.*
*Gartentüre, Konfitüre, Kuscheltiere.*

Aber ich entschied mich für Tocotronics «Jackpot»:

*Du bist der Jackpot meines Lebens*
*Zugegeben der Vergleich ist eher schief als eben*
*Doch wenn du lachst*
*Gehen drei Säulen auf*
*Wir sind raus*
*Und wir sind stolz darauf*

Das war der richtige Kontrast zum Lärm der islamistischen Black-Metal-Formation, um Immortal Ayatollah etwas mehr Komplexität zu verleihen. Und den Text kannte ich auswendig.

Notfalls würde ich ihn Claire im Anschluss noch mal übersetzen und erläutern. Vielleicht hatte ich auch Glück, und sie kam gar nicht zum Konzert.

Aber sie kam. Am Freitagnachmittag war der Platz vor der Bühne am Resto U gut gefüllt. Marijo war mit José gekommen. Ich sah einen für seine Verhältnisse erstaunlich leger gekleideten Sebastian. Seine Haare trug er noch länger und außerdem einen Dreitagebart. Nicht mal sein T-Shirt steckte in der Hose. Er war in Begleitung von Mohammed, Abdullah und Said erschienen. Ich erblickte außerdem Studentinnen, die mir bereits einen Korb gegeben hatten. Mehdi und Rachid hatten ihre aktuellen Freundinnen im Arm. Und Claire stand mit Sandra in der dritten Reihe. George fehlte zu meiner Freude.

Weil der Ruf von Immortal Ayatollah so schlecht war, traten wir als Erste auf. Die Veranstalter wollten uns offensichtlich hinter sich bringen. Ich war aufgeregt und hielt mich am Mikro fest. Rechts von mir stand Guillaume an Mikro zwei. Benoît und Roger teilten sich ein weiteres. Nauar hatte keins. Bevor Riad anfing, aufs Schlagzeug zu dreschen, hielt Roger noch eine kurze Ansprache ans Publikum:

«Dieses Konzert ist ein Anti-Chirac-Konzert. Wir hoffen, dass Chirac ins Gefängnis kommt.»

Die Reaktion unter den Zuschauern war wenig wohlwollend. Buhrufe ertönten. Nun entdeckte ich George doch im Publikum. Der schlaksige Kerl mit Trainingsjacke und den welligen Haaren arbeitete sich gerade zu Claire vor.

Rogers nächster Kommentar besänftigte die Menge nicht: «Das erste Lied heißt ‹The Djihad has just begun›. Es ist allen Islamisten in Frankreich gewidmet.» Die Unmutsbekundungen verstärkten und konkretisierten sich.

«Aufhören! Scheiß Islamisten! Wir wollen euch nicht hören.» Nur Abdullah und Said lächelten zufrieden.

Mein Mund war trocken. Wie war Claires Blick zu deuten? Wohlwollend sicherlich nicht.

Das Einsetzen von Benoîts und Guillaumes Gebrüll trug nicht dazu bei, die Gemüter zu beruhigen. Sofort flogen Bierflaschen. Der blöde Engländer legte nun seinen Arm um Claires Schultern. Da wir mit Sicherheit spätestens nach einem Song die Bühne würden räumen müssen, sollte ich jetzt eigentlich langsam mit Singen beginnen. Verdammt! Ich hatte den Text vergessen. Den Text des Lieblingsliedes meiner Lieblingsband. War das eigentlich Ekel in Claires Gesicht? Entsetzen, Empörung? Abscheu? Irritation? Hoffentlich nur Irritation. Wie gingen noch mal die Verse? *Wenn der Vergleich lacht? Dann gehen drei Balken auf*? Nein. Mist! Irgendwas musste ich doch bringen. Ich konnte doch meine Kumpels in dieser Situation nicht im Stich lassen.

*You're my heart, you're my soul*
*I'll keep it shining everywhere I go*
*You're my heart, you're my soul*
*I'll be holding you forever*
*Stay with you together*

Das war zwar nicht Deutsch, aber das Einzige, was mir in diesem Moment von einer deutschen Band einfiel. Welch eine Ironie. Nachdem wir den Song beendet hatten, stürmten die Organisatoren auf die Bühne und versuchten, uns dazu zu überreden, das Konzert abzubrechen. Doch Roger hatte noch lange nicht genug.

«Der nächste Song heißt ‹Exterminate the Occident›. Es ist ein Song gegen den Westen.» Die ersten Zuschauer versuchten, die Bühne zu stürmen. Meine Kameraden von Solidarité Etudiante, Sebastian und Marijo spendeten Solidaritätsapplaus. Nur Rachid und Mehdi feierten uns, weil sie es immer begrüßten, wenn es zu Tumulten kam. Claire zog sich mit ihrem Typen gerade zurück in eine der hinteren Reihen.

Beim dritten Song mussten wir schließlich flüchten. Claire hatte ich schon aus den Augen verloren. Roger ließ es sich nicht nehmen, vor unserem Abgang noch auf unsere Anti-Chirac-Demo hinzuweisen, die wir am Sonntag, am Wahlabend, ab 20 Uhr auf der Place Clémenceau vor der Préfecture zu veranstalten gedachten. Wir würden wohl nur die wenigsten der Zuschauer wiedersehen.

Die Spanier aus Saragossa feierten ihren Abschied. Eigentlich hatten sie das ganze Jahr über nur gefeiert. Eigentlich war ich auch nur wegen Claire überhaupt hier. Überraschenderweise. Denn nicht nur, dass sie sich vom Konzert vorzeitig verabschiedet hatte und nicht zur Demo gegen Chirac, der die zweite Runde der Präsidentenwahl deutlich gewonnen hatte, erschienen war. Mir war in den letzten Tagen obendrein so gewesen, als sei sie mir aus dem Weg gegangen. Sebastian hatte mich schließlich überredet:

«Claire kommt auch.»

«Na und? Soll ich zusehen, wie sie mit ihrem Typen knutscht?» Ich lag niedergeschlagen auf meinem Bett. Das war doch sinnlos.

«Mit dem ist Schluss. Und sie war sowieso nur mit ihm zusammen, weil sie Englisch studiert. Wegen der Sprache.»

«Wie bitte?» Woher hatte Sebastian diese Informationen? Seit wann wurde er in solche Intimitäten eingeweiht? «Woher weißt du das denn?» Ich schaute ihn ungläubig an.

Er setzte sich mir gegenüber auf meinen Plastestuhl. «Das hat sie mir erzählt.»

«Was? Wieso erzählt sie dir so was?»

«Ich hab sie gefragt.»

Ich konnte es kaum glauben. «Hast du auch gefragt, wie ihr das Konzert gefallen hat?»

«Nein. Darüber haben wir nicht so richtig gesprochen. Sie hat nur angedeutet, dass sie wegen ihres Typen früher gegangen ist. Wegen ihres Ex.»

Bei aller Skepsis: Die Freude überwog. Ich spürte sogar so etwas wie Zuversicht, als ich einwilligte, die Party zu besuchen. Marijo hatte ich aber sicherheitshalber gebeten, Sebastian und mich an diesem Abend zu begleiten. Es war besser, noch eine Frau an unserer Seite zu haben.

Wir schlugen kurz nach 22 Uhr in der Rue d'Etigny 23 auf. Die Besetzung war nicht ganz wie bei der Party im letzten September, aber es gab große Überschneidungen. Natürlich waren die Spanier in der Überzahl. Die Jungs hatten sich ungekochte Spaghetti in die Haare geschoben. Immerhin bereicherten nun aber ein paar Franzosen den Abend, zum Teil, weil sie mit einem Erasmus-Studenten oder einer -Studentin liiert waren. Jana und Sandra hatten ihren spanischen Freund immer noch. Annelie aus Regensburg kuschelte in einer Ecke des Wohnzimmers mit einem Franzosen, der viel besser aussah als sie. Durfte sie das als Mitglied der Jungen Union überhaupt, vor der Ehe Körperkontakt mit dem anderen Geschlecht haben? Vielleicht sollte ich Edmund Stoiber einen

Hinweis zukommen lassen. Die wenigsten der Anwesenden schienen noch mit dem Partner zusammen zu sein, mit dem sie zu Beginn des Jahres zusammen gewesen waren. Nur das englische Pärchen hatte das Erasmus-Jahr unbeschadet überstanden. Sicherlich hatten ihnen der Partnerlook und das disziplinierte Händchenhalten geholfen. Mit ihnen verband mich, dass sich auch mein Beziehungsstatus in den letzten acht Monaten nicht geändert hatte. Ich war Single geblieben. Marijo hätte von sich sicherlich Gleiches behauptet, aber nur, weil José sie nicht liebte.

Claire stand im Wohnzimmer. Ihren Engländer hatte sie zwar nicht dabei, aber die Person, mit der sie im Gespräch war, war für mich auch nicht besser: Gianluca.

«Ich glaub, ich geh wieder», wies ich enttäuscht auf die beiden.

«Nein, Markus, du musst bleiben», widersprach Sebastian.

«Die hat doch schon diesen Zwerg da.»

«Die fassen sich doch noch nicht mal an», beruhigte mich Marijo.

«Das bringt doch nichts.»

«Kennst du ihn?», wollte sie wissen.

«Der hat mir schon mal eine weggeschnappt.» Ob eine reichte?

«Echt. Also ich würde keinen Typen nehmen, der als Student immer noch mit einem Basecap rumrennt», spottete meine madagassische Freundin.

«Sehr witzig.»

«Ach, stimmt, Markus. Das hatte ich ganz vergessen. Aber deins ist wenigstens nicht rot. Vielleicht hat er auch Haarausfall wie du. Soll ich mal hingehen und ihm das Basecap vom Kopf ziehen? Damit Claire sieht, an was für einen Typen sie geraten ist?», schlug sie mir vor.

«Nein, lass mal», winkte ich mit gequältem Lachen ab.

«Vielleicht solltest du aber wenigstens das Basecap verkehrt herum aufsetzen, damit es nicht so aussieht, als imitiertest du ihn.»

Sebastian nickte. Er verstand mal wieder nicht, dass Marijo scherzte. «Du siehst ihm sowieso ziemlich ähnlich», fuhr sie fort.

«Gar nicht!», wies ich den Vergleich empört zurück. «Der trägt ein T-Shirt von Nike und eine kurze Hose. So würde ich nie zu einer Party gehen.»

Marijo boxte mir gegen den Bauch und flachste. «Sei nicht so ernst! Pass auf. Ich lenke ihn ab, und du machst dich an Claire ran.» Ich zweifelte an der Umsetzbarkeit des Vorhabens. Aber sie schien sich ihrer Sache sicher zu sein. Ihre braunen Augen strahlten Entschlossenheit aus: «Sebastian verwickelt Claire in ein Gespräch. Und ich den Engländer. Und wenn ich den Engländer erst mal weggelotst habe, dann gesellst du dich zu Sebastian und Claire. Sebastian haut dann ab, und schon hast du deine Chance.»

«Und was, wenn der Engländer nicht mit dir reden möchte?», wandte ich ein.

«Du kennst mich doch. Wenn ich mit jemandem reden will, dann klappt das auch.» Da hatte sie recht. Ihre einnehmende Art machte es einem schwer, ihr einen Wunsch abzuschlagen. «Er wird sich gar nicht trauen, das Gespräch so schnell zu beenden, weil ich schwarz bin und er Angst hat, dass ich ihn sonst für einen Rassisten halte.»

Dieses Argument überzeugte mich. Viel mehr sollte mich gleichwohl die Frage beschäftigen, ob nicht Claire vor Sebastian flüchtete, bevor ich dazustoßen konnte. Andererseits hatte er mit ihr ja offenbar schon über die Beziehung zu ihrem Ex gesprochen. Marijo zog Sebastian zu Claire und Gianluca. Nach drei Minuten hatte sie meinen alten und neuen Widersacher tatsächlich in die Küche entführt. Kurz darauf winkte mich Sebastian heran. Mit in den Kniekehlen hängendem Magen schlich ich zu den beiden. Ich traute mich nur, weil ich schon etwas getrunken hatte.

«Bonjour!» Claire begrüßte mich mit einem Wangenkuss. Immerhin.

«Ich hab ihr gerade erzählt, dass du auch ein großer Maupassant-Fan bist.» Er nickte ermutigend und klopfte mir bestärkend auf die Schulter. War dieses Schulterklopfen eigentlich schon ein Tick oder noch im Normbereich für menschliches Verhalten? Ich war auch in den letzten Monaten kein Maupassant-Freund geworden. Ich hatte mir von meinem Landsmann vor einer Weile mal eine Novellensammlung ausgeliehen: «Contes de la bécasse». Aber nach der zweiten Geschichte hatte ich das Buch weggelegt.

«Du magst also Maupassant?», fragte ich Claire rhetorisch.

«Ja.»

«Und welches Buch magst du am liebsten?»

«‹Bel-Ami›.»

«Ich mag am liebsten ‹Contes de la bécasse›.»

Sebastian verabschiedete sich: «Ich muss mal auf die Toilette.»

«Das Buch mag ich auch. Welche Novelle gefällt dir denn

am besten?», wollte sie wissen. Natürlich hatte ich mir nicht die Namen der beiden Geschichten gemerkt. Sebastian war schon weg. Ich konnte ihn nicht mehr fragen.

«Am besten gefällt mir die erste Novelle im Buch.»

«Ah. Du meinst ‹La Bécasse›?» In einem Kleid hatte ich sie noch nie gesehen.

Ich nickte.

Claire wollte wissen: «Und was gefällt dir an der so gut?»

Auch das noch. Wo war Sebastian? Musste er nicht längst von der Toilette zurück sein? Wie sollte ich das begründen? Der einzige Grund, warum ich diese Novelle angeführt hatte, war, dass ich mich bei der zweiten Novelle nicht mehr daran erinnerte, worum es überhaupt ging.

«Es ist die einzige Novelle von Maupassant, an die ich mich erinnere», gestand ich.

Sie stutzte. «Aber Sebastian hat doch gesagt ...»

«Das hat er nur gesagt, damit wir ins Gespräch kommen.» Sie verzog das Gesicht. War es Verwunderung? Enttäuschung? Verärgerung? Oder hatte sie schon die Nase voll von mir?

«Was liest du denn gerne?», erkundigte sie sich schließlich. Klang sie jetzt nicht bereits reserviert und gelangweilt? Oder hatte sie diesen Tonfall schon vorher gehabt?

«Ich lese gerade von Céline ‹Reise ans Ende der Nacht›.» Roger hatte mir das empfohlen. «Das mag ich lieber. Das ist schon jetzt der beste französische Roman, den ich je gelesen habe.»

Sie zog die Augenbrauen hoch und mhmte.

«Magst du nicht?»

Sie schüttelte den Kopf. «Céline war Antisemit. Weißt du das nicht?»

Ich zuckte mit den Schultern. «Na und! Das hat doch nichts mit dem Buch zu tun.»

«Doch. Jemand, der solch abscheuliche Ansichten vertreten hat, diskreditiert sich auch als Schriftsteller.»

«Man muss doch Werk und Autor trennen. Ein Kunstwerk wird doch nicht schlecht, bloß weil der Autor ein Arschloch ist.»

«Trotzdem. Man darf jemanden wie Céline nicht noch unterstützen, indem man seine Bücher kauft.» Unsere Konversation lief ja perfekt.

«Also muss ein Künstler ein moralisches Vorbild sein?»

«Nein. Aber zwischen einem moralischen Vorbild und Céline ist schon noch ein bisschen Platz.»

«Aha! Und unser Konzert war dann moralisch gesehen wohl auch zu wenig vorbildhaft, um von dir gutgeheißen zu werden?»

Sie verzog das Gesicht. Diesmal sah es eindeutig nach Ekel aus.

«Meinst du, ich finde so eine Musik gut? Und was sollte diese Ansage gegen Chirac?»

«Darf man nicht mehr gegen Chirac sein?» Wahrscheinlich bildeten sich auf meiner Stirn bereits Zornesfalten.

«An so einem Tag sollte es doch darum gehen, Einigkeit gegen Le Pen zu demonstrieren. Durch so was macht man das nur kaputt.» Das war doch total bekloppt.

«Ach! Bloß weil Le Pen in der zweiten Runde war, musste sich jetzt jeder hinter Chirac stellen, auch wenn man ihn sonst total ablehnt?»

«In solch einer Situation schon.»

«Das sehe ich nicht so.»

«Wenn alle so reden würden, dann hätten wir jetzt Le Pen an der Macht.»

«Wenn alle immer nur das kleinere Übel wählen würden, dann gäbe es nie Veränderungen. Dann hast du irgendwann auch Le Pen an der Macht.» Eigentlich hatte ich erst mit Claire streiten wollen, nachdem wir zusammengekommen waren.

«Du meinst, Chirac ist für alle nur das kleinere Übel? Es gibt sehr wohl auch Menschen, die aus Überzeugung Chirac gewählt haben.» In wen hatte ich mich da eigentlich verliebt? War das überhaupt erlaubt, in dem Alter schon so konservativ zu sein? Ich servierte ihr sämtliche Vergehen ihres Lieblingspräsidenten, über die man mich bei Solidarité Etudiante belehrt hatte, doch sie blieb uneinsichtig, schaute mit verschränkten Armen an mir vorbei und beschränkte sich auf abwertende Einsilber.

«Ich muss jetzt los», sagte sie schließlich.

«Geh nur zu deinem blöden Engländer. Ich finde es echt peinlich, sich die Freunde danach auszusuchen, welche Sprache sie sprechen.»

«Wieso welche Sprache?»

«Ich weiß doch, dass du dich nur für Engländer interessierst, weil du Englisch studierst und dir davon eine Verbesserung deiner Sprachkenntnisse erhoffst. Ich kann übrigens auch Englisch. Das kannst du auch bei mir haben. How do you do?»

Sie zeigte mir einen Vogel, sagte: «Du spinnst!», und verließ das Wohnzimmer. Mir war nach Wohnheim. Nur sähe das nach Flucht aus. Ich ging stattdessen in die Küche, bediente mich am Buffet und trank reichlich Alkohol. Wo waren eigentlich Sebastian und Marijo? Ich machte mich auf die Suche.

Ich klopfte an die Toilettentür: «Sebastian? ... Marijo?» Irgendjemand antwortete auf Spanisch. Ich kehrte wieder ins Wohnzimmer zurück. Marijo unterhielt sich mit einem Spanier. Offenbar suchte sie nach einer Alternative für José. Sebastian sprach mit Mareike. Da wollte ich jetzt auf keinen Fall hin. Claire stand nun wieder bei Gianluca. Sie lehnten am Fenster. Wild gestikulierend redete sie auf ihn ein, schüttelte immer wieder den Kopf. Beruhigend streichelte er ihr über den Rücken. Sollte ich mich doch Marijo oder Sebastian aufdrängen? Nein, ich brauchte irgendeine Frau, die halbwegs attraktiv aussah und noch frei war. Ich erblickte Eva. Mittlerweile war es mir fast egal, dass sie Deutsche war. Aber sie wurde gerade von zwei Italienern belagert. Und warum sollte sie mit mir sprechen wollen?

Eine schlanke Spanierin betrat den Raum. Ihren Namen wusste ich nicht, aber ihre Herkunft kam mir jetzt gelegen. Schnurstracks steuerte ich auf sie zu.

«¡Hola!», grüßte ich und gab ihr ein Küsschen auf die Wange. Wir hatten zwar noch nie mehr als einen Gruß miteinander gewechselt, aber für Spanierinnen war Körperkontakt auch mit Fremden – das hatte mich dieses Jahr gelehrt – etwas Selbstverständliches.

«¿Que tal?», fragte ich nach ihrem Befinden. Obwohl ich vor Jahren nur ein halbes Jahr Spanisch an der Volkshochschule gelernt hatte, sprach ich diese Sprache immer noch besser als ein Großteil der spanischen Erasmus-Studenten nach acht Monaten hier in Pau Französisch. Die Referate vieler spanischer Kommilitonen wurden von den französischen Dozenten oft gar nicht verstanden. Und bei den Übrigen dachte man wegen ihres starken Akzentes, sie sprächen Spanisch. Das kam davon, wenn man ein zu geselliges Volk war, ständig mit Landsleuten feierte und obendrein jedes Wochenende zurück nach Saragossa fuhr.

Sie versicherte mir, ihr ginge es gut, mit der gleichen Reibeisenstimme, die einem bei Gesprächen mit Spanierinnen immer das Gefühl gab, man unterhielte sich mit Bonnie Tyler oder einem Mann. Das hatte mich schon im September an den Spanierinnen gestört. Warum konnte sie nicht so eine klare Stimme haben wie Claire?

«¿Como te gusta este party?», wollte ich von ihr wissen.

Gianluca streichelte Claire über den Arm. Sie sah leider so verdammt gut aus. Trotz ihres Charakters. Ihre runden Brüste zeichneten sich unter dem Kleid ab. Ich musste kontern. Ich streichelte der Spanierin über den Arm. Diese zeigte sich keineswegs irritiert. Unbeeindruckt von meiner Aufdringlichkeit begann sie, sich zur Party zu äußern. Leider hatte Claire bisher nicht zu uns geschaut. Doch, nun schaute sie. Ich musste irgendwas sagen, das ihr zeigte, wie sehr mich die Spanierin, nach deren Namen ich mich noch nicht erkundigt hatte, interessierte: «Fantastico. Interessentamente. Si», tönte ich. Der Alkohol half mir dabei, meine Scheu vorm Schreien zu überwinden. Selbst wenn Claire kein Spanisch sprach, würde sie die Botschaft verstehen. Doch sie lehnte einfach nur ihren Kopf an Gianlucas Schulter. Wie nur konnte ich ihre Eifersucht wecken? Am besten wäre natürlich ein Kompliment der Spanierin an meine Adresse: «Du bist schön. Deine Augen sind so geheimnisvoll. Deine Lippen so sinnlich.» Oder so ähnlich. Doch sie sprach vermutlich immer noch über die Party. Sicher war ich mir nicht. Um die Komplimente würde ich mich wohl selbst kümmern müssen. Auf meine Gesprächspartnerin konnte ich nicht warten.

Ich sprach erneut laut und deutlich, diesmal auf Französisch, damit mich Claire auch wirklich verstand: «Ach Quatsch! So schön sind meine Augen gar nicht.» Ein paar Sekunden ließ ich verstreichen, dann legte ich nach: «Echt? Sieht man die Muskeln so durch mein T-Shirt? Also, vielleicht 200 Liegestütze am Stück. Nicht mehr.»

Die Spanierin stutzte: «¿Que dices? – Was hast du gesagt?» Sie hatte offensichtlich keinen blassen Schimmer, was ich von mir gab. Umso besser. Ich erklärte ihr radebrechend auf Spanisch und im Flüsterton, ich würde ihr in allen Punkten zustimmen. Aus den Augenwinkeln schielte ich zu Claire. Sie schien ebenfalls flüchtig zu uns zu schauen.

Gianluca brachte Claire durch eine Bemerkung zum Lachen. Meine Spanierin hatte noch nicht gelacht. Das war ein Problem. Da sie mich nicht verstand, konnte sie auch nicht wissen, wie lustig ich war. Wie konnte ich sie da zum Lachen bringen? Sollte ich sie abkitzeln? Ich verwarf den Gedanken, denn Gianluca war schon weiter. Er strich Claire eine Strähne aus dem Gesicht. Mit seinem Zeigefinger liebkoste er sanft ihr Ohr und zog den Finger dann langsam über ihre Lippen. Scheiße! Ich musste endlich in die Offensive gehen. Oder eigentlich meine Spanierin. Falls ich anfing, unvermittelt ihr Ohr zu liebkosen und dabei auf Widerstand stieße, wäre das mehr als demütigend. Natürlich waren Spanier freigebiger im Austausch von Zärtlichkeiten, aber konnte ich mir sicher sein? Vielleicht war sie eine Ausnahme. Wie weit würde sie mitgehen? Zum Glück hatte ich genug Alkohol intus, um mich von solchen Bedenken nicht von meinem Ziel abbringen zu lassen.

«¿Puedes abrazarme?», forderte ich sie auf, mich zu umarmen. Wenn sie sich darauf einließ, würde ich sie als Nächstes bitten, mich zu küssen. Doch sie wollte nicht. Sie schaute konsterniert.

«¿Que dices?»

«¿Puedes abrazarme?» Sie schüttelte ungläubig den Kopf. Dann streichelte sie mir über den Arm. Offenbar nahm sie an, ich habe mich falsch ausgedrückt. Oder glaubte, ein Streicheln über den Arm würde mir genügen, wo doch Claire bereits einen flüchtigen Kuss auf die Lippen erhielt. Aber beobachtete sie mich dabei nicht heimlich aus den Augenwinkeln? Ich gab mir einen Ruck und legte meine Arme um die Spanierin. Über ihre Schulter hinweg beäugte ich Gianluca und Claire. Es war so erniedrigend. Das wusste ich trotz meines Promillestandes. Er stocherte bereits mit seiner ekligen Zunge in ihrem Mund herum. Und sie ließ es geschehen. Natürlich hätte ich nachlegen müssen. Aber für einen Zungenkuss war mein Alkoholpegel immer noch zu niedrig. Nur konnte ich unter diesen Umständen meine Spanierin auch nicht einfach wieder loslassen. Ich zog sie also ganz fest an mich. Ganz fest. Dazu flüsterte ich: «Mi mejor amiga. – Meine beste Freundin.»

Obwohl ich meinen Überfall damit als rein platonisch etikettierte, versuchte sie, mich wegzuschieben. Dann erschien auch noch ihr Freund. Ich musste sie wieder hergeben. Claire stahl sich mit ihrem Engländer unterdes in ein anderes Zimmer. Ob ich ihnen nachgehen sollte, um ihnen beim Kindermachen zuzusehen? Vielleicht war auch ein Dreier drin. Ach nein. Besser doch ins Wohnheim. Da gehörte ich hin. Sowohl Marijo als auch Sebastian unterhielten sich immer noch. In meinem Zustand wollte ich mich ihnen nicht zumuten. Ich trat besser allein den Heimweg an.

Marijo hatte mich zu einem Ausflug nach Bordeaux überredet. Damit ich nicht wieder das ganze Wochenende Trübsal blies. Ich hatte seit der Party fast jeden Abend zusammen mit Guillaume unser Schicksal als Männer beklagt. Mein Freund wurde auch zunehmend weniger manisch. Die Wahl war vorbei, und er hatte nun tagsüber wieder kaum etwas zu tun, weshalb er, wenn er sich nicht mit mir traf, zu Hause rumhing. In den Zeitungskiosk vom Centre E. Leclerc traute er sich ja nun nicht mehr.

Im vollen Zug las ich weiter Céline, Marijo den «Fänger im Roggen», den ich ihr kurz zuvor geschenkt hatte. Draußen zogen die ausgedehnten Wälder der Landes, des größten Waldgebietes Westeuropas, an uns vorbei. Ich musste auf jeder Seite von «Reise ans Ende der Nacht» immer noch fünfmal zum Wörterbuch greifen. Dabei war mein Aufenthalt fast vorbei. Hatte ich mich nicht mal sprachlich verbessert?

«Das Jahr hier war ein voller Reinfall», klagte ich in der Hoffnung, Marijo würde mir widersprechen.

«Du hast recht, Markus.» Sie blickte nicht mal von ihrer Lektüre auf.

«Nein, wirklich! Ich meine, ich kann ja nicht mal richtig Französisch. Ich muss ja hier jedes zweite Wort nachschlagen. Ich hab mich gar nicht verbessert.»

«Das stimmt nicht. In unserem ersten Gespräch hast du wirklich sehr schlecht gesprochen. Du wusstest ja nicht mal, was Petting auf Französisch heißt.»

«Was, echt? Schlecht? Und wie hat dann Sebastian gesprochen?»

«Na, so viel habt ihr euch nicht genommen.»

«Was? Das stimmt doch gar nicht.» Ich legte mein Buch

weg und drehte mich zu ihr, während sie weiterhin in den Salinger vertieft war.

«Soll ich dich etwa belügen?», murmelte sie leidenschaftslos. Meistens umspielte ja ein Lächeln ihren Mund und verriet, dass ihre Aussagen mit Humor zu nehmen waren, aber davon war diesmal nichts zu erkennen.

«Nein. Aber wenn du mir jetzt sagst, dass ich genauso schlecht wie Sebastian gesprochen habe, dann frage ich mich schon, ob ich komplett an Wahrnehmungsstörungen leide.»

Marijo schaute mich ernst an, dann brach sie in Lachen aus und boxte mir gegen den Arm. «Mensch! Also, mit Humor hast du es auch nicht mehr als Sebastian.» Dann vertiefte sie sich wieder in den Salinger.

«Was?» Sie hatte mich verarscht. «Das stimmt doch gar nicht. Okay. Manchmal vielleicht, aber nur in sensiblen Bereichen. Sprache und Frauen», verteidigte ich mich. «Sag mal, habe ich mich überhaupt verbessert?»

«Natürlich. Du hast aber auch damals gut gesprochen.»

«Eigentlich müsste ich doch auf Französisch träumen und denken. Das erzählen doch alle, die im Ausland waren. Warum ist das bei mir nicht so?»

«Du konzentrierst dich zu stark darauf. Das ist wie mit der Freundin.» In ihrer Stimme lag Spott.

«Da habe ich mich doch nicht konzentriert», widersprach ich und starrte sie an.

Sie schüttelte nur den Kopf und stöhnte, ohne sich mir zuzuwenden: «Natürlich. Du hast so exakte Vorstellungen, wie die zu sein hat und wie du zu dieser Freundin kommst. Du machst es dir ja selbst unnötig schwer.» Die Kritik war nicht zu überhören.

«Das hat doch nichts damit zu tun, dass ich zu anspruchsvoll bin. Mich will einfach keine.» Mist, jetzt war ich zu laut geworden. Der Herr auf der anderen Seite vom Gang drehte seinen Kopf zu uns.

«Was war mit Patricia?»

«Psst! Leiser!», ermahnte ich sie.

Sie zischte zurück, dass ich doch selber laut gesprochen habe.

«Die war aus Amerika. Ich brauche nicht nach Frankreich zu gehen, um etwas mit einer Amerikanerin zu haben.»

«Und Hannelore findet dich auch gut.»

«Die? Die findet doch jeden Mann gut, der sich mit ihr unterhält.»

«Du willst also lieber kämpfen? Frauen, die zur Verabredung nicht kommen», zog sie mich auf. Immer noch hielt sie ihr Buch vor der Nase.

«Nein», knurrte ich. Dafür schaute der Mann auf der anderen Seite nun wieder zu uns. Ich senkte meine Stimme. «Aber die ist doch sexuell total frustriert. So wie ihr Bruder.» Charles war genauso verzweifelt wie seine Zwillingsschwester. Er war heimlich in Ghislaine verliebt und witterte in jedem Kerl einen ihm überlegenen Rivalen, gegen den er Mordpläne schmiedete, sobald dieser mehr als drei Worte mit seiner Liebe wechselte. Dabei war Ghislaine seit Monaten mit einem Typen aus La Mayotte liiert.

«So wie du.» Marijo kicherte in ihre Seite. «Du könntest ihr Erster sein.»

«Mann!», stöhnte ich und hob die Hände zur Decke. Dann erinnerte ich mich wieder des älteren Herrn. Ich flüsterte: «Kannst du nicht mal zu mir gucken? Selbst die anderen gucken doch, obwohl ich mich mit dir unterhalte.»

Marijo legte das Buch aus der Hand und schaute mir streng in die Augen: «Vielleicht solltest du sie um Rat fragen.»

«Mann! Nimm das doch mal ernst. Außerdem ist Hannelore doch Kunststudentin. Die hört bestimmt auch Tori Amos. Und strickt ihre Jacken selber. So wie die immer rumrennt.»

Meine Freundin blähte die Wangen auf und blies Luft aus. «Und was ist mit der einen von Solidarité Etudiante?»

«Wer?»

«Die auf der Demo neben dir lief. Die hat doch immer so zu dir geguckt und sich auch immer eingehakt.»

«Thérèse?»

«Kann sein.»

«Die ist doch mit Jérôme zusammen. Außerdem möchte ich keine Mädchen, die politisch engagiert sind.»

«Ach so, du willst also Mädchen, die sich nicht für Politik interessieren.» Ihr Kinn lag in ihrer rechten Hand. Sie nickte verstehend und hob ihre rechte Augenbraue. Sie schien mich auf den Arm zu nehmen.

«Nein, das auch nicht. Aber Mädchen, die richtig politisch engagiert sind, die schreien dann auch auf Demos mit. Das ist doch unweiblich. Außerdem nehmen die alles so wichtig. Die wollen die ganze Zeit nur über die Ungerechtigkeiten der Welt reden, und man kann darüber nicht mal einen Witz machen. Und so gut sah die auch nicht aus. Das ist ja eigentlich immer so bei Frauen, die sich politisch engagieren. Mir ist halt Aussehen leider auch wichtig. Viel verlange ich ja gar nicht. Wenn sie gut aussieht und Französin ist, dann wäre ich auch bereit, Kompromisse hinsichtlich ihres Charakters und ihrer Art zu machen.»

«So wie bei Claire?» Sie mhmte und ihr rechter Mundwinkel zuckte spöttisch.

«So wie bei Claire. Genau!» Ich nickte zur Untermauerung meiner Aussage.

Marijo lachte laut. Mehr als zwei Fahrgäste drehten sich nun nach uns um.

«Pssst! Was ist denn damit gemeint?», raunte ich beleidigt.

«Erzähl doch keinen Quatsch, Markus! So wie du über Claire hergezogen bist, hättest du es doch keine Woche mit ihr ausgehalten, trotz ihres Aussehens.»

«Das stimmt doch gar nicht!», stritt ich ab.

«Natürlich. Du bist einfach zu kompliziert. Sie soll Französin sein, super aussehen, interessant sein und dann noch den ersten Schritt machen. Du stellst ja schon sehr hohe Ansprüche.»

«Gar nicht. Und kannst du mal leiser reden?»

«Du willst die perfekte Frau. Sie soll wie Melanie sein.»

«Ich habe mich um verschiedene Französinnen bemüht, die keineswegs perfekt waren, keineswegs wie Melanie.»

«Bei deiner komplizierten Art der Kontaktaufnahme wundert es mich nicht, dass es nicht geklappt hat. Erst drei Jahre reden wollen, bis die Frau gemerkt hat, wie interessant du bist. Markus, das funktioniert nicht.»

«In der Regel wurde ich versetzt.»

«Weil du ihnen gleich erklärt hast, dass du nichts von ihnen willst.»

«Soll ich ihnen sagen, dass ich was will?»

«Ja. Oder Situationen abwarten, in denen deine Absichten nicht so offensichtlich wirken.»

«Ich möchte jetzt eigentlich weiterlesen.»

Marijo brach in schallendes Gelächter aus und stieß mir das Basecap vom Kopf. Es landete neben dem Sitz unseres Nachbarn. Wieder wandten sich mehrere Fahrgäste uns zu. Ich nickte beschwichtigend in mehrere interessierte Gesichter, beugte mich zur Seite und hob meine Kappe auf.

«Und außerdem bist du auch nicht besser mit José», herrschte ich anschließend im Flüsterton meine Freundin an.

«Wieso nicht besser?» Marijo runzelte die Stirn.

«Du hast doch alles mit ihm. Und trotzdem jammerst du.»

«Er liebt mich nicht.»

«Na und! Dafür hattet ihr schon Sex. Mehrmals.»

«Du kannst es dir vielleicht nicht vorstellen. Aber Sex ist nicht alles im Leben.» Sie lachte.

«Sehr witzig.» Ich wollte mich wieder in Céline vertiefen, aber Marijo ließ mich nicht.

«Ich hoffe, du hast deinen Reiseführer dabei.»

«Wieso?»

«Damit wir uns nachher nicht verlaufen.»

«Hab ich vergessen.»

«Das ist aber sehr undeutsch von dir. Ich hoffe, wir gehen nicht verloren.»

«Eigentlich wollte ich zwei Reiseführer mitnehmen, aber die haben wegen der Wörterbücher nicht mehr reingepasst.»

Marijo kicherte. Anders als ich reiste sie grundsätzlich ohne «Le Guide du Routard» oder «Lonely Planet». Sie stieg einfach aus dem Zug und lief los. Natürlich fanden wir auch ohne Reiseführer ein Hotel. Wir nahmen uns ein Zimmer in Sichtweite der Kirche Saint-Michel, vielleicht einen Kilometer vom Bahnhof entfernt, in einem Viertel, das stark von Arabern bewohnt war. Den ganzen Nachmittag spazierten wir durch die Stadt, liefen durch gepflasterte Gassen, besichtigten Gebäude, die wir für Sehenswürdigkeiten hielten, deren Namen wir nicht kannten. In einer Comic-Buchhandlung kaufte ich mir ein paar Erotik-Comics. Abends gingen wir in den neuen Woody Allen. Für Marijo war es der erste, für mich der erste gute Film des Stadtneurotikers seit einer halben Ewigkeit. Um 22 Uhr kehrten wir in ein arabisches Billigrestaurant ein. Wir aßen Kebab. Auf M6 lief die zweite Staffel von «Loft Story», der französischen Version von Big Brother. Danach Zazi im Duett mit Axel Bauer. Gérald de Palmas bekundete «J'en rêve encore». Hunderte Male hatte ich diese Lieder in den letzten Monaten gehört.

Auf dem Rückweg ins Hotel kamen wir an einer Afro-Disco vorbei. Ich ließ mich von Marijo überreden, da es erst ein Uhr war. Wir zahlten jeder 10 Euro. Der Club war ziemlich klein, laute Reggae-Töne begrüßten uns. Die etwa 20 Quadratmeter große Tanzfläche war nur mit rund zehn Leuten bevölkert. Ein langer Spiegel füllte die eine Längsseite aus. Ein Typ in Baseball-Klamotten beobachtete sich darin beim Tanzen. Gegenüber, ebenfalls über den ganzen Raum und tief nach hinten reichend, ein paar Sitzstufen, wie in einem Theater. Neben der holzgetäfelten Bar links vom Spiegel standen vier Tische, die man reservieren konnte. Nur einer war besetzt. Gegenüber davon eine Sitzecke mit schwarzen Polstersofas. Dort kaugummikauend ein Pärchen, er schwarz, sie weiß mit blondierten Haaren. Wir setzten uns auf die Stufen. Die aufgetakelte Frau rechts neben uns wurde von einem Kerl angebaggert. Als er sie so weit hatte, dass sie für ihn aufstand, um mit ihm zu tanzen, stellten beide fest, dass sie ihn um einen Kopf überragte. Sie zogen es trotzdem durch. Sogar mit Küssen. Ich musste an die Abschiedsszene von Sebastian und Josepha am Flughafen Tegel denken, nur dass diesmal der Mann kleiner war. Aber warum eigentlich nicht? Zu meinen geheimen sexuellen Phantasien gehörte es, mal Sex mit einer Frau zu haben, die deutlich größer war als ich. Eigentlich hätte es bei meiner Größe kein Problem sein dürfen, es hatte trotzdem noch nie geklappt. Er war diesem Ziel schon näher.

Marijo hielt es nicht lange neben mir aus. Sie erhob sich und fing an zu tanzen. Eigentlich konnte sie sich ganz gut bewegen. Die Musik erinnerte mich ans La Noche. Das war auch schon wieder sechs Monate her. Die wenigen Typen gaben sich bei Marijo die Klinke in die Hand. Warum war ich nicht so entspannt wie sie? Warum hatte ich nur diesen Kontrollzwang? Jetzt näherte sich ihr sogar ein Kerl mit seiner Freundin. Marijo schüttelte den Kopf, lachte und flüchtete tanzend zu mir: «Los! Hilf mir! Der Typ möchte, dass ich mit seiner Freundin knutsche.»

«Was soll ich denn machen?»

«Tanz mit mir!»

Widerstand war zwecklos. Sie zog mich einfach hoch, und schon waren unsere Körper aneinander. Hoffentlich guckte keiner. Ich war kein guter Tänzer, aber das schien sie nicht zu stören. Sie wusste, wie sie mich zu führen hatte. Eigentlich hatte ich gleich wieder entwischen wollen, aber nach vier Liedern war ich immer noch bei ihr, nach zwei weiteren Songs bewegten sich unsere Gesäße schon fast synchron, noch zwei weitere Lieder später machte es mir schon fast Spaß. Ich war sogar ein bisschen erregt. Doch Marijo merkte es nicht. Wir tanzten fast drei Stunden ohne Pause. Erst um halb sechs waren wir im Hotel.

«Ich möchte nicht zurück nach Berlin», seufzte ich, als wir aufs Bett fielen.

«Erst mal müssen wir zurück nach Pau», lachte sie.

«Du weißt, was ich meine. Ich finde die Vorstellung total schlimm, dass ich wieder nach Berlin gehe und mein Studium beenden muss. Und dann arbeiten soll. Dann fängt doch echt der scheiß Teil vom Leben an. Wo alles nur noch Alltag ist. Erwachsensein.» Wir lagen nebeneinander auf dem Rücken. Unsere Hände berührten sich. Die Klimaanlage brummte leise. Auf der Straße fuhr ein Auto vorbei.

«Und euch werde ich wahrscheinlich auch nicht mehr sehen.» Sie streichelte meine Hand. Vor dem Hotel hörte man eine Frau mit Pfennigabsätzen vorbeiklackern.

«Und dich auch nicht.»

Sie ergriff meine Hand. Wir schwiegen.

«Denk aber nicht, dass ich jetzt aus Mitleid mit dir Sex habe», sagte sie.

Ich drehte mein Gesicht zu ihr und murrte: «Mann, ey! Wieso Mitleid? Was soll denn das jetzt?»

«Dein Hang zur Sensibilität. Und vorhin die Erregung, als wir getanzt haben», murmelte sie.

«Ich war nicht erregt», protestierte ich.

«Stimmt! Ihr Deutschen könnt euch ja keinen Sex vorstellen mit Schwarzen», kicherte sie müde.

«Natürlich kann ich mir das vorstellen.»

«Egal!», säuselte sie kaum vernehmbar. «Wenigstens hast du jetzt mal mit einer Schwarzen getanzt. Im La Noche war selbst das dir ja zu eklig.»

«Das war mir überhaupt nicht zu eklig», dementierte ich entschieden. Ich stützte mich auf. «Wir können gerne was machen», bot ich an. Doch Marijo, die immer noch meine Hand hielt, war bereits eingeschlafen.

Als wir um zwölf erwachten, mussten wir das Hotel gleich verlassen. Wir liefen viel, redeten kaum. Den Faden unseres Gesprächs in der Nacht zuvor nahm ich nicht wieder auf. Dennoch war Bordeaux wirklich schön, mit seinen schmalen Bürgerhäusern an der Garonne, dem Wechsel von palastartigen Bauten und Handelshäusern, barocken Parks und Straßenzügen. Um sechs nahmen wir den Zug zurück nach Pau, einen früher als geplant, weil abends noch ein Streik der Bahnbeschäftigten beginnen sollte. Um neun Uhr erreichten wir das Wohnheim. Der Engländer am Telefon hatte Probleme mit seiner Freundin:

«No … It's not that I don't want you to come to Pau …

…

Listen to me …

…

I just said that we are not …

…

Listen! Please! I just said that we are not allowed to let someone sleep in our room.

…

Sure, this is unacceptable. But what can I do?»

«Vielleicht solltest du ihn nehmen. Lange geht das mit seiner Freundin sicherlich nicht mehr», schlug ich Marijo vor.

«Ich werde ihn im Auge behalten. Danke, dass du dich um mich sorgst. Wenn das mit ihm nicht klappen sollte, dann lass uns doch noch mal ein paar Tage nach Spanien fahren. Hast du Lust auf Barcelona?»

«Ja.»

In der zweiten Etage verabschiedeten wir uns. Sebastian hantierte noch in unserer Küche.

«Isst du jetzt erst Abendbrot?»

«Ja. Wie war es in Bordeaux?»

«Gut. Was hast du eigentlich gemacht?»

«Ich bin spontan nach Nizza gefahren.»

«Und?»

«Ich hab eine Französin im Nachtzug kennengelernt.»

«Ah, schön.» Ich fand es gar nicht schön. Und was mir Sebastian danach erzählte, war nicht besser. Sie hatten noch unterwegs angefangen zu fummeln und bei ihr zu Hause in Nizza dann miteinander geschlafen. Nur mit Mühe konnte ich mir meinen Neid nicht anmerken lassen. Es war ein schwacher Trost, dass die Französin Sebastian danach aus ihrer Wohnung komplimentiert hatte. Sex mit einer Französin und davor bereits Petting im Zug, das war der Gipfel dessen, was man als Deutscher erreichen konnte.

«Könntest du aber bitte Abdullah, Said und den anderen nicht erzählen, dass ich was mit einer Frau hatte?», bat mich Sebastian. Er trug in letzter Zeit häufiger eine gehäkelte Mütze und besuchte nun regelmäßig die Moschee. Trotz seiner Erklärung, er brauche für den Übertritt zum Islam noch Zeit, übte vor allem Abdullah weiterhin Druck auf ihn aus, den Schritt bereits in Frankreich zu vollziehen. Nur Mohammed wusste, dass Sebastian gar nicht vorhatte, den islamischen Glauben anzunehmen.

«Nein, ich werde nichts sagen», versprach ich. Seitdem ich Karim und Malik nach Prostituierten gefragt hatte, mieden sie mich ohnehin. Außerdem beschäftigten mich gerade wirklich andere Dinge. Ob sie wenigstens unattraktiv war beispielsweise.

«Und auch nicht Hannelore. Ich finde sie ja nett, aber ich

weiß einfach nicht, wie ich ihr sagen soll, dass ich sie nicht liebe. Und wenn sie jetzt erfährt, dass ich sie praktisch betrogen habe …» Ich hörte schon gar nicht mehr hin. Wie konnte er ein schlechtes Gewissen gegenüber Hannelore haben, obwohl sie nie etwas miteinander gehabt hatten?

«Sah sie denn gut aus?», erkundigte ich mich, denn das war das Einzige, was mich interessierte.

«Ja. Sie war sehr hübsch.» Keine hilfreiche Einschätzung, denn Sebastian gehörte zu der Sorte Männer, die grundsätzlich alle Frauen hübsch fand. Leider hatte er auch kein Foto von ihr gemacht. Ich würde mich also nicht mal damit trösten können, dass sie den Sex nicht wert gewesen war. Eigentlich war mein Wochenende schön gewesen, bis eben. Jetzt war mir wieder klar, dass ich versagt hatte. Wenn sogar Sebastian sein sexuelles Abenteuer vorweisen konnte, dann war ich einfach nur ein Loser.

Am Freitag, dem 31. Mai, war mein 24. Geburtstag. Aus Spaß, um Claire zu ärgern, schrieb ich am Vormittag eine Englischklausur mit, die sie auch schreiben musste. Ich hatte zwar keinen der darauf vorbereitenden Kurse besucht, aber ich durfte trotzdem teilnehmen. Meine Französischprüfungen hatte ich auf ein Minimum reduziert, um in Deutschland nicht so schnell mit dem Studium fertig zu sein. Nicht alle nahmen ihr Studium so locker. Ein englischer Jurastudent aus der fünften Etage hatte einen Kommilitonen gebeten, seine Tür einzutreten, weil er sich in seinem Zimmer eingeschlossen hatte und seinen Schlüssel nicht mehr fand. Er wollte auf keinen Fall sein Examen verpassen. Während ich im Hörsaal saß, verlor Frankreich das Auftaktspiel der Fußball-WM gegen Senegal.

Sebastian hatte mir angeboten, mich zu meinem Ehrentag ins Kino einzuladen. Da Marijo bis zum Nachmittag keine Anstalten machte, mir etwas anderes vorzuschlagen, und da weder Roger noch Guillaume von meinem Geburtstag wussten, hatte ich ihm schließlich zugesagt. Wir schauten um kurz nach vier «La Guerre à Paris» von Yolande Zaubermann. Sebastian musste mich gar nicht einladen. Ich durfte, weil ich in den letzten Monaten so oft im Méliès gewesen war, umsonst rein. So nett die Geste von Sebastian war, er war eben nur Sebastian. Er spürte das.

«Bist du enttäuscht?», wollte er nach dem Film wissen, als wir über die Place du Foirail an der sargförmigen Flohmarkthalle vorbeiliefen.

«Geht schon.» Ich schaute betrübt zu Boden.

«Tut mir leid, dass ich kein Mädchen bin.» Er klopfte mir aufmunternd auf die Schulter.

«Ich glaub, den Dialog hatten wir schon mal.»

«Mir ist auch so. Aber wenn du Interrail machst, lernst du bestimmt noch eine schöne Frau kennen.»

«Schön wär's.»

Ich hatte mich spontan entschieden, vor meiner Abreise aus Pau noch eine vierwöchige Interrailtour durch Spanien, Portugal und Marokko einzuschieben, in der verzweifelten und lächerlichen Hoffnung, auf einer der damit verbundenen Nachtfahrten im Zug oder während der Aufenthalte in Jugendherbergen am Ende doch noch wenigstens *ein* sexuelles Abenteuer zu erleben. Es musste auch gar nicht unbedingt mehr eine Französin sein. So weit hatte ich meine Ansprüche schon heruntergeschraubt. Am Montag würde ich losfahren. Den Ausflug mit Marijo nach Barcelona hatte ich darum leider absagen müssen. Vielleicht hatte sie mir deswegen nicht gratuliert. Ich verstand sie, wollte mir aber meine letzte Chance nicht nehmen lassen. Und sie war mir für meine sexuellen Projekte zu wertvoll.

«Hast du schon gegessen?», fragte Sebastian, als er 20 Minuten später den Code zum Bâtiment B eintippte.

«Nein.»

«Ich koch für uns.»

«Darf ich raten: Reis mit Würstchen und Ketchup?»

«Heute würde ich Nudeln mit Ketchup machen.»

«Eigentlich bist du doch lustiger, als ich am Anfang dachte.» Ich grinste ihn an.

«Eigentlich bist du auch netter, als ich am Anfang dachte», gab Sebastian das Kompliment zurück.

«Aber nur, weil ich keinen anderen als dich habe.»

«Ist bei mir auch so. Wäre ich nicht mit dir ins Kino gegangen, dann hätte ich heute mit Abdullah und Said wieder in die Moschee gemusst.»

Am Telefon klammerte sich der Engländer noch an eine Beziehung, die längst vorbei war.

«Sarah, no, no, don't hang up.»

«Das erinnert mich an deine Telefonate im Dezember.»

Sebastian nickte.

In unserer Etagenküche wurden wir von Marijo, Guillaume, Roger, seiner Freundin Sophie, von Julien, dem bärtigen Jérôme und Thérèse empfangen. Man hatte meinen Geburtstag doch nicht vergessen. Sebastian und Marijo hatten eine Überraschungsparty für mich organisiert!

«Das ist jetzt aber sehr amerikanisch, wisst ihr das? Wo ist die Happy-Birthday-Girlande?», erklärte ich gerührt. «Ich feiere aber trotzdem mit.»

Es gab Musik, Crêpes, Flammenkuchen, alkoholische Getränke. Sogar Geschenke erhielt ich. Sebastian hatte mir im Computerkabinett eine MIX-CD mit französischen Chansons zusammengestellt. Von Marijo gab es Gedichte von Baudelaire. Roger schenkte mir ein Video mit den besten Filmen von Clara Morgan, Frankreichs bekanntester Pornodarstellerin. Von Guillaume erhielt ich eine Kassette von Cannibal Corpse sowie die Texte von Immortal Ayatollah. Und von meinen Genossen von Solidarité Etudiante ein T-Shirt der Gewerkschaft und Haschisch. Es wurde ein langer Abend. Nach dem Essen brachen wir alle zum Matisse auf, wo uns Ramon eine Runde spendierte. Im Fernsehen lief Fußball. Gegen ein Uhr verabschiedeten sich Thérèse und ihr Freund. Julien blieb noch, um mit dem Wirt einen zu trinken und das neue Album von Renaud zu hören, das vor drei Tagen erschienen war. Sebastian, Guillaume, Roger, Sophie und Marijo zogen mit mir weiter ins Durango. Die vermeintliche Indie-Rock-Disco hatte mich vor Monaten schon mal sehr enttäuscht. Anders als beim letzten Besuch war ich nun aber in der richtigen Gesellschaft, um die grottige «beste Musik der letzten 40 Jahre und der angesagtesten Hits von heute» zu ertragen. Während Sophie in ihrem schwarzen Kleid demonstrativ ekstatisch vor dem nervigen DJ tanzte – der das Publikum immer anfeuerte, indem er über ein Mikro auf die Musik rauf schrie –, verarschten wir ihn, indem wir uns abwechselnd und ohne Pause Lieder wünschten, die er nicht kennen konnte: Roger und Guillaume Songs von Grind- und Death-Metal-Bands, ich mir welche von Feeling B und Herbst in Peking und Marijo Lieder von Musikern, die man nur in ihrem Geburtsort in Madagaskar hörte. Lediglich bei Sebastian klappte das nicht, weil der DJ dessen Wünsche dabeihatte.

Um vier verließen Guillaume, Roger, Marijo und ich das Durango. Sophie blieb, weil sie noch mit einer Frau knutschen wollte. Sebastian war schon vorgegangen. Es regnete leicht. Die Luft war angenehm kühl. In der Ferne hörte man ein paar Besoffene grölen. Die Rue de la Fontaine war so steil und ich so müde, dass ich mich an eine Hauswand lehnen musste.

«Warum kommst du nicht mit in den Iran?», fragte mich Roger erneut. Immortal Ayatollah war auf ein Festival nach Teheran eingeladen worden, vermutlich weil man sie dort für Islamisten hielt. Er hatte mich am Abend schon mehrmals zu überreden versucht. Mir war diese Frage wegen Marijo unangenehm.

«Deutsche sind im Iran sehr beliebt», insistierte er.

«Nehmt doch Sebastian mit. Der wollte sowieso zum Islam übertreten.»

«Feigling. Na gut. Mir egal. Dann frag Sebastian, ob er Lust hat. Los, Guillaume! Lass uns bei mir noch was trinken gehen. Markus, ich nehme an, du willst heute nichts mehr. Du hattest ja vor fünf Stunden schon ein Glas Cidre.»

«Fick dich.» Ich lachte. Wir umarmten uns. Dann trennten sich unsere Wege. Guillaume mit Roger nach Nordwest, ich mit Marijo nach Nordost. Obwohl ich nicht betrunken war, torkelte ich. Immer wieder stieß ich gegen Marijo. Wir liefen eine Weile schweigend.

«Entschuldigung. Was machst du eigentlich morgen und übermorgen?»

«Da fahre ich mit José nach Barcelona.»

«Wolltest du die Geschichte mit ihm nicht beenden?»

«Wolltest du nicht mit mir nach Barcelona fahren?»

«Tut mir leid. Das war blöd. Aber du weißt doch, dass Sebastian im Zug was mit einer Französin hatte. Da bin ich nicht besonders entspannt. Kannst du mir verzeihen?»

«Mal sehen.»

«Ich meine, ich war sogar schon im Parc Beaumont wegen einer Prostituierten. Da siehst du mal, wie verzweifelt ich bin. Und wenn jetzt sogar Sebastian eine Französin hatte ... Da muss ich doch reagieren.»

Marijo musste lächeln.

«Oh, Markus! Prostituierte im Parc Beaumont? Da hättest du besser zu Dima gehen können.» Sie winkte ab und schaute mich enttäuscht an. «Mach, was du willst! Das wird doch sowieso nichts.» Dann drückten wir uns das letzte Mal.

# JUNI 2002

«Kannst du mal wechseln?» Zu Beginn meines Aufenthalts hätte ich Eva sicherlich nicht darum gebeten. Aber jetzt, kurz vor Ende, spielte es auch keine Rolle mehr. Ich hätte mich natürlich auch an meinen Clochard wenden können, der mir heute wieder Gesellschaft leistete und genauso gekleidet war wie im letzten Winter. Nur die Plastetüten hatte er ausgetauscht. Aber ob der mir passend rausgeben konnte? Eva nickte. Es war warm. Sie trug einen Jeansrock und ein weißes, locker geschnittenes Shirt. Der Sommer hatte noch nicht richtig begonnen, aber ihre Haut war schon ziemlich gebräunt. Sie legte gerade ihre Wäsche auf dem weißen Tisch zusammen.

Irgendwas musste ich jetzt sagen. Sie hatte mir schließlich ausgeholfen.

«Ist der Trockner im Wohnheim wieder kaputt?», fragte ich sie, obwohl ich es längst von Sebastian wusste.

«Ja. Wo ist denn Sebastian?», wollte sie wissen.

«Wir haben uns getrennt», witzelte ich.

Sie musste lachen.

«Nein. Er trocknet seine Wäsche auf seinem Zimmer.»

«Echt?»

Sie hatte ziemlich kleine Ohren. Eigentlich war sie doch ganz in Ordnung, obwohl sie aus dem Westen kam. Immerhin ging sie alleine in den Waschsalon. Und sie schien auch kein Handy zu besitzen. Zumindest hatte ich sie es noch nie benutzen sehen. Trotzdem wusste ich jetzt schon nicht mehr, was ich sagen sollte. Vielleicht: «Hast du eigentlich ein Handy?»

Wir wurden vom Clochard unterbrochen. Er tippte mir auf die Schulter und begann, auf mich einzureden. Ich verstand ihn nicht.

«Was meint er?», wandte ich mich an Eva.

«Bin mir nicht sicher.»

«Sonst hat er nie mit mir gesprochen.»

«Vielleicht hat er sich nicht getraut, weil du noch mit Sebastian zusammen warst.»

Ich musste lachen.

«Ich glaub, er möchte Geld», vermutete sie.

«Meinst du?»

«Ich denk schon.»

Er streckte mir die Hand entgegen. Normalerweise ließ ich mich nicht so unter Druck setzen. Andererseits: Er war ein alter Bekannter. Außerdem wollte ich vor Eva nicht als geizig dastehen. Ich holte mein Portemonnaie aus meiner Gesäßtasche und öffnete es.

«Wie viel geb ich denn? Ich bin ja aus dem Osten. Ich hab's auch nicht so dicke.»

«Dann nicht mehr als 10 Euro», meinte Eva.

Ich wühlte in meinem Kleingeld. «Ich komm nur noch auf 3.»

«Dann gibst du ihm beim nächsten Mal mehr.»

Ich musste lachen.

Ich gab ihm das Geld. Doch er schien damit nicht zufrieden. Er kratzte sich am Bart, schüttelte den Kopf, brabbelte etwas, zeigte auf seine Tüten und hielt dann Eva seine rissige Pranke hin.

Sie gab ihm die 4 Euro 50, die sie noch besaß. Er schüttelte den Kopf. Zwei Euro behielt er, den Rest erhielt sie wieder. Er murmelte erneut etwas, dann ging er mit seinen Tüten zur Maschine 1 und befüllte sie mit seiner Wäsche.

«Wird auch mal Zeit», kommentierte ich.

«Mach's gut. Bis dann.» Eva verabschiedete sich.

«Äh, ja, bis dann», stammelte ich verdutzt. Ehe ich mir eine passende Erwiderung zurechtlegen konnte, hatte sie die Laverie verlassen, und die Tür war wieder ins Schloss gefallen. Nun war ich allein mit meinem Clochard. *Bis dann.* Ob es ein *dann* überhaupt gab? Morgen fuhr ich los. Und erst in vier Wochen wäre ich wieder zurück. Vermutlich hatte sie Pau dann schon verlassen, so wie Marijo und die anderen. Hoffentlich hatte Marijo nicht recht. «Das wird doch sowieso nichts.»

Ich hatte mir Interrail von Marijo nicht ausreden lassen. Am 28. Juni traf ich abends wieder in Pau ein. In den vier Wochen war ich unterwegs vielen Menschen begegnet. In der Jugendherberge in Porto einem übergewichtigen Brasilianer mit japanischen Vorfahren und zwei ehemaligen Lehrern aus Deutschland, die nun als freischaffende Fotografen durch die Welt tingelten und sich bemühten, mich von meinem Berufswunsch abzubringen, obwohl ich mich sowieso schon fragte, ob ich überhaupt noch in den Schuldienst wollte. Die hübsche Belgierin an der Rezeption in Porto hatte meinen subtilen Flirtversuch nicht verstanden. In Lissabon hatte ich mit einem Spanier darüber gestritten, ob Real Madrid oder Bayern München die beste Mannschaft der Welt sei. Nachdem ich die Stadt früher als geplant hatte verlassen müssen, weil eine spanische Basketballmannschaft in die Jugendherberge einzog, war ich weiter nach Madrid gefahren. Ich hatte die Stadt gehasst, denn mangels freier Plätze in der Jugendherberge hatte ich mir ein Zimmer nehmen müssen und Tag und Nacht allein verbracht. Abends war ich einsam eingeschlafen. Von Madrid ging es weiter nach Marokko. Ich machte zunächst Halt in Mèknes, wo ich mich einem schwulen amerikanischen Pärchen aufdrängte, das das Land bereits vorher bereist hatte. Nach zwei Nächten in unserem gemeinsamen Quartier ließ ich sie wieder in Ruhe. Im Zug nach Fès hatte ich einen Koreaner kennengelernt, der ein Jahr lang allein durch die ganze Welt tourte. Wir hatten gemeinsam die Altstadt erkundet, er war noch am selben Tag mit dem Nachtzug weiter Richtung Mauretanien gefahren. Am ersten Abend in Fès hatte mich eine Prostituierte angegraben. Ich hatte ihre Avancen nicht erwidert und mich stattdessen für einen Kebab entschieden. Am nächsten Morgen fesselte mich ein Durchfall noch nie erlebter Intensität ans Bett. Zwei homosexuelle Amerikaner hatten sich rührend um mich gekümmert. Auch wenn der eine von ihnen süß aussah und gerade fehlende Alternativen einen durchaus dazu bringen können, gleichgeschlechtliche Liebe in Betracht zu ziehen, hatte ich ihr Angebot, sie zum Surfen an die marokkanische Atlantikküste zu begleiten, ausgeschlagen. Stattdessen war ich, als ich nach drei Tagen wieder laufen konnte, mit einem Brasilianer mit deutschen Vorfahren zurück nach Gibraltar geschippert. In Córdoba hatte ich einen 30-jährigen Amerikaner kennengelernt, der mit Eminem zur Schule gegangen war. In Sevilla hatte ich zwei Australiern versprochen, dass sie in Berlin in meiner Wohnung würden übernachten können, und mit ihnen gegen die Globalisierung demonstriert. In Granada hatte sich eine Australierin geweigert, sich mit mir ein Zimmer zu teilen, obwohl es für uns beide billiger gewesen wäre. Wir verbrachten dennoch den Nachmittag und Abend zusammen. Während ich alleine einschlief, fragte ich mich die ganze Zeit, ob sie es vielleicht wenigstens bereute. Ich hatte mich aber nicht getraut, an ihre Tür zu klopfen. Den Tag darauf brach ich vor ihr auf. In der Alhambra lernte ich drei Schweden kennen, von denen mir eine gefiel. Leider war ihr Freund dabei. Im Nachtzug nach Valencia saß mir eine hübsche Französin gegenüber. Leider war das Abteil gerammelt voll. Der Spanier neben ihr hatte weniger Skrupel und umgarnte sie. In Valencia marschierte ich den ganzen Tag alleine durch die Stadt. Da ich keinen Platz in der Jugendherberge fand, beschloss ich kurzerhand, obwohl mir noch zwei Tage Interrail blieben, schon früher zurückzufahren. Schon als ich die Grenze passierte und mir in Hendaye beim Umsteigen *La République des Pyrénées* kaufte, ging es mir besser. Und als mein Zug in Pau in den Bahnhof einfuhr, hatte ich ein seltsam vertrautes Gefühl. Vor dem Bahnhof warteten schwarze und silberne Taxen. Doch ich stieg in der Dämmerung zu Fuß den Sentier du Roi hinauf. Auf den Terrassen der Cafés des Boulevard des Pyrénées stießen die wenigen Touristen und das einheimische Partyvolk auf das Wochenende an. Aus dem Matisse gegenüber vom Musée des Beaux Arts winkte mir Ramon zu. Ich wechselte ein paar Worte mit ihm. Le Garage und die angrenzenden Kneipen in der Triangle waren vergleichsweise schlecht besucht. Die meisten ausländischen Studenten hatten Pau mittlerweile verlassen. Trotzdem war es irgendwie anders als sonst. Ein anderes Alleinsein. Ich hatte das erste Mal das Gefühl, durch meine Stadt zu laufen. Das erste Mal das Gefühl, nach Hause zu kommen.

Auf den Stufen zum Accueil von Corisande hingen ein paar Schwarzafrikaner ab. Vorm Eingang zum Bâtiment B hockten

Mohammed und ein Freund. Ich brachte meinen Rucksack auf mein Zimmer. Dann stattete ich Sebastian einen Besuch ab. Niemand öffnete. Im Fernsehraum suchte ich auch vergeblich. Wo sollte er um diese Zeit sein? In meinem Briefkasten fand ich eine Nachricht:

*Lieber Markus! Ich bin doch schon früher aus Pau abgereist. Die meisten sind ja weg. Nur noch Abdullah und seine Freunde. Das war irgendwie anstrengend. Ich hab beschlossen, ein bisschen bei meinem Vater zu arbeiten. Und dann möchte ich noch durch Osteuropa reisen, bevor es mit der Uni wieder losgeht. Würde mich freuen, wenn wir uns mal irgendwann wiedersehen. Unsere Mail-Adressen haben wir ja. Liebe Grüße, Sebastian. PS. Marijo lässt dich auch grüßen.*

Meine madagassische Freundin war vor einer Woche für ein zweimonatiges Praktikum abgereist. Sie hatte recht behalten: Ich hatte auf der Interrailtour zwar viele Leute kennengelernt, aber keinen Sex gehabt. Warum war ich so blöd gewesen und nicht mit ihr nach Barcelona gefahren?

Ich duschte. Dann ging ich zurück auf mein Zimmer. Und legte Sebastians Geburtstagsgeschenk ein. Bisher hatte ich seine CD noch nicht gehört:

*Rétines et pupilles,*
*Les garçons ont les yeux qui brillent*
*Pour un jeu de dupes:*
*Voir sous les jupes des filles.*

Alain Souchon.

Am 30. Juni spielten Brasilien und Deutschland um den Weltmeistertitel. Im Fernsehraum des Wohnheims waren nur die Marokkaner und ich. Kein Vergleich zu den brechend vollen Abenden der Champions-League-Saison. Aber nun beherbergte Corisande nur noch die Studenten, für die eine Fahrt nach Hause über den Sommer zu teuer war: neben den Marokkanern die Inder, die Chinesen und vor allem die Schwarzafrikaner. Alle anderen waren weg. Auch Claire. Ich hatte im Fußball nie Deutschland unterstützt, aber Frankreich war in der Vorrunde kläglich gescheitert, und Brasilien durfte nicht schon wieder gewinnen. Brasilien gewann trotzdem. Noch größer war die Enttäuschung über das Verhalten meiner maghrebinischen Mitbewohner. Nichts war zu spüren von der das ganze Jahr über proklamierten unverbrüchlichen Freundschaft zwischen dem arabischen und dem deutschen Volk. Sie bejubelten die Tore Ronaldos, als käme der aus Marrakesch oder Rabat. Frustriert verließ ich kurz vor dem Abpfiff den Raum.

Ob ich es noch mal bei Guillaume versuchen sollte? Ich hatte ihn gestern bestimmt fünfmal angerufen. Er hatte nicht abgenommen. Im Zeitungskiosk hatte ich ihn auch nicht angetroffen. Auf Roger konnte ich nicht ausweichen. Von seiner Mutter hatte ich erfahren, dass er seinen Aufenthalt im Orient verlängert hatte und noch einige Wochen durch Syrien und den Libanon reiste. Danach wollte er direkt nach Paris, um Prüfungen für die Zulassung zum französischen Lehramtsreferendariat zu absolvieren. Ich wählte Guillaumes Nummer. Wieder ließ ich das Telefon lange klingeln. Eine ganze Minute.

Ich beschloss, bei ihm vorbeizuschauen. Als ich an der Haustür läutete, öffnete er nicht. Ich wartete, bis eine ältere Frau mit Hund das Haus verließ. Dann klingelte ich an seiner Tür. Keine

Reaktion. Dafür hörte ich ein Radio. Ich klingelte erneut. Dann klopfte ich. Und noch mal.

«Guillaume. Ich bin's. Mach doch auf! Bitte! Ich weiß, dass du da bist.»

Wahrscheinlich hielten mich die Nachbarn für seinen schwulen Liebhaber. Nach einer halben Ewigkeit stand er im Schlafanzug vor mir. Er hatte tiefe Augenringe. Und sich schon lange nicht mehr rasiert.

«Ich wollte mal gucken, wie es dir geht.»

«Danke. Ist es okay, wenn ich mich wieder hinlege?»

Auf dem Tisch schimmelte Essen vor sich hin. Das Wohnzimmer war voller leerer Flaschen. Metal-Zeitschriften und Werbeprospekte bedeckten den Boden. Im Fernseher lief «Loft Story».

«Wollen wir was trinken gehen?»

«Mir geht's nicht gut. Ich bleib lieber liegen.» Er kroch unter seine Decke. Krümel lagen auf dem Kopfkissen.

«Los, komm! Ich lad dich zum Essen ein, und dann gehen wir ins Kino.»

«Mir ist nicht danach. Ich kann Pau nicht mehr sehen. Es kotzt mich so an.»

«Aber du kannst dich doch nicht die ganze Zeit verkriechen.»

«Das geht wieder vorbei, Markus.» Er winkte müde ab.

«Aber wann denn?»

«Weiß nicht. In ein paar Wochen vielleicht.»

«Aber du kannst doch nicht die ganze Zeit liegen bleiben. Gibt's denn keine Medikamente?»

«Da fühle ich mich wie ein Zombie und werde fett.»

«Dann musst du andere nehmen.» Ich wechselte auf Arte.

«Außerdem kriege ich keinen mehr hoch.»

«Brauchst du ja auch nicht. Du hast doch eh keine Freundin», scherzte ich. Auf Arte lief ein Konzert einer jungen Jazzmusikerin. Sie war ziemlich hübsch.

«Auch nicht beim Onanieren.»

«Du kannst doch nicht die ganze Zeit hier allein sein.»

«Einmal in der Woche kommt meine Mutter. Und Roger besucht mich auch.»

«Roger ist doch aber gerade nicht da.»

«Das schaffe ich schon.»

«Wer ist denn das?», wies ich auf den Fernseher.

«Das ist Norah Jones.»

«Die sieht ja ganz süß aus. Aber wer möchte solch eine Musik hören?»

Guillaume bat mich, den Fernseher leiser zu stellen, und fragte, ob es mir etwas ausmache, wenn er schlafe. Ich würde ihn nicht dazu bewegen können, die Wohnung zu verlassen. Bevor ich ging, machte ich ein bisschen sauber, wusch das Geschirr ab, brachte die leeren Flaschen in den Müll und holte in der nächsten Epicérie etwas zu essen. Danach lief ich durch die Stadt. Bis zum Matisse. Dort erfuhr ich von Ramon, dass sowohl der bärtige Jérôme als auch Thérèse Pau für mehrere Wochen verlassen hatten. Julien war zwar den Sommer über in der Stadt, aber da er kein Handy besaß und ich seine Adresse und Mail-Adresse nicht hatte, konnte ich nur hoffen, dass wir uns zufällig mal über den Weg liefen. Oft ließe er sich nicht blicken, weil er gerade irgendwo in der Nähe ein Praktikum absolviere. Ich plauderte mit Ramon über die WM, die bevorstehende Tour de France und die Nichtteilnahme von Jan Ullrich. Dann schaute ich Rugby. Gegen 17 Uhr verließ ich das Matisse. In der Rue Rivares nahm ich einen Kebab zu mir. Es war so seltsam. Ich fühlte mich erneut so einsam. Doch nicht Berlin fehlte mir, sondern die Menschen, die ich im Laufe der Monate hier kennengelernt hatte.

Im Méliès lief «Der Himmel über Berlin». Mein Lieblingskino zeigte gerade eine Wim-Wenders-Retrospektive. Ich beschloss, trotzdem hinzugehen. Zu Beginn meines Aufenthalts hätte ich mir nie einen deutschen Film angesehen. Die Kartenverkäuferin erkundigte sich, wo ich so lange gewesen sei. Im Saal suchte ich mir wie immer einen Platz ganz außen und begann, das Programm zu lesen. Ab 24. Juli gab es den neuen Film von Brian de Palma. Da wäre ich schon wieder in Berlin. Ab 3. Juli «At Pollux» von Luc Pagès.

«Hi.»

Ich schaute auf.

«Hi.» Es war Eva.

«Ich dachte, du machst Interrail?»

Ich wunderte mich, woher sie das wusste.

«Hat mir Sebastian erzählt.»

«Ach so. Ich bin wieder zurück.»

Sie setzte sich. Noch nie in diesem Jahr hatte sich eine hübsche Frau freiwillig neben mich gesetzt.

«Wie war es denn?»

«Ich habe mit sehr vielen Leuten die Mail-Adresse ausgetauscht, mit denen ich nie wieder Kontakt haben werde.»

«Der Himmel über Berlin» begann. Das letzte Mal hatte ich den Film mit siebzehn gesehen. Damals hatte ich ihn toll gefunden. Heute kam er mir nur noch manieriert vor. Was hatten die Kritiker nur an Wim Wenders gefressen? Schrecklich prätentiöse Werke ohne den Hauch von Humor. Aus den Augenwinkeln beobachtete ich heimlich Evas Silhouette. Ob sie Wenders mochte? Was sollte ich sagen, wenn sie mich im Anschluss fragte, wie mir der Film gefallen hatte?

«Der ist so anstrengend», murmelte sie. «Ich weiß gar nicht, was ich an Wim Wenders früher gefunden habe.»

Innerlich atmete ich erleichtert auf.

«Ist dir auch schon aufgefallen, dass der Untertitel immer zu spät eingeblendet wird?», flüsterte sie ein paar Minuten später. Sie roch ziemlich gut. Ich hätte keinen Kebab essen sollen.

«Ja.»

«Da merken die Franzosen immer erst zeitversetzt, wie künstlich die ganzen Dialoge sind.»

«So können wir die Leute hier richtig manipulieren. Wenn ich jetzt lache, dann lachen die auch, weil sie Angst haben, dass man sonst glauben könnte, sie hätten den subtilen Humor von Wenders nicht verstanden.»

«Glaub ich nicht.»

«Doch. Weil die nicht wollen, dass man sie für dumm hält.»

Eva schüttelte lachend den Kopf. Sie roch wirklich gut.

«Wollen wir wetten?», schlug ich vor.

«Okay! Um ein Getränk.»

Ich fing an, laut zu lachen. «Herrlich. Der ist gut!», warf ich belustigt meinen Kopf nach hinten, als Engel Daniel gerade über sein Leben sinnierte. Ich schlug mir auf den rechten Oberschenkel. Niemand reagierte.

Ich unternahm einen zweiten Anlauf: «Haha! Ich hau mich weg.» Und noch ein paarmal amüsierte ich mich übertrieben geräuschvoll. Ohne die erhofften Resultate.

«Besonders authentisch wirkt dein Lachen nicht», kritisierte mich Eva spöttisch.

«Vielleicht sollte ich es mit Weinen versuchen.»

«Vielleicht.»

Ich fing an zu schluchzen, obwohl das Geschehen auf der Leinwand dazu überhaupt keinen Anlass gab. Niemand im Publikum weinte mit. Dafür fing Eva an zu kichern.

«Siehst du, hat geklappt.»

«Gar nicht.»

«Du hast gelacht.»

«Ruhe!», zischte jemand rechts hinter uns. Im Publikum saßen viele ältere Bildungsbürger mit deutscher Ernsthaftigkeit.

«Jetzt musst du mich zum Getränk einladen», flüsterte ich Eva ins Ohr. Ob sie den Kebab roch?

«Nein, du mich.»

«Wir können uns ja gegenseitig einladen.»

Wieder forderte jemand Ruhe ein. Wir verließen das Méliès vor dem Abspann und gingen ins La Tireuse. Die Semesterferien spürte man hier besonders. Nur wenige Tische waren besetzt. Wir wählten die Sitzecke, in der sich im Oktober der deutsch-französische Stammtisch getroffen hatte. Nun saß ich also neben ihr auf der Couch. Ich traute mich nicht, sie anzuschauen.

«Hier hatte ich schon mehrere Verabredungen mit einem Mädchen», erklärte ich, während ich aus Unsicherheit die Bierreklamen an der Wand gegenüber anstarrte.

«Und? Sind sie gut gelaufen?» Ich spürte, dass sie mir das Gesicht zugewandt hatte.

«Sie sind nie gekommen. Dabei hatte ich mir extra vorher überlegt, was ich sage.»

«Und, was wolltest du sagen?»

«Hab ich vergessen. Ich weiß nur noch, dass es mir darum ging, ihnen zu beweisen, dass ich interessant bin.»

«Bist du denn interessant?»

«Ich glaub eigentlich nicht. Zumindest nicht für die Französinnen, trotz meiner Herkunft aus Ostberlin. Bei allen, von denen ich was wollte, hat es nicht geklappt. Egal. Ich will dir nichts vorheulen. Warum warst du heute eigentlich alleine im Kino?» Ich blickte kurz zu ihr, wandte dann aber wieder den Blick ab.

«Ist ja niemand mehr da.»

«Was ist mit den Italienern, von der Party?»

«Da war nichts. Außerdem sind die auch schon weg.»

«Hattest du keinen Freund hier? Ich dachte, alle außer mir und Sebastian hatten einen.»

«Ich hatte mal was mit einem Franzosen. Für ein paar Wochen. Hat aber nicht geklappt.»

«Bevor ich's vergesse: Der eine aus Djibouti findet dich süß. Er würde dir gerne etwas schenken und hat mich gefragt, was.» Ich lachte sie an.

Sie verdrehte die Augen. «Hat er schon. Ich hab schon drei Sträuße Rosen von ihm bekommen. Und er hat mir vorgeschlagen zu heiraten.»

«Ich hoffe, du hast zugesagt. Sein Vater ist Vorsitzender der djiboutischen Nationalversammlung.»

«Das ist verlockend», lachte sie. «Aber ich bin irgendwie noch nicht so richtig über meinen Ex hinweg.» Das war keine gute Neuigkeit für mich. Vielleicht sollte ich behaupten, ich sei auch noch nicht über Melanie hinweg. Dann hätten wir wieder emotionalen Waffengleichstand. Aber das kam bestimmt so an, als wollte ich nur über mich reden.

«Ist der aus Deutschland?»

Sie nickte.

«Wann habt ihr euch denn getrennt?»

«Über Weihnachten.»

«Ach, wie Sebastian. Weihnachten scheint ein beliebter Zeitpunkt zu sein. Seine Freundin hat ihm vorgeworfen, er wolle nicht, dass sie ihn besuche.»

«Erik war im November hier. Aber es war so schrecklich. Wir haben uns nur gestritten. Vielleicht wären wir noch zusammen, wenn er mich nicht besucht hätte.» Wie nah mochte ihr Mund jetzt an meinem Ohr sein? Im Hintergrund lief «Jeune et con» von Saez. Ich hatte immer angenommen, das sei von Noir Désir gewesen, bis mich Guillaume aufgeklärt hatte. Eigentlich hätte ich gerne nach dem Warum gefragt, aber sie sollte nicht glauben, ich wisse die Antwort nicht. Ich hatte mal irgendwo gelesen, dass in manchen Gesprächssituationen kurze Bestätigungslaute vollkommen reichten.

«Mhm.»

«Pau und die Leute hier waren einfach meins. Erik hat mir vorgeworfen, dass er sich hier nur wie ein Gast gefühlt hat.»

«Mhm.»

«Ich wollte nicht, dass es zu Ende ist.»

«Mhm.»

«Ich glaub, mit dem Franzosen wollte ich mir selbst nur beweisen, dass ich über ihn hinweg bin. Manchmal gerate ich so in Stimmungen, dass ich meine, ich müsse nach vorne schauen, meinem Leben eine neue Wendung geben. Hat natürlich nicht geklappt. Ich hab ihn die ganze Zeit mit Erik verglichen und nur die Defizite gesehen. Was war, kann man nicht einfach ausblenden.»

Das hatte ich nun von meinen Bestätigungslauten. Eigentlich hatte ich das alles gar nicht erfahren wollen. Mir ging es gleich auch mies. Ich musste mich beherrschen.

«Und wie geht's dir jetzt?», erkundigte ich mich roboterhaft.

«Na ja. Gerade geht's. Ich meine, drüber hinweg bin ich sicherlich noch nicht richtig. Du kannst mich übrigens ruhig anschauen.»

«Das tut mir leid», entschuldigte ich mich und tröstete sie, obgleich ich eigentlich vor allem mich bedauerte. Warum eigentlich? Ich drehte mich zu ihr. Jetzt senkte sie den Blick.

«Aber ich möchte ihn eigentlich auch nicht wiedersehen. Ich glaube, ich möchte lieber erst mal allein sein. Um mir klarzuwerden, was ich eigentlich von einer Beziehung erwarte.» Sie rührte mit ihrem Strohhalm in ihrer Cola. Wir tranken beide Cola. Das war wie in einem Song von Tocotronic, nur dass wir nicht auf dem Teppichboden saßen. Oder hatten die dort gar keine Cola getrunken?

«Ist bei mir auch so.»

Sie lächelte kurz.

«Habt ihr denn zusammengewohnt?» Ich fixierte jetzt wieder die Bierreklame.

«Ja.»

«Und, wer darf die Wohnung behalten? Ich hoffe für dich, er war nur als Untermieter eingetragen», scherzte ich.

«Nein. Er bleibt da. Ich geh jetzt erst mal für ein Jahr nach Abidjan ans Goethe-Institut. Ich brauche den Abstand zu Erik und zu Hamburg. Hamburg ist eigentlich schon eher eine Großstadt, aber man läuft sich trotzdem ständig über den Weg, gerade als Student. Und unser Freundeskreis überschneidet sich auch. Ich brauche noch Zeit, bevor ich in mein altes Umfeld zurückkehre.» Aus einem mir unerklärlichen Grund hasste ich Abidjan und das Goethe-Institut.

«Ich hab irgendwie auch keine Lust, nach Berlin zurückzufahren. Die Vorstellung, einfach nur mein Studium zu beenden und dann Lehrer zu werden, kommt mir mittlerweile so vorhersehbar und spießig vor. Wenn ich das erst mal bin, komme ich da überhaupt noch mal raus? Bin ich vielleicht irgendwann mit einer Kollegin zusammen, einfach weil es praktisch ist? Und muss ich dann in ein Haus mit Garten ziehen? Hätte ich dann überhaupt noch den Mut, mein Leben in Frage zu stellen? Ich habe das Gefühl, durch das Jahr hier sehe ich nicht klarer, sondern weiß überhaupt nicht mehr, was für ein Leben ich möchte. Und die Rückkehr nach Berlin ist für mich gleichbedeutend mit einer Entscheidung für etwas, hinter das es kein Zurück mehr gibt.»

«Das versteh ich», erklärte sie leise.

«Du könntest mir auch sagen, dass meine Ängste unbegründet sind», beschwerte ich mich. Ich schaute sie kurz an.

Sie seufzte: «Sie sind es nicht. Es kommt aber sicherlich auch auf den Typ an. Ich kenn dich ja nicht.» Sie hatte recht. Sie kannte mich nicht. Und würde mich wohl auch nicht besser kennenlernen. Ich schaute in mein Glas, rührte mit dem Strohhalm in meiner Cola. Im Hintergrund lief nun «Island in the Sun» von Weezer.

«Wann fährst du denn eigentlich?», fragte ich.

«Morgen.»

«Morgen schon?» Wieso berührte mich das so?

«Ja. Um 10 geht mein Flug. Und du?»

«Am 19. Juli.» Auf Weezer folgte Indochine.

Wir redeten und redeten. Und es wurde nicht langweilig. Sie mochte ebenfalls Tocotronic. Und The Streets. Sie kannte sogar Pavement und hörte Lemonheads. Sie hatte meinen Auftritt mit Immortal Ayatollah gesehen und ihn ausgesprochen lustig gefunden. Lustiger, als er beabsichtigt gewesen war. Es war bereits Mitternacht, als plötzlich Marine mit einem Typen La Tireuse betrat.

«Eigentlich war die mit mir verabredet», deutete ich auf mein erstes Date.

«Für wann denn?»

«Für letzten Oktober.»

«Das ist wirklich frech. Nicht nur, dass sie sich extrem verspätet. Außerdem bringt sie auch noch einen anderen Kerl mit.»

Ich musste lachen. «Ich hab ja auch 'ne andere Frau dabei. Schau mal, die gucken sich ganz verliebt an.»

«Das macht die bestimmt nur, um dich eifersüchtig zu machen.» Sie legte ihre Hand kurz auf meinen Arm. Ich bekam Gänsehaut. Sie zog sie dann wieder zurück.

«Eigentlich müssten wir jetzt gegenhalten», überlegte ich laut.

«Was stellst du dir denn vor?»

Zum Glück hatte ich nach der Cola einen Gin Tonic bestellt.

«Vielleicht könntest du mir ein paar Komplimente machen», schlug ich vor.

«Das wird sie nicht verstehen.»

«Auf Französisch.»

«Meinst du nicht, dass sie merkt, dass ich keine Französin bin?»

«Du könntest eine Schwedin sein.»

«Na gut», erklärte sie sich einverstanden. Dann fuhr sie auf Französisch fort: «Du bist echt lustig. Ich hab noch nie über jemanden so viel lachen müssen wie über dich.» Sie sprach praktisch ohne Akzent.

«Ach Quatsch!»

«Doch. Das ist mir gleich am ersten Abend aufgefallen. Als du die anderen Erasmus-Studenten verarscht hast.»

«Das war aber auch ein bisschen fies.»

«Aber sehr lustig.»

«Du bist aber auch lustig. Bei Frauen ist das ja selten. Wenn ich an die Französinnen denke, die ich dieses Jahr kennengelernt habe ... Da war keine dabei, über die ich lachen konnte. Besonders die eine, Marine hieß sie, wie die Tochter von Le Pen.»

«Das ist ein bisschen zu offensichtlich», flüsterte Eva auf Deutsch. Dann wieder auf Französisch: «Ich mag deine Augen. Die sind so klein.» Sie schaute mich ganz verliebt an. Wie gut sie schauspielern konnte. Man konnte den Eindruck bekommen, sie meinte es ernst. Mich machte das allerdings noch nervöser. Wie sollte ich jetzt reagieren? «Du hast auch schöne Augen» wäre etwas einfallslos. «Du bist so schön» ein bisschen sehr schmalzig. Obwohl sie wirklich schön war. Warum hatte mich das vorher so wenig beeindruckt? Eigentlich war alles an ihr schön. Sie hatte ein wunderschönes Gesicht, lange blonde Haare, und weiblicher als sie konnte man kaum sein. Aber was sollte ich loben?

«Deine Haare sehen toll aus. Sind die eigentlich echt?»

Eva lachte. «Das war jetzt aber nicht sehr überzeugend.»

«Mir ist nichts anderes eingefallen.»

«Schade.»

«Nein, ich meine, ich konnte mich nicht entscheiden. Okay, also: Du guckst wie Claire Danes in ‹Willkommen im Leben›.»

«Ist das etwas Gutes?» Ein skeptischer Ausdruck lag in ihren grünen Augen.

«Ja. – Jetzt bist du wieder dran.»

«Du bist gut gebaut, Markus.»

«Findest du?»

«Bin ich denn auch gut gebaut?»

«Was?» Natürlich war sie gut gebaut. Aber das konnte ich ja nicht zugeben. Das hieß ja, dass ich auf Sex aus war.

Sie griff nach meiner Hand und flüsterte: «Die drüben haben das auch getan. Wir sollten die nicht davonziehen lassen. Ist das okay für dich?»

Ich brauchte einen Moment. Ich war wie gelähmt.

«Und äh … wenn die sich, äh … küssen?», stammelte ich.

«Dann müssen wir das wohl auch.»

«Ich hab aber Kebab gegessen.»

Und dann küsste sie mich. Es war, als würde ich explodieren. Wann hatte ich das zuletzt erlebt? Hatte ich das überhaupt so intensiv erlebt seit damals, als ich mit 16 das erste Mal Melanie geküsst hatte?

Als wir um zwei La Tireuse verließen, weil die Bar schloss, war Marine bereits gegangen. Ich hatte es gar nicht bemerkt. Und auch nicht bemerkt, wie die Zeit verflogen war. Einfach nicht auf die Zeit achten müssen, das war eigentlich auch so eine Besonderheit am Erasmus-Jahr, weil man davon genug hatte, weil einen keine Verpflichtungen trieben.

«Gehen wir zu dir oder zu mir?», fragte ich, als wir auf die Place du Foirail traten. Die Fenster waren nicht erleuchtet. Der Mond und ein paar Laternen spendeten Licht.

«Wo wohnst du denn?»

«In der dritten Etage.»

«Ich in der fünften. Zu dir ist es kürzer. Lass uns zu dir gehen», meinte sie und nahm meine Hand.

Wir liefen durch die milde und ruhige Paloiser Nacht. Es war so seltsam. Wie das erste Verliebtsein. Wie bei Melanie damals. Mehrmals stieß ich auf dem Weg gegen Eva. War es der Gin Tonic, meine Müdigkeit, die emotionale Überwältigung oder der abfallende Bürgersteig? Egal. Was spielte das für eine Rolle. Ich war wie im Rausch. Selbst die riesigen Sozialbauten der Avenue Honoré Baradat wirkten schön auf mich. Über den Hof des Wohnheims lief eine große Ratte. Es war so romantisch. Warum ließ sich der Moment nicht festhalten? Wir gingen auf mein Zimmer und legten uns aufs Bett. Eva stellte den CD-Player an. Alain Souchon begann zu singen.

«Das ist von Sebastian. Ich mag das eigentlich nicht. Ich kann was anderes auflegen», sagte ich schnell.

«Lass ruhig ...»

*Si parfois, ça les gène et qu'elles veulent pas*
*Qu'on regarde leurs guiboles, les garçons s'affolent de ça.*

«Ihr seid schon ziemlich verschieden, oder?»

«Ja. Am Anfang hat er mich so was von genervt. Alles hat mich an ihm gestört. Und wie ich über ihn gelästert habe. Ständig schlecht über ihn geredet habe, auch gegenüber Leuten, die ich kaum kannte, was ja klar war, weil ich ja niemanden gut kannte. Besonders fair war ich nicht. Oder fein, wie Sebastian sagen würde.»

Eva streichelte mir übers Gesicht.

Unsere Gesichter waren nur wenige Zentimeter voneinander entfernt.

«Ist nicht einfach, fair zu sein, wenn es einem selbst nicht gutgeht und man einsam ist.» Sie nahm mein Basecap ab. Dann schwiegen wir. Auf Alain Souchon folgte Patrice Cabrel, auf Patrice Cabrel Jean-Jacques Goldman, darauf Axel Bauer, Zazi, die ganzen Schmonzetten, die in den letzten Monaten hier im Radio rauf und runter gespielt worden waren. Dann Gainsbourg. *Je suis venu te dire que je m'en vais.* Wir schwiegen wieder.

Dann ich: «Am Ende möchte ich dann doch immer nicht weg.»

Dann wieder Ruhe. «Am Ende bin ich dann doch immer sentimental und finde es gut.»

Dann wieder Ruhe. Dann hatten wir Sex. Gegen vier schlief ich ein.

# JULI 2002

Als ich erwachte, war Eva bereits fort.

*Lieber Markus,*
*ich würde gerne schreiben, dass die Stunden mit dir sehr schön waren. Aber das hört sich irgendwie so abgedroschen an.*
*Ich weiß auch nicht, welchen Stellenwert das für dich hatte.*
*Ich kann es ja momentan nicht mal für mich selber beurteilen.*
*Ich glaube aber, ich würde mich freuen, noch mal von dir zu hören und dich besser kennenzulernen. Ich glaube, du bist ein interessanter Mensch. Hier ist meine Mailadresse: eva.snafu@yahoo.fr. Pass auf dich auf.*
*Eva*

Ich schaute auf die Uhr. Es war kurz vor neun. Bis zum Flughafen brauchte man im Taxi eine halbe Stunde. Sollte ich ihr in einer Verfolgungsjagd hinterherfahren, um sie am Boardingschalter zum Bleiben zu überreden? Es wäre eine filmreife Szene. Andererseits: Bis das Taxi kam, würden noch mindestens zwanzig Minuten vergehen. Und hatte sie nicht selbst geschrieben, sie müsse sich erst klarwerden, was die letzte Nacht für sie bedeutet hatte? War nicht der Morgen danach in der Regel eine Enttäuschung? Und hatte sie nicht gestern noch von ihrem Ex gesprochen? Vielleicht steigerte ich mich gerade wieder in etwas hinein. Wie so oft in den letzten neun Monaten. Ich fuhr nicht. Vielleicht war es besser, erst mal ein bisschen Abstand zu bekommen. Alles in Ruhe zu reflektieren.

Die letzten Wochen bis zu meiner Abreise verbrachte ich meist allein. Die Vormittage vertrieb ich mir im Computerkabinett der Uni, wo ich selten Gesellschaft hatte. Eva zu schreiben, traute ich mich nicht. Es schien mir zu früh. Sie hatte sicherlich gerade anderes zu tun. Außerdem fehlten mir die Worte. Am Aushang der Klausurergebnisse neben dem Kaffee-Automaten erfuhr ich, dass ich die beste Englischklausur geschrieben hatte, besser als Claire, obwohl ich anders als die französischen Studenten gar kein Englisch studierte. Nachmittags ging ich ins Matisse, um die Tour de France zu schauen. Julien traf ich dort nicht an, zweimal jedoch Seb. Einmal ging ich außerdem mit Riad etwas trinken, der mir in der Buchabteilung von Fnac im Centre Bosquet begegnete, wo wir beide gerade Erotik-Comics lasen. Er würde nächstes Jahr seinen ersten Comic veröffentlichen und demnächst in ein Atelier nach Paris ziehen. Guillaume besuchte ich viermal zu Hause. Ihm ging es immer noch nicht besser. Ansonsten las ich viel und schaute Filme im Méliès an. Es war fast wie im letzten Herbst. Dann flog ich zurück nach Berlin.

# EPILOG

## 2002 BIS 2012

Auf dem Weg von Paris/Orly nach Paris/Charles de Gaulle verlor ich mein Portemonnaie. Oder es wurde mir geklaut. Im Portemonnaie war die Nachricht von Eva mit der Mail-Adresse. Ich hätte heulen können.

Im Oktober nahm ich mein Studium wieder auf. Mit Guillaume blieb ich noch eine Weile per Mail in Kontakt. Aber irgendwann antwortete er nicht mehr. Roger kündigte mir an, mich in Berlin besuchen zu kommen. Er kam nicht. Ich kündigte Marijo an, sie in Grenoble zu besuchen, wo sie ihr Studium fortsetzte. Gleich mehrmals. Ich tat es nicht. Mit Sebastian traf ich mich im Februar 2003. Ich erzählte von Eva und der verlorenen Mail-Adresse. Er bot an, eine Rundmail an ein paar Erasmus-Studenten zu schicken, um zu fragen, ob jemand ihre Adresse hatte. Ich lehnte ab. Das alles war doch schon ein halbes Jahr her. Hätte sie nicht, wenn sie gewollt hätte, selber versuchen können, meine Mail-Adresse in Erfahrung zu bringen? Nach dem Treffen mit Sebastian machte ich mir Vorwürfe. Beim zweiten Treffen wollte ich ihn bitten, doch Nachforschungen anzustellen. Unser zweites Treffen fand nie statt, weil immer etwas dazwischenkam.

2004 beendete ich mein Studium, an Eva dachte ich noch oft. Aber mittlerweile war so viel Zeit vergangen. Sicherlich hatte sie schon längst einen Neuen. Zu Guillaume, Roger, Marijo und Sebastian wollte ich mal wieder Kontakt aufnehmen. Vorher ging ich aber fürs Referendariat ins Saarland, weil ich in Berlin hätte warten müssen. 2006 fand ich eine Anstellung an einem Gymnasium mit bilingualem Profil in einem Nest unweit von Gütersloh. In Berlin stellte man immer noch keine Lehrer ein. 2008 kam ich mit Corinna zusammen, einer Kollegin. Manchmal noch trauerte ich Eva nach. 2010 zogen wir zusammen in ein Haus mit Garten. Den Porno von Roger und die Erotik-Comics sortierte ich aus. Die Kassette von Guillaume wanderte in eine Kiste in den Keller. Manchmal hörte ich aber noch wehmütig die CD von Sebastian. Die Haare kamen nicht zurück. Zu Roger, Guillaume, Marijo und Sebastian hatte ich seit fast zehn Jahren keinen Kontakt mehr gehabt. Doch dann – aus heiterem Himmel – kam Sebastians Mail. Er heiratete.

## 30. JUNI 2012

Natürlich sagte ich Sebastian zu. Ich plante sogar, mich krankschreiben zu lassen, um nach der Hochzeit noch ein paar Tage in Pau bleiben zu können. Corinna würde mich nicht begleiten. Unser gemeinsames Fehlen wäre in der Schule aufgefallen. Die Einladung von Sebastian hatte mich dazu bewogen, die Beziehung zu meinen ehemaligen Freunden wieder aufzunehmen. Marijo schrieb mir, dass sie mittlerweile im Bereich Entwicklungshilfe in Bolivien arbeitete, nach Stationen in Madagaskar, Laos und Mexiko. Mit José hatte sie das letzte Mal 2011 Schluss gemacht. Von ihr erfuhr ich außerdem, dass Ghislaine mittlerweile auf La Mayotte lebte. Und um mir zu zeigen, dass man es von Pau aus auch zu etwas bringen konnte, schickte sie mir ein Foto von Dima, auf dem die hübsche Äquatorialguinesin, die damals immer im Handtuch über den Flur gelaufen und laut meiner madagassischen Freundin sexuelle Dienste angeboten hatte, im Beisein dreier afrikanischer Staatschefs und Dominique Strauss-Kahns zu sehen war. Leider würde Marijo so bald nicht nach Europa kommen. Guillaume wollte Pau immer noch verlassen. Ich freute mich auf unser Wiedersehen. Roger, der in Paris lebte, versprach, am Wochenende von Sebastians Hochzeit ebenfalls in Pau zu sein.

Den Flughafen der Stadt hatte man in den letzten Jahren um einen Anbau erweitert. Die Temperatur war angenehm warm, als ich am frühen Nachmittag vor das luftige Terminal 1 trat. Es wehte ein milder Wind. Den von Palmen gesäumten Parkplatz hatte man ebenfalls vergrößert. Ich nahm ein Taxi zum Wohnheim Corisande d'Andoins, wo ich die sechs Nächte über schlafen würde, der Nostalgie wegen. Diesmal fuhr ich die Strecke im Hellen. Diesmal musste ich mich mit keinem anstrengenden Kommilitonen unterhalten. Wir kamen an Landschaften und Gebäuden vorbei, die ich alle wahrscheinlich schon mal gesehen hatte, die mir aber nichts mehr sagten.

«Wohnen Sie schon lange hier?», fragte ich den Taxifahrer, einen beleibten, Gemütlichkeit ausstrahlenden Mann mediterranen Typs mit grauen Haaren.

«Seit zehn Jahren», erklärte er mit dem unverkennbaren Akzent des französischen Südens.

«Ah! Vor zehn Jahren bin ich aus Pau abgereist.»

«Was haben Sie denn hier gemacht?»

«Studiert.»

«Schön, Pau ist eine schöne Stadt zum Studieren.» Ich hatte das damals anders empfunden.

Im Radio lief France Bleu Béarn. Sie brachten ein Lied von Jean-Jacques Goldman.

«Und, was machen Sie hier?», wollte er wissen.

«Ein Freund heiratet.» Hätte ich Sebastian damals als Freund bezeichnet? Wohl kaum.

«Das ist schön.»

«Kann sein.»

Wir fuhren durch die Avenue du Pont Long und hatten die Stadt fast erreicht. In der Ferne blinkte die schneebedeckte Bergkette der Pyrenäen.

«Was machen Sie denn beruflich?», erkundigte sich mein Chauffeur. Auf France Bleu trällerte Johnny Hallyday «Noir c'est noir».

«Ich bin Französischlehrer.»

«Lernt das noch jemand in Deutschland?»

«Nicht so gerne. Aber ich bin an einer Schule mit Französisch-Schwerpunkt.»

«Das ist schön.»

Links von uns eine Pferderennbahn. Genau, daran erinnerte ich mich.

«Hat sich Pau sehr verändert in den letzten zehn Jahren?»

Mein Fahrer schüttelte den Kopf. «Überhaupt nicht.»

Rechts, hinter Maschendrahtzaun, eine Wellblechhalle für Autoersatzteile. Dahinter ein Schild: Gourette, suivre Saragosse. Ich musste an die Skifahrt mit Sebastian und den vier Mädchen denken.

«Pau ist immer noch wie vor zehn Jahren. Sie wissen es ja selbst, es ist eine kleine Stadt.»

Noch ein Schild. Nach rechts ging es nach Bayonne und Saragossa, nach links nach Tarbes und Toulouse. Dann ein Kreisverkehr.

«Gibt es das Matisse noch?», fragte ich.

Mein Fahrer kratzte sich am Kopf. «Das Matisse? Lassen Sie mich überlegen. Helfen Sie mir auf die Sprünge.»

«Das war damals eine Kneipe gegenüber vom Musée des Beaux Arts.»

«Ich bin mir nicht sicher.» Das Ortseingangsschild von Pau. Sebastian hätte sicherlich gesagt: «Nous voilà, enfin arrivés.» Werbung für Küchenmöbel. Im Radio Barbara.

«Ach, doch! Eine Sache haben sie gemacht. Sie haben das Zentrum in eine Fußgängerzone umgewandelt. Für Touristen ist das natürlich toll. Aber sonst ist alles das Gleiche.»

Rechts von uns ein graues Haus im typischen Kieselsteinstil der Region, unverputzt. Einfamilienhäuser und Vorstadtgewerbe im Wechsel, eine Total-Tankstelle auf der linken Seite. Im Radio Supertramp: *When I was young, it seemed that life was so wonderful, a miracle, it was beautiful, magical.*

«Hat sich denn die Gegend um die Avenue de Saragosse verändert?»

«Oh. Na ja. Das ist immer das Gleiche. Drogen.»

Wir bogen nach links in den Boulevard de la Paix ab. Einfamilienhäuser mit Gärten und Palmen hinter braunen, weißen oder grauen Mauern und grünen Hecken.

«Damals war ja eher das Viertel Ousse de Bois das Problem.» Das wusste ich, weil zu der Zeit Guillaume dort gewohnt hatte.

«Ja, stimmt. Aber die haben die ganzen Dealer dort vertrieben. Und jetzt sind sie im Viertel Saragosse.»

Wir nahmen im Kreisverkehr die erste Ausfahrt und waren in der Allée Cathérine de Bourbon. Rechts von uns nun die Uni, links das Centre E. Leclerc. Jetzt war ich fast am Ziel. Im Radio irgendwas von Céline Dion. Kurz darauf erreichten wir die Avenue de Saragosse, ihre tristen Sozialbauten, die einem immer das Gefühl gaben, in der Banlieue zu sein, obwohl man nur fünfzehn Minuten bis zum Zentrum lief. Da erblickte ich auf der rechten Seite auch schon das Bâtiment A von Corisande d'Andoins. Doch links fehlte etwas. Genau: der Turm für die Amerikaner. Die Fläche wurde von einem Bauzaun umfriedet.

Mein Taxi ruckelte in die bucklige Einfahrt zum Parkplatz des Wohnheims und hielt nach wenigen Metern an. Ich stieg aus, erhielt meinen Koffer, zahlte, und mein Fahrer verabschiedete sich. Auf den Treppen vor dem Eingang saßen zwei Nordafrikaner mit Laptop. Ich grüßte sie und erkundigte mich nach dem Code. Sie baten mich nicht, ihren Puller zu lutschen.

An der Rezeption empfing mich eine etwa fünfzigjährige, zierliche Frau mit braunen Haaren und müden, braunen Augen.

«Was ist denn mit dem Turm passiert? War das al-Qaida?»

Sie lachte.

«Nein. Der fing an einzustürzen. Da haben sie ihn gesprengt.»

«Bauen sie den wieder auf?»

Sie schüttelte ihren Kopf. «Nein. Wir schließen sowieso am Ende des Jahres.»

«Vorübergehend?»

«Nein. Für immer. Gaston Phoebus wird vergrößert, und alle ziehen dorthin. Die meisten sind schon weg.»

Da hatte ich noch mal Glück gehabt. Hätte Sebastian nur ein paar Monate später geheiratet, hätte ich nie mehr an diesen Ort zurückkehren können.

«In welchem Gebäude wollen Sie denn wohnen?»

«Im Zimmer 305 im Gebäude B. Ist das noch frei?»

«Sie haben ja eine sehr klare Vorstellung.»

«Dort war ich im Jahr 2001/2002. Aber Sie waren noch nicht hier, oder?»

«Nein. Da war ich drüben in Gaston Phoebus.»

Sie schaute in ihrem Mieterverzeichnis nach. Der Finger wanderte über die Seite. «Ja, das ist noch frei», lächelte sie mich an. Sie griff nach dem Schlüssel im Oberschrank an der Wand hinter ihr. Dann gab sie mir den Code für die Tür, ein Laken und das Protokoll für die Abnahme. «Das ist nur der Form halber», erklärte sie.

Ich verließ den Accueil und überquerte den Hof. Die beiden Maghrebiner hatten ihren Platz auf den Treppen verlassen. Auf dem Parkplatz standen nur wenige Autos. Ich betrat das Bâtiment B. Vorbei an den Briefkästen. Vorbei am eine halbe Treppe tiefer gelegenen Telefon. Niemand telefonierte. Die wenigen Bewohner skypten vermutlich auf ihren Zimmern. Ich stieg hinauf in die dritte Etage. Im Haus war es ruhig. Nur weiter oben hörte ich eine Spüle. Die Toiletten und die Küche hatten sich nicht verändert. Im Kühlschrank schimmelte immer noch Essen. Ob es noch aus meiner Zeit stammte?

Mein Zimmer sah aus wie damals: die dreckigrosa Tapete, das dunkle Linoleum, das durchgelegene Bett mit dem kleinen Brett als Nachttisch. Der Blick durch die schmutzigen Gardinen auf den verwaisten Tennisplatz. Der Schreibtisch mit den Ablagen. Die beiden Stühle. Die Waschecke. Der Schrank neben der Tür. Nachdem ich meine Sachen ausgepackt hatte, ging ich hinunter, um Guillaume anzurufen. Wir waren heute Abend verabredet.

## 30. JUNI 2012

Wir verabredeten uns für 22 Uhr im La Tireuse, da Guillaume bis 21 Uhr arbeiten musste und Roger erst spät aus Paris eintraf. Das Matisse hatte seinen Betrieb mittlerweile eingestellt. Die roten Markisen hingen noch über der schmalen Terrasse. Im Inneren stapelten sich die Aluminiumstühle. Werbung fürs La Noche und Le Durango verzierten die graue Granitfassade. Enttäuscht zog ich weiter in eine PMU-Bar und las *La République des Pyrénées*. Danach aß ich einen Kebab in der Rue Rivares. Da es erst kurz vor acht war, ging ich noch ins Méliès. Die ehemalige Anglikanerkirche mit der Parkhausaußentreppe stand noch genauso grau da wie damals. Die Frau an der Kasse erkannte mich nicht. Sie war vermutlich sogar jünger als ich. Ich sah «De rouille et d'os» von Jacques Audiard. Mit Marion Cotillard ohne Beine.

Bis zum La Tireuse waren es nur 300 Meter. Draußen standen vier Tische, einer besetzt. Ich betrat die Kneipe und blickte mich um. All die bunten Reklameschilder für Bier und Coca-Cola längst vergangener Epochen. Erinnerungen kamen hoch. Im Untergeschoss waren drei Männer mittleren Alters am Tresen im Gespräch mit der Barkeeperin. Da, wo damals der deutsch-französische Stammtisch gewesen war, saß ein studentisches Pärchen. Ansonsten kaum Gäste. Ich holte mir eine

Cola und setzte mich aufs Mezzanin, von wo aus ich den Eingang am besten beobachten konnte. In *Les Inrockuptibles* war ein längerer Artikel über Hollywood in der Krise.

«Salut, Markus. Ça va?» Es war zehn nach zehn. Guillaume hatte zugenommen und noch weniger Haare als damals. Der feine, schwarze Kranz war etwas angegraut. Er trug schwarze, dreiviertellange Shorts mit Eingrifftaschen und ein gleichfarbenes Kapuzenshirt. Er sah müde aus. Ich stand auf und umarmte ihn.

«Geht so. Und dir?»

«Schlecht wie immer.»

Nachdem er sich ebenfalls eine Cola geholt hatte, erfuhr ich, dass er weiterhin alleine lebte, keine Freundin hatte, in einem Supermarkt Regale einräumte und sich mit seinen Kollegen nicht verstand.

«Die Kollegen, das kannst du dir nicht vorstellen, Markus. Denkst du, von denen hat einer schon mal Nietzsche oder Schopenhauer gelesen? Keiner! Markus, worüber soll ich mich mit denen dann unterhalten?» Ich hatte die auch nicht gelesen, aber das verschwieg ich.

«Über Black, Death und Grind?»

Er winkte ab und redete weiter. Es war wie früher. «Von wegen! Weißt du, was die hören? Johnny Hallyday. Ich meine, da muss man froh sein, wenn einer von denen Noir Désir kennt. Und das würden die auch alle nicht hören, wegen Bertrand Cantat. Es ist so schlimm, Markus.»

«Und was ist mit Filmen?»

«Filme? Hör mir damit auf! Außer ‹Ziemlich beste Freunde› und ‹Willkommen bei den Sch'tis› schauen die doch nichts. Die sind so kleinbürgerlich, spießig, uninteressiert.»

«Ich hab gerade den neuen von Jacques Audiard gesehen.»

«Ja. Da muss man Marion Cotillard erst die Beine amputieren, damit sie überzeugend spielt. Sie hat vorher nie so gut gespielt. Wann schneidet man endlich Mélanie Laurent die Beine ab?» Sein Redefluss hatte wieder das Tempo aufgenommen, das ich von früher gewohnt war. Wir unterhielten uns bestimmt eine halbe Stunde über Kino, dann über Musik. Es war beeindruckend, was mein Kumpel alles wusste. Dann über Frauen. Wann hatte ich das letzte Mal über Frauen gesprochen? Gegenüber Corinna musste ich mich immer hüten.

«Gibt es denn auf der Arbeit keine süße Mitarbeiterin?»

«Die sind alle so langweilig. Alle. Wirklich. Das sind doch alles nur solche Tussis. Da muss man doch mit einem teuren Auto vorfahren, um überhaupt eine Chance zu haben. Die sind alle total materialistisch. Obwohl da auch Studentinnen darunter sind. Ach, Markus! Damals, als du da warst, war das noch anders. Das war das goldene Zeitalter, Markus. Da waren noch alle da: du, Roger, Riad, Sophie, Delphine. Selbst die Typen von Solidarité Etudiante waren irgendwie in Ordnung, wenn man bedenkt, wer heute hier so geblieben ist in diesem Kaff.» Er schüttelte immer wieder den Kopf und rutschte unruhig auf seinem Stuhl hin und her. War er mit Delphine eigentlich noch zusammen gewesen, als wir uns kennengelernt hatten?

«Was macht denn Riad?»

«Hast du das nicht mitbekommen? Der hat mehrere Comics rausgebracht, in Angoulême gewonnen und seinen ersten Film in Cannes vorgestellt. Der ist echt gut.» Er nickte mir zu.

«Echt? Der war das? Ich hab das mit Cannes irgendwie mitbekommen, aber nicht gedacht, dass es derselbe ist.» Ich trank einen Schluck von meiner Cola. Dann war Dima also nicht die Einzige, die es zu etwas gebracht hatte.

«Und Immortal Ayatollah?»

«Gibt's nicht mehr. Hat sich aufgelöst, nachdem Roger weg ist. Was aus den anderen geworden ist? Weiß nicht genau. Ich glaube, Benoît lebt in Bordeaux, und Nauar ist jetzt in Toulouse. Roger hat zwei neue Bands, Grindomatic und Transnational Dying Phallus.» Seine Augen leuchteten begeistert. «Unser guter Roger.»

«Hört sich ja so ähnlich an», kommentierte ich.

«Nein, nein!», schüttelte Guillaume den Kopf. «Das ist ganz anders.» Und er fing an, in aller Ausführlichkeit zu erläutern. Er war immer noch der Alte. Er schien gerade eine tendenziell manische Phase zu durchleben, denn die Worte verließen seinen Mund so schnell, dass man sehr konzentriert zuhören musste, um ihm zu folgen. Ich hörte nur halb hin, denn schon 2002 hatte ich den Unterschied zwischen Death, Black und Grind nicht verstanden. Es würde mir auch diesmal nicht gelingen.

«Und was ist mit denen von Solidarité Etudiante?», unterbrach ich ihn irgendwann.

«Ich weiß es nicht von allen. Thérèse, die Freundin vom bärtigen Jérôme, an die erinnerst du dich, oder?»

Ich nickte.

«Die war letztes Jahr zu Besuch in Pau und ist mir über den Weg gelaufen. Die arbeitet in Lille für eine Organisation, die sich um illegale Einwanderer kümmert. Und Julien, der ist jetzt Mitarbeiter von Dominique Valls.»

«Dem Innenminister?», stutzte ich.

«Ja.»

Ich musste lachen. Das konnte ich gar nicht glauben.

«Er hat immer gesagt, er möchte nicht in die Politik. Dominique Valls ist doch total rechts, oder?»

«Tja, die von SE sind auch nicht anders als die von UNEF. In Ordnung war er trotzdem. Wenn ich sehe, wie die Leute hier so sind … Wenn ich die Studenten sehe … Ich will nur weg aus Pau. Es ist so öde hier. Ich meine, früher, da war es noch anders, als du da warst, als Roger da war, als wir gegen Le Pen …» Er schüttelte immer wieder seinen Kopf und seufzte.

«Na, ihr Jammerlappen», fuhr Guillaume eine raue, kräftige Stimme ins Wort. «Bemitleidet ihr euch wieder selbst?» Ich erhielt einen kräftigen Klaps auf die Schulter.

Roger trug ein weißes T-Shirt mit Lenin-Konterfei und roter Fahne im Hintergrund. Der Unterbart war einem wilden Vollbart gewichen.

«Du bist ganz schön früh. Es ist doch erst halb zwölf», spottete ich. Ich erhielt als Dank von ihm ein «Blödmann».

«Mensch, Markus. Wo sind deine Haare hin?», frotzelte mein kommunistischer Kumpel.

«Die habe ich in Deutschland gelassen. Ich bin mit einer Billigfluglinie gekommen, und da durfte ich nicht so viel Gepäck mitnehmen.»

«Wir sehen ja aus wie eine Horde Skinheads, mein Führer!», schmetterte Roger. Wie lange hatte ich das nicht mehr gehört. Meine Schüler sagten das nie zu mir.

«Ich hol mir mal ein Bier.» Er verschwand wieder.

«Hat sich ja nicht so verändert, würde ich jetzt mal sagen», meinte ich zu Guillaume, der mir recht gab. «Hat er denn gerade eine Freundin?»

«Ja, aber er möchte wohl mit ihr Schluss machen, weil sie ihn zu oft sehen will.»

«Aber nicht Sophie?»

«Nein. Mit der ist er schon lange nicht mehr zusammen.»

«Wie oft sehen sie sich denn?»

«Eigentlich nur alle zwei Wochen. Aber irgendwie möchte sie ihn ihrer Familie vorstellen, und er ist nicht einverstanden.»

Ich musste lachen. Guillaume rührte mit dem Strohhalm in seiner Cola. «Roger bleibt eben Roger.» Dieser tauchte kurz darauf wieder auf.

«Mensch, Markus. Du hast dich echt verändert. So richtig gereift.» Er grinste frech. Früher hätte mich so eine Bemerkung sicherlich stärker aufgeregt.

«Danke. Das Kompliment gebe ich gerne zurück.»

«Ich hab gehört, du heiratest?»

«Nicht ich. Ein ehemaliger Kommilitone von mir. Vielleicht erinnerst du dich, Sebastian.»

«Sebastian. Der Moslem? Der? Warum heiratet der denn in diesem Nest?»

«Der ist mit einer Paloiserin zusammen und hierhergezogen.»

«Mensch, Markus! Eine Französin als Frau. Er hat das geschafft, was du immer wolltest», ätzte Roger. Seinen Mund umspielte ein spöttisches Lächeln.

«Das stimmt doch gar nicht», widersprach ich. War ich etwa doch nicht so unempfindlich?

«Das hab ich anders in Erinnerung, mein Freund.» Er schlug mir auf die Schulter. «Nimm es nicht so schwer. Vielleicht kannst du ihm die ja noch ausspannen. Noch sind sie nicht verheiratet.»

«Deswegen bin ich auch hier. Sonst wäre ich nicht gekommen.» Roger musste lachen.

«Was ist mit den deutschen Frauen? Gibt's da keine Guten? Lügen uns die deutschen Pornos etwas vor?»

«Du hattest doch noch mit einer was ganz am Ende. Du meintest doch, die sei ziemlich hübsch?», mischte sich Guillaume ein.

«Ja, stimmt. Aber das war nur eine Affäre. Ohne Bedeutung.» Warum log ich?

«Und seitdem war nichts mehr?», flachste Roger. «Du wirst doch wohl nicht wie unser guter Freund hier dein Leben als Single fristen.»

«Doch, doch. Ich hab eine Freundin.»

«Echt! Na Mensch, herzlichen Glückwunsch!» Roger lehnte sich entspannt zurück. Seine Hände lagen auf seinem Hinterkopf.

«Wo hast du sie denn kennengelernt?», fragte Guillaume.

«Bei der Arbeit.»

«Hast du nicht gesagt, du wolltest nicht arbeiten?» Roger grinste mich an.

«Ich hatte gesagt, ich könne mir nicht vorstellen, Lehrer zu werden.»

«Und wo arbeitet ihr?»

«In der Schule.»

Roger schüttelte den Kopf. «Deswegen also diese bürgerliche Kneipe hier.» Guillaume musste lachen.

«Seid ihr auch verheiratet?»

«Nein, nein», beteuerte ich. Obwohl Corinna und ich schon mehrmals drüber gesprochen hatten, wegen der steuerlichen Vorteile.

«Und wohnt ihr zusammen?» Ich kam mir vor wie bei einem Verhör. Guillaume hatte begonnen, die Lieder mitzusingen und Luftgitarre zu spielen. Was war das gerade? Téléphone?

«Ja.»

«In Berlin?»

«Nein, in einem kleineren Ort. Kennst du nicht.»

Roger stützte die haarige Hand auf den Tisch und schüttelte gespielt fassungslos den Kopf.

«Markus, Markus! Hat es dir in Berlin nicht mehr gefallen? Hast du nicht immer gesagt, du könntest dir nicht vorstellen, in einem Dorf zu wohnen?»

«Das hatte berufliche Gründe. Perspektivisch möchte ich ja wieder nach Berlin zurück.» Dass es bald dazu kommen würde, war allerdings eher unwahrscheinlich. Schließlich hatten Corinna und ich ein Haus gebaut. Und sie konnte sich auch nicht vorstellen, in einer großen Stadt zu leben. Ich verschwieg das und unseren Garten. Irgendwie war es mir zu peinlich, das zuzugeben. Hatte ich nicht damals auch erzählt, solch eine Existenz wäre mir ein Graus? Oder war das gegenüber Eva gewesen? Nein, nicht Téléphone, sondern Indochine. Irgendwie kam mir die Situation vertraut vor.

«Markus, jetzt fehlen nur noch die Kinder, und das bürgerliche Leben ist perfekt.»

«Darüber haben wir noch nicht nachgedacht.» Bisher hatte es noch nicht geklappt.

«Na ja, solange du glücklich bist, soll es mir recht sein. Wenn es dir guttut», fuhr mein Kumpel fort. Er pufte mir freundschaftlich gegen den Arm und rubbelte mir über meine kahle Stelle. Mehr an Zärtlichkeit konnte wahrscheinlich selbst eine Frau von ihm nicht erwarten. «Auch wenn das nichts für mich wäre, eine Frau, die ganze Zeit bei mir zu Hause. Die kann man dann ja nicht mal wegschicken, wenn das ihre Wohnung ist. Und in einem Dorf wohnen. Nie wieder.» Er schüttelte den Kopf, mehr zu sich selbst als an meine Adresse gerichtet.

«Wenn es die Richtige ist, stört das nicht. Da hält man auch ein Dorf aus», bemerkte Guillaume. «So wie bei Delphine damals.»

«Die Richtige? Stört nicht jede irgendwann, wenn man sie jeden Tag sieht? Sag mal, Markus?»

«Was soll ich sagen?», wand ich mich. «Es ist, wie es ist.»

«*Es ist, wie es ist!* Wie hört sich das denn an?» Er lachte mit kehliger Stimme.

«Ja, was denn? Soll ich jetzt sagen, dass ich sie liebe und alles schön ist? So rede ich halt nicht. Das heißt nicht, dass es schlecht ist.»

Warum fiel es mir eigentlich so schwer, mich unumwunden zu Corinna zu bekennen? Das lag doch nicht nur an Roger und Guillaume. Wusste ich, ob Corinna die Richtige für mich war? Wie sollte ich das wissen? Dazu hätte ich vergleichen müssen. Und was hatte ich schon als Vergleich außer Melanie? Damals war ich sechzehn gewesen. Das war nicht dasselbe. Damals hatte ich noch nicht mein stressiges Berufsleben gehabt. Wenn man Zeit hatte, war es einfacher, verliebt zu sein, als wenn man 50 Stunden die Woche arbeitete. Das wäre doch mit jeder anderen Frau auch nicht anders gewesen. Oder doch? Aber wer hätte das sein können? In meinem Dorf und an der Schule gab es doch sonst niemanden. Da war Corinna noch die Einzige gewesen.

«Erzähl doch lieber von deiner Freundin», versuchte ich den Fokus von mir auf Roger zu lenken.

«Was soll ich da erzählen?», wehrte er ab. «Ich soll zu ihren Eltern zum Essen kommen. Die ist Afrikanerin, und Familie ist total wichtig. Aber ich hab keinen Bock auf so was. Wenn ich einmal damit anfange, dann muss ich jeden Sonntag da hin. Ich hasse Familientreffen.»

Corinnas Eltern wohnten nur zwei Steinwürfe entfernt von uns.

«Und dann irgendwann an den anderen Wochentagen auch noch. Darauf habe ich echt keinen Bock. Nee. Ich brauche meine Freiräume.»

Mein Kumpel berichtete lieber über seinen beruflichen Werdegang. Er hatte ebenfalls als Lehrer gearbeitet, dann als Sargträger, als Boxmanager. Mittlerweile war er beim staatlichen Arbeitsschutz.

«Mit 50 noch in der Schule arbeiten, Markus?» Er beugte sich zu mir und schaute mir ernst in die Augen. Dann schüttelte er den Kopf. «Nein. Das konnte ich mir nicht vorstellen. Ein paar Jahre, ja. Aber bis zur Rente? Auf keinen Fall. Man muss auch bereit sein, etwas aufzugeben, wenn man merkt, dass es für einen nicht mehr das Richtige ist.»

Konnte ich mir das vorstellen? Eigentlich waren meine Tage so durchorganisiert, dass ich kaum die Ruhe fand, um mich damit auseinanderzusetzen, was ich mit 50 machen wollte, oder darüber zu sinnieren, ob mein Leben das richtige war. Aber was sollte ich sonst tun, wenn nicht Lehrer sein? Einfach so aufhören, wenn man keine Alternative hatte? Außerdem mussten Haus und Garten abbezahlt werden. Wenn es gar nicht mehr ging, konnte ich als Beamter in ein paar Jahren immerhin berufsunfähig werden.

Irgendwann wurden die Themen weniger bedrohlich. Wir

fachsimpelten über Musik. Roger berichtete über mehrere abenteuerliche Tourneen seiner neuen Bands durch Osteuropa und Russland. Wann war ich eigentlich das letzte Mal auf einem Konzert gewesen? Corinna stand eher auf Klassik. Mit meinen Lieblingsbands konnte sie nicht viel anfangen. Und für den Humor von Immortal Ajatollah hatte sie sich nie erwärmen können. Ich hatte Mühe, mich daran zu erinnern, wann ich mir das letzte Mal eine CD gekauft oder einen neuen Act entdeckt hatte. Von Musik ging es zum deutschen und französischen Kino, schließlich zur französischen Innenpolitik und Pierre Bourdieu. Wir stritten über Castro und Chavez und darüber, ob man Kinder in der Erziehung schlagen dürfe. Wir waren uns einig darin, dass spanische Sportler am meisten dopten, Cristiano Ronaldo unmännlich war und Carla Bruni für ihre Musik ins Gefängnis gehörte. Corinna mochte Carla Bruni. Wir erzählten uns schweinische Witze und verarschten ein Pärchen zwei Tische weiter. Roger empfahl mir die Serie «Xanadu» über eine Porno-Produktionsfirma, deren Ausstrahlung auf Arte im Jahr zuvor von mir zur Kenntnis genommen worden war. Die ich mich aber nicht getraut hatte zu schauen. Und wir wetterten gegen Frauen mit Silikonbrüsten.

Um zwei mussten wir La Tireuse verlassen, weil die Kneipe schloss.

«Gehen wir alle noch zu dir?», wandte sich Roger an Guillaume. «Noch ein bisschen kiffen und ‹Breaking Bad› schauen? Hab die vierte Staffel dabei.» Er nickte. Roger schaute mich an. Ich schüttelte den Kopf: «Nein. Ist schon spät.»

«Markus, du hast doch morgen frei», wandte Roger ein.

«Genau, Markus. Los! Komm mit!», bedrängte mich Guillaume.

«Ich muss zur Hochzeit und noch ein Geschenk kaufen», wehrte ich ab. Der Flug steckte mir in den Knochen. Die beiden schauten mich enttäuscht und verständnislos an.

«Gib mir mal deine Nummer, Roger. Wir können ja Sonntag noch was zusammen machen.» Ich kramte mein Telefon hervor.

«Du hast jetzt auch ein Handy? Ein weiterer Deserteur.» Corinna hatte mir das Smartphone geschenkt. Ich hatte eigentlich keins gewollt, es dann aber doch sehr schnell als praktisch akzeptiert. Roger diktierte mir die Nummer seiner Eltern, bei denen er immer abstieg, wenn er zu Besuch in der Stadt war. Auch Guillaume besaß kein Mobiltelefon.

«Also, dann, ruf an! Aber um 18 Uhr muss ich wieder zurück nach Paris. Scheiße, ich muss pinkeln. Ich hätte noch mal gehen sollen», stöhnte mein kommunistischer Kumpel.

«10 Minuten sind es bis zum Sitz der UMP», schlug Guillaume vor. «Ich muss auch.»

«Schaff ich nicht mehr. Wie weit ist es bis zum FN?»

«5 Minuten.»

«Okay. Dann pinkeln wir dort. Also, bis Sonntag, Kamerad!» Die beiden entfernten sich Richtung Süden. Ich überquerte die Place du Foirail nach Westen. Die Nacht war sternenklar, und dennoch war es angenehm mild. Nach einem halben Kilometer bereute ich meine Entscheidung. Warum hatte ich mich ihnen nicht angeschlossen? Was war das für ein Quatsch mit Geschenkkaufen und Zur-Hochzeit-Müssen? Dafür musste ich nicht geschlafen haben. Sollte ich nicht die wenigen Tage hier nur das machen, worauf ich Lust hatte? Ich hatte die beiden schließlich zehn Jahre nicht gesehen. Bedrückt und müde schleppte ich mich über den schiefen Bürgersteig der Avenue Honoré de Baradat. Ich fühlte mich einsam, alt und unglücklich. Rechts von mir ragten die dunklen Silhouetten der riesigen Sozialbauten wie Ruinen in den Himmel. War ich nicht schon mal so hier langgelaufen, zu dieser nächtlichen Stunde? Genau! Damals, ganz am Ende meines Aufenthalts. Auf den Tag genau zehn Jahre war das her. Mit Eva. Mit ihr hatte sich das anders angefühlt. Was wohl aus ihr geworden war?

Es war kurz nach halb drei, als ich Corisande d'Andoins erreichte. Niemand auf dem Hof, der mich grüßte. Nur vereinzelt noch ein erleuchtetes Fenster. Bald würden hier keine erleuchteten Fenster mehr sein. Alles verschwand irgendwann, selbst hier, wo sich die Welt langsamer drehte. Ich betrat das Bâtiment B, ging auf Toilette, dann legte ich mich hin. Löschte das Licht. Versuchte einzuschlafen. Es gelang mir nicht. Setzte die Kopfhörer auf, die CD drehte sich:

*Rétines et pupilles,*
*Les garçons ont les yeux qui brillent*
*Pour un jeu de dupes:*
*Voir sous les jupes des filles,*
*Et la vie toute entière,*
*Absorbés par cette affaire,*
*Par ce jeu de dupes:*
*Voir sous les jupes des filles.*

Ich fuhr hoch. Schaltete das Licht wieder ein, beugte mich unter meinen Nachttisch. Da stand es immer noch:

*Eva + Markus 30. 6. 2002*

Ich hatte das am Tag nach ihrer Abreise ins Holz geritzt. Kurz danach war mir das schon wieder peinlich gewesen. Doch nun schossen mir die Tränen in die Augen. Auf einmal hasste ich mich dafür, dass ich nie versucht hatte, zu Eva Kontakt aufzunehmen. Dass ich dafür zu feige gewesen war. Dass ich nach dem Erasmus-Jahr so nahtlos wieder in mein altes Leben zurückgekehrt war. Dass ich nun genau das Leben führte, vor dem es mir damals so gegraust hatte. Dass ich Beamter war mit einer Frau an meiner Seite, von der ich nicht mal wusste, ob ich sie liebte, in einem Kaff, in einem Haus mit Garten, gefangen in den Zwängen meines Alltags. Dass ich meine Entwicklung der letzten Jahre als selbstverständlich hingenommen hatte. Dass mir meine ganze Existenz so zwingend erschienen war, so alternativlos. Wieso war ich so geworden?

## 1. JULI 2012

Zur Trauung selbst war ich nicht eingeladen. Die Feier begann um 18 Uhr. Gegen elf ging ich für eine Stunde zum Lesen in die Médiathèque Arbizon hinters Wohnheim. Die Bibliothekarin freute sich, als ich ihr meinen Ausweis aus dem Jahr 2001/2002 zeigte. Danach kaufte ich mir bei Fnac drei französische CDs. Beim Schlendern durch die Innenstadt entdeckte ich in der schmalen Rue Latapie in einem weiß verputzten Haus mit grünen Fensterläden eine kleine Comic-Buchhandlung. Am Verkaufsstand stand ein schlaksig-nerdiger Typ, mit dem ich mich dreißig Minuten über deutsche Comics unterhielt. Als ich die Buchhandlung gegen halb vier wieder verließ, hatte ich zehn Hefte im Gepäck, darunter für Sebastian als Hochzeitsgeschenk die Premium-Ausgabe der Erotik-Reihe «Le Déclic» von Manara. Ich hatte noch Zeit, also setzte ich mich, bevor ich die Bücher und die CDs zurück ins Wohnheim brachte, zum Lesen und für einen Café crème noch in die Tabak-Bar Le Paradox. Im Radio lief RTL 2 und Depeche Mode mit «Into my arms». Wann hatte ich das letzte Mal einen Tag mit so viel Müßiggang verbracht? Wahrscheinlich musste es vor zehn Jahren gewesen sein. Vielleicht war Corinna wirklich nicht die Richtige für mich. Hatte ich mir diese Frage überhaupt in den Jahren irgendwann gestellt? Oft konnte es nicht gewesen sein. Vielleicht am Anfang, als sich das Gefühl richtigen Verliebtseins nicht einstellen wollte. Aber musste man immer gleich sofort verliebt sein? Konnte man es nicht erst mal versuchen? Konnte Liebe nicht auch wachsen? Hatten mich meine Prinzipien nicht schon zu viel gekostet? Und irgendwann hatte ich mich arrangiert. Warum etwas aufgeben, das funktionierte? Wofür? Fürs Alleinsein? War es nicht normal, dass Beziehung auch Alltag bedeutete, Organisation, dass man sich stritt, Kompromisse, Abstriche machte? Wäre das nicht vielleicht mit jeder anderen Frau auch so gekommen? Vielleicht, vielleicht aber nicht mit jeder.

Hier im Le Paradox spürte ich, warum mich die Erinnerungen ans Erasmus-Jahr so aufwühlten, so wehmütig stimmten. Weil ich damals das letzte Mal dazu gekommen war, mich wenigstens zu fragen, welches Leben ich eigentlich wollte oder eben nicht. Weil ich nie danach mehr so völlig selber entscheiden konnte, wie ich meine Tage verbrachte. Pau war mein letztes Ferienlager gewesen, nur dass ich – anders als als Kind oder Jugendlicher – schon wusste, was Erwachsensein bedeutete. Es war wie meine letzte Verschnaufpause, mein letzter Halt vorm Ernst des Lebens. Gefühlt die letzte Möglichkeit, sich anders zu entscheiden. Und weil ich das letzte Mal verliebt gewesen war. Das vermutlich auch.

## 1. JULI 2012

Um halb sieben stieg ich ins Taxi. Wir verließen Pau nach Süden durch Jurançon. Sebastian feierte zwischen Gan und Orloron Saint-Marie, etwa 20 Kilometer außerhalb. Hinter Jurançon fuhren wir durch eine dichtbestandene Allee. Die Sonnenstrahlen blendeten durchs Blattwerk. Rechts von uns, hinter den Leitplanken, Gleise, links Weinhänge. Die Straße wurde breiter, die Bäume am Straßenrand zogen sich zurück. Der Taxifahrer stellte Fragen, ich konnte mich nicht konzentrieren. Wollte ich tatsächlich dorthin? Den anderen beim Feiern zuschauen? War ich nicht eigentlich viel zu niedergeschlagen? Die Straße führte hinab. Jetzt sah man die Pyrenäen. Was sollte ich dort? Würde ich die gute Stimmung nicht kaputt machen? Warum reichte es mir nicht, schöne Natur um mich zu haben, um glücklich zu sein? Auf den Wiesen rechts und links standen vereinzelt Bauernhöfe. Rechts Weinberge in voller Pracht. Mit wem sollte ich mich unterhalten? Saftige Wiesen, geschwungene Hügel zu beiden Seiten. Rechts ging es von der Hauptstraße ab. Über einen Feldweg rumpelten wir eine Anhöhe hinauf. Nach etwa zweihundert Metern tauchte ein stattliches Herrenhaus aus dem siebzehnten Jahrhundert vor uns auf. Der riesige Balkon im ersten Stock wurde von prachtvollen Säulen gestützt. Sebastian schien sich seine Hochzeit ganz schön was kosten zu lassen. Wir hielten an einem vorgelagerten Parkplatz, auf dem bereits etwa 60 Fahrzeuge standen. Mir war mulmig zumute. Sollte ich wieder umkehren? Nein. Jetzt musste ich da durch. Auf der Treppe zum Eingangsportal erblickte ich ihn, wie er mit der Braut die eintreffenden Gäste begrüßte. Dunkelblauer Anzug mit weißem Einstecktuch, blaue Krawatte auf weißem Hemd, schwarze Schuhe, die blonden Haare wieder etwas kürzer als bei unserem letzten Treffen im Jahr 2003, aber noch voll. Sonst hatte er sich kaum verändert. Die schräge Haltung des Kopfes, dieser leicht gekrümmte Körper, dieses in alle Richtungen vertrauenschenkende Lächeln. Céline trug ein weißes Satinkleid mit Herzausschnitt, ihre dunklen Haare hatte sie hochgesteckt, mit Pony und Strähnen im Nacken. Hinten wurden die Haare von einer weißen Schleife zusammengehalten. Sie war mir zu zierlich, aber mit ihren großen Augen und ihrer kleinen Stupsnase durchaus niedlich.

«Hallo, Markus. Schön, dass du gekommen bist! Ich hatte schon gedacht, du kommst nicht.» Ich blickte in ein gesundes und trotz der Hochzeit ausgeruhtes Gesicht. Sebastian umarmte mich.

«Ich wollte nicht der Erste sein. Du weißt ja, das ist immer uncool, wenn man zu früh auf einer Party erscheint.»

Er musste lachen. «Darf ich dir Céline vorstellen?» Wir gaben uns zwei Wangenküsschen.

«Sebastian hat mir schon viel von dir erzählt.»

«Sicherlich nur Schlechtes.»

«Nicht nur.» Sie lachte.

Irgendwas musste ich noch zu Sebastian sagen.

«Und, bist du glücklich?»

«Es ist der schönste Tag meines Lebens.»

Ich hätte mich auf meiner Hochzeit nicht wohl gefühlt. Schon allein der Umstand, dass alle von mir erwarteten, glücklich zu sein, hätte ebendieses Gefühl unterbunden. Bei jedem anderen Menschen hätte ich so eine Aussage auch eher für eine Notlüge gehalten, Sebastian nahm ich es aber wirklich ab. Er strahlte, noch mehr, als er sonst gestrahlt hatte. Und wenn man bedachte, dass er sonst schon meistens gut drauf gewesen war, dann wollte das etwas heißen. Vielleicht war Glück eine Frage der Einstellung. Vielleicht machte es mein ehemaliger Kommilitone mit seinem sonnigen Gemüt richtig. Vielleicht war es meine Schuld, dass ich mit meinem Leben unzufrieden war. Vielleicht musste ich Corinna nur richtig lieben wollen.

Ich hielt den beiden mein Geschenk hin, das ich vergessen hatte, einpacken zu lassen. «Was mache ich hiermit?»

«Oh!», stutzte Céline. «Ein Erotik-Comic?» Sebastian spielte nervös an seinem Hemdkragen.

«Müsst ihr euch nicht gleich anschauen. Ist nur für den Fall, dass es irgendwann sexuell mal nicht mehr so gut läuft. Jede Ehe hat irgendwann ihre Krise. Ich hab das auch. Ich wollte nicht ein Buch von Maupassant schenken. Von denen hat Sebastian sicherlich schon alle.»

Sebastian lachte verlegen. «Der Markus, immer für einen Scherz gut!» Er klopfte mir freundschaftlich auf die Schulter.

«Ist immerhin mal was anderes», kommentierte Céline. Ich war mir nicht sicher, ob sie mein Geschenk mit Humor nahm oder nur die Fassade wahrte.

«Also, wo soll ich das hinlegen?» Ich rechnete damit, dass ich es in irgendeiner Kammer verstecken musste, aber Sebastian erklärte nur:

«Im Hof ist auf der rechten Seite eine lange Tafel. Da kannst du es zu den anderen Geschenken legen. Links auf dem Hof sind Getränke und ein paar Snacks. Da kannst du dich bedienen. Aber nicht zu viel. Um acht beginnt das Abendessen.»

Ich betrat das Gebäude. Rechts vom Vestibül ein großer gefliester Raum, in dem ein DJ-Pult stand. Noch lief keine Musik. Hier würden wir also nachher tanzen. Die Türen links waren verschlossen. Ich stieg eine Treppe hinauf. Ein noch größerer Saal mit zahlreichen runden Tischen, die schon eingedeckt waren. Man hatte den Raum abgedunkelt. Ein paar matt strahlende Leuchtstrahler an den unverputzten Wänden spendeten etwas Licht. Ein weinroter Perserteppich verlieh dem Saal Wärme. Ich stieg die Stufen wieder hinab und durchquerte das Haus. Auf der Rückseite hörte man Stimmengewirr. Ich trat hinaus in einen gepflasterten Hof, der von den Seitenflügeln des Gebäudes eingefasst war. Ich schaute auf eine Menge, die ich nicht kannte. Vergeblich suchte ich nach vertrauten Gesichtern. Schnell versteckte ich meinen Comic unter meinem Jackett und lief zur Geschenktafel. Ich schob ihn unter ein großes Paket. Jetzt brauchte ich erst mal Alkohol, um locker zu werden. Ich drängelte mich über den Hof, an den Grüppchen vorbei, zur anderen Seite des Platzes. Dort stand der Sekt. Ich griff mir ein Glas, nahm zwei Schlucke. Jetzt konnte ich noch mal Ausschau halten. Gab es denn niemanden, zu dem ich mich gesellen konnte? Dort, am Ende, der hagere Südländer mit der Carlos-Brille, war das nicht Mohammed? Kein Zweifel, es handelte sich um unseren ehemaligen Mitbewohner aus Corisande. Dann war er wohl die Überraschung, die Sebastian in seiner Mail angedeutet hatte. Ich war enttäuscht. Insgeheim hatte ich auf Marijo gehofft. Die konnte es nun nicht mehr sein. Mohammed stand genauso verloren zwischen den anderen Gästen wie ich. Konnte ich mich also mit ihm zusammentun? Ich wollte gerade zu ihm rübergehen, als mir jemand von hinten auf die Schulter tippte.

«Markus?»

Ich drehte mich um. Das Gesicht kam mir bekannt vor.

«Markus? Du bist's, oder?»

«Ja?»

«Erkennst du mich?»

«Ich bin mir nicht sicher.» Sie hatte diese unsichere Körperhaltung und diesen sehnsüchtig-schmachtenden, leidenden Blick, der von unten nach oben ging und der Frauen zu eigen war, die mit 30 immer noch auf ihre Entjungferung warteten.

«Hannelore», erklärte sie.

«Ah, ja.» War sie die Überraschung? «Dann bist du die Überraschung, von der Sebastian gesprochen hat?»

Hannelore gluckste. «Weiß nicht. Vielleicht.»

Ich hatte Mühe, mir meine Ernüchterung nicht anmerken zu lassen. «Wie bist du denn auf diese Veranstaltung gekommen?», wollte ich wissen. Ich schielte nach Mohammed.

«Ich bin die Trauzeugin von Céline.» Sie hatte weiße Blumen in ihren hochgesteckten Haaren und rote auf ihrem weißen Blumenkleid.

«Woher kennt ihr euch?»

«Wir haben zusammen studiert.»

«Ah ja?» Sie schaute mich erwartungsvoll an. Ich blickte wieder zu Mohammed. Der war mittlerweile verschwunden. Verdammt! «Wie haben sich Sebastian und Céline eigentlich kennengelernt?»

«Sie war Erasmus-Studentin in Berlin und er ihr Tutor.»

Warum war ich nicht auf so eine Idee gekommen? Ich ärgerte mich. Hannelore rückte näher an mich heran.

«Und was treibst du so?»

«Nichts.» Sie kicherte mädchenhaft und blickte mir tief in die Augen.

«Interessierst du dich noch für Kunst?», fragte ich, weil mir nichts anderes einfiel. Dabei wollte ich das eigentlich gar nicht wissen.

«Ja. Ich bin freischaffende Malerin in Clermont-Ferrand.»

«Interessant.»

Sie fing an, mit ihren Strähnen zu spielen. Ihre Wimpern klimperten. Mittlerweile war der Blick nicht mehr erwartungsvoll, sondern verliebt. «Wenn du willst, kann ich dir mal ein paar Bilder zeigen.»

«Okay. Darf ich meine Frau mitbringen? Wir sind seit kurzem glücklich verheiratet», log ich. In ihrem Gesicht las ich Enttäuschung.

«Gerne. Aber jetzt muss ich mal gucken, ob die Braut mich braucht.» Sie verschwand in der Menge. Da hatte ich ja noch mal Glück gehabt. Andererseits: Der Abend war noch lang. Würde sie das heilige Sakrament meiner erfundenen Ehe genauso respektieren, wenn sie sich noch mehr Mut angetrunken hatte?

«Ich bitte um Ruhe!», erschallte es plötzlich auf Französisch mit deutschem Akzent über den Hof. Und dann noch mal auf Deutsch. Ein älterer Herr mit weißen, von rechts nach links über den Schädel gekämmten Haaren und dichtem Vollbart hatte sich auf der obersten Stufe zum Hintereingang aufgebaut. Er hatte die gleiche, leicht nach vorne gebeugte Haltung wie Sebastian, die gleiche schräge Kopfhaltung. Es konnte sich nur um seinen Vater handeln.

«Liebe Gäste, gleich bitten wir zu Tische. Sicherlich läuft Ihnen bereits das Wasser im Mund zusammen. Als Vater des Bräutigams möchte ich dennoch erst ein paar Worte zu Ehren des Brautpaares sagen. Keine Angst, ich fasse mich kurz. Sie dürfen gleich in den Speisesaal. Danach werde ich Sie nicht mehr von Ihren wohlverdienten Gaumenfreuden abhalten, bestenfalls Antoine, der Vater der Braut.» Ein paar Leute lachten. Er wiederholte das Gesagte in hölzernem Französisch.

«Liebe Céline, lieber Sebastian, liebe alte und neue Verwandtschaft, liebe Gäste, ein bisschen nervös bin ich schon: Eine Hochzeit ist schließlich etwas Besonderes. Sebastian, ich gebe zu, ich betrachte deine heutige Eheschließung mit einem lachenden und einem weinenden Auge. Mit einem lachenden Auge, weil du mit deiner Céline ein wunderbares Wesen nun für hoffentlich immer an deiner Seite haben wirst, das wir, seitdem du sie uns 2005 das erste Mal präsentiert hast, sofort ins Herz geschlossen haben. Ja, wir, deine Mutter Monika», er deutete auf eine kleine Frau an seiner Seite, «und ich, haben dich lange ins Herz geschlossen. Du gehörst für uns schon längst zur Familie. Und wenn wir Sebastian mit dir sehen, dann spüren wir, dass unser Sohn glücklich ist.»

Sebastian sah wirklich glücklich aus. Ob ich jemals so glücklich ausgesehen hatte?

«Mit einem weinenden Auge, weil du, Sebastian, dich entschieden hast, deinen Lebensmittelpunkt ins schöne Pau zu verlegen, weg von Berlin, weg von uns. Weil du nun nicht unser Unternehmen fortführst, sondern als Deutschlehrer hier im schönen Béarn die schöne deutsche Sprache und Kultur französischen Jugendlichen nahebringst.»

Ich nahm noch ein Glas Sekt.

«Doch seid gewiss, sosehr ihr beide uns immer fehlen werdet, wenn wir euch nicht um uns haben, so sehr werden wir die Momente mit euch genießen» – das wurde jetzt wirklich sehr kitschig. Passte genau zu meiner Stimmung. Würde ich gleich anfangen zu weinen? –, «die wir euch um uns haben werden.» Der Alkohol fing noch nicht an zu wirken. Seltsam.

«Hallo, Markus», wurde ich aus meinen Betrachtungen gerissen. «Du solltest nicht so viel trinken. Vielleicht möchte ich ja noch mit dir tanzen.» Ich drehte mich um und war sprachlos.

«Du kannst ruhig etwas sagen!»

«Äh ... äh ... ich meine ... ich hasse mich dafür, dass ich mich nicht bei dir gemeldet habe.»

«Das hoffe ich doch.»

# DANK

Mein Dank gilt Thomas Hölzl, Grusche Juncker, Barbara Laugwitz und allen anderen, die mich beim Schreiben dieses Romans unterstützt haben.

MIX
Papier aus verantwortungsvollen Quellen
FSC® C083411

Das für dieses Buch verwendete FSC®-zertifizierte Papier
*Holmen Book Cream* liefert Holmen, Schweden.